사랑이 가기 전에

사랑이 가기 전에

초판 1쇄인쇄 2022년 6월 18일
초판 1쇄발행 2022년 6월 10일

저 자 박규을
발행인 박지연
발행처 도서출판 도화
등 록 2013년 11월 19일 제2013-000124호
주 소 서울시 송파구 중대로34길 9-3
전 화 02) 3012-1030
팩 스 02) 3012-1031
전자우편 dohwa1030@daum.net
인 쇄 유진보라

ISBN | 979-11-90526-84-5 *03810
정가 15,000원

도화道化, fool는
고정적인 질서에 대한 익살맞은 비판자,
고정화된 사고의 틀을 해체한다는 뜻입니다.

사랑이 가기 전에

박규을 장편소설

도화

차 례

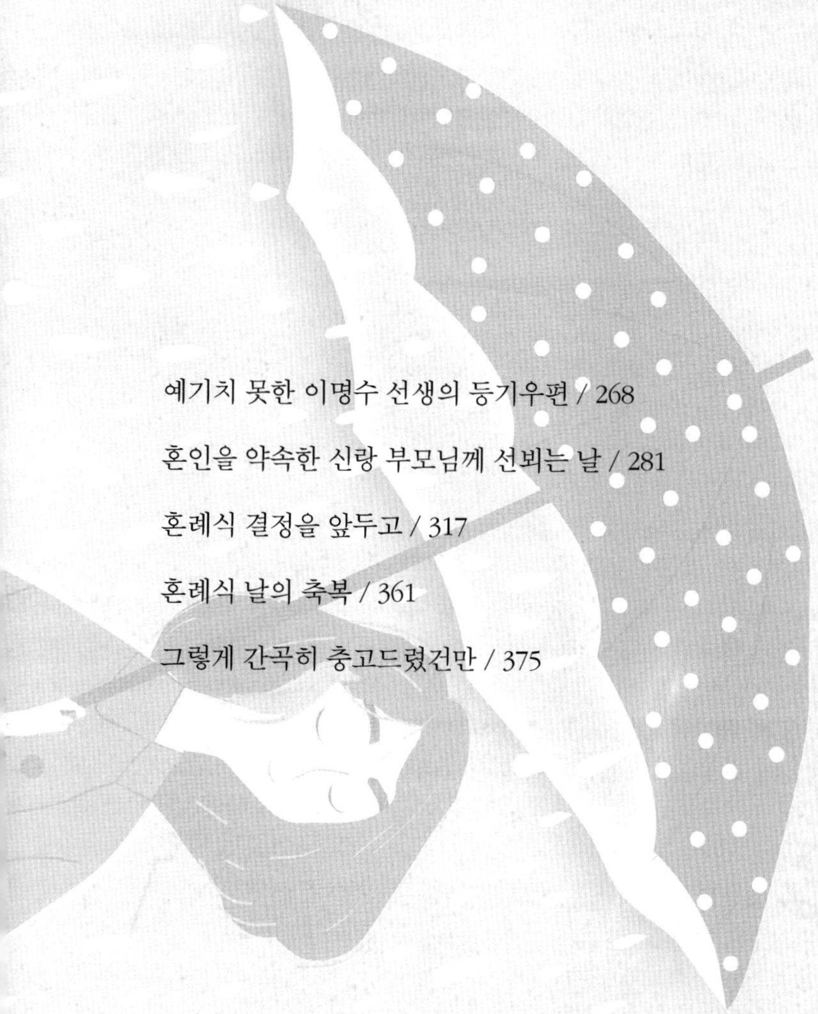

1953년 7월 27일 10:00시 '남북휴전협정南北休戰協定'이 조인 되었다. 동시에 동일 22:00시를 기하여 모든 적대행위가 종식되 며 휴전이 성립된다고 공표되었다.

그러나 휴전의 성립은, 전쟁을 완전히 끝낸 것이 아니고 글자 그대로 해석하자면 '전쟁을 쉰다'라는 뜻이다. 좀 더 분명히 밝힌 다면 '전투행위를 중지하고 얼마동안이 될지는 몰라도 다시 전쟁 이 시작할 때까지 쉰다'라는 뜻으로 해석된다.

그러니까 언제 어느 때 또다시 전투가 전개될지는 그 누구도 장담할 수 없다는 것이 국민의 판단이었다. '예컨대 전쟁 당사 군 간에 상대 적군병사가 실수로 따발총(소련식 기관단총)을 발사 하여 대적對敵 병사 수명이 사망했다고 가정할 때 피해 당사 군 이 전쟁도발로 보고 일제히 보복 반격을 가해온다면 이 역시 전 쟁이 재발할 가능성이 크다는 것이다. 물론 이유야 여러 변명이 있겠지만 이 또한 이미 재발된 전쟁상태에서 아무 도움이 안 된다는 논리다.

그러므로 결코 그렇게 용이하게 남북전쟁에서 남쪽이던 북쪽이던 어느 한쪽이 승리한다고 해서 통일이 성사될 문제가 아니라는 것을 인식하게 되었다.

오히려 6·25전쟁 발발 이전으로 되돌려 남한에 민주, 북한에 공산주의 정치구조로 토착화시키는 의도가 다분히 깔려있는 협정이었다는 것을 확인할 수밖에 없었다.

3년 1개월간 치열하게 전개되었던 한국전쟁은 인적·물적으로 심대한 손실을 초래하였을 뿐만 아니라, 남북한을 지속적으로 갈등과 대립의 늪으로 빠져들게 하였다.

휴전협정 중에도 계속된 전쟁에서 국군과 유엔군은 북진공격의 기선을 이어 한만국경을 향해 진격해 올라갔다. 이제 통일의 희망이 보인다는 승리의 기쁨도 상상하였다. 그런데 그 희망과 상상도 한순간의 물거품이었다. 한만국경 북쪽 지역에 100여 만 명에 가까운 중공군이 주둔해 있었다. 이 중공군이 북한 공산군을 돕기 위해 1·2·3차 순으로 순차마다 수십만 명씩 압록강을 넘어 북한의 전선 산악지대로 침투해, 북진하는 국군과 유엔군의 진군進軍을 막으려고 포진하고 있었다. 그런 가운데 우리 국군과 유엔군의 진군을 발견하자 포위망으로 들어오도록 유도했다. 중공군은 전 전선에서 일제히 꽹과리, 나팔, 피리 등을 요란하게 치고, 불며, 인해 전술로 포위망을 좁히는 전술로 진군을 차단했다.

불의의 기습을 당한 국군과 유엔군은, 중공군의 포위망을 뚫고 나와 부득이 작전상 상부의 명령에 따라 철수하여 다음 후방방어선으로 후퇴하였다(1·4후퇴).

이 시기에 38선 북쪽에서 시민권의 자유가 제한된 북한공산주의 치하에서 생존해 온 북한동포들의 가족 전원이 가옥, 재산 등 모든 것을 다 버리고 한 개인은 물론 집단적으로 남한(대한민국)으로 이동해 왔다. 뿐만 아니라 대한민국 영토 안에 살고 있는 동포들도 38선 근접지역에 사는 동포들을 비롯하여 중부지역(서부·중부·동부허리선)에 살고 있는 동포는 아예 남부지방 깊이 이동해 내려갔고, 서부 쪽에 사는 동포는 동남쪽으로, 동부 쪽에 사는 동포는 반대인 남서쪽으로 전투노선을 피해 피난을 갔다. 그런가하면 본 거주지에 살고 있는 농촌 농민들은 전답田畓과 가옥家屋 관리 때문에 그 어느 곳도 멀리 뜨지를 못하고 가까운 이곳, 저곳으로 피해 다니다가 되돌아오는 가족들도 많았다. 그러나 북한지역이나, 전장지역으로 추정되는 곳에서 비농가로 사업을 하며 생존해 오던 동포들은 소유하고 있는 자금을 모두 거둬들여 피신처를 찾아왔기 때문에, 아예 작정하고 여생을 그 피신처에서 보내겠다는 준비를 하고 떠나온 동포들이었다. 이렇게 뭉쳐진 우리 동포는 대한민국의 보호아래 잘 살 수 있게 된 계기가 되기도 했다.

휴전은 대한민국 국민에게 더더욱 불안을 안겨주는 비상시국의 연장이라고 생각했다. 언젠가는 또다시 전쟁이 재연될 가능성이 높다는 차원에서 마음 놓고 살 수 있는 상황은 아니었다. 국가 보위가 우선시 되는 시점이라 국민통합 정신통일이 필요했다. 이 요구는 북한에서 자유대한으로 월남해 온 북한 동포들이 훨씬 더 강력했다. 자유대한민국에서의 삶의 가치와 인간이 인간답게 살 수 있는 행복은, 사상의 노예가 아닌 인권의 자유와 평화의 삶을 누릴 수 있는 민주시민이 되는 행복을 갈망하는 것이다. 월남동포의 정신과 기존 남한동포의 공통의 정신은 전통적으로 이어온 본래의 한민족 정신이었다. 그렇기에 대한민국 국권을 수호하는 애국정신은 희망찬 조국 발전에 밑거름이 된다는 굳은 신념이 작동하게 되었다.

정부는 국민의 불안을 안전하게 보호하면서 정치·경제·사회 안정을 위해 휴전국면을 원활하게 돌파하는데 모든 행정력을 집중하겠다는 방침을 밝히기도 했다.

이 같은 어려운 국가정세 상황에서 각 지방의 일부 몰지각한 공직자나, 떠돌이 시민, 이웃마을에 지식께나 있다는 30~40대의 장년 중에서 난국을 이용하여 버젓이 불법의료행위로 자신의 이익과 욕망을 다 채우고 환자나 상대에게는 오히려 신상에 큰 피해를 입힌다는 풍문이 암암리暗暗裡에 떠돌고 있었다.

인간의 생명을 다루는 가장 중요한 의료행위를 무자격 무면허자가 겁恮도 없이 한다는 것은 국가안위와 정책에 도움이 안 되는 사회질서를 파괴하는 행위였다. 앞으로도 또다시 6·25와 같은 전쟁은 절대 없을 것이라는 단정은 그 누구도 장담할 수는 없었다. 그런 면에서 그분들이 처벌받기 전 양심에 호소하여 후배·후손들에게는 국가의 위기에 국민이 어떻게 국가를 위하여 기여할 것인가를 생각하고 단합된 국민 정서情緖에 동참해 주실 것을 부탁드린다는 차원에서 이 소설을 쓰게 되었다.

사랑이 가기 전에

희망찬 첫 출근

서정림(여 : 22세)은 1954년 2월 26일(금) 경기도 양평군 옥천면 지역에 위치한 용천초등학교 초임교사 발령을 받고 부임하였다.

실거주지는 경기도 여주군 개군면(당시는 행정구역이 양평군으로 전속되기 이전 시절)이었음에도 양평지역으로 발령이 난 것이다.

부모님께서는 가급적 자택에서 통근할 수 있는 지역을 기대했으나 그렇게 되지 못해 매우 아쉬워했다.

이유는 과년한 처녀를 객지로 홀로 보내는 것이 몹시 불안스럽다는 생각에서였다. 그래서 작년에 여고를 졸업하고 가사를 돌보며 배우고 있는 둘째딸(여 : 20세) 정심(서정림 동생)을 언니가 부임하는 학교에 딸려 보낸 것은 하숙을 하거나 민가 사글세방을 얻어 자취를 하는 언니를 돕도록 하기 위해서였다.

서정림은 부모님 권고에 그렇게 하기로 결정하고 동생 정심을 대동하여 임지로 떠났다.

버스를 타고 양평군 옥천 지역에서 내려 지역민에게 묻고 물어 임지 학교에 도착했다.

학교 위치는 신작로 찻길에서 약 2km 산속으로 들어갔다. 그런데 산세가 묘하게도 북쪽 위치에서 남쪽방향을 향해 산맥이 동쪽(좌측)과 서쪽(우측)으로 갈리어 서로 마주보며 마치 경쟁이라도 하듯 평행선으로 뻗어나간 것이 눈에 띈다.

풍수지리설에 의하면 좌측의 동쪽 산은 주산의 좌청룡이요, 우측 산은 주산의 우백호가 아닌가라는 생각이 들어 보통 평범한 지역과는 다르다는 느낌이 들었다.

특이한 점은 양 산맥의 중간 공간의 횡적거리가 거의 300여 미터 정도로 간격이 벌어진 넓은 들판으로 형성된 농경지대였다.

이 들판의 중앙대로中央大路를 중심으로 서쪽 편에는 꽤나 넓은 대천(大川 : 시내보다는 크고 강보다는 작은 물줄기)이 흐르고 있다. 그래서 이 냇가의 들 전답은 늘 물이 괴어 있어서 풍년을 이룬다는 것이다.

또한 이 대천의 인근 평지는 거의 농경지역이고 서쪽 편 산맥의 저변 지대는 곳곳에 민가 마을이 자리하고 있다. 반대로 대천 동쪽 역시 서쪽 지역과 같이 민가가 곳곳에 자리 잡고 있으며 역시 농경지대가 대부분이다.

그래서 이 지역을 지역 밖에서는 부자마을이라고 해서 부촌리富村里라고 부른다고 알려져 있다.

이런 평화스러운 마을 중앙 한적한 넓은 평지에 초등학교가 위치하고 있었다. 교정은 대로변에서 약 2m 높은 계단을 올라가서 4각 형태의 넓은 운동장이었다.

아무 말 없이 묵묵히 언니(서정림)를 따라오던 동생 정심이가 입을 열었다.

"언니가 평소에 늘 흘려보내는 말처럼 어느 조용한 산속에 묻혀 책이나 읽고 글이나 쓰는 작가가 되고 싶다더니 말처럼 됐네."

"그래! 내가 그랬지. 얼마나 조용하고 기분이 좋으니, 이런 산속에 묻혀 살면서 내 하고 싶은 일 하면서 산다는 게"라고 정림은 대답했다.

그러자 정심은 빈정거리듯 말했다. "흥, 천상 산골사람에게 시집가야겠네."

이 말에 언니 정림은 "얘는 갑자기 웬 시집가는 얘기가 나와, 언니는 시집 안 가 평생 내가 하고 싶은 일이나 하고 살거야."

"언니? 그런 입찬소리는 하는 게 아니야. 옛말에 말처럼 된다는 속담도 있어. 지금 이런 산속 학교에 발령받고 부임하는 것도 언니가 평소에 말 한대로 된 것 아니야." 하고 못마땅하다는 듯이 토해내고 있다.

정림은 "정심아 고만해라 응, 첫 부임하는 날부터 그런 말을 꺼

집어 내 듣기 거북하다." 하고 만류했다.

정심은 "응 그렇지, 내가 공연히 언니 처음 부임하는 날인데 철없이 지껄이었네 미안해 언니." 하고 말을 접었다.

두 자매는 도로변 계단을 올라가서 운동장 초입 교문 안에서 일단 멈추어 섰다. 넓은 운동장 안에 교사(校舍 : 학교건물) 중앙 출입구를 가늠하기 위해서였다. 그런 다음 서정림은 동생 정심에게 이르기를 "정심아, 언니가 학교 교무실에 들어가서 교장 선생님께 부임신고 인사를 올리고, 다음에 또 여러 선임先任 선생님 분들에게도 신임인사를 드리고 하자면 시간이 꽤 걸릴 듯싶다. 그러니까 이 운동장 바른쪽 끝에 버드나무 아래 넓적한 바위가 보이지? 그 바위에 앉아서 언니가 나올 때까지 기다려. 지루하거든 운동장 나무그늘을 왔다갔다 걷기도 하고, 이제 한 40분 후면 퇴근시간이 임박해서 선생님들 모두 퇴근하실 거야."

"알았어 언니, 아니 이곳은 학교니까 지금부터 언니라고 하면 안 되겠지! 선생님이라고 불러야지. 알겠습니다. 서 선생님, 그리하겠습니다." 하고 그곳으로 갔다.

서정림 선생은 교무실로 갔다. 교무실 안으로 들어가 교장 선생님께 부임신고를 드리고 여러 선생님들에게는 신임인사를 드렸다. 종료시간 회의를 마치고 퇴근시간이 되자 여러 선생님께서 교무실을 나와 퇴근을 하여 귀가하였다. 마지막에 교장 선생님과 30대 후반쯤 보이는 중견급 선생님이 함께 나오시어 운동장 중앙을 통하여 남쪽방향으로 걸어오시고 있었다. 그 뒤를 따라 서정림 선생이 걸어오며 동생 정심에게 손 신호를 보내어 언니가 가는 쪽으로 가깝게 다가오라고 알렸다. 동생 역시 '알았다'는 답신으로 바른손을 머리 위로 올리어 손목을 돌렸다. 드디어 교장 선생님, 지경석 선생, 서정림 선생 세 분이 운동장 남쪽 끝에 있는 학교 사택 장소에 도착하였다.

지경석 선생께서 교장 선생님 말씀을 대변해서 새로 부임한 서정림 여선생에게 이렇게 전달했다.

"서정림 선생님, 보시는 바와 같이 이 곳의 두 가구 사택은 학교사택입니다. 그런데 현재 이 두 가구 사택이 다 비어 있는 상태이기 때문에 서 선생님께서 한 사택을 쓰시겠다면 내어드리겠다는 교장 선생님의 배려이십니다. 그러나 서 선생님께서 마을민가에서 하숙을 원하신다면 교장 선생님께서 알선해 드리겠다는 말씀입니다. 선택은 서 선생님께서 결정하십시오."

그러자 서정림 선생은 즉시 대답했다.

"교장 선생님, 저 같은 신출교사에게 사택까지 배려해 주신다니 대단히 감사합니다. 그렇지 않아도 숙소문제를 어떻게 할까하고 걱정했습니다. 하숙이던 사글세방을 얻어 자취를 하던 제앞에 닥친 문제이기 때문에 자취를 하기로 결심하고 제 여동생까지 데리고 왔습니다."

"그러세요? 자취해 보신 경험이 있으세요."

"사범학교에 다니면서 1년간 사글세방을 얻어 경험했습니다."

"그렇다면 별 문제 없겠네요. 동생은 어디 있어요." 서정림 선생은 멀찌감치 몸을 피해 있는 정심을 불렀다.

"정심아, 이리 와서 교장 선생님과 지 선생님께 인사 올려." 그러자 정심은 언니 옆으로 가깝게 다가와서 겸손하게 인사를 올렸다.

"교장 선생님, 서정림 선생 동생 정심이라 하옵니다. 안녕하십니까. 지경석 선생님, 서정림 선생 동생 정심이라 하옵니다. 안녕하십니까. 많이 지도해 주시기를 부탁 올립니다. 감사합니다."

인사를 받은 교장 선생님께서는 "그래요, 고마워요. 어쩌면 그렇게 언니하고 꼭 닮았어요. 아주 깔끔하고 예쁘게 잘 생겼네요. 언니, 동생 별 차이 없어요! 몇 살 차이에요?"라고 묻자 정심이 "예, 두 살 차이옵니다." 하고 예쁘게 대답하자 교장 선생님께서는 "음성까지도 서 선생 꼭 빼닮았네, 자 그럼 지금 바로 방청소하고 불도 때어 방도 따뜻하게 해야 잠도 편안하게 잘 수 있지, 어서 서둘러요, 지 선생 올라갑시다"라고 하여 교장 선생님과 지 선생은 자택으로 올라가셨다.

서정림 선생과 동생 정심은 서둘러 아궁이에 불을 때고 방청소도 깨끗하게 하여, 두 서너 시간에 모두 정리를 마쳤다. 그런 다음 준비해 온 간단한 취사재료로 저녁을 지어 끼니를 이었다. 먼저 살았던 선생 내외분이 떠난 지 얼마 되지 않아 집안을 손쉽게 정리할 수가 있었다. 현재 본교 교사敎師 7명 중에서 교장 선생님 사택에 하숙하고 있는 지경석 선생과, 학교사택에 오늘 입주한 서정림 선생까지 두 분이었다.

다음날부터 서정림 선생은 동생 정심과 함께 사택에 기거하면서 학교에 출근하게 되었다.

낮에는 초등학교 선생으로서 어린 학생들을 열심히 가르치고 지도하며 최선을 다했다. 퇴근 후에는 내일 가르칠 각 교과목 교안부터 작성해 놓고, 밤에는 자신이 지향하는 작가가 되기 위해 문학작품을 읽고 습작하며 문장력 향상에 시간을 할애했다. 이렇게 하루일과가 반복되는 즐거운 세월은 끊임없이 흘러가고 있었다. 세월은 지칠 줄 모른다.

사랑이 가기 전에

휴전 이후의
시대적 상황

이때는 6·25 남북전쟁이 멈추고 휴전상태의 정국이었다. 그러므로 나라 안 전체가 경제적 어려움으로 정부든 국민이든 모두가 다 자기가 위치한 직분을 원만하게 수행하는 데에는 한계가 있었다.

국가는 전쟁으로 인한 피해손실을 최우선적으로 복구해야만 하는데, 재정이 바닥나서 걱정이었다.

국민은 언제 또다시 전쟁이 재발할지 알 수 없는 불안정한 준비상사태이기 때문에 마음 놓고 자기 자리를 찾아 소임을 다하기에도, 매우 힘들고 어려운 사정이었다.

또한 농촌에서는 어른이든 아이들이든 병이 나도 쉽게 병원을 찾아 치료받기가 어려웠고, 약국은 아예 없었다. 큰 마을(면소재지가 있는 동리)에도 특수 지방이 아니면 의료기관을 찾아보기가 어려웠다.

그나마 제대로 갖춘 병원은 아예 먼 곳에 있어 달려 갈 엄두도 내지 못했다. 더더욱 곤란스러웠던 것은 이가 아파 치과 전문병원을 찾으려 해도 어느 하늘 아래에 존재하고 있는지 조차 찾아볼 길이 막연했다.

이토록 어려운 전후戰後 시기에 잽싸게 머리를 굴려 그 누구도 감히 생각해 낼 수 없는 무자격 무면허 '돌팔이 의사'의 의료행위가 성행했다.

사회는 다양한 직업이 존재하고 있고, 직종에 따라 직능이 분류되어 있다. 그 직종 중에 어느 직종이던 중요하지 않은 곳은 없다. 가장 중요하다고 생각되는 곳은 인간의 생명을 담보하는 의료기관의 의사나 간호사의 전문성을 가지고 진료하는 의료인이다.

이 분들은 모두가 오랜 기간 의술에 관한 학문, 연구, 수련, 실습, 경험을 쌓고 국가자격시험에 합격하여 면허증을 획득하고 전문직을 수행하는 분들이다.

그런데 이렇게 힘들고 어려운 인간의 생명을 보살피는 의료행위를 국가가 3년간의 전쟁을 치르고 휴전상태에 있는 이 시기를 이용하여, '돌팔이 의사'가 어수룩한 농촌마을로 숨어들어와 환자에게 주사를 놓아주고 돈이나 곡식을 받아 간다는 소문이 이웃마을로부터 암암리에 흘러들어왔다. 그러자 학교가 주재하고 있는 동네에서도 한 아줌마가 소임(所任 : 동네 소식이나 편지 같은 것을 전해주는 사람) 아줌마를 찾아왔다.

"소임 아줌마 부탁이 있어 왔어요. 우리 집주인 양반이 감기에 걸려 심하게 앓고 있어요. 돌팔이 의사를 불러서 주사를 맞게 해 드리면 감기가 쉽게 나아질 수가 있다고 해서 그 돌팔이 의사를 부르려고 하는데 그분의 연락처를 아시면 좀 알려 주소서"라고 부탁했다. 그러자 그 소임 아줌마는 "내가 그분의 연락처를 어떻게 알아요 몰라요"라고 대답한다.

그러자 물으러 간 아줌마가 "아니 며칠 전 소임 아줌마가 여러 사람 있는 데서 감기가 걸린 분은 돌팔이 의사를 불러서 주사를 맞으면 즉효로 낫는다고 하지 않았소"라고 하자, 소임 아줌마 는 "그랬지요, 며칠 전 먹을 물을 기르기 위해 우물가에 갔다가 거기서 들은 얘기지 내가 어떻게 그 돌팔이 의사의 연락처를 알아요 몰라요"라고 했다. 그러면서 그 뒷말을 이어 감기는 주사를 맞으면 쉽게 나을 수가 있는데, 이는 아프면 큰일이라고 하면서, 아프면 치과병원으로 가야 하는데 치과병원은 전연 깜깜이라 가기 힘들다고 하면서 이는 아프지 말아야 한다고 강조했다.

그러자 물으러 갔던 아줌마가 되받아서 "아니, 누가 아프고 싶어서 일부러 아픈 사람이 어디 있어요, 병이 나니까 아픈 거지. 그런데 '돌팔이 치과의사'도 있지 않아요? 너무 비싸서 웬만한 집은 선뜻 치료받으며 이 하나 해 끼우기도 힘들지……"라고 하면서 뒤돌아 가버렸다.

당시 '돌팔이 의사'라고 하는 사람들은 자신들의 의료행위가 무면허 불법행위이므로 신변이 노출되는 것을 매우 꺼려했다. 그래서 그들의 주거지라던가 일정한 정착지는 일체 알려주지 않는다. 다만 환자나 환자 가족들과의 대면(서로 마주 보고)으로 얼굴만 기억하거나 익혀둔다. 환자에게는 해당 질병 약액藥液을 주사기에 투입하여 인체에 투여시킨 후 며칠분의 정제된 알약을 준다. 치과의 경우는 이를 빼고 소독하고 미리 맞춘 이를 끼워주고 부작용을 막는 여러 가지 해당 정제를 준다. 치료가 끝나면 며칠간의 기간을 보고 다시 결과를 확인하기 위해 방문한다. 방문하는 일자는 일시를 약속하지 않는다. 돌팔이 의사가 필요한 날 불시에 방문한다고 한다. 만약 이 같은 사실이 사찰기관에 알려지기라도 하면 수사대상이 되기 때문이다. 그래서 환자나 환자 보호자도 입을 다물고 돌팔이 의사를 오히려 보호해주는 현실이 되어버렸다. 실지로 돌팔이 의사가 사찰 당국에 체포되어 그나마 민간인 환자들이 받았던 도움마저 끊어져 다음 환자가 발생하면 별 방법 없이 환자는 완치가 될 때까지 고통을 받게 되거나 불운의 경우를 당하지 않는다는 보장도 없다는 것이다. 이런 농촌의 실정과 농민들의 삶을 잘 알고 있는 사찰기관에서도 이 같은 소문을 모를 리가 없다. 직접 고발이 들어오지 않는 한 어려운 시기라 그냥 모른 척 지나버렸다.

세상에 무슨 일이 일어나더라도 세월은 멈춤 없이 흘러간다.

이런 와중에 농촌의 농민윤리와 질서를 저해하는 이상야릇한 유언비어流言蜚語가 나돌고 있었다.

내용인즉 '돌팔이 의사' 중에 일부 제한된 소수 인원의 소행이 아닌가로 추측이 되지만, 만일 사실이라면 이는 엄청난 사회적 파문으로 이어질 가능성도 있겠다 걱정이 되기도 했다.

한, 돌팔이 의사가 농촌의 유부녀나 미혼 여성들을 상대로, 감기를 비롯한 경한 질병을 앓고 있는 환자를 치료해 주면서 교묘한 수법으로 신체접촉 신호를 보낸다고 한다. 이 같은 치료행위가 수회(2회 이상)를 거치는 동안 환자는 너무 고마워서 사례의 뜻으로 어찌할 수 없이 성접대를 해주고, 물품이나 현금으로도 답례를 해준다고 한다. 그래서 돌팔이 의사는 환자만 잘 만나면 '사랑도 받고 돈도 번다'는 소문이 쉬쉬 하면서도 전파되고, 그 행위는 이슬처럼 사라졌다. 그래서 사람들은 자연적으로 유언비어가 돼 버리는 것은 사회질서를 유지시키는데 다행한 흐름으로 이어진 것이 아닌가도 생각되었다.

동년 4월 1일 또 한 분의 이명수 남자 선생이 부임하였다. 20대 중반의 이명수 선생은 초임 지역인 모 초등학교에서 3년간을 근무하였다. 이번에는 자신의 집을 정점으로 거리나 교통이 좀 더 가깝고 편리한 지역으로 발령을 받았으면 하고 희망했는데 다행히도 만족스럽지는 못하지만 그런대로 뜻은 이루어졌다고 생각되어 즐거운 마음으로 부임하였다.

이명수는 어차피 객지 생활이라 하숙집부터 정해야 하는데 결정하지 못해 걱정하고 있는데, 교장 선생님께서 "이 선생! 숙소는 어떻게 정한 집이 있어요?"라고 물으셨다.

"예 아직 정하지 못했습니다. 퇴근 후 민가마을에 가서 알아보려고 합니다"라고 대답을 드렸다.

그러자 교장 선생님께서는 "그게 그렇게 쉽게 얻어질 수 있겠어요. 어차피 내 사택 사랑방에 지경석 선생이 숙식하고 있으니 이명수 선생도 좀 불편하겠지만 함께 숙식하도록 해요. 내 지경석 선생에게 얘기하리다"라고 말씀해 주셨다.

이 말씀에 이명수 선생은 교장 선생님께 큰절을 올리며 "교장 선생님, 감사합니다. 정말 감사합니다. 당장 그 문제로 걱정을 했는데 걱정을 덜게 되어 마음이 가볍습니다." 하고 정중히 사례를 드렸다.

이날부터 지경석 선생과 함께 동숙하면서 근무를 시작했다.

예상치 못한
봄 독감의 불운

이로부터 한 달이 지나가는 마지막 4월 30일 금요일이었다. 서정림 선생은 아침에 몸이 불편하다고 끙끙 앓는 소리를 내며 일어나지 못하고 있었다. 부엌일을 하고 있던 정심이가 방으로 들어와 보니 언니의 앓는 소리가 심상치 않았다.

"언니? 왜 그래 어디 아파." 하고 언니의 머리를 손바닥으로 만져보니 머리가 불덩이처럼 뜨거웠다.

"언니 어떻게 해, 머리가 불덩어리야 큰일났네 병원에 가야겠어."

"정심아, 법석떨지마. 아직 출근할 시간이 넉넉하니까 조금만 더 누웠다가 기운 차리고 일어나서 머리 아픈데 먹는 약 들고 출근할 거야."

"뭐라고, 출근한다고? 몸에 열이 불덩이처럼 뜨거운데 그 몸으로 출근한다고 언니 제정신이야." 하고 정심이 소리친다. 그러자

25

서정림 선생은 벌떡 일어났다.

"그래 출근할거야. 밥 먹고 머리 아픈데 먹는 알약 먹고 기운 차려 출근하면 괜찮아지겠지. 그러니까 정심아 너무 걱정하지 마 응." 음성을 낮추어 동생의 걱정을 보듬어주고 세수하러 나갔다.

그러자 정심은 못마땅하다는 듯이 "흥, 고집이 병 내친 다더냐." 하며 부엌으로 나가서 언니 아침상을 차려 방으로 들여왔다.

서정림은 세수를 하고 들어와서 화장을 마치고 아침밥을 대충 먹는 둥 마는 둥 하고는 머리 아픈데 먹는 알약을 찾아 입안에 넣고 물을 마신 뒤 동생에게 이렇게 말했다.

"정심아 언니가 미안해. 언니가 기운 차려 근무하고 돌아올 터이니 걱정하지마. 알았지." 서정림은 동생의 볼을 손바닥으로 토닥거려주며 안심시켰다.

그러자 동생 정심은 "이것 봐 언니! 언니의 손바닥이 너무 뜨거워 이러고도 걱정하지 말라고." 하며 걱정스럽게 말했다.

"응, 걱정하지 마. 약 먹었으니까 출근하고 나면 괜찮아질 거야." 서정림은 부지런히 교무실로 걸어갔다. 정심은 언니가 교무실에 당도할 때까지 뒷모습을 지켜보고 있는데 마침 교장 선생님 사택에 하숙하고 있는 지경석 선생과 이명수 선생이 출근하기 위해 운동장 쪽으로 내려오고 있었다.

정심은 두 분 선생님께 "안녕하세요." 하고 인사를 드렸다. 지경석 선생과 이명수 선생은 인사를 받았고 "응 왜 나와 있어요."

하고 지경석 선생이 묻자, 정심은 "선생님께 드릴 말씀이 있어서 기다리고 있었습니다"라고 했다. 그러자 지경석 선생님께서 "그래요. 무슨 말인데." 하고 걸음을 멈추었다. "언니가 요새 몸이 좀 아팠어요. 그런데 오늘 이른 새벽부터 기침을 하면서 머리가 불덩어리처럼 뜨겁고 열이 심하게 올랐어요. 그런가하면 헛소리까지 지르며 앓고서는 아침도 별로 들지 않고 머리 아픈데 먹는 알약만 먹고 출근했습니다. 하루 쉬라고 해도 아이들이 기다린다고 막무가내로 출근했어요. 두 선생님께서 잘 좀 보살펴주세요. 부탁 올립니다."

동생의 말에 깜짝 놀란 이명수 선생은 "아니 그런 일이 있었으면 일찌감치 달려와서 지 선생님께 아니면 막내 선생인 나에게 알려주었으면 병원으로 안내했지요"라고 한다. 그러자 정심은 "이 시골에 무슨 병원이 있어요"라고 한다. 그러자 이명수 선생은 "급할 때는 양평읍 택시정류소에 연락해서 택시를 오도록 하고 환자를 태워 양평읍에 있는 병원으로 직행하여 치료를 받도록 해야 합니다. 정심 씨가 그런 조치를 하시고 계셔야 해요. 직접 하시기는 학교 전화는 밤이라 사용하시기가 어려우실테니 나에게 연락을 주세요. 그러면 내가 직접 조치하겠습니다"라고 상세히 일러주었다.

두 선생님은 정심에게 "걱정하지 말아요 언니를 잘 보살필 것이니." 하고 학교 교무실로 향해 부지런히 걸어갔다.

교무실에 도착한 지경석, 이명수 두 선생은 서정림 선생을 찾았지만 교무실에 있지 않았다. 다시 서 선생의 담임학년 교실로 가보았다. 서정림 선생은 그곳 교사 책상에 앉아 아이들을 바라보며 무엇인가 깊이 생각에 잠겨있었다. 젊은 이명수 선생이 앞장서 교실로 들어가고 바로 뒤따라 지경석 선생이 들어갔다. 먼저 이명수 선생이 말했다.

"서 선생님, 밤새도록 편찮으셨다면서요."

지경석 선생은 서 선생 앞으로 바짝 다가서며 "어디 봅시다." 하며 손바닥을 이마에 댔다.

"이런 열이 대단한데! 감기가 왔군요. 이토록 머리가 뜨거우면 동생을 시켜서 연락을 주시지…… 안 되겠다. 내가 빨리 하숙방에 달려가서 정제라도 가져와야겠다." 이 말을 듣자 서정림 선생은 펄쩍뛰었다.

"지 선생님, 아니에요 가시지 마세요. 오늘 아침 식후 집에 비상용으로 있던 알약을 들고 왔어요." 그녀는 한 봉지(1회용 알약 봉지)를 주머니에서 꺼내보였다.

"그래요, 그러면 점심시간에 주사를 맞읍시다." 하며 지 선생이 걸음을 멈추었다.

이때 수업 전 교직원 조회 신호가 울려 모두 교무실로 갔다. 오전수업이 끝나고 점심시간이 되었다. 서정림 선생은 1학년 어린 학생 수업을 마치고 집으로 돌려보낸 다음 뒷정리를 끝내고 교무실로 돌아왔다. 교장 선생님께서 서정림 선생을 기다리고 계셨다.

서 선생을 보시자 "서 선생, 그처럼 심하게 아프면 몸조리가 우선이지 왜 출근을 하셨어요. 봄 감기나 여름 감기가 더 무섭다고 하지 않소. 어서 들어가서 몸조리하세요. 내일 1학년 보결 수업은 내가 직접 보살필 것이니 걱정 마시고 병원엘 다녀오세요. 아셨지요."

"예 교장 선생님, 감사합니다." 서정림 선생이 사택으로 오자 동생 정심이가 "언니! 열의 차도가 좀 있어." 하고 물었다.

"아니, 떨어지는 듯하더니 도로 그 상태야 좀 눕고 싶다."

"응, 언니 점심이나 좀 들고 눕도록 해."

"아니, 먹고 싶지 않아 빨리 누웠으면 좋겠어."

"알았어 언니 이부자리 펴줄게." 서정림 선생은 옷을 갈아입고 바로 자리에 누웠다. 정심은 언니의 머리에 손바닥을 대어보았다.

"언니, 머리 열이 조금도 떨어지지 않았네. 아침 그대로야. 어쩌지 언니, 이명수 선생님께 부탁해서 택시 좀 불러달라고 할까?"

"택시는 왜?"

"양평읍에 가서 병원에 갈려고."

"정심아 수선대지 말고 오늘밤 하루 더 지내보자, 설마 낫겠지."

"언니! 언니가 이렇게 아프니까 나 혼자 겁이나, 어찌해야 할

지 엄두가 나지 않아."

"응 네 마음 내가 알아, 걱정하지 마. 언니가 알아서 낫게 할게."

이날 오후 지경석 선생과 이명수 선생은 퇴근하면서 서정림 선생 사택에 들렀다. 이명수 선생이 정심에게 물었다.

"서 선생님 병상이 좀 어떠세요, 차도가 있으세요?"

"예, 아침 상태 그대로예요."

이명수 선생이 "다시 알약을 드셨는데도 아무 차도가 없으신 거에요. 그러면 안 되겠어요. 제가 택시를 불러서 양평읍 병원으로 모시고 가야겠어요"라고 하자, 지경석 선생이 말했다. "이 선생, 서둘지 마세요. 내가 알아서 낫도록 해 드릴게요. 자 하숙방으로 갑시다."

돌팔이 의사의
친절 행위

저녁식사를 끝낸 후 지경석 선생은 자신의 사물에서 무엇인가 꺼내었다. 주사기와 약액藥液이었다. 그런 다음 보자기에 싸놓은 또 다른 물건도 꺼냈다. 가스레인지였다.

"이명수 선생이 보따리 좀 드시고 서정림 선생에게 갑시다. 감기주사를 놓아주려고 합니다." 이것을 바라본 이명수 선생은 깜짝 놀라는 표정이었다.

"지 선생님 주사도 놓으실 줄 아세요? 어떻게 의료기술까지 다 배워놓으셨어요! 참 대단하십니다. 그러면 면허증도 받으셨겠네요."

"이 선생, 얘기는 다녀와서 하고 어서 가시자니까."

"알겠습니다." 하고 바로 일어나서 보자기에 싸놓은 물품을 들었다. 묵직했다.

"가벼운 줄 알고 쉽게 들었더니 꽤 무겁네요."

두 선생은 서정림 선생 사택에 도착했다. 누워있던 서정림 선생은 두 선생께서 들어오자 자리에서 일어났다. 그러자 지경석 선생은 "일어나지 마시고 그냥 누워계서요." 하며 정심에게는 조그만 바가지에 물 좀 떠오라고 일렀다. 들고 온 보자기를 풀어 조그마한 가스레인지를 꺼내어 불을 켜고 냄비에 물을 부어 끓인 다음 주사기를 소독하였다. 손놀림이 아주 능숙하였다. 한두 번 해본 솜씨가 아니었다. 소독이 끝나고 주사기에 감기약액을 투입하였다. 그리고는 동생 정심이만 곁에 있게 하고 환자 몸에 주사기를 투여하는 시간만은 이명수 선생은 잠깐 나가기를 부탁드리고자 했는데, 눈치 빠른 그는 이미 밖으로 피해 나가 옆에 있지 않았다.

환자에게 주사를 놓고 알약까지 들게 한다음 여동생 정심은 밖에 나가 있는 이명수 선생님에게 들어오시도록 모시러 나가니까 그 자리에 있지 않았다. 한참을 기다리고 살폈음에도 이명수 선생님은 나타나시지 않았다. 치료를 끝내고 잠시 환자와 대화를 나누다가 지경석 선생은 서정림 선생에게 이렇게 부탁했다.

"지금부터 아무생각도 하지마시고 주사를 맞으셨으니 더 이상 열은 오르지 않을 것입니다. 한잠 푹 주무시고 잠이 깨이면, 힘드셔도 무조건 동생이 쑤어놓은 죽을 드세요. 양은 드시고 싶을 만큼 드시다가 더 들기 싫으면 중단하시고 20분 후 알약을 드세요. 그런 다음 벽에 등을 대고 잠시 앉아 계시다가 다시 누워 눈을 감으면 열이 절로 떨어질 겁니다. 그다음 다시 쉽게 잠이 들지 않으면 흘러간 지난세월 가장 즐겁고 기뻤던 일이 무엇이 있었던가! 하는 과거를 한번 되돌아보는 상상의 시간을 갖도록 하세요. 그러면 머릿속에 입력되어 있는 잊혀지지 않은 필름이 금세 풀려 떠오릅니다. 그럴 경우 자신도 모르게 웃음이 솟아납니다. 물론 기쁨 속에 슬픔이 먼저 떠오르는 경우도 있겠지요. 이런저런 상상의 과정에서 은연중 잠들어 버립니다. 감기치료를 받으면서 끼니마다 식사를 잘 하시고 편안한 마음으로 푹 쉬는 것이 가장 효과적입니다. 전 이제 돌아갑니다. 몸조리 잘 하세요."

서정림 선생은 몸을 일으키며 "지 선생님, 이렇게 수고만 해주시고 대접도 못해드려 대단히 죄송합니다. 제가 회복되면 밖으로 모시어 식사대접으로 감사를 드리겠습니다. 저의 답례는 그것 밖에는 능력이 없는 것 같습니다."

"서 선생! 동료 교사 간에 그 무슨 말씀이요. 아예 그런 말씀은 하시면 안 됩니다. 아시겠지요." 하고 밖으로 나왔다. 숙소로 돌아오니까 이명수 선생이 저녁상을 받아놓고 지경석 선생이 돌아오실 때까지 기다리고 앉아 있었다.

"지 선생님, 수고 많으셨습니다. 만일 우리 학교에 지 선생님이 안 계셨더라면 서 선생은 꼼짝없이 영업용 택시를 불러 양평읍 민간 병원으로 갈 수밖에 별도리가 없지 않았겠습니까! 언제 그렇게 의료기술까지 배워놓으셨습니까. 정말 존경스러운 선생님이십니다. 시장하실 터인데 저녁식사부터 드시지요." 하며 지 선생이 들고 있는 기구 봇짐부터 받아서 책상 옆에 안전하게 놓아주었다. 그러고는 지 선생과 함께 저녁식상에 마주앉아 식사를 하였다.

다음날 토요일 오전수업이 끝난 다음 이명수 선생은 부임한지한 달 만에 집에 가서 가족을 보고 오겠다며 교장 선생님과 사모님에게 인사드리고 하숙방을 나왔다. 가는 길에 서정림 선생 사택에 들렀다.

정심이가 "어머나, 이 선생님 어디 가세요?" 하고 물었다. 이명수 선생은 "저 부임한 이후로 한 번도 집에 가지를 못했어요. 부모님 두 분께서 너무 궁금해하실 것 같아 이번 토요일은 꼭 집에 가기로 결정해놓고 기다렸던 날입니다. 그래서 가는 길입니다. 그런데 서정림 선생님께서 저토록 불편하신 것을 보면서도 가까이에서 지켜드리지 못하고 가니까 마음이 매우 편하지 않습니다."

"아이고 무슨 그런 말씀을 하세요, 다녀오셔야지요. 부모님께서 얼마나 걱정하시겠어요. 언니는 제가 있지 않아요, 저도 이제 성인이 다 됐어요. 걱정해 주셔서 감사합니다. 어서 들어오세요." 하고 이 선생님을 방문 앞으로 안내했다.

"언니, 이명수 선생님이 집에 다니러 가시는데 언니 잠깐 뵙고 가신다고 들리셨어." 하고 방문을 열었다. 서정림 선생은 자리에서 벌떡 일어났다.

이명수 선생은 방 안을 들여다보면서 "서 선생님 일어나시지 마세요. 잠깐 인사만 드리고 가려고 들렀습니다. 아버지 어머니가 뵙고 싶어서 집에 다녀오려고요. 봄바람이 때로는 겨울바람을 제친답니다. 제 말입니다. 내일 일요일 늦게 도착할 것입니다. 밖에 나오시지 마시고 제가 돌아올 때까지 더 아프지 마시고 몸조리 잘하세요 아시겠지요."

서정림 선생은 "예 이 선생님, 말씀대로 주의하겠습니다. 어쩌다가 봄 감기에 걸려 여러 선생님께 걱정을 끼쳐드리게 되어 대단히 죄송스럽게 생각합니다. 이 선생님! 조심히 잘 다녀오세요." 하고 손을 흔들어 인사를 대신했다.

정심은 언니를 대신해 운동장 입구까지 환송해 드렸다. 저녁 때 서정림 선생은 지경석 선생님께서 두 번(어제저녁과 오늘 점심 후)이나 주사를 놓아주시고 주신 알약을 먹었더니 열이 거의 떨어지고 몸 움직임도 상당히 가벼워진 느낌이라고 했다. 그러나 아직은 완전히 회복된 상태는 아니었다.

정심은 특별히 신경을 써서 쌀죽을 맛있게 쑤고, 된장찌개도 각종 채소 재료에 여러 가지 양념과 돼지고기를 살짝 넣어 맛있게 끓여서 상을 차려 언니 앞에 놓았다.

"언니? 언니가 너무 식사를 잘 들지 않아서 오늘 저녁은 그동안 내가 준비해 놓은 여러 가지 재료를 다 넣어서 정성껏 끓인 찌개니까 맛있게 쌀죽을 다 들어야 해, 알았지." 하고 수저를 언니 손에 쥐여주었다.

서정림 선생은 동생 얼굴을 빤히 쳐다보았다. 그리고는 눈물을 주르륵 흘렸다.

"언니 왜 그래, 왜 눈물을 흘려 언니가 이러면 내가 너무 속상해." 하고 돌아앉아 정심이 역시 눈물을 흘렸다.

"정심아 미안하다. 집에서 아빠 엄마 사랑만 받고 자란 내 동생을 언니가 이렇게 고생을 시키는구나." 동생 곁으로 다가앉아 손을 잡고 흐느껴 울었다.

그러자 정심이도 "언니 이러지 마. 나 고생하는 것 아니야 실습하는 거야. 언니가 아니었다면 언제 내가 이런 경험을 하며 살림을 배워 안 그래 언니! 자 어서 식사해, 그리고 약도 먹어야 하잖아 자 밥 먹자." 하며 언니를 제자리에 앉히고 수저에 죽을 떠서 입에 넣어준다.

서정림 선생은 눈물을 닦고 동생의 수저를 받아 들며 "내가 언니가 아니라 니가 언니 같다"라고 한다.

그러자 또 정심이가 "언니 때와 사정에 따라 언니가 동생이 되고 동생이 언니가 될 수도 있는 거야. 그렇다고 친족 간 촌수가 어디 가나."

"그래! 우리 동생 말도 잘해."

"그러니 아무 말 말고 언니 밥 먹자. 언니 마음이 왜 이렇게 약해지는 거야, 그 당당한 자존심은 어디에 감추고……."

서정림 선생은 "그래 밥 먹자." 하고 죽과 된장찌개 몇 수저를
떠서 입에 넣더니 "정심아, 죽이나 된장찌개 무슨 재료와 양념을
넣어 죽을 쑤고 된장찌개를 끓였기에 이렇게 맛있니!" 하며 아픈
후 가장 많이 먹었다.

이 와중에 지경석 선생은 저녁을 먹은 다음 어두워지기 전에
서정림 선생의 병세를 확인하기 위해 사택에 들렀다.

"아니, 지 선생님께서는 가택에 안 가셨습니까?" 정심이가 여
쭈었다.

그러자 지경석 선생님은 "안 간 게 아니라 못 갔지." 한다.

"왜 못 가셨습니까, 학교에 무슨 바쁜 일이 있으신가요?"

"바쁜 일이야 뭐, 내일이 일요일인데 월요일에 하면 되지요. 그
런데 서정림 선생이 저렇게 아픈데 환자를 두고 어떻게 집에를 가
요 안 그래요 정심 양."

"언니 때문이라면 그냥 가시지 그러셨어요. 언니는 이제 지 선
생님 덕분에 많이 좋아졌으니까 동생인 제가 보살피면 되지요.
제가 안 가신 것을 미리 알았더라면 꼭 가시도록 권유해 드렸을
텐데 제 잘못이었나 봐요, 사과 올립니다."

"아니 사과라니요, 정심 양이 무슨 사과를 해요. 서정림 선생
은 우리 학교의 동료 교사이시자 1학년 어린이들의 담임선생님
이에요. 가장 힘들고 어려운 어린이를 맡고 계시는 선생님이기

때문에 하루빨리 완쾌되어서 어린이들 곁으로 돌아가야 합니다. 그래서 내가 서 선생의 회복을 도와드려야 된다는 생각에서 남게 된 거예요."

정심은 지경석 선생님이 너무도 고마웠다. 한 가족 친남매지간 사이라 하더라도 지경석 선생님과 같은 정성을 베풀기는 매우 어려운 일이라고 생각되었다.

정심이 방문을 열고 "언니, 지경석 선생님이 오셨어." 하자 이 말을 듣자 서정림은 자리에서 벌떡 일어났다.

"어서 오세요. 이토록 지 선생님의 신세를 받게 되어 너무도 감사합니다. 덕분에 오늘은 좀 생기가 솟아나는 것 같습니다. 앉으세요." 하고 방석을 깔아드렸다. 그리고는 몸을 단정히 정돈하였다.

"괜찮아요, 편안히 누워계셔도 돼요. 자 오늘 저녁도 주사를 맞읍시다." 하며 주사기에 약액을 투입시켰다. 그리고 동생에게 옷을 제쳐 언니의 살갗(피부)을 열도록 부탁했다. 주사기를 투여한 다음 알약 두 봉지를 주며 한 봉지는 저녁에 들고 남은 한 봉지는 내일 아침식사 후에 들도록 일러주었다. 서정림 선생은 지경석 선생님이 고마워서 "이번 감기에 지 선생님의 치료가 아니었다면 큰 고생을 할 뻔했습니다. 이 은혜 잊지 않고 두고두고 기억하겠습니다. 감사합니다." 하고 앉은자리에서 인사를 올렸다.

지 선생은 "감사는 무슨 감사에요, 내가 배워 둔 일을 실행했을 뿐이에요. 이때가 아니면 언제 실습하고 언제 경험해요 아니 그래요? 그러니까 조금도 부담가질 필요가 없어요"라고 했다. 이때 정심은 부엌에 나가 꿀물을 타왔다.

지경석 선생님은 꿀물 맛을 보더니 "아니 요즈음처럼 어려운 시기에 꿀물을 다 마셔보네 정심 양 고마워요."하고는 조금씩 마시며 언니와 대화를 나누었다.

"자 이제 숙소로 가야지. 서 선생, 동생과 즐거운 얘기 나누며 마음 편히 푹 주무세요. 그러면 내일 아침은 한결 몸이 좋아질 것입니다."하며 일어나 숙소로 돌아갔다.

다음날 일요일 아침 서정림은 느지막하게 잠에서 깨어났다. 오전 9시였다. 옆에 앉아 있던 정심은 언니 일어났어, 하고 언니 곁으로 다가앉았다.

그리고는 "언니 머리 좀 만져보자."하고 이마에 손을 댔다.

"언니, 열은 별로 없는 것 같아. 몸 상태는 어때."하고 물었다.

"응 그래, 오늘 아침은 매우 기분이 좋아 머리도 안 아프고 생기가 난다. 이제 다 나은 것 같다."

"언니는! 다 나은 것이 아니라 나아지고 있는 거야. 이때 더 조심해야 해, 덥다고 문 열어 놓으면 안 돼."

"얘 정심아 웬 쇠고깃국 냄새가 난다."

"언니도 감기가 좀 사그라지니까 냄새까지 정확하게 맞추네. 맞아 언니, 오늘 아침에 교장 선생님 사모님께서 언니 들게 하라고 쇠고기 넣고 끓인 국물 한 냄비를 보내주셨어. 그 국을 좀 더 뜨겁게 끓이고 있는 중이야.”

“그래, 고마우셔라. 잘 먹겠습니다, 하고 언니를 대신해서 감사 인사를 드리지.”

“언니 내가 그만한 인사차림도 할 줄 모르는 멍충인 줄 알아, 언니는 아직도 이 동생이 철없는 소녀로만 보이나 봐.”

“아니 그런 뜻에서 말한 게 아니야. 내 동생이 어떤 동생인데 너무 지나칠 정도로 똑똑한 동생이지. 그냥 언니로서 노파심에서 하는 말이야. 고맙다.”

“언니, 나도 그냥 한 말이야. 내가 왜 언니 말 읽지 못하겠어. 언니 밥 차려 올게. 교장 선생님 사모님의 성의를 생각해서라도 오늘 아침만은 쇠고깃국에 밥 많이 먹어야 해 알았지. 그래야 남은 감기마저 뚝 떨어져 나가지 그러면 내일부터는 활기차게 출근할 수 있지 않겠어……”

정심은 부엌으로 나가 준비해 놓은 밥상에 따끈따끈한 밥과 끓여놓은 쇠고깃국을 올려놓고 방으로 들여왔다. 두 자매는 며칠 만에 서로 마주보며 즐거운 마음으로 식사를 했다.

저녁식사 전 무렵 돌아온 이명수 선생이 서정림 선생 사택에 들렀다.

“어머, 이 선생님 벌써 다녀오셨어요?”

“그럼요, 서 선생님의 병환이 어떤지 집에 가서도 궁금하고 좀 이 쑤시어 견딜 수가 있어야지요. 그래서 점심 전 서둘러 떠나왔지요."

"그러면 점심도 못 잡수셨겠네요."

"아니요, 서울 버스정류장 근처 식당에서 먹었습니다."

정심은 방문을 열면서 소리를 질렀다. "언니, 이명수 선생님이 오셨어, 언니가 궁금해서 일찍 떠나오셨데."

서정림 선생은 벌떡 일어나서 이명수 선생을 맞이했다.

"들어오세요, 일찍 도착하셨네요, 죄송스럽습니다. 변변치 못한 저 때문에 여러 선생님들 신경을 쓰게 해 드려서 몸 둘 바를 모르겠습니다. 부모님께서 존체만강하신가요."

"예, 아무러면요. 서 선생님이 걱정이 돼서 마음이 편할 수가 없더라고요. 그래서 일찍 떠나 왔습니다. 지금 뵈오니까 마음이 좀 안심이 되네요. 다행이십니다. 어서 쉬세요. 저 숙소에 가서 옷 좀 갈아입고 다시 들리겠습니다."

이명수 선생은 하숙방으로 갔다.

다음 월요일(5월 3일) 서정림은 아침에 일어나서 세수를 하고 화장대 앞에서 화장을 하고 있었다.

"언니? 오늘 출근하는 것이 무리가 아닐까. 오늘 하루 더 쉬고 내일 화요일부터 출근하면 안 될까!" 부엌에서 방으로 들어오며 정심이가 말했다.

그러자 서정림 선생은 "아니야, 아프다고 계속 누워있으면 병을 더 키우는 거야. 이 정도면 일어날 수 있겠다고 마음먹었을 때 과감하게 일어나서 남은 병은 용기로 퇴치시키는 거야."

"맞아 언니, 언니는 결단력도 강하잖아. 그럼 밥상 들여올까?"

"그래, 밥 먹자 화장도 끝났어."

정심은 다시 부엌으로 나가서 언니 밥상을 들여왔다.

"언니, 아침은 먹기 싫어도 억지로라도 많이 먹어야 돼, 그래야 힘이 생겨."

"그래, 많이 먹을게, 정심아 언니 아파서 고생 많았다."

"언니? 무슨 그런 말을 자꾸 해 고생은 무슨 고생이야. 그 일도 않고 밥 먹고 사는 사람 있어, 하루 세끼 밥 먹는 일은 모든 사람들의 본분이 아닌가!"

"참, 내 동생 정심이가 어느새 자라서 저토록 어른이 되었나. 언니보다 생각하는 것이 훨씬 어른스럽다. 사랑한다, 내 동생."

오늘 아침 서정림 선생이 출근하자 여러 선생님들이 박수로 회복 출근을 환영했다.

서정림 선생은 "그동안 교장 선생님을 비롯하시어 여러 선생님 분들께 심려를 끼쳐드려 대단히 죄송합니다. 감사합니다." 하고 허리 굽혀 공손히 인사를 올렸다.

월요교무조회月曜校務朝會를 마치고 서정림 선생은 바로 1학년 담임 교실로 갔다. 교사 출입문을 열고 교실 안으로 들어서자 어린이들은 "선생님 오셨다." 하고 소리 지르며 일제히 손뼉을 친다. 서정림 선생은 이토록 어린이들이 좋아하는데 다른 선생님들이 들어오셔서 수업을 대신해주시면, 아이들이 과연 담임선생님 대하듯이 편안한 마음으로 공부를 할 수 있을까 하는 생각이 들었다. 그래서 교사는 가능하면 아프지 말아야 하겠다는 생각이 절실하게 들었다.

5월 4일 화요일 이명수 선생은 퇴근 즉시 하숙방으로 돌아와서 옷을 갈아입고 서울로 향했다. 내일 어린이날 휴일을 이용하여 필요한 물품을 구하기 위해서였다. 서정림 선생님 사택에 들러 다녀오겠다는 인사를 하고 바로 퇴근을 하지 않은 지경석 선생님께도 인사를 올리고 출발하였다. 다음 어린이날이 휴일이기 때문에 안심하고 떠난 것이다.

서정림 선생은 휴일이라 마음 놓고 늦잠을 잤다. 옆자리 동생 정심이도 늦잠을 자고 있겠지 라고 생각하고 손을 더듬어 봤다. 그런데 빈자리였다. 이상하다고 생각하여 자리에서 일어나 방문 부엌 쪽에 귀를 기울였다. 동생이 혼자 종알거리며 열심히 반찬을 만들고 있었다. 무슨 반찬을 만드는가 하고 방문을 살짝 열어 보았다. 구수한 냄새가 코를 찔렀다. 쇠고깃국에 무를 썰어 넣고 참기름을 뿌린 다음 끓이고 있는 냄새가 너무도 좋았다. 거기에다가 또 배추를 절여 볶은 참깨를 넣어 겉절이 무침을 하고 있는 냄새까지 곁들여 더더욱 입맛을 돋우어 주는 솜씨를 발휘하고 있었다. 어떻게든지 언니의 건강을 회복시키겠다는 정성이 마음에 꽉 차 있었다. 그 동생의 모습을 바라보는 언니의 눈에는 눈물이 주르륵 흘러내렸다. 집에서는 손 한번 까딱해 본 적 없는 동생이 언니 따라와서 언니 비위 맞춰주고, 건강 챙겨주고 거기에다 입 맛까지 챙겨주려는 동생이 요새 같은 세상에 몇 명이나 될까! 생각할수록 동생이 고맙고 대견했다. 나는 지금까지 동생들에게 언니로서 누나로서 무슨 도움이 되었을까 하는 자책을 했다. 형제자매간의 애정이 부모 사랑 속에서는 느껴지지 못하지만 부모 곁을 떠나, 객지에 나와 함께 고생을 하고 의지하고, 건강에 문제가 생겼을 때 이 같은 애정이 솟아나는구나 하는 진심과 희생의 정신을 깨닫게 되었다.

"언니, 밥상 들여가도 돼?"

"응 그래 들여와."

정심은 방문을 열고 밥상을 들여왔다.

언니는 밥상을 보고 "와아- 무슨 반찬이 이토록 많으냐. 쇠고깃국 냄새, 배추겉절이 무친 양념 냄새 너무 맛있겠다. 오늘은 마치 언니 생일 같은 기분이 든다. 내 동생 정말 고맙다." 하며 바로 수저를 들었다.

두 자매는 서로 마주보고 즐거운 마음으로 식사를 했다. 서정림 선생은 말 그대로 밥 한 그릇을 다 비우고 배추겉절이 무침을 비롯해 반찬도 모두 깨끗하게 비웠다.

"정심아, 언니도 모르게 언제 그렇게 음식 만드는 법을 배웠니

참 우리 동생 자랑스럽다."

"언니? 무슨 말을 그렇게 해 자랑스럽긴 뭐가 자랑스러워. 여
자치구 음식 못하는 여자 있어, 책 보고 생각하면서 만들어 본 거
야. 언니 덕에 좀 일찍 배웠다는 것뿐이야. 언니도 자연적으로 알
게 되고 할 수 있게 돼. 지금은 직업을 가지고 있기 때문에 좀 늦
을 뿐이야. 어쨌든 언니 덕에 오늘 아침밥 잘 먹었어. 무엇보다 기
쁜 것은 서투른 솜씨로 만든 음식도 다 처리해주시니 언니 고마
워. 이제 운동 열심히 하면 며칠 안으로 건강 다 회복될 거야. 언
니 잘 먹어 주어서 다시 감사드린다. 이제 밥상 치우고 청소할 거
야, 그동안 언니는 운동장에 나가서 걷기운동 해 알았지." 부엌일
을 마친 정심은 방으로 들어왔다. 언니는 벌써 운동복을 입고 밖
으로 나갈 준비를 하고 있었다.

"우리 언니 오늘은 환자답지 않네. 벌써 운동장으로 나갈 채비
를 갖추고 있으니, 자 그럼 언니는 운동장으로 나가셔서 열심히
걷기운동을 하시지요. 그동안 동생 정심은 창문 다 열어 놓고 대
청소를 하겠습니다. 아시겠죠."

"야 정심아, 너 오늘 왜 이러니 언니 입장 곤란하게 하고."

빙그레 웃으며 서정림 선생은 사택 밖으로 나와 학교운동장으
로 갔다. 사방이 산맥으로 이어진 마을의 하늘은 뜬구름으로 가
려져 날씨는 덥지 않은데 햇빛은 비치다 가렸다의 연속이었다.

서정림 선생은 잠시 한자리에 머물러 하느님께 기도를 올렸다.

"전지전능하신 하느님, 오늘은 어린 초등학교의 학생들이 6·25의 전쟁을 겪고, 휴전이 성사된 후 처음으로 맞이하는 '어린이날'입니다. 이 어린이들에게 오늘만큼만은 가장 즐겁게 뛰어놀고 행복한 날이 될 수 있도록 맑고 푸른 하늘에 둥실 떠있는 햇님의 기쁨과 어린이들의 기쁨이 함께 나누도록 구름이 양보해 주도록 설득해 주셨으면 하는 주청을 드립니다."

기도를 끝내고 서정림 선생은 운동장 둘레를 걸었다. 한 바퀴 돌고 두 바퀴 도는 중에 20세 전후로 보이는 청년이 층계를 올라와 교문 안 운동장을 들어서며 서정림 선생과 마주쳤다.

"선생님! 한 말씀 여쭈어봐도 되겠습니까?"

"예, 말씀하시지요."

"혹시 이 초등학교 선생님 되십니까?"

"예 그렇습니다."

"그러면 이 초등학교에 근무하시는 지경석 선생님께서 하숙하고 계시는 교장 선생님 사택은 어느 곳으로 가야 됩니까?"

"어디서 오셨지요?"

"저 윗마을에서 왔습니다."

"그런데 교장 선생님 사택이 어디 있는지를 모르세요. 따라오세요 알려드릴게요."

서정림 선생은 학교 사택 있는 곳에서 교장 선생님 사택을 가리키며 올라가는 입구 첫 방이라고 알려주었다.

그 청년은 공손하게 "선생님 감사합니다." 하고 절을 올리며 올라갔다.

서정림 선생은 계속 운동장을 걸었다. 10분이 지났을까 그 청년은 지경석 선생님을 모시고 운동장으로 내려왔다. 지 선생님이 환자에게 사용하는 주사기와 소독할 때 물 끓이는 가스레인지를 싼 보따리를 그 청년이 들고 뒤를 따랐다.

지경석 선생은 서정림 선생을 보자 "서 선생님 운동 나오셨군요. 그렇게 걷기운동을 하시는 게 아주 좋습니다. 처음부터 무리하시지는 마시고 한 30분 정도만 걸으세요. 그리고는 차차 걷는 시간을 늘리는 것이 좋습니다."

"아니 누가 아프세요?"

"예, 이 청년 아버님께서 지병으로 계시는데 오늘 새벽에 통증이 일어나 잠을 설쳤다고 하여 통증 멈추게 하는 주사를 놓아드리러 갑니다. 동네 유지되시는 분인데."

"그러세요. 어서 다녀오세요."

청년은 헤어지면서 "선생님, 감사합니다. 부디 건강하십시오." 하고 감사와 작별 인사를 하고 부지런히 지 선생님 뒤를 따라갔다.

지 선생님 뒤를 바라보면서 서정림 선생은 그의 동정에 대하여 의아심이 생겼다. 물론 가족이나 동료 친척 간에게는 아무런 부담 없이 무면허 의료행위를 하더라도 이해하고 받아들일 것이다. 그러나 가족이라 하더라도 주사를 놓아 부작용이 생기거나 안전에 문제가 발생하였다면 처벌 대상이 되는데, 더구나 무면허 무자격자가 의료행위로 문제가 발생하면 그 감당과 처벌은 매우 엄중할 것이었다. 그럼에도 저렇게 교육자가 공개적으로 의료행위를 해도 괜찮은 건지 지 선생님이 걱정되었다.

서정림 자신이 또 감기에 걸리거나, 그 외 다른 우환이 발생하더라도 지경석 선생님의 주사는 맞지 말아야 하겠다는 생각이 들었다. 그것이 오히려 지 선생님을 돕는 일이라고 보기 때문이다. 만일 운수가 불길하여 문제가 발생하면, 행위가 불법인 줄 알면서도 대가 없는 선의에 자신이 승낙해 이루어진 일이기 때문에 부작용이나 손해배상은 전적으로 본인의 책임으로 감당해야 할 것이다.

이런 깊은 생각을 하면서 걷다보니 걸음이 제대로 걸어지지도 않고, 운동도 되지못했다. '내가 미쳤나, 사건이 실지로 일어난 것도 아닌데, 미리 일어난 것처럼 상상하고 걱정하고 있는 자신이 정신병자처럼 신경을 쓰고 있다는 것이 더더욱 문제라고 생각했다. 회복을 위한 건강을 챙기기 위해 걷기운동을 하고 있는 지금 오히려 건강의 우려를 더 키우는 생각을 하고 있다는 생각이 들었다. 운동이나 열심히 해야 되겠다고 작심하고 열심히 운동장을 걸었다. 손목시계를 보니까 거의 한 시간을 걸었다. 마지막 종착점인 출발점에 도착하니까 동생 정심이 기다리고 있었다.

"언니 지금 제정신이야. 건강이 회복되는 기간에 무리한 운동을 하게 되면 다시 처음으로 되돌아간다는 것 알아, 몰라! 아무리 헛소리라도 정도껏 하라는 얘기야, 똑똑이 지나치면 멍청이가 된다더니, 알면서도 지키지 않으면 무슨 소용이 있어. 어여 들어와서 손 씻고 점심해요."

"알았어, 이번이 마지막이었어. 계속 걷기운동을 한 것이 아니라 아는 분을 만나 이런저런 얘기를 하다 보니 늦었어. 미안해 정심아."

"그랬어 언니, 그러면 오히려 내가 미안하지 언니, 미안해."

"그래, 손 씻고 들어갈게."

두 자매는 점심식사를 마치고 약 30분간 낮잠을 잤다.

방 밖에서 누가 방문을 두드렸다. 정심은 벌떡 일어나 몸단장을 하고 문을 열었다. 지경석 선생님이었다.

"아이고 주무시는 걸 모르고 방문했구만."

"아닙니다. 지금 막 일어나려던 참이었습니다."

서정림 선생도 역시 동시에 일어난 순간이었다.

먼저 정심이 "지 선생님, 어서 들어오세요. 저와 언니도 일어나려고 했던 중이었습니다"라고 했다.

서정림 선생도 "지 선생님, 무얼 그렇게 내외를 하십니까? 저와 동생뿐입니다. 어서 들어오세요"라고 거들었다.

"글쎄 여자만 사는 방에 함부로 노크하고 들어가기가 좀 조심스럽네요."

"지금까지 잘 드나드시지 않으셨어요."

"지금까지는 동생이 밖에서 안내해 주어서 드나들었지 처녀들 방에 노크하고 들어가는 것은 처음이지요."

"그러셨군요. 어서 들어오세요."

잠시 후 지난번처럼 정심은 또 꿀물을 타서 들여왔다.

"정심 양, 올 적마다 이 비싼 꿀물을 타다 주면 그 비용을 어떻게 감당하려고 그래요."

"지 선생님, 그 비용은 걱정하시지 마세요. 저희 집이 꿀벌을 키우고 있는 것을 모르시나 봐요."

"그래요, 지금 처음 듣는데, 아아 그러시구나. 그럼 그 벌꿀은 누가 관리해요?"

"저희 아버님하고, 당숙 되시는 아저씨와 두 분이 하고 계셔요."

이에 서정림 선생이 덧붙인다.

"저의 아버님께서 꿀벌을 키우시기 시작하신 지는 한 5~6년 되셨어요. 지금은 당숙 되시는 분이 전문으로 꿀벌을 사육하시며 꿀 생산에 기여하시고, 아버님은 총관리로부터 판매업을 맡고 계십니다."

"어쩐지 꿀맛이 진하고 단맛이 너무 좋아 놀랍다고 했는데 그럴만한 사유가 있었네요. 감사합니다. 이런 귀한 꿀물을 주셔서."

지경선 선생님은 꿀물을 두 번에 걸쳐 단숨에 마시고 컵을 비웠다.

"잘 마셨습니다."

서정림 선생은 지경석 선생님에게 "환자에게 잘 다녀오셨습니까?"하고 물었다.

"예, 이제 환자의 생명도 멀지 않은 것 같습니다. 통증이 자주 일어난다는 것은 면역력의 한계가 줄어들었다는 것이 아닌가 싶었습니다."

"연세가 얼마쯤 되신 분인데요?"

"작년에 환갑을 치르신 분이라고 하더라고요. 동네 유지로서 부락민들을 위해 일을 많이 하신 분이라고 합니다."

"안되셨네요. 아직도 더 오래 사실 연세이신데. 그런데 지 선생님 여쭈어볼 말씀이 있습니다. 지 선생님이 걱정스러워서 노파심에서 드리는 말씀이오니 오해하시지 않기를 바랍니다. 근래 농촌에 숨어드는 '돌팔이 의사'의 행태가 별로 좋지 않게 풍문으로 전파되고 있습니다. 우리 지 선생님께서는 초등학교 학생들을 가르치시는 중견 교사 위치에 계시는 분입니다. 그러므로 돈벌이 직업과는 무관하게 선행 차원에서 봉사적으로 환자분들을 찾아가셔서 보살펴 드리는 것으로 알고 있습니다. 뿐만 아니라 이 같은 사실은 동료교사를 비롯해서 측근 인사나 지인들에게도 암암리暗暗裡에 알려져 여러분 알고 계신다는 말씀도 들었습니다. 저도 그렇게 믿고 있습니다. 그런 분이 시류풍문에 왜곡歪曲되어 혹시라도 '돌팔이 의사' 일부 소수 인원들의 소행素行자 측에 곁들여질까 염려스러워서 드리는 말씀입니다. 죄송합니다."

잠시 숨을 돌린 서정림 선생은 말을 계속했다.

"지 선생님 참으로 존경스럽습니다. 어떻게 그렇게 보통 사람들은 감히 엄두도 낼 수 없는 환자의 질병(감기나 경한병)을 돌봐줄 수 있는 주사기 사용방법 기술이나 처방을 배워두셨습니까?"

이 말을 듣자 지경석 선생은 가슴이 뜨끔했다. 그러면서도 일부러 태연한 척 빙그레 웃으며 대답했다.

"역시 서정림 선생님도 다른 환자나 그 가족들과 똑같은 질문을 하시는군요. 말씀드리지요. 아시다시피 이 농촌 구석에 병원이 있습니까, 약국이 있습니까. 결혼을 일찍 하고 아이를 키우다 보니 갑자기 어린애가 감기에 들거나 설사를 하게 되면 긴급히 대처할 방법이 없더라고요. 그런 가운데 첫애를 잃었습니다. 당하고 보니 막막하고 어이가 없더라구요. 그래서 아이를 키우려면 주사 놓는 기술을 직접 익혀서 다음에 낳는 아기는 다시는 실패하지 않겠다고 결심했습니다. 그때 고모님께서 간호학교를 나오시고 서울 종로3가에 있는 한 개인병원에서 간호사로 계실 때였습니다. 아버지를 졸라서 고모님께 주사 놓는 방법을 배울 수 있도록 해달라고 부탁을 드렸습니다. 아버지께서도 첫 손녀를 잃고 보시니 매우 서운하셨던 것 같습니다. 그래서 아버지께서 급기야 서울로 올라가셔서 고모부와 고모를 앉혀놓고 상의를 하셨던 것 같습니다. 고모부는 고모에게 방법을 생각해 도와주라고 하시는데 고모는 안 된다고 극구 거절하신 것 같습니다. 그래도 고모부는 자기 가족에게만 사용하려고 하는데 무슨 문제가 있겠느냐고 도와주도록 권유했지만 고모는 자기 가족도 행위자체가 무자격 무면허 행위이므로 이 같은 사실이 외부에 알려지면 조카는 물론 고모까지도 함께 처벌받게 되어 안 된다고 거절했다는 것입니다. 이후 고모께서 편지로 과거 수간호사로 계시다가 퇴임하신 선생님을 찾아가 뵙고 편지를 드리면 무슨 말씀이 계실거라고 하여 바로 찾아가 뵈었습니다. 그랬더니 그 선생님께서 자기 집에서 초등학교 5학년생 가정교사를 하라고 하시는 거에요. 그러면 자동적으로 알게 될 거라고 하면서 그 학생 방을 같이 쓰라고 하시어 그렇게 하겠다고 약속을 드렸습니다. 그날부터 그 학생과 같이 생활을 했습니다. 그러면서 단서를 붙이기를 언제까지라는 기한은 두지 않고, 주사 놓는 것이 '언제든지 이 정도면 자신이 있다'라고 판단할 때 나가겠다면 즉시 내보내주겠다고 약속했습니다. 그날부터 그 선생님 곁에서 자연적으로 배우고 실습하고 숙련했습니다. 선생님께서 어느 날 갑자기 나를 부르시더니 오늘까지만 우리 집에 있고 내일 떠나라고 하시는 거예요. 그렇지 않아도 나 역시 이 정도면 이제 혼자서도 충분히 할 수 있다고 생각했습니다. 그 선생님은 벌써 내 생각을 알아채리신거예요. 다음날 아침 선생님께서 자신의 방으로 불러 앉히고 이렇게 말씀하셨습니다. 나에게서 배운 환자 주사 놓는 기술은 전문기술이 아니라

기초실력이다. 그 실력은 다른 환자들에게 함부로 사용해서는 안 된다. 너의 가족이 극히 경한병(중병이나 지병을 제외한 경한 감기나 설사병)에 처했을 때 사용하고 그래도 나아지지 않으면 바로 병원을 찾아가라. 원래는 가족에게도 사용해서는 안 된다, 말씀하시기에 잘 알고 있습니다 하고 답변을 드렸습니다. 그러니까 선생님께서는 알고 있다니 다행인데 아무리 알고 있어도 실천하지 않으면 모르는 것만도 못하니 꼭 명심해 주기를 바란다고 재차 강조하셨습니다. 그런데 막상 가족이나 이웃 친척 가족 중에 급한 환자가 발생하여 저에게 달려와서 보아달라고 하면 저는 무면허자이기 때문에 직접 도와드리기는 어렵다고 사양했습니다. 하지만 인척간에 가릴 것을 가려야지 너무 심하다고 웃어른들이 말씀하시어 할 수 없이 달려가서 보살펴드리고 돌아오는 일이 한두 번이 아니었습니다. 우선 오늘도 보십시오. 학교 학구 지역 내 유지급 되시는 환자분이 위급하시어 그 자제분이 일부러 찾아와서 애원하는데 못 간다는 이유를 내걸어 안 간다는 말을 하기가 참 곤란합니다. 그래서 어찌할 수 없이 기구를 들고 달려가서 보아드리고 온 것입니다. 실정이 이런 것입니다."

서정림 선생은 가만히 지경석 선생님의 사유를 듣고 보니 사정이 그럴 수밖에는 없겠구나 하는 생각이 들었다. 그러나 그 행위는 불법인 것만은 분명한 것이다. 어쨌든 문제가 발생하지 않기를 바라면서 발생한 경우에는 본인이 단호하게 처벌을 받는다는 자세로 임하여야 한다는 생각에 마음이 어두웠다.

지경석 선생님이 숙소로 돌아간 후 서정림 선생은 동생과 오랜만에 화투놀이를 하며 시간을 보냈다. 오후 5시경 이명수 선생이 서울에서 볼일을 마치고 돌아오는 즉시 서정림 선생 사택에 들렀다.

정심은 반가워서 "언니, 이명수 선생님 오셨어." 하고 방문을 열었다.

서정림 선생도 벌떡 일어나서 "어서 오세요, 잘 다녀오셨어요." 하며 반가이 맞이했다.

이명수 선생은 앉는 즉시 손가방을 풀어서 쇠고기 두 근과 정심 양의 여름옷 선물을 사왔다.

"정심 양께서 언니를 위해 너무 신경을 쓰시고 수고를 하시는 것을 보고 놀랬습니다. 어쩌면 자매간에 저토록 사랑하고 아껴주실까! 나도 저런 누이동생이 있었으면 얼마나 행복할까 하는 생각을 해 봤습니다. 언니를 대신해서 선물을 사왔습니다. 마음에 드실는지 모르겠습니다."

정심은 선물을 받아들고 인사를 드렸다.

"이 선생님, 뭘 이토록 귀한 선물까지 너무 감사합니다. 언니 덕분입니다. 언니에게도 감사드립니다."

"정심아? 언니에게 무슨 감사를 해. 이 선생님께 감사드렸으면 됐지."

이 모습을 본 이명수 선생이 덧붙였다.

"아닙니다. 잘 하셨습니다. 수고가 많으셨어요. 언니에게 그토록 정성들이는 자매는 처음 보았습니다. 기왕 수고하신 김에 마지막 완쾌하시도록 제가 드리는 쇠고깃국을 잘 끓이시어 원기가 회복되시도록 해드리세요."

"알겠습니다. 이 선생님, 그처럼 언니를 생각해 주시니 동생으로서는 너무도 기쁩니다. 재차 감사의 말씀을 드립니다."

정심이 허리 굽혀 인사를 드렸다.

"아니 이 선생님 볼일은 다 잘 보시고 오셨나요?" 하고 서정림 선생이 묻자 "그럼요, 제 볼일은 오전 중에 다 마쳤지요"라고 대답했다.

새 모습으로 단장한
서정림 선생의 출근

　5월 6일 목요일 아침 서정림 선생은 아침 일찍 일어났다. 어제까지 몸조리하면서 푹 자고 쉬고 잘 먹고 하니까 오늘은 한결 몸이 가볍고 생기가 돈다. 출근준비를 끝내자 정심이가 밥상을 들여왔다.

　"언니 식사해야지." 하며 언니를 쳐다봤다.

　"와— 언니, 너무 예쁘다. 그렇게 화장을 약간 짙게 하고 여름 흰옷으로 갈아입으니까 너무 미인이야! 출근하면 선생님들께서 깜짝 놀라시겠다. 원래도 고운 얼굴인데 언니가 지금까지 너무 가꾸지 않았어."

　"그래, 진짜야?"

　"그럼 진짜지."

　"너도 이제 언니처럼 가꿔, 너와 언니가 꼭 빼닮았다고 하잖아."

"그럴까."

"그래, 언니가 그렇게 만들어 줄게."

"알았어. 그건 다음 일이고, 어서 밥 먹고 출근해야지."

"그래, 아직 시간 충분하니까 우리 자매 오늘 아침 새로운 기분으로 식사하자."

서정림 선생과 정심은 기쁜 마음으로 식사를 했다.

서정림 선생은 밝은 표정으로 출근했다. 교무실 안으로 들어서자 선생님들의 시선이 일제히 서정림 선생에게 집중됐다. 모든 선생님들이 그녀의 출근 인사를 받자 답례로 인사를 보내면서 말을 잇지 못했다.

한숨을 돌린 선생님들이 이구동성으로 말했다. "서정림 선생님, 하늘에서 선녀 한 분이 들어오시는 줄 알았습니다. 우선 건강이 회복되시고 이처럼 미인이 되시어 출근하시게 된 것을 축하드립니다. 교무실의 분위기가 확 바뀐 듯합니다. 진작 좀 그렇게 아름다운 모습으로 출근하셨더라면 우리 학교에 미인 여선생님이 부임하셨다고 학부형님들께서 좋아하셨을 건데……"

이에 서정림 선생은 너무 당황스러웠다.

"아이고 제가 너무 교사로서 야하게 하고 출근한 것 같습니다. 죄송합니다. 내일은 다시 전 모습으로 돌리겠습니다."

이에 평소에 별로 말씀이 없으셨던 송우진 교무주임 선생님이 입을 열었다. "아닙니다. 교사는 원래 남자 선생이든 여자 선생이든 깔끔하고 단아한 모습으로 보여야 아이들이 좋아하고 공부도 열심히 하게 됩니다. 어른들도 이렇게 좋아하는데 아이들 눈은 다릅니까. 예쁘고, 미운 건 아이들이 먼저 판단합니다. '우리 선생님 예뻐' '우리 선생님 미워' 이런 말 하지 않습니까. 그래서 아이들도 선생님에게 잘 보이려고 합니다. 계속 그렇게 단정한 모습으로 임하는 것이 교사의 품격입니다. 그렇게 할 수 있는 마음과 여건이 되지 않기 때문에 못하는 것입니다. 아니 그런가요……. 서정림 선생님의 첫 부임 모습을 진작 이런 모습으로 보여주셨으면 본보기가 되었을 것입니다. 화장도 옷차림도 여교사로서 아주 적격입니다. 사표師表라는 것이 무엇입니까? 바로 저런 품위·행동(덕행)·학식을 갖춘 분이 바로 선생이라는 것이 아닙니까?……."

계속 부끄러운 얼굴로 책상 의자에 앉아 있던 서정림 선생은 "아이 창피해." 하고 벌떡 일어나 교실로 향하려 하다가 마침 교무회 종이 울려 그냥 제자리에 앉았다.

교무회가 끝나자 서정림 선생은 1학년 담임 교실에 들어왔다. 어린이들이 담임선생님의 얼굴과 옷차림을 보자 일제히 "와아― 선생님!" 하고 박수를 친다. 그리고는 반장이 "선생님, 너무 예뻐요"라고 소리치자 서정림 선생은 "그래요?" 하고 어린이들을 바라보자 어린이들은 "네에." 하며 계속 박수를 끊지 않았다.

그러자 서정림 선생은 "자, 이제 그만 박수 멈추기"라고 하자 모두 박수를 멈추었다. 서정림 선생은 어린이들을 향해 "그렇게 선생님이 예뻐 보여요?"라고 되묻자 "예에— 너무 예쁘셔요!"라고 하며 또 박수로 대답했다. 그러니까 이번에는 "그럼 오늘이 아닌 지난 날에는 예쁜 선생님이 아니셨겠네요?"라고 하자 또 일제히 "아니요, 지금이 훨씬 더 예쁘세요"라고 한다.

　이에 서정림 선생은 "고맙다. 그러면 앞으로도 늘 지금처럼 선생님 예쁘게 하고 다닐 거다. 이제 공부하자." 하고 수업을 시작했다.

부모님의 사랑은
영원한 불꽃

5월 8일 토요일, 서정림은 제백사하고 동생 정심과 함께 부모님을 뵈러 집에 가기로 했다. 토요일 수업을 마치고 사택으로 돌아와 점심을 든 다음 부지런히 출발 준비를 했다. 지경석 선생님과 이명수 선생님도 다 함께 집으로 가기 위해 택시 한 대를 불러 함께 타고 양평읍에 와서 내렸다. 그곳에서 헤어져 각자 자기 길로 향했다.

서정림 선생도 동생 정심과 같이 버스정류장에 가서 여주행 버스를 타고 개군면에서 내려 집으로 왔다. 대문을 열고 문안으로 들어서자 어머님께서 눈물을 흘리시며 딸들을 맞으셨다.

큰딸의 손을 잡고 "그렇게 심하게 앓고 있다는 정심의 편지를 받고서도 오시지 말라는 당부에 안 갔지만 마음으로는 큰 걱정을 했다. 그래 지금은 좀 괜찮아진 거냐? 아주 살이 쭉 빠지고 홀쭉해졌구나!" 하시며 치맛자락으로 눈물을 닦으셨다.

"엄마 왜 그러세요. 저 이렇게 다 나아서 왔잖아요. 엄마 이제 괜찮아, 눈물 거두세요." 하며 손수건으로 어머니의 눈물을 닦아 드렸다. 그러면서 "엄마 이러지 마세요, 저 남동생 보기에 창피해." 했다.

뒤에 서서 묵묵히 누나를 바라보고 서있던 고등학교 학생인 남동생이 "누나? 이제 다 나은 거예요? 작은누나 애썼네 큰누나 시중드느라고, 엄마는 작은누나 편지 받고 매일 걱정으로 하루하루를 보내셨어"라고 했다.

그러자 작은누나 정심은 "그래 누나 알아. 그렇지 않아도 엄마 그러실 줄 알고 작은누나가 오시지 못하시도록 편지를 올렸던 거야."

"작은누나 고생 많았어. 앞으로 나도 작은누나 말 잘 들을게." 하며 동생은 자기 방으로 들어갔다.

어머니는 큰딸 손을 잡고 집안으로 들어서시며 둘째 딸에게 "정심이가 언니 병 뒷바라지하느라고 고생이 많았겠구나. 애썼다"라고 하시자 서정림은 "맞아요. 엄마 이번에 정심이가 언니 병간호하느라고 너무 고생했어요. 엄마, 정심이가 오히려 언니 노릇을 톡톡히 했어요. 그토록 일을 잘하리라고는 상상도 못 했어요. 정심아 고맙다. 사랑한다"라고 했다.

정림이의 말을 들은 어머니는 "원래 정심이는 나를 닮은 데가 많아 무슨 일을 허던 야무지게 잘해. 그리고 정림이 너는 아버지를 많이 닮았어. 행동 자세까지도 아버지와 똑같아"라고 말씀하셨다.

서정림은 안방에 짐을 풀어놓고 바로 사랑방에 가서 아버지에게 인사를 올렸다. 아버지께서는 인사를 받으시며 "어서 오너라. 몸이 많이 아팠다면서, 이 아버지가 가보지도 못하고 걱정만 했느니라. 미안하다." 하시며 눈물이 핑 도셨다. 그러시면서 "그래 지금은 좀 나아진 거냐?" 하고 물으셨다.

서정림 선생은 "예 아버지 이제 다 나았습니다. 심려 끼쳐드려 죄송합니다." 하면서 고개를 숙였다.

아버지께서는 그런 딸의 얼굴을 쳐다보더니 "아직도 환자 안색 그대로구나 좀 더 조리를 해야 할 것 같다. 고생이 많았구나!" 라고 애처로워하셨다.

"아버지 저 나가보겠습니다."

"오냐 어서 안방에 가서 편안하게 쉬어라." 아버지는 돌아앉으시며 수건으로 눈물을 닦으셨다. 아무리 엄격해도 부모 자식 간의 '사랑'은 어찌할 수 없는 천륜 이전의 심상心想이 아닐까…….

어머님께서는 작은딸의 편지를 받고 한약방에 가서 보약과 감기약을 지어가지고 딸에게 가려고 했던 참이었다. 다행히 이번 주말에 두 딸 모두 아버지 어머니 뵈러 집으로 온다는 통지를 받고 기다리고 계시던 중에 두 딸이 도착한 것이다.

부엌 출입문 입구에 놓여 진 풍로불 위 약탕기에서는 보약 끓는 냄새가 온통 집안에 풍겨 들었다. 서정림 선생은 안방에서 마루로 나오며 "어머니, 보약 끓는 냄새 때문에 머리가 아파요"라고 한다.

그러자 어머님께서는 "그러냐? 그러면 풍로를 뒤란으로 옮겨야겠다." 하시며 마루에 앉아계시다가 벌떡 일어나셨다.

그러시자 건넌방에 있던 동생 정심이가 잽싸게 마루로 튀어나와 "엄마 그냥 앉아 쉬세요. 제가 나가 보겠습니다"라고 하며 안방을 향해 "언니, 동생이 충고 한마디 할게. 저 한약은 언니에게 먹이려고 엄마가 먼 데까지 가서서 지어온 보약이야. 아까 우리가 집에 도착해서도 한약 냄새가 풍겼어. 환자는 한약 끓이는 냄새만 맡아도 '바이러스'가 도망갈 준비를 한다지 않아. 다 다려진 한약은 누가 마실 거야 언니가 마셔야 할 약이 아닌가? 그러면 어머니의 정성을 생각해서라도 냄새 정도는 참아야지."

"그래, 네 말이 맞다. 언니는 한약 달이는 냄새만 맡아도 머리가 이상해져서 깊이 생각해 보지 않고 불쑥 나온 말이다. 미안해 정심아, 어머니 죄송합니다. 용서하십시오."

그러자 어머니께서는 "예 정심아 그렇다고 언니를 그렇게 핀잔을 주면 되니. 언니는 원래 비위가 약해서 냄새만 맡아도 저런 증상을 일으켜. 엄마가 미처 헤아리지 못했다"고 말씀하신다.

이 말씀에 또 정심은 "어머니? 어머니도 무조건 자식들 귀엽다고 그냥 들어 넘기실 일이 아니시고 잘못된 말이나 행동은 따끔하게 나무라셔야 합니다. 죄송합니다." 하고 부지런히 부엌 입구에 놓인 한약 탕기와 풍로불을 집 뒤란 먼 곳 안전한 지대로 옮겨놓고 끝날 때까지 감시했다.

다음날 5월 9일 일요일 서정림 선생은 가족들과 함께 점심을 마치고 학교 사택으로 돌아갈 준비를 끝냈다. 이번에는 어머니께서 둘째 딸 정심에게 "그간 언니 병간호하느라고 수고가 많으니 집에서 쉬고, 오늘은 엄마가 언니 약탕하고 부식물을 들고 다녀오마. 알겠니?"라고 말씀하셨다.

어머니 말씀을 받은 정심은 "어머니 힘드셔요 제가 갈 거예요"라고 한다.

이에 언니 서정림이 동생을 만류한다.

"아니야 정심아 어머니 말씀대로 해 부식물은 내가 들고 가도 돼."

"언니가 그럴 힘이 있어?"

"예, 정심아 너는 언니가 앓고 났다고 완전히 무기력한 사람으로 생각하는데 섭섭하다."

"아니야 언니는 첫딸이라고 아빠 엄마에게 사랑만 받고 자랐지 않아. 내가 보기에는 언니는 거의 힘든 일을 해보지 못하고 자란 것으로 알고 있거든!"

"그래 그것은 네 말이 맞는 것 같아, 지금부터는 바꿔서 부모님에게 효도하며 네 마음과 똑같이 할 일 다 하고 살게."

서정림 선생은 들고 갈 물품을 챙겨 들고 어머님을 모시고 직장 사택으로 향하여 떠났다.

양평읍 버스정류소에 도착하였는데 마침 이곳에서 이명수 선생과 만나게 되었다.

"아니 서 선생님 이제 사택으로 가시는 길이십니까?"

"예, 이 선생님도요."

"예, 저도 숙소로 가려고 버스를 기다리는 중입니다."

"댁에서 일찍 떠나셨네요."

"그렇습니다. 일찍 떠나지 않으면 이 시간에 양평까지 도착할 수가 없습니다."

"그러시군요."

"그런데 정심 양이 안 보이네요."

"동생은 제 병간호하느라고 너무 애를 써서 집에서 쉬라고 하고, 대신 어머니가 오셨어요. 이분이 제 어머니세요."

그러자 이명수 선생은 "아아 그러셨군요. 처음 뵙겠습니다. 어머니, 서 선생님과 한 학교에 봉직하고 있는 '이명수'라고 하옵니다. 앞으로 자주 찾아뵙겠습니다"라고 인사를 드렸다.

그러자 어머님께서 "네에, 이분이 바로 정심이가 말했던 이명수 선생님이신가?"라고 말씀하시자, 이명수는 "예 어머니, 제가 바로 이명수입니다. 기억해 주셔서 너무 감사합니다. 그런데 노인 어르신께 이렇게 무거운 짐을 드시게 하시면 안 되는데, 이리

주세요. 어머니 제가 들고 가겠습니다."하고 어머니가 사양하는데도 기어코 넘겨받아 들었다. 그러고는 택시로 모시고 학교 사택으로 돌아왔다.

어머니께서는 "처음 선생님을 뵙고 이렇게 신세를 지워드려도 되는 건지 모르겠다"고 하시며 이명수 선생님께 감사를 드렸다.

서정림 선생 어머님께서는 학교 사택에 오신 다음날부터 한약보약을 데워서 딸에게 시간 간격 맞추어 마시도록 챙겨주시면서 부엌에서 무엇인가 음식을 만들고 계셨다.

서정림 선생은 학교에서 퇴근하여 집에 오면 어머님께서 무엇을 그토록 만드시나 하고 살펴보았더니 예쁜 작은 항아리나 접시에 나박김치, 나물무침, 오이, 호박, 배추겉절이 등을 조미하여 무친 반찬 등 큰딸(정림) 입맛에 좋다는 여러 반찬들을 만들어 그릇에 담아 찬장에 넣어놓으셨다.

어머님 힘드실까 봐 정림이 극구 만류해도 이처럼 신경을 쓰시는 것을 보면 자녀들에 대한 애정이 얼마나 깊은가를 가히 짐작할 수 있다.

"예, 정림아 이명수 선생님이라고 하시는 그 젊은 선생님 말이다. 사람이 아주 듬직하고 상냥하고 친절한 면이 돋보이더라. 엄마가 보기에는 너를 좋아하는 눈치였다. 그렇지 않고서는 엄마에게 그런 친절을 베풀 수가 없다."

"맞아요. 어머니 저한테도 항상 친절하게 잘해주세요."

"그래, 정심에게도 이명수 선생님이 너를 무척 좋아하신다는 말을 들었다. 잘 사귀어 보렴."

"참 어머니도 아직은 그 정도는 아니에요."

"그러니까 엄마 얘기는 이 선생님이 너에게 혹시라도 좋아한다는 그런 표현을 하거나 의사표시가 있으면, 무조건 냉정한 태도를 취하거나 관심이 없다는 표현으로 상대를 실망시키지 말라는 얘기다. 그저 고맙다는 표현으로 '생각해 보겠습니다'라는 관심을 갖는 것처럼 처세를 취하라는 것이다. 원래 연애는 그 같은 과정을 거치면서 사랑이 깃들고 결혼이 성사되는 것이다."

"알겠어요, 어머니 말씀대로 할게요."

금요일 5월 14일이었다. 서정림 선생은 퇴근하여 사택으로 왔다. 마침 동생 정심이가 와있었다.

"정심아 어떻게 왔니? 아버지 진지와 정호(남동생) 식사는 누가 차리고."

"응ー 아버지가 어머니 모셔오라고 해서 당숙모에게 부탁드렸더니 걱정 말고 어머니나 잘 모셔오라고 해서 왔지."

"그러니, 잘 왔다. 어머니가 여러 날 안 오시니까 보시고 싶으셨던가 보다."

"그게 아니시라 내가 만들어 드리는 음식이 입에 별로 맞지 않으셨던 것 같아"라고 정심이가 말했다.

이때 어머님께서는 "아니다. 엄마가 보기에는 무슨 다른 일이 생겨서 엄마하고 급히 의논할 문제가 생긴 것이 아닌가 생각된다. 잡수시는 음식 관계로 불편해서 부르실 아버님은 절대 아니시다. 내가 가보면 알겠지……."

저녁식사를 마치고 서정림 선생은 동생 정심이와 같이 학교 운동장에 나와 걷기 운동을 하였다. 운동장 둘레를 한 바퀴 돌았는데 학부형 한 분이 부지런히 운동장 안으로 들어오셨다.

학부형께서는 서정림 선생을 보시자 "안녕하십니까? 저녁 운동 나오셨군요"라고 인사한다.

서정림 선생은 "아니 학부형님 초저녁에 웬일로 학교에 이렇게 오셨습니까?"라고 하자 "예, 지경석 선생님을 좀 찾아뵈려고 급히 달려오는 길입니다."

"왜요, 무슨 일이 있으십니까?" 하고 여쭈어봤다.

"아니 뭐 크게 중요한 일은 아니고요, 제 막내둥이 녀석이 감기가 왔는지 열이 오르고 머리가 뜨거워서 지 선생님께 뵈어드리고 싶어서 부리나케 올라오는 길입니다. 혹시 계신지도 모르겠습니다"라고 한다.

그러자 서정림 선생은 "예, 계실 겁니다. 올라가 보시지요"라고 친절하게 알려드렸다.

학부형은 "예 감사합니다." 하고 교장 선생님 사택 하숙방으로 부지런히 올라가셨다.

정심은 바로 언니에게 물어봤다.

"언니? 지경석 선생님께서 가정까지 방문하시어 어린애들까지 돌봐주서?"

"글쎄, 나도 오늘 처음 들었다. 어른들 감기는 돌봐주신다는 말씀은 가끔 듣고 또 직접 보기까지도 했는데, 어린 애기들까지 돌보아주신다는 말씀은 오늘 처음 듣는 일이다."

이 말을 듣자 정심은 "언니? 지경석 선생님, 정말 대단한 분이시네. 나는 언니가 감기 들었을 때 와서 주사 놓아주시는 것을 보고는 전문적이 아닌 평범하게 익혀두신 기술로 놓아주시는 줄로만 알았는데, 어린 애기로부터 어린이 어른 가리지 않고 주사를 놓아주시고 질병의 정재까지 구분하여 환자에게 제공한다는 것은 의학의 상당한 지식을 지니고 있다는 것이 아닐까? 혹시 면허증도 가지고 있을는지 몰라 안 그래 언니!"

"아니, 언니가 알고 있는 바로는 주사를 놓는 투여 기술은 배웠다는 것으로 알고 있지만 면허증까지 받았다는 말은 들어보지 못했다."

그때 조금 전 그 학부형이 의료기를 들고 지경석 선생님을 앞세워 댁으로 부지런히 갔다. 이를 바라보는 서정림 선생은 지경석 선생님이 매우 걱정스러운 생각이 들었다. 때때로 학교 주변의 동네 분이나 학부형들이 찾아와서 가족의 진료와 주사기 투여를 부탁할 정도라면 어느 정도 알려진 사실이 아닌가!……

"정심아 고만 걷고 들어가자."

두 자매는 사택으로 돌아왔다.

다음날 5월 15일 토요일 서정림 선생은 오전 수업을 마치고 선생님들 퇴근시간에 맞추어 사택으로 왔다. 어머니와 정심은 출발 준비를 마치고 그녀가 퇴근하여 돌아오는 즉시 점심을 함께하고 치운 다음 바로 출발하였다. 때맞추어 이명수 선생도 숙소를 나와 정심과 함께 어머님을 모시고 택시를 타고 양평읍까지 왔다.

아침부터 날씨가 흐리더니 오후에는 가랑비가 내리기 시작했다. 이곳에서 어머님, 정심과 헤어진 이명수 선생은 서울행 버스를 타고 집으로 향해갔다.

혼자 사택에 남은 서정림 선생은 그간의 아프고 지난 일들이 하루하루 머리에 떠올랐다. 무엇이 잘못되어 봄 감기에 걸려 주변의 지경석 선생님과 이명수 선생님, 그리고 가족의 걱정과 도움을 받고 회복이 되었는지 너무도 감사했다. 평생 잊을 수 없는 추억으로 머리에 기록되었다. 오늘은 혼자 집에 있으니까 일찍 저녁을 먹고 초저녁부터 잠 좀 푹 자야 하겠다고 생각했다.

선행 후의 답례 조건

저녁식사를 끝내고 아랫목에 이부자리를 펴 놓았다. 저녁이 어두워지자 남포등에 불을 켜놓고 이불 위에 앉아 벽에 등을 기대고 책을 보았다. 스르르 눈이 감겨지며 졸음이 왔다. 때마침 밖에서 부엌문을 두드리며 서 선생님 하고 부르는 소리가 들렸다. 벌떡 일어나서 방문을 열고 나가 부엌문을 열었다. 밖에 지경석 선생님이 서 계셨다.

"지 선생님! 오늘 집에 안 가셨습니까?"

"안 간 게 아니라 못 갔습니다. 좀 들어가면 안 되겠습니까."

무조건 부엌 안으로 들어와 방안문턱에 앉는 그의 입에서 술냄새가 풍겼다.

"지 선생님 술 드셨어요?"

"예, 술 마셨습니다. 양평서 우연히 옛 친구를 만나 술을 마셨습니다. 그러다보니 집도 못 가고 되돌아왔습니다. 저, 서 선생님

방에서 술 좀 깬 다음에 숙소로 가면 안 되겠습니까?"

"지 선생님, 그러시면 바로 숙소로 가셔야지 여자 혼자 있는 방으로 오시면 어떻게 합니까. 누가 보면 어쩌하려고요."

"서 선생님, 잠깐만 좀 있다가 술 좀 깨면 가겠습니다."

"그러시면 방 안으로 들어가셔서 잠깐 계시다가 가세요. 누가 보기 전에 문 닫아야 합니다."

지 선생은 신발을 벗고 들어가서 윗목에 벌떡 누웠다. 서정림 선생은 갑작스러운 일에 어찌할 방법이 없어 우두커니 서서 누워 있는지 선생님을 바라보고 있다가 할 수 없이 아랫목에 깔아놓은 이불 위에 앉아 다시 벽에 등을 대고 지 선생님이 깨어날 때까지 기다렸다. 잠시 후 지 선생님은 코를 골기 시작했다. 빠른 시간 내에 일어나기는 힘들 것 같았다. 별 방법이 없어 서정림도 누워 이불로 몸을 한 겹 포개고 누웠다. 잠이 오지 않아 천장만 바라보고 있노라니 별생각이 다 떠올랐다. 그런 가운데 잠깐 잠이 들었다.

그런데 깊은 밤 어느 때가 되었는지는 알 수 없으나 누군가가 앞가슴을 위에서 아래로 찍어 누르는 듯한 압박감을 느꼈다. 깜짝 놀라 눈을 뜨고 깨어보니 지경석 선생님이 자신의 손으로 서정림의 양손을 꽉 잡고 눈을 마주 바라보고 있었다.

"아니 지 선생님, 왜 이러세요. 물러나셔요. 안 물러나시면 소리 지를 겁니다." 하니까 지 선생은 "그러세요, 소리 지르세요. 이 방에서는 아무리 소리 질러도 밖에서 들을 사람은 단 한 사람도 없어요. 또 들릴 만큼 가깝게 있는 집도 없고요. 그리고 지금 밖에는 비가 내리고 있어요"라고 한다.

"도대체 저에게 왜 이러시는 겁니까?"

"타협을 하자는 것입니다."

"무슨 타협을 하자는 말씀입니까."

"서정림 선생과 이 지경석 선생 간에 서로가 좋고 좋다는 말."

"어쨌든 이 손 놓으시고 물러나 앉아서 타협하시자구요."

"좋아요, 딴소리하면 안 됩니다."

지경석 선생은 양손을 접고 일어나서 방문 쪽으로 달아나지 못하도록 등으로 가로막고 서서 서정림 선생을 내려 보고 있었다.

반면 서정림 선생은 일어나서 이불로 자신의 무릎 위 몸을 휘어대고 앉아서 지경석 선생님을 쳐다보며 말했다.

"지 선생님, 지금도 아직 취기가 가시지 않으셨습니다. 술 깨신 다음 맑은 정신으로 타협하시면 안 되실까요."

"아니요, 나 이제 술 다 깼어요. 지금 이 시간이 가장 적당한 시간이에요."

"정 그렇게 하시겠다면 지금 말씀하세요. 저에게 요구하시는 게 뭡니까? 그동안 저에게 친절하게 잘 살펴주시고 감기까지 낫게 해 주신데 대하여서는 너무도 감사하게 생각합니다. 그 대가를 요구하시는 것 같은데 좋아요. 현금으로 얼마를 드리면 만족하시겠습니까? 요구하시는 대로 다 드리겠습니다."

"현금으로요? 홍 나도 현금은 먹고 살 만큼 있습니다."

"그럼 무엇을 요구하시는데요."

"서 선생님께서 나에게 주시는 '사랑'입니다. 나는 그 사랑을 받고 싶습니다."

"사랑이요, 무슨 사랑이요. 사랑이 무슨 주고받고 하는 현물입니까? 아니지 않아요."

"바로 알고 계시네요, 그러니까 그 현물이 아닌 서정림 선생님 마음의 사랑을 받겠다는 것입니다. 나는 우리 부모님이 완고하셔서 10대 후반에 일찍 결혼했습니다. 부부간에도 사랑이 무엇인지도 모르고 애기 낳고 기르고 하면서 엄친 슬하에서 쪽도 못 쓰고 힘들게 살아오다 보니 '사랑'이 그리워졌습니다. 그래서 서정림 선생님처럼 청아한 여성을 보면 사귀면서 사랑을 받아보는 것이 내 평생소원입니다."

"참, 말도 안 돼. 그 소원이 하필이면 왜 서정림입니까!"

"말씀드리지요, 서정림 선생님이 처음 부임하시던 날, 부임 인사를 하시는데 너무 마음에 들었습니다. 단정하시고 예쁘시고 청순하신 모습이 제 마음에 꼭 들었습니다. 그때 그 후부터 지금까지 서정림 선생을 짝사랑해 왔습니다. 내 짝사랑을 맞추어 주시면 안 되겠습니까."

"지경석 선생님! 그걸 말씀이라고 하십니까? 혹시 머리가 좀 잘못되신 것 아니십니까? 지금 지경석 선생님 연령이 몇이시며 부인이 계시고 자녀들 여럿 둔 중년분입니다. 그런 분이 무슨 처녀들과의 사랑을 거론하시니 주변의 동료 선생님이나 가르치시는 제자들이 알까 봐 걱정스럽습니다."

"아니 지금 나이 40에 사랑을 하겠다는 데 무엇이 안 된다는 겁니까."

"대화 상대가 아닙니다."

"대화 상대가 되는지 안 되는지는 오늘밤 지나 봐야 알게 될 것입니다."

"지경석 선생님, 오늘따라 저에게 왜 이러십니까. 혹시 대가로 제가 성접대를 해 드리기를 원하시는 겁니까? 솔직히 말해 보세요."

이 말에는 아무런 대답이 없다.

"부정하시지 않으시는 것으로 보아 결국 그것이었군요! 그러면 제 인생은 어떻게 하고요."

"나와 결혼하면 되지."

"뭐라고요, 결혼이요! 참, 기가 막혀 그럼 지금의 부인은요."

"그거야 이혼하면 되는 것 아니에요."

"정말로 매사 다 쉽게 처리되네요. 상대할 분이 못 되네요. 나가요, 나가시라고요."

"못 나가요, 오늘부터 서정림 선생과 동거 생활할 겁니다. 남들이 보더라도 못된 사람은 남자가 아니라 동거를 승낙한 여성에 대한 지탄이 더 강한 여론이 될 터이니까."

지경석 선생은 방문을 활짝 열어놓고 아예 누가 보라는 듯이 누워버렸다. 밖에는 비가 억수같이 쏟아지는 소리가 들렸다.

서정림 선생은 마음이 점차 불안해지기 시작했다. 이대로 날이 밝아 집 앞을 지나는 사람이나 누가 사택을 방문하면 이 모습을 보게 될 것이다. 그러면 완전히 지경석 선생이 지적한 것처럼 여자인 자신이 더 오해를 받아 궁지에 몰릴 가능성도 크겠다는 생각이 들었다. 그래서 여러 방법을 모색하여 지경석 선생을 설득시켜 날이 새기 전 교장 선생님 자택 숙소로 돌아가도록 하는 방법밖에는 별도리가 없었다. 아무리 깊이 생각해 보아도 방법은 그것 한 가지 밖에는 없었다. 그래서 각오하고 용기를 내어 지경석 선생을 일으켜 협의를 제의했다.

지경석 선생은 방문을 닫고 서정림 선생이 앉아있는 윗목 자리로 옮겨 협의를 시작했다. 먼저 서정림 선생이 생각한 안 3건을 제시하자 모두 거절당했다. 다음 지경석 선생이 생각한 2건의 안건을 제시했다. 그 안건 역시 서정림 선생으로서는 도저히 받아들일 수 없는 내용이었다. 이 중 한 가지를 선택해야 하는데 서정림 선생은 토의에 앞서 눈물부터 흘렸다. 이를 바라본 지경석 선생은 취소한다는 눈물이면 다시 문 앞자리에 가서 눕겠다는 태도로 일어나려고 했다. 그러자 서정림 선생은 수건으로 눈물을 닦으면서 "좋습니다. 요구대로 해 드리는데 조건이 있습니다. 오늘 아침 밝기 전에 숙소로 돌아가서야 합니다. 그리고 오늘 이 자리에서 있었던 일은 지경석 선생님과 나만이 알고 누설하지 않고 무덤까지 가져가야 합니다. 두 번 다시 이런 일은 없다는 약속입니다. 이런 맹세가 아니면 저는 이 자리에서 죽는 한이 있더라도 들어드릴 수 없습니다.”

이에 지경석 선생은 “좋습니다. 맹세합니다.” 하고 주먹을 불끈 쥐었다.

“마지막으로 선생님께 드리고 싶은 말은 이런 악덕하고 지능적인 행위의 상대는 제가 마지막이 되어주시길 바랍니다. 그렇지 않으면 선생님의 인생도 끝장날 것입니다.”

서정림 선생은 슬며시 일어나서 남포등의 불을 끄고 이불 속으로 들어갔다.

그리고는 눈을 감고 이불을 머리 넘어까지 덮었다. 그러자 지경석 선생은 기회다 하고 자기 옷을 급하게 벗고 서정림 선생이 덮고 있는 이불을 머리 쪽에서 몸 아래로 제쳤다. 그러나 이불은 제쳐지지 않았다. 이미 그럴 것이다 짐작하고 이불 발끝 자락을 양손으로 잡고 머리 쪽으로 향해 올려 제쳐버렸다. 그러자 서정림 선생 몸 전체가 노출되었다. 즉시 지경석 선생은 서정림 선생의 몸을 덮치고 옷을 벗겼다. 서정림 선생은 이불을 덮어 달라고 소리소리 질렀다. 지경석 선생은 제쳐진 이불을 다시 끌어다가 서정림 선생을 눌러 놓고 자기 등으로 덮어 가려 놓았다. 그런 후

반항하는 서정림 선생의 옷을 강제로 벗겨 상의 옷이 찢어지면서 힘에 겨워 그대로 엎드려버린 채 그의 강압에 농락되고 말았다. 아직 성숙되지도 못한 20대 초반의 순수한 처녀를 가혹한 행위로 평생 서정림 선생 가슴에 한을 남겨 주었다. 정신을 잃고 잠을 이루지 못한 서정림 선생은 자신의 인생이 정상적인 결혼도 하기 전에 이토록 비참한 짓밟음을 당할 줄은 상상도 못 했다. 이것이 그가 말하는 '선의의 봉사'란 말인가!……

다음날이 밝았다. 비도 멈추었다. 지경석 선생도 보이지 않았다. 지금 이 존재가 서정림인가가 의심스러웠다. 눈물이 펑펑 쏟아졌다. 천하의 나쁜 여자 낚시꾼!…… 일어나기도 힘들었다. 믿었던 존경스러운 지경석 선생님이 이처럼 실망스러운 위선적 교사라는 것이 안타깝다. 서정림은 제발 자신이 마지막 피해자가 되어주길 진심으로 지경석 선생님께 부탁하고 싶었다. 더 이상 위선적偽善的 교사가 되어서는 안 되고 다른 진정眞正한 교육자 선생님들의 인격과 명예가 손상되는 누를 끼쳐서는 안 될 것이라는 생각에 어찌할 바를 몰랐다.

일요일인 5월 16일 하루 종일 서정림 선생은 아무 음식도 들지 않고 누워있었다. 너무 허무했다. 20대 젊은 여성의 이상과 희망이 한순간에 이토록 비참하게 무너질 줄 생각 못 했다.

저녁때 이명수 선생님이 돌아와 숙소로 가기 전에 서정림 선생님의 사택에 들러 부엌문을 노크했다. 아무 응답이 없다. 부엌문이 살짝 열려있었다. 들어가서 방문을 두드렸다.

안에서 서정림 선생님이 "예-"하고 대답한다.

"이명수입니다."

"아, 예 잠깐만요."

서정림은 급히 이불을 제쳐놓고 머리를 다듬은 다음 일어나서 방문을 열었다.

"댁에 다녀오시는 길이세요?"

"예, 오늘은 전번보다 늦게 도착했습니다."

"댁에는 다 무사 안녕들 하시고요."

"그럼요." 이명수 선생은 윗목에 앉아 서정림 선생님의 얼굴을 바라보았다. 이상하게도 눈언저리가 부풀어 오른 듯한 느낌이 들었다.

"서 선생님, 어디 불편하세요. 눈언저리가 부어있는 듯해서요."

"그래요, 그렇지 않아도 저녁 먹은 게 소화가 안 돼서 밤새도록 잠을 설치어 그런 것 같아요, 빠지겠지요."

"소화제 약을 드시지요."

"먹었어요. 그런데도 별 차도가 없더라고요, 그래서 오늘은 아무것도 먹지 않고 굶었어요."

"그러셨군요, 그러시면 시장하시겠다. 제가 집에서 인절미 떡을 어머님께서 싸주셔서 서 선생님 드리려고 좀 가져왔습니다. 서울서 빵도 사오고요." 하며 가방에서 꺼내놓았다.

"항상 이명수 선생님께서는 주시기만 하시고 저는 대접도 못 해 드리고 정말 불공평하네요."

"서 선생님, 그런 말씀은 절대 하시지 마세요. 저는 자주 나들이 여행을 하지 않습니까. 그래서 사오거나 집에서 가지고 오는 것입니다. 부담 갖지 마세요. 저 숙소로 가겠습니다."

이명수 선생은 일어나 부지런히 숙소로 갔다.

이명수 선생이 숙소에 당도하자 교장 선생님께서 앞마당에 나와 계셨다.

"교장 선생님, 다녀왔습니다." 하고 인사를 올렸다. 그러니까 교장 선생님께서 인사를 받으시며 "그런데 지경석 선생이 아침식사를 하고 나간 후 하루 종일 보이지 않네요." 한다.

"어제 댁에 다니러 가신다고 했는데 아직 안 돌아오신 것 아닙니까?"

"그랬는데 어제 양평에서 옛날친구를 만나 술 마시고 시간을 보내다가 늦어서 못 가고 되돌아와서 숙소에서 보냈어요. 그런데 아침을 먹고 나갔는데 이제까지 안 돌아왔어요."

"그렇습니까, 곧 들어오시겠지요." 하고 방으로 들어가서 옷을 갈아입는데 때마침 지경석 선생이 들어왔다.

"아니 지 선생님, 오늘 아침 잡수시고 바로 나가셨다고 교장 선생님께서 말씀하셨는데, 하루 종일 어딜 다녀오셨습니까?"

"예, 어제 집에 갈 때 양평에서 우연히 중학교 동창생을 만났어요. 하도 반가워서 술집에 들어가 안주 하나 시켜놓고 한 잔 두 잔 마시며 노닥이다 보니까 시간이 꽤 지났어요. 그런데 비가 내리기 시작해서 집에도 못 갔습니다. 할 수 없이 그 친구도 버스 놓치고 해서 여관을 잡아주고 나는 숙소로 돌아와서 잤어요. 아침을 먹고 다시 여관에 있는 친구를 찾아가서 돌아다니다가 헤어지고 온 거에요.”

“아ㅡ아 그러셨군요. 굉장히 친한 친구를 오랜만에 만나시어 재미있게 보내셨네요.”

이때 저녁 식사상이 들어와서 식사를 하였다. 식사가 끝난 다음 이명수는 지경석 선생님과 대화를 나누었다.

“지 선생, 제가 돌아와서 서정림 선생님 사택에 잠깐 들렀더니 누워계시더라고요. 노크를 했더니 미안하지만 조금만 기다려달라고 하면서 그때 일어나셔서 이불을 접어놓으시고 몸단장을 하시는 것 같았습니다. 문을 열어주시면서 윗목에 방석을 깔아주시더라고요. 그래서 한사코 사양했더니 기어코 깔아주시는 거예요. 그런데 눈언저리가 약간 부어있더라고요. 그걸 볼 때 아직도 감기 후유증이 다 나아지시지 않으셨구나 하는 것을 느꼈습니다. 그런데 또 엎친데 덮친다고 어젯밤에는 배탈이 나서서 밤새도록 고생하셨다고 하고요, 참 보기에 딱하시더라고요.”

“그래요, 내가 없는 사이에 그런 일이 있었군요. 가봐야 되겠네요.”

"가시지 마세요. 방문하는 걸 굉장히 싫어하시는 눈치더라고요, 그래서 저도 바로 나왔습니다. 오늘 밤은 일찍 주무시지요. 피로하실 터인데."

다음날 월요일 5월 17일 서정림은 평범한 옷차림으로 출근했다. 이명수 선생이 먼저 서정림 선생님 앞으로 다가왔다.

"서 선생님, 좀 어떠십니까? 상태가 다시 환자 때로 되돌아가시는 듯 하세요."

"아니에요, 괜찮아요. 이틀간 잠을 설치었더니 그런가봐요."

"잠이 안 오시면 수면제를 좀 드시고 주무시면 되는데."

"수면제는 습관성 약이기 때문에 잘 먹지않아요. 가지고 있는 것도 없었고요."

때마침 지경석 선생님께서 교무실로 들어오셨다.

서정림 선생님을 보시자 "서정림 선생님, 잘 쉬셨어요. 이명수 선생님에게 듣자하니 아직도 감기가 확실히 다 나은 것 같지 않다는 말씀을 들었어요. 주사를 한두 번 더 맞으시면 완전히 다 나아요. 오늘 주사를 더 맞읍시다"라고 한다.

그러니까 서정림은 "아니요. 저 지경석 선생님 주사는 더 맞지 않겠습니다. 감기가 낫는 게 아니라 부작용이 오는 것 같습니다. 주사기 들고 오시지 마세요. 부탁입니다"라고 냉정한 태도로 말을 건넸다.

다행히 교무실에는 세 분 선생님께서 일찍 출근하시어 계셨기에 망정이지 다른 선생님이 함께 계셨다면 크게 오해하실 수 있는 대화였다. 이 자리에 있던 이명수 선생은 놀라는 표정으로 두 분 선생님을 바라보았다. 그러면서 이명수 선생은 지경석 선생님을 향하여 이렇게 말을 전했다.

"지경석 선생님, 서정림 선생님 말씀에 오해는 하시지 마십시오. 사람 체질에 따라 주사의 부작용이 발생할 수도 있습니다." 하면서 서정림 선생님에게는 "서 선생님 말씀도 틀린 말씀은 아닙니다. 그럼요 부작용으로 인한 후유증이 발생하는 환자도 몇 분 본 일이 있습니다. 오늘 오전수업을 마치신 후 교장 선생님께 말씀드리고 조퇴 승낙 받으시어 양평읍 병원으로 가서서 진찰을 받아보십시오. 그런 다음 처방을 받으시고 다시 합당한 주사를 맞으셔야 합니다. 제가 교장 선생님의 승낙을 받고 도와드리도록 하겠습니다."

이때 여러 선생님들이 출근하기 시작했다.

아침 교무회의를 마치고 선생님들께서는 각자 담임 학년수업 교실로 갔다. 교장 선생님께서 서정림 선생을 향해 잠깐 교장실로 좀 들어오시라고 분부하셨다. 서정림 선생은 갑작스러운 분부에 놀라 당황스러웠다.

이명수 선생은 서정림 선생에게 "서 선생님, 뭘 그렇게 긴장하세요. 제가 볼 때는 서 선생님 안색이 별로 좋지 않게 보이시니까 건강문제를 문의하시려고 부르신 것이 아닌가로 생각됩니다. 회의 중에도 몇 차례나 서 선생님 안색을 살피시는 듯한 감을 제가 느꼈습니다. 불안해하시지 마시고 들어가 보세요. 첫 수업 시간 끝나고 쉬는 시간 제가 서 선생님 교실로 왜 부르셨는지를 여쭈어 보러 들리겠습니다." 하고 부지런히 담임 교실로 갔다.

서정림 선생은 불안한 마음으로 교장실로 들어갔다. 교장 선생님께서 의자에 앉으시지도 않고 서 계신 채 바로 물으셨다.

"서 선생, 안색이 완전히 환자예요 건강이 너무 안 좋은 듯하니 오늘 오전수업 마치고 조퇴해서 양평병원에 가시어 진찰을 받아 보도록 해요. 공연히 젊다고 오기 부릴 일이 아니에요."

"예, 알겠습니다. 교장 선생님 지시하신 대로 오후에 병원에 가서 진찰받아보겠습니다. 감사합니다." 하고 바로 교장실을 나와 1학년 담임 교실로 달려갔다.

수업 첫 시간이 끝나고 휴식 시간이 되자 이명수 선생이 서정림 선생 교실로 달려왔다.

"서 선생님! 교장 선생님께서 왜 부르셨습니까?"

"아니 이 선생님 그게 궁금하셔서 달려오신 거예요."

"그럼요, 교장 선생님께서는 여간한 일로는 선생님들을 교장실로 부르시는 분이 아니시지 않습니까!"

"맞습니다. 역시 이명수 선생님 말씀이 정답이십니다. 제 건강이 너무 안 좋아 보이셔서 부르셨답니다. 오늘 당장 오전수업 마치고 조퇴하여 양평읍 병원에 가서 의사 진찰받고 결과를 오늘 저녁 퇴근 후에라도 교장 선생님께 알려달라는 지시를 받았습니다."

"거보세요, 아침 교무회의 때 교장 선생님께서 유심히 서 선생님을 바라보시며 매우 걱정스러워하시는 안색으로 변하시는 것을 저는 감지했습니다. 그런데 회의가 끝나자 바로 서 선생님을 교장실로 부르시더라고요. 오후에 수업 마치고 교장 선생님께 말씀드려 허락을 받고 서 선생님을 도와드리러 갈까요?"

"네에, 아니 그러지 마세요. 잘못하면 여러 선생님들에게 공연히 오해를 받을 수가 있습니다. 잠자코 계시는 것이 저를 도와주시는 것입니다. 단 한 가지는 도와주세요. 양평읍 택시정류소에 전화하셔서 오후 1시 30분까지 학교 교문 입구 대로변에 대기하도록 부탁드릴게요."

"아, 네 걱정 마세요, 제가 둘째 수업 시간 끝내고 휴식 시간에 교무실에 가서 바로 전화를 걸어 예약해 놓겠습니다. 걱정 마세요."

서정림 선생은 오전수업을 마치고 교무실로 와서 선생님들께 다녀오겠다는 인사를 드리고 바로 사택으로 오니까 반갑게도 동생 정심이가 와서 언니 점심 밥상을 차려놓고 기다리고 있었다.

"응― 정심아 왜 벌써 왔니?"

"엄마가 언니 힘들다고 일찍 떠나라고 하셔서 빨리 왔어."

"그랬니. 엄마도 왜 그러셨어. 천천히 와도 되는데."

"그런데 언니, 왜 눈언저리가 그토록 부었어. 얼굴도 불과 이틀 사이에 더 홀쭉해진 듯하고."

"그렇게 보이니, 어제 배탈이 나서 밥도 못 먹고 잠을 못 자서 눈도 붓고 얼굴도 내 얼굴이 아닌 것 같아. 그래서 교장 선생님께서 오늘 당장 양평병원에 가서 진찰받아 보라고 하셔서 점심 먹고 병원에 가려고."

"이상하다, 대개 콩팥 신장이 안 좋은 분들이 얼굴이 붓는다고 들었는데 언니는 신장에는 아무 이상이 없잖아. 그러면 얼굴이 부어야지 왜 얼굴은 더 홀쭉해지고 눈가가 붓느냐고. 병원에 가면 의사선생님께 상세히 여쭈어봐. 아니 안 되겠어, 언니 나도 따라갈 거야."

"아니야 정심아, 오늘은 언니 혼자 다녀올게. 아침 일찍 오느라고 힘들었는데 또 언니 따라온다고, 그러지 마 집에서 쉬어 언니 혼자 빨리 다녀올게. 자 밥 먹자."

"알았어. 언니 그러면 나는 집에서 청소하고 쉬고 있을게. 어서 언니 식사해 꼭꼭 잘 씹어서 들고."

식사가 끝나자 서정림 선생은 서둘러 일어났다. 정심이도 일어나서 언니 따라 교문 앞까지 갔다. 택시가 도로변에 대기하고 있었다. 언니를 배웅해주고 정심은 사택으로 돌아왔다.

양평읍에 도착한 서정림 선생은 곧바로 병원을 찾아 들어갔다. 다행히 환자가 많지 않아 원장선생님의 진찰을 받게 되었다.

몸 상체 이곳저곳 여러 곳을 청진기로 진찰을 하시고 난 다음 상담을 나누었다. 결과는 '신경과민'으로 인한 스트레스라는 말씀이었다.

"대수롭지 않은 일까지 깊이 생각하고 문제가 생길까 봐 걱정하는 세심한 성품이기 때문에 그런 현상이 일어나는 것입니다. 선생님께서는 직업이 교육자이기 때문에 그러면 안 된다, 이래도 안 된다, 하는 원칙적 도덕관념이 몸에 배어 가능성과 융통성에 대한 배려가 너그럽지 못한 불만과 불안에서 오는 증상이라고 생각합니다. 요사이 소화도 잘 안되시지요. 수건을 따끈한 물에 담근 후 짜서 눈가에 대었다가 2~3분 뒤에 떼었다가 두서너 번 반복하십시오. 그러면 부기가 좀 빠질 겁니다. 눈을 너무 비비지 마세요."

"선생님 눈을 비빈 게 아니라 울어서 수건으로 자주 눈물을 닦았더니 눈가가 부어오른 것 같아요."

"그러신 것 같아요. 왜 그러셨어요. 그냥 그럴 수 있지 다음부터는 그러면 안 된다 하고 너그럽게 잊어버리시지." 하시며 상담을 끝냈다.

다른 상처에 대한 진찰과 상담도 받고 싶었으나 결점을 드러내는 것 같아서 차기로 미루고 하지 않았다.

마지막에 의사 선생님으로부터 돌아가시면 영양가 있는 음식을 골고루 섭취하시어 건강을 회복하시라는 권고도 받았다. 간호사에게 주사도 맞고, 처방도 받아 약국에 가서 약재도 받았다. 바로 택시를 불러 타고 학교로 돌아왔다. 교무실에 들러보니까 그때까지도 교장 선생님, 지경석 선생님, 이명수 선생님까지 세분 선생님은 퇴근하시지 않으시고 교무실에 계셨다.

이명수 선생은 벌떡 의자에서 일어나시며 "서 선생님 벌써 다녀오셨어요, 고생하셨습니다. 교장 선생님도 아직 퇴근하시지 않으셨습니다. 들어가서서 뵙고 가시지요." 하고 교장실 문을 열어주었다.

서정림 선생은 "감사합니다." 하고 들어가서 "교장 선생님 다녀왔습니다." 복명하였다.

복명을 받고 난 교장 선생님께서는 "크게 염려가 되는 곳은 없고, 단순히 '스트레스'로 인한 '신경과민'이라고 하니 다행입니다. 무슨 스트레스를 그리도 많이 받아요. 신상에 무슨 고민이 있어요? 어제 일요일에는 배가 아프서서 식사도 못 하셨다면서요. 신경성 위장염이 일어나신 게 아닌가. 어쨌든 큰 걱정할만한 병은 아니라니까 마음을 편안히 하고 영양가 있는 음식을 많이 만들어 먹어요. 서 선생 음식 요리 잘할 것 같은데, 병원 의사께서도 '영양가 있는 음식섭취를 하라'고 하셨다니 그리하도록 하세요. 자 퇴근들 하십시다"라고 하시어 사택으로 돌아왔다.

정심은 언니를 보자 반색을 하며 물었다.

"언니 잘 다녀왔어, 의사선생님께서 뭐라고 하셔."

"별거 아니라고 하서 '신경과민'이래."

"신경과민! 신경과민인데도 눈언저리가 붓나."

"눈가가 붓는 것은 눈언저리를 손으로 자주 비벼서 부풀어진 것이래."

"그럼 언니가 자주 비빈 적이 있어?"

"응 눈 안쪽이 자주 가려워서 몇 번 비빈 것 같아."

"이상하다. 몇 번 비볐다고 눈가의 피부가 부어오른다."

"정심아, 의사가 그렇다면 그런 줄 알고 지나갈 일이지 무얼 그렇게 꼬치꼬치 캐어물어."

"응 알았어. 나는 언니가 너무 걱정이 되어서 물은 것이야. 미안해 언니."

사실 정심은 언니가 무슨 큰 걱정거리가 생겨 울어서 손으로 비빈 부작용이 아닐까! 라는 생각에서 계속 물었던 것이다.

정심의 판단이 정확한 추측이었다.

의사선생님께서 알고 계시면서도 환자인 언니의 마음에 자극을 주지 않으시려고 정답을 피하시고 하신 말씀이 아닌가로 생각되었다.

서정림 선생의
처신 변화와 산행

이번 주 토요일 5월 29일 이명수 선생은 집에 가지 않고 학교 숙소에서 쉬기로 했다. 그러나 지경석 선생은 지난주도 집에 가지 못했기 때문에 이번 주는 꼭 다녀와야 된다고 떠났다. 서정림 선생과 동생 정심이 역시 사택에서 보내기로 했다.

이명수 선생은 숙소에서 혼자 저녁식사를 마치고 차 한 잔을 마시면서 요즘 서정림 선생의 처신이 전과는 다른 모습이 아닌가 생각했다. 지난주만 해도 출근을 하면 밝고 명랑한 웃음을 지으며 "안녕하십니까, 좋은 아침입니다"라고 다정한 인사를 하며 분위기를 부드럽게 하는 미덕의 여선생님이었다.

그런데 이번 주 월요일부터는 출근할 때의 밝고 명랑한 웃음이 사라지고 "안녕하세요." 하고 이어진 "좋은 아침입니다"라는 수식어가 삭제되면서 특유의 활달함도 생략되었다. 갓 결혼한 새댁의 겸손한 모습으로 변모한 느낌이었다. "왜 그럴까!······ 건강 관계로 사기를 잃은 탓일까."

지경석 선생님과는 자주 대화를 나누며 상호 존경의 친분을 유지해 온 것으로 알고 있었다. 그토록 가깝게 지내시던 두 선생님께서는 갑자기 대화가 중단되고 눈길도 주지 않아 의심을 자아내기에 충분한 현상이 동료 간에 표출되고 있었다.

도대체 두 분간에 무슨 오해가 있어서 관계가 냉랭해졌는지가 이명수 선생은 자꾸 의구심이 들었다.

일요일 5월 30일 아침이 밝았다. 하늘에 구름이 별로 없는 청청한 맑은 날씨였다. 주변 야산에 등산이라도 가고 싶은 생각이 들었다. 아침식사를 하고 등산복 차림으로 서 선생님 사택에 가서 함께 등산을 가시면 어떻겠느냐고 권유 드려야 되겠다고 마음먹었다.

숙소를 나와 서정림 선생님 사택에 들렀다. 마침 정심이 부엌일을 마치고 방문을 여는 순간이었다. 이명수 선생님을 보자 놀라는 표정으로 말했다.

"와-아 멋지시다. 이 선생님 산행하시려고요?"

"예. 정심 양도 서 선생님 설득시켜서 산 공기 마시러 동반하시도록 해요."

"글쎄요. 언니가 갈까요."

"언니, 이명수 선생님 오셨어."

서정림 선생은 독서에 열중하다가 이명수 선생님이 오셨다는 동생의 전달을 듣자 자리에서 벌떡 일어났다. 동생이 방문을 열자 밖에는 멋진 흰색 등산복 차림의 이명수 선생님이 서 있었다.

"서 선생님! 날씨도 좋은데 방안에서 공연한 잡념으로 스트레스받지 마시고, 깨끗한 산 공기 마시러 등산이나 가시지요?"

"그래 언니. 이 선생님 따라 등산이나 갔으면 좋겠다. 저도 함께 가면 안 될까요?"

"안 되다니요. 두 자매 분 다 모시고 가려고 일부러 이렇게 준비하고 나오지 않았겠습니까. 경호원 격으로."

"정심아, 산행하고 싶니? 그럼 언니가 집 지킬게. 너 이 선생님 따라갔다 와."

"싫어. 이 선생님께서 동행을 요청하신 분은 내가 아니라 서정림 선생님이야. 이 선생님 기분 상하시겠다."

"기분 상하다니요. 언니가 가기 힘드시다면 정심 양과 둘이 가도 나는 괜찮습니다."

"아니요. 제가 싫습니다."

"그래 정심아, 그동안 언니 때문에 고생만 했는데, 오늘은 우리 손잡고 다정하게 이 선생님 따라가자. 그럼 빨리 등산복으로 갈아입자."

하면서 서정림 선생이 벌떡 자리에서 일어났다. 그러자 정심도 "진짜!" 하고 박수를 치며 방으로 들어와 두 자매는 부지런히 등산복 차림으로 바꿔 입고 이명수 선생님 뒤를 따랐다.

"이 선생님, 학교 주변의 등산코스는 잘 알고 계셔요?"

"아니요. 초행이라 잘 모릅니다."

"저도 초행이라 어느 곳으로 먼저 가야 하는지를 모르겠습니다."

"학교 윗동네 가서 동네 분들에게 여쭈어보지요."

사택을 출발하여 윗동네를 향해 천천히 걸어 올라갔다. 마을 초입에 이르자 한 젊은 청년이 밭에서 일을 하고 있었다. 이명수 선생이 그 청년을 향해 길을 물었다.

"말씀 좀 여쭈어봐도 될까요?"

그 청년은 이명수 선생을 힐끔 쳐다보더니 학교 선생님분들임을 즉각 알아보고 "안녕하십니까." 하고 인사를 건넨다.

"어디를 가시려고 하시는데요?"

"예. 운동 삼아 산행을 나왔거든요."

"네 ― 이 길로 올라가시다 보면 바로 바른쪽 편에 산으로 올라가는 산행길이 보입니다. 그 길옆에 '대성사大成寺 행로'라는 안내 표지판이 세워져 있습니다. 그 길로 한참 올라가면 절이 보입니다. 동네사람들은 그 절까지를 목표로 올라갑니다. 도착하면 절 입구에 주차장이 있습니다. 그 주차장에서 잠시 휴식을 취하다가 다시 되돌아올 때는 올라간 길을 반복해 내려오거나 아니면 다른 길을 통하여 내려오면 학교 아랫마을에 도착합니다. 그러면 다시 이 마을(학교 윗마을)로 되돌아오는 코스가 됩니다."

청년은 아주 상세하게 알려주었다.

이명수 선생과 서정림 선생은 너무 친절하게 상세히 알려주어 매우 감사했다. 일행 세 사람이 "대단히 감사합니다." 하고 인사를 했더니 그 청년은 오히려 미안한 표정을 지으며 "별말씀을 다 하십니다. 우리 학교 선생님분들이신데요. 안녕히 다녀오세요." 마지막 작별 인사까지 보내주었다. 그런데 서정림 선생은 그가 어디선가 본 듯한 인상으로 낯설지가 않았다. 기억력을 더듬어 보니까 지지난달 어느 일요일 아침에 학교 운동장에서 걷기 운동을 할 때 교문 입구에서 만났던 그 청년이었다. 아버지 병환이 대단하시어 지경석 선생님을 모시러 왔던 청년이 분명했다.

서정림 선생은 "아— 맞다. 바로 그 청년이다." 하고 자기도 모르게 손뼉을 쳤다.

이명수 선생과 정심 양은 갑작스러운 서정림 선생의 태도에 발을 멈추었고, 이명수 선생은 "뭣이 맞는다는 것입니까?" 하고 묻는다.

"저 청년과 학교운동장에서 만난 적이 있어요. 저 청년이 아버지 병환이 위독하다고 지경석 선생님께 주사를 부탁하러 모시러 왔을 때 운동장에서 만나 지경석 선생님 숙소를 알려준 기억이 났습니다."

이명수 선생은 "아— 그래서 우리 학교 선생님분들이라고 친절히 알려 주었군요. 이렇게 서 선생님과 함께 다니면 대우받고 좋은 일만 생긴다니까요!"라고 했다.

이명수 선생 일행은 한참을 올라가니 길가에 팻말이 눈에 띄었다. 먼저 발견한 정심 양은 "이 선생님, 저기 팻말이 보이네요." 하자 "그러네요. 나도 봤습니다. 산행길도 보이구요." 하며 이명수 선생이 대답했다.

드디어 그곳까지 도달했다. 팻말에는 한문으로 '大成寺行路(대성사행로)'라고 세로로 적혀 있었다. 산길치고는 꽤나 넓은 길이었다. 그 길로 들어섰다. 한참을 올라가다 보니 여러 굴곡길이라 매우 힘들 길이라고 생각되었다. 서정림 선생은 너무 힘들어 여러 번을 쉬었다. 이명수 선생이나 정심 양은 몸도 불편한 서정림 선생에게 무리한 요청을 하여 함께 온 것을 미안하게 생각했다.

"죄송합니다. 그처럼 힘들어하실 줄은 생각 못했습니다. 이쯤에서 다시 되돌아가시는 것이 좋겠습니다."

이명수 선생의 말에 서정림 선생은 펄쩍 뛰었다.

"저 때문에 되돌아가시자고요? 그러시면 안 되지요. 저 그동안 너무 운동을 하지 않아서 시들어져서 그런 거에요. 또 몸도 아팠고요. 그런 면에서 오늘 산행을 온 것은 다시 힘과 정신을 강화하는데 큰 동력을 소생시키는 운동이라고 봅니다. 반대로 힘들어도 제가 감사를 드려야 하는 일이 아닌가요. 되돌아가자는 말씀은 하시지 않는 것이 저에게 용기를 주시는 것입니다. 아시겠지요. 이 선생님, 올라가시지요."

쉰 자리에서 벌떡 일어난 서정림 선생은 앞장서서 힘들게 걸어 올라갔다.

함께 올라가며 이명수 선생은 서정림 선생에게 이렇게 충고했다.

"서 선생님! 운동이나 등산은 오기傲氣로 하는 것이 아닙니다. 오기로 하시면 오히려 더 악화됩니다. 제가 볼 때는 서 선생님 체력에 무리하시는 것 같으니 자중하시고 오늘은 이만 되돌아가시는 것이 좋을 듯합니다."

"아니요. 저 지금까지는 힘들었지만 이제부터는 용기백배입니다. 이 선생님 지켜보세요. 당당해질 것입니다."

그러나 올라가는 길이 마음먹은 대로 올라갈 수 있는 것이 아니었다. 얼마간 올라가다 보니 또 숨이 차고 하체가 힘들어졌다. 다시 서정림 선생은 발걸음을 멈추어 섰다.

"거 보세요. 잠시 쉬셨다가 또 오르시도록 하세요. 이번에는 제가 도와드릴게요. 제 행동이 눈에 거슬리셔도 어찌할 수 없어요. 정 언짢으시면 제 뺨을 때리세요. 기꺼이 맞아드릴게요. 제가 서 선생님의 손을 잡겠습니다."

이명수 선생이 서정림 선생의 바른손을 꽉 잡았다.

"자 서서히 올라가겠습니다. 제가 이끄는 대로 딸려만 오시면 됩니다. 아시겠지요."

"그러면 이 선생님이 너무 힘드세요. 안 됩니다."

"아니요. 전 자신 있습니다. 걱정하지 마세요." 하고 앞에서 끌어 잡아당기며 오르기 시작했다.

서정림 선생은 힘들지 않게 끌리어 따라 올라갔다. 동생 정심 양은 언니를 이 선생님에게 맡기고 부지런히 앞서 올라갔다. 드디어 대성사 절이 눈에 띄었고, 사찰寺刹 입구 주차장이 눈앞에 가까이 다가왔다.

힘이 센 이명수 선생은 사찰 입구 주차장이 눈에 보이자 한층 신이 나서 서 선생의 잡은 손을 강하게 끌어당기자 그녀의 바른 발 신발 앞쪽 엄지발가락 쪽이 땅에 박힌 돌부리에 부딪히어 온몸이 앞으로 고꾸라졌다. 이명수 선생은 서정림 선생의 잡은 손이 아래로 눌리면서 몸이 땅 쪽으로 엎어지자 재빨리 서정림 선생의 잡은 손을 위로 당기어 올리면서 바른손으로 몸의 상체를 자신의 가슴에 두 팔로 꽉 껴안았다. 그 덕에 서정림 선생의 몸은 땅에 고꾸라지는 것을 면했다. 서정림 선생의 몸과 얼굴이 이명수 선생의 가슴에 안긴 채 서로 얼굴이 마주쳤다.

서정림 선생은 무안스러워 눈을 똑바로 쳐다보기가 민망스러웠다. 그리하여 눈을 슬그머니 감고 얼굴을 돌리려는 순간, 이명수 선생은 절호의 기회라고 생각하여 서정림 선생의 얼굴 좌측을 왼쪽 손바닥으로 받쳐주고 "서정림 선생님, 사랑합니다"라고 작은 음성으로 고백하면서 그의 입술에 자신의 입술을 맞추었다. 서정림 선생은 눈을 번쩍 떴다. 그의 눈과 입술이 자신의 입술과 얼굴에 맞추어졌다는 것을 확인하고 다시 눈을 감았다.

두 청춘 남녀 간의 사랑이 연결되는 순간이었다. 키스가 시작되었다. 시간의 흐름도, 주변 장소의 환경도 아랑곳하지 않았다. 잠시 후 서정림 선생이 이명수 선생의 등을 툭툭 치면서 중단을 요구했다. 그러자 이명수 선생은 알았습니다. 조금만 더 지속합시다, 하고 서정림 선생의 등을 치면서 회답을 보냈다. 키스는 계속되었다.

이명수 선생이 입술을 떼어 키스를 끝냈다.

서정림 선생이 먼저 입을 열었다.

"동생이 보았으면 어떻게 해요."

"아니요, 동생은 보지 못했을 것입니다. 벌써 앞서가서 사찰 입구 주차장에 도착해 있을 겁니다. 또 보았으면 어떻습니까. 제가 서정림 선생을 좋아하는 줄 알고 있는데요."

"어서 올라가시자고요. 오해하겠어요."

"동생은 서 선생님과 저와의 결혼이 성사되기를 원하고 있습니다."

"그것을 어떻게 알아요."

"저에게 여러 번 권유했어요."

"언제 거기까지 대화가 되셨어요?"

"서정림 선생님, 이제 이 이명수가 얼마나 서 선생님을 사랑하고 있는지 아셨지요."

"글쎄요. 제가 아직은 확신이 서지 않네요. 이 선생님이 싫어서가 아니라 제가 자격이 부족하다고 생각하기 때문입니다."

"서 선생님. 그게 무슨 말씀이세요. 자격으로 따지면 저에게는 서 선생님이 과분한 분이지요. 서 선생님이 저를 생각해 주신다면 평생 저는 서 선생님의 뜻을 받들어 사랑으로 모실 겁니다. 꼭 그렇게 되도록 서 선생님께서 결심해주실 것을 기다리겠습니다. 오늘 너무 감사합니다. 선생님의 건강, 이 이명수가 책임지겠습니다."

이렇게 즐거운 대화를 나누면서 천천히 올라오다 보니 어언 대성사 출입 주차장에 도착했다. 정심은 벌써 도착하여 기다리고 있었다.

"언니? 언니가 처음 이 학교에 부임할 때만 해도 얼마나 건강했었어. 전에는 나보다도 훨씬 더 건강했었잖아. 그런데 근래 한두 달 사이에 그렇게 나빠질 수가 있나? 이해가 안 돼. 언니. 여기 올라오는데도 그렇게 힘들어하니 너무 속상해……"하며 정심이 돌아서서 눈물을 흘렸다.

"정심아, 이 좋은날 여기까지 와서 왜 그래. 네가 언니 걱정하는 것은 잘 아는데 옆에 이 선생님도 계시지 않아."하며 동생 곁으로 다가가서 손수건으로 눈물을 닦아 주었다.

이를 바라보는 이명수 선생도 정심이 앞으로 다가와서 위로해 주었다.

"정심 양, 눈물 거두세요. 나는 두 자매님을 볼 때마다 감동받는 일이 한두 번이 아니에요."

"세상에 자매치고 이토록 다정하고 아껴주고 보살펴주며 사랑해주는 자매는 처음 봤어요. 정말 존경스럽고 부럽습니다. 정심 양. 걱정하지 마세요. 제가 무슨 수를 쓰더라도 서 선생님 건강 회복시켜 드릴 겁니다."

"감사합니다. 우리 언니 좀 잘 보살펴 주세요."

서정림 선생은 동생을 슬프게 만든 것도 자신의 처신 잘못으로 인한 것이라고 생각하고 지난 일을 거울삼아 앞으로의 희망을 위해 열심히 노력하겠다는 마음을 굳게 다졌다.

"서 선생님 그냥 가실까요, 아니면 절에 들러 부처님께 기도 올리고 가시겠어요?"

"절 앞까지 올라왔는데 절 구경도 못하고 갈 수는 없지요. 부처님께 소원을 이루도록 기도를 드리고 가셔야지요."

일행은 동시에 대웅전에 들어 부처님께 '소원성취' 기도를 드리고 나왔다. 그리고 절 주변을 골고루 살펴봤다. 마지막 관음전(대웅전을 정면으로 바라볼 때 좌편 위치)을 통과하여 하행하는데 보살님께서 절에 오신 손님들에게 점심을 드시고 가시도록 권유하고 계셨다. 그렇지 않아도 시장기가 드는데 너무 감사했다.

이명수 선생께서 보살님께 양해를 구했다.

"보살님 저희들 같은 방문객도 점심을 들고 가도 되는 겁니까?"

"그럼요. 우리 절에 오시는 방문객에게는 신도와 차별 없이 모든 분들에게 다 점심을 대접해 드립니다. 어서 이 관음전에 들어가셔서 점심을 드시고 가시기를 바랍니다."

보살님은 일행을 방안 입구까지 안내해 주셨다. 방안에서는 자리까지 배정해 주시는 보살님도 계셨다.

일행은 관음전 방에서 절밥 한 그릇을 맛있게 순식간에 다 비워버렸다. 밥상에 차려져 있는 반찬은 여러 나물류에다가 절에서 키운 공해 없는 콩나물국 그리고 보글보글 끓는 뚝배기 두부된장찌개 등 다양하였다. 그 어디에서도 맛보지 못한 별미 반찬도 있었다.

정심 양이 자리를 뜨면서 이런 말을 남겼다.

"오늘 우리 언니와 이명수 선생님 덕분에 20년이 되도록 한 번도 먹어 본 적 없는 이름 모르는 몇 가지 반찬까지 맛을 보았으니까 며칠 안에 언니 건강이 회복될 것입니다. 왜냐하면 부처님께서 언니 건강 회복에 필요한 약이라고 주신 것이 아닌가, 생각되거든요."

"어느 장소에 가든 정심 양의 마음속에는 언니 서정림 선생님뿐이니 하루속히 건강해지셔야 하겠습니다."

이명수 선생님이 서정림 선생에게 동생의 마음을 대변했다.

이에 서정림 선생도 동감하여 "그래 정심아 빨리 건강해질게.

"그러게 말입니다. 참 아버님 어머님 두 분 모두 훌륭한 분이라는 것을 진작 감지했습니다. 제가 선생님이 부임하면서부터 좋아하게 된 것은 예의범절이 분명하시고, 인상도 좋으시지만 깔끔하신 성품과 가풍이 풍기는 처신이 너무 마음에 들었습니다. 서 선생님 혹시라도 제가 서 선생님의 배우자로서 기대에 만족하지 못하더라도, 한평생 함께 할 수 있는 영광이 주어진다면 행복한 삶을 누리도록 최선을 다하겠습니다."

"이명수 선생님! 부족한 점은 이 선생님이 아니라 바로 저 자신입니다. 제가 무엇 하나 잘하는 게 있습니까? 뿐만 아니라 저는 이 선생님 청혼에 선뜻 승낙할 만한 자격이 부족한 여자입니다. 앞으로 서서히 알게 될 날이 올 것입니다. 신중히 생각해 주시길 바랍니다. 나중에 후회하지 마시고."

"서 선생님, 선생님께서는 그 무엇이든지 정직하고 확실한 것을 좋아하시는 분이라는 것은 자타가 다 공인하는 분입니다. 자신의 결점이 지탄의 대상이라면 선생님처럼 앞으로 서서히 알게 될 것이라는 말씀을 하시지 않습니다. 끝까지 숨기지요. 설령 실수가 있었다 하더라도 본인이 가해자요, 선수先手자라면 이 또한 역시 마찬가지 경우가 될 것입니다. 이 이명수 어떠한 변화가 온다고 하더라도 서 선생님께 드린 저의 결심은 영원할 것입니다."

이렇게 대화를 나누며 내려오다 보니 어느덧 마을 초입 길에 도착했다.

정심 양이 10m 앞길에 서서 기다리고 있었다.

서정림 선생님이 한마디 했다.

"정심아. 너는 어떻게 언니나 이 선생님과 함께 일행으로 행동하지 않고 오르고 내리고 혼자 앞서가냐? 더구나 10대 처녀가 그러다가 사고라도 나면 어쩌려고."

"사고는 무슨, 언니같이 말끔하고 예쁜 여자 같으면 사고가 생길 수도 있겠지, 그러나 나는 아니야. 나 같은 멍청한 여자에게 누가 좋다고 따라오겠어?······"

그러자 이명수 선생이 덧붙였다.

"정심 양! 정심 양은 자신의 모습을 실상과는 전연 맞지 않는 대답을 하고 있어요. 여자는 자신의 외모가 어느 정도의 수준이라는 것을 상식적으로 알고는 있어야 합니다. 교장 선생님을 비롯해서 모든 선생님들께서 정심 양은 언니의 외모와 음성까지 꼭 빼닮았다고 합니다. 그러니까 정심 양은 자신의 모습이 언니 모습과 같다고 알고 있으면 됩니다."

"이 선생님 감사합니다. 우리 언니 기분 좋게 해 드리려고 하시는 말씀으로 저는 생각하겠습니다."

정심은 정중하게 허리 굽혀 인사까지 했다. 그런 다음 일행에 끼어 기숙사로 돌아왔다.

서정림 선생은 사택에 도착하는 즉시 곧바로 방으로 들어가 등산 차림을 벗고 편안한 옷으로 갈아입었다. 그런 다음 피로에 지

처 그냥 방바닥에 누워버렸다.

"정심아 언니는 지금 굉장히 피곤하거든, 혹시 잠들더라도 깨우지 마라 응."

"안 돼 언니. 지금 누우면 그냥 잠들어 버려. 저녁은 들고 자야해, 저녁 하는 동안 언니 얼굴 손발 씻고 간단히 수면 화장이나 하고 있으면 저녁상 차려 들여갈게."

"그래, 그게 좋겠다. 그렇게 할게."

서정림 선생이 세면장에서 모두 씻고 다시 방으로 들어와 약식으로 수면 화장을 하고 있는 사이에 동생이 저녁상을 차려 방으로 들여왔다.

"벌써 차려왔구나."

"그럼 반찬은 다 준비돼 있고, 밥과 찌개만 끓이면 되는데 그 시간이 뭐 그렇게 오래 걸린다고, 안 그래."

"시간 보다 우리 동생 손놀림이 빨라서 그런 거지 그래 먹자."

두 자매는 즐거운 마음으로 맛있게 저녁식사를 끝냈다.

6월 4일 금요일 저녁이었다. 퇴근 후 집으로 돌아온 서정림 선생은 저녁식사를 마치고 편안히 쉬는 시간 동생 정심에게 갑작스러운 제안을 했다.

"정심아, 내일 토요일 오전수업을 마치고 오랜만에 우리 양평읍에 나가서 영양 보충 좀 할까?"

"왜 언니 고기구이가 먹고 싶어."

"응 고기도 먹고 싶지마는 그보다도 목욕이 더 급해. 따끈한 욕탕에 몸을 담그어 피로도 풀고 말끔히 씻으면 머리가 좀 개운해질 것 같아."

"그래 그럼 그렇게 하자고 언니."

"괜찮겠니?"

"언니! 언니 건강을 위해 하자는 데 무엇인들 못해, 그렇게 준비할게."

하룻날 나들이가
인연이 될 줄은

다음날 토요일 6월 5일 서정림 선생은 오전 수업을 마치고 서둘러 교무실로 왔다. 때마침 이명수 선생도 교무실에 당도했다. 서정림 선생은 이명수 선생을 보자 부탁했다.

"이명수 선생님 제가 전화번호를 몰라서 부탁드리는데요. 택시 좀 불러주시겠어요."

"그러세요, 어디 가시려고요. 집에 가시려고요?"

"아니요, 동생과 같이 양평읍에 볼일이 있어서요."

"무슨 볼일이신지는 몰라도 저도 함께 가면 안 될까요."

"집에 다니러 가시려고요?"

"아니요, 이번 주는 안 가기로 했습니다. 곁들여 저도 볼일이 있어서요."

이명수 선생은 양평읍 택시정류소 사무실에 전화를 걸어 12시 30분까지 Y초등학교 교문 밖 도로변에 택시가 도착하도록 했다.

그리고 바로 기숙사로 가서 나들이옷으로 갈아입고 교문 밖에 나와 택시를 기다렸다. 이어 서정림 선생 자매도 교문 밖에 나오자 바로 택시가 도착했다. 일행은 다 같이 택시를 타고 쏜살같이 양평읍을 향하여 달려갔다.

이명수 선생이 먼저 운전기사에게 양평읍 큰 식당으로 안내해 주실 것을 부탁했다. 드디어 양평읍 중앙에 위치한 '양평식당' 앞에 택시를 세웠다. 이명수 선생은 재빨리 택시비를 지불하고 앞문을 열고 나와 뒷문을 열어 서정림 선생과 동생 정심이가 편안히 내리도록 도와주고 바로 식당 안으로 안내했다.

식당 안에 좌석을 잡고 앉으면서 서정림 선생은 이명수 선생에게 택시비를 전달하면서 "이 선생님! 분명히 하시는 게 좋겠습니다. 택시는 제가 요청했는데 왜 이 선생님이 택시비를 내십니까, 이 택시비를 받아 넣으십시오"라고 하자 이명수 선생은 "서 선생님, 누가 냈던 택시비는 이미 지불된 것이니까 끝난 것입니다. 주위 손님들이 보고 계시니 어서 집어넣으세요." 하고 얼른 서 선생님 손에 쥐여주었다.

그러자 서정림 선생은 "이 선생님, 그러면 점심은 제가 결정하고 주문하겠습니다. 사실은 제가 쇠고기 등심고기가 먹고 싶어 동생하고 의논하여 오게 되었고요. 더불어 자주 목욕을 못해 몸이 근지럽고 찌뿌듯한 느낌이 들어 목욕을 하기 위해 오게 된 것입니다. 그래서 점심을 들고 목욕을 갈 것입니다"라고 한다.

이 말을 듣자 이명수 선생은 "야아, 어쩌면 이토록 제 예측이 신기하도록 적중했네요. 저에게 택시를 불러달라고 하셔서 왜 갑자기 양평읍에 가시려고 하실까, 혹시 몸이 안 좋으셔서 목욕탕에 가시려고 하시는 것이 아닌가 하고 쉽게 생각했습니다. 그런데 더불어 저에게도 너무 좋은 기회를 주셔서 대단히 감사합니다." 하고 의자에서 일어나 고개 숙여 인사까지 했다.

오랜만에 소등심구이를 구워 점심을 아주 맛있게 먹었다. 이명수 선생이 식사비를 지불하려고 카운터로 가니까 식사 중에 이미 지불이 되었다는 것이다. 서정림 선생 동생을 통하여 지불이 된 것이 아닌가 생각되었다.

이명수 선생은 서정림 선생님에게 "감사합니다. 맛있게 영양 보충시켜 주셔서, 사실은 제가 대접하려고 따라왔는데 오히려 제가 대접을 받았습니다"라고 하자 서정림 선생은 "오늘 이전까지는 저와 동생이 계속 대접을 받아오지 않았습니까. 아직도 빚을 갚으려면 멀었습니다." 하고 대답했다.

"저는 빚을 드린 일이 한 번도 없는데요, 식사하고 바로 목욕을 하시면 좋지 않으니까 다방에 가서서 차를 마시며 얘기하시다가 배가 좀 꺼진 다음에 가시지요." 이명수 선생과 서정림 선생은 목욕탕 근처 다방을 찾아가서 차를 마시며 시간을 보냈다. 30분 후 다방을 나와 목욕탕에 도착했다. 10분 전 오후 2시였다. 오후 3시까지 목욕을 끝내고 출구 문 앞에서 만나기로 약속하고 각자 남녀탕으로 들어갔다.

목욕을 마치고 탕 밖 옷보관대기실로 나온 서정림 선생은 동생 정심에게 말했다.

"정심아, 언니는 오늘 모든 잡념을 다 잊고 따끈한 물에 몸을 담그고 깨끗이 씻고 나오니까 기분이 너무 좋다. 정신도 맑아지고 몸 움직임도 가벼워진 듯하고 마음에 담고 있는 불쾌감도 씻겨 내일의 희망을 새롭게 이어가겠다는 생기가 떠오른다."

"그래 언니! 진작 올 걸 그랬네, 다행이네. 그런데 언니 무슨 불쾌감이 있었던 거야."

"응, 아니야 별것 아니야 신경 쓸 일이 아니니 그냥 넘어가자. 요새 꿈이 너무 안 좋아서 혹시라도 무슨 일이 생기지나 않을까 하고 신경을 썼는데 목욕을 하고 나니까 그 신경이 다 달아나 버렸어."

"무슨 꿈을 꾸었기에 마음에 담고 있는지는 모르겠지만, 언니 내가 어떤 책에서 본 것 같은 생각이 떠올라서 하는 말인데 이런 구절이 있더라고 '꿈은 현실이 될 수 없어도 현실은 꿈으로 돌아갈 수 있다.' 혹시 언니가 평시에 생각하고 바라던 희망이 꿈으로 성사된 것은 아닐까!"

"정심아, 너는 언제 그런 구절이 나오는 책을 다 읽었어. 내 동생 참 똑똑해 언니가 무슨 말을 못 하겠다."

"아니야 언니가 꿈에서 있었던 일을 마음에 담고 있었다니까 하는 말이야."

"정심아 어서 나가자 이명수 선생님이 기다리시겠다."

"응 알겠어 언니."

부지런히 목욕탕 정문 밖을 나오니까 이명수 선생님이 기다리고 계셨다.

"다음은 제가 어디든 모실게요. 가시고 싶은 곳 말씀하세요." 이명수 선생이 말하자 서정림 선생은 "가긴 지금 어딜 가요, 시간도 어중간해서 갈 곳도 마땅치 않고요, 그냥 숙소로 가서 쉬는 게 어떨까요"라고 한다.

그러자 정심은 "언니, 모처럼 나왔는데 그간 어디 갈만한 곳이 없을까." 묻는다.

"정심아, 이 양평읍 근처는 관광할 만한 곳이 그리 마땅치 않아 강변도 그렇고"라고 언니가 말하니까, 이명수 선생이 "아, 먹거리 좋은 곳이 생각났어요. 용문산 가는 중간 전 대로에서 50여 미터 들어가면 안마을에 대나무밥 잘하는 음식점이 있습니다. 거기 가서 대나무밥 식사하는 것이 어떨까요"라고 했다. 서정림 선생은 "이명수 선생님, 그곳 거리가 얼마나 먼데 그곳까지 가요. 택시를 타도 거의 한 시간 가까이 걸려요. 안 돼요"라고 거부했다.

"그러지 말고 다시 다방에 가서 커피 마시면서 얘기하다가 시간이 지나면 숙소에 가서 저녁이나 드시자고요."

"집에 가서 저녁 해 먹자고 언니, 귀찮게 그러려면 차라리 강가에 가서 강바람이나 쐬다가 일찍 저녁 먹고 들어가는 게 좋겠다."

이에 이명수 선생은 "그러면 이렇게 하시는 게 어떨까요, 목욕을 하고 나왔으니까 배도 꺼지고 기분도 상쾌하니 생맥주점에 가서, 안주 한 접시에 생맥주 한잔씩 마시면서 시간 보내다가 아주 저녁까지 해결하고 숙소로 가는 것도 괜찮을 것 같은데요." 하고 의견을 냈다.

"그래 언니 그게 좋겠다. 시원하게 생맥주 마시면서 재미있는 얘기도 하고."

"그렇게 하시지요, 짧은 시간 그렇게 보내는 것이 좋겠어요."

생맥주점을 찾아간 세 사람은 각자 이런저런 이야기를 나누다가 보니 어느덧 시간이 흘러 오후 5시가 되었다.

정심 양이 서두르며 말했다. "언니, 시간이 벌써 다섯 시야. 서둘러 저녁부터 먹고 숙소로 돌아갈 차비를 해야겠어."

"그래 그렇게 하자."

다 같이 일어나서 택시정류소 근처 식당 안에 들어가 자리를 잡았다.

앉자마자 이명수 선생이 "저녁 식사대와 택시비는 제가 담당입니다. 미리 선언합니다"라고 하자 서정림 선생은 빙그레 웃으며 "참 이 선생님도, 뭐가 그리도 급하세요." 하고 대답했다. 이명수 선생은 "제 권한을 빼앗길까 봐요." 하며 웃었다.

그러자 서정림 선생은 "이 선생님께서 그렇게 비용을 부담하시면 안 됩니다. 오늘 나들이를 하게 된 이유는 제가 꼭 해야 할 일이 있어서 외출이 필요했기 때문에 교통편을 부탁드려 안내해 주시기 위해 함께 나와 주신 것 아닙니까. 그런데 왜 이 선생님께 서 비용을 부담하시느냐고요. 제가 불편해서 못 견디겠어요. 가 족 간에도 계산은 분명해야 한다고 하지 않습니까."

"맞습니다. 서 선생님 말씀 그러기 때문에 지금 이 시간부터 의 비용은 제가 부담하겠다는 말씀을 드린 것입니다. 오늘 경우 를 생각해 보십시오. 처음에 서 선생님께서 볼일이 계셔서 양평 읍에 가셔야 하는데 택시를 부를 전화번호를 몰라 제가 불러드린 것입니다. 그럼 제가 한 일은 거기서 끝난 것입니다. 그다음은 저 도 숙소에서 혼자 시간 보내기가 너무 따분한 생각이 들어 서 선 생님께 특청特請 드리기를 '서 선생님 자매 나들이 하시는데 방해 가 되는 존재가 아니라면 저도 함께 동반할 수 있는 영광을 주시 면 안 되겠습니까?' 하고 여쭈어보았더니 서 선생님께서 명쾌히 받아 주셔서 이렇게 나들이를 즐기고 있습니다. 그런데 이 좋은 나들이 비용을 서 선생님 혼자 지불하고 저는 맨입으로 따라다 니며 즐기기만 하면 된다는 말씀인가요. 그건 도리가 아니지요, ' 가족 간에도 계산은 분명해야 한다'는 말이 그저 나온 말은 아닐 것으로 봅니다."

"이명수 선생님, 제가 드린 말은 오늘의 일만 가지고 드린 말 은 아닙니다."

"예, 알고 있습니다. 지난 일은 지난 일입니다. 그야 저도 마찬가지입니다. 새로 전임해와서 서 선생님의 도움을 받은 일이 얼마나 많습니까. 외롭고 괴로울 때 위로의 말씀, 격려의 말씀, 맛있는 음식이 있으면 꼭 저를 불러주시고, 희망과 용기를 주시고, 연령은 저보다 몇 살 아래이시지만 항상 누님 같은 사랑을 주셨습니다. 그뿐인가요 동생 정심 양은 저에게 얼마나 잘 대우해 주었습니까. 아마 친오빠라도 그 이상 친절하게 잘 대우해 줄 수는 없을 것입니다. 이 자리를 통해서 정심 양께 깊은 감사를 드립니다. 앞으로도 계속 부탁드려요."

"이 선생님! 과찬이세요. 눈물 나요." 하며 서정림 선생은 고개를 옆으로 돌렸다.

와중에 불고기 백반정식 식사가 나왔다.

"이 선생님, 오늘 우리 언니와 함께해주신데 대하여 감사를 드리고요, 저녁식사 역시 감사히 들겠습니다." 정심 양이 고개 숙여 사의를 표하고 불고기를 굽기 시작했다.

서정림 선생 역시 이명수 선생님에게 "이 선생님, 언제나 베풀어주심에 감사를 드립니다." 하고 동생과 함께 고기를 구우면서 식사를 들기 시작했다.

이명수 선생 역시 "서정림 선생님 자매 분 덕분에 즐거운 하루를 보내며 식사를 들게 되어 감사합니다. 앞으로도 계속 제가 참석할 수 있는 영광을 주십시오." 하고 식사를 들었다.

식사가 끝나자 이명수 선생님은 계산대에 가서 식사대를 지불했다. 그리고는 다시 제자리로 돌아와서 "서 선생님, 바로 택시를 부를까요"라고 한다.

그러자 정심 양은 "언니, 어차피 기숙사에 가봤자 이제 잠자는 일밖에 더 있겠어. 그러면 언니 우리 이 선생님도 다 같이 집에 가서 아버지, 어머니도 뵈올 겸 자고 내일 오후에 기숙사로 가면 안 될까." 하고 말했다.

"정심아, 아버지 어머님께 미리 알려드리지도 못하고 갑자기 가면 무슨 일인가 하고 크게 놀라시지."

"언니, 객지생활을 하고 있는데 어떻게 미리 알리고 가, 전화가 있는 것도 아니고."

"기왕 나오셨으니 자매 분은 그리하셔도 되겠네요. 그러면 저는 따로 택시를 타고 숙소로 가고요."

"아녀요 이 선생님, 그러실 일이 아닙니다. 이 선생님과 함께 가나, 동생과 나와 둘이 가나 별로 달라질 건 없습니다. 저녁에 갑작스럽게 들이닥쳐 놀라실까 봐 그러는 거죠."

"그럼 언니가 판단해서 해 나중에 내 원망하지 말고."

그러자 이명수 선생은 "일단 식당을 나가서서 결정하시지요"라고 하며 밖으로 나왔다.

도로변에 서서 이명수 선생은 "택시정류소가 가까운 곳에 있으니까 그곳에 가서서 결정하시지요"라고 하자 서정림 선생은 "잠깐

만요, 아직 민가 저녁시간은 충분해요. 그러면 정심아, 이 선생님 모시고 집에 가기로 하고 고깃간에 가서 쇠고기 좀 사가지고 가자."하고 결정했다.

사랑이 가기 전에

서정림 선생 자택으로

정심 양은 "그래 언니, 바로 저기 고깃간이 있네. 이곳이 장터라 고깃간이 있는 거야." 하여 고깃간에 가서 쇠고기 두 근을 샀다. 그러자 이명수 선생은 과일가게에서 사과 한 박스를 샀다. 그리고 바로 택시정류소로 가서 택시를 타고 서정림 선생 자택으로 직행했다.

자택에 도착한 정심은 내리자마자 가족에게 알리기 위하여 먼저 집으로 달려갔고, 서정림 선생은 운전기사에게 택시비를 지불했으나, 운전기사는 택시비는 옆에 앉으신 손님에게서 받았다고 답했다. 이명수 선생은 손에 든 쇠고기와 사과를 전달하기 위하여, 서정림 선생을 앞세우고 뒤를 따라가려고 했다. 하지만 눈치빠른 서정림 선생은 이명수 선생을 앞세우고 뒤에서 감시라도 하듯 동시에 함께 가려는 생각이었다. 아니나 다를까 택시기사가 깜박등을 켜놓고 대기하는 기세가 보였다.

"기사님, 왜 안 돌아가시고 점멸등을 켜놓고 계셔요? 여기는 대로변이라 점멸등을 켜놓고 계시면 지나가는 시민이 신고합니다. 다시 되돌아가실 손님이 없으니까 그냥 출발해 가셔요"라고 한 그녀는 "이 선생님, 어서가시지요. 저를 속일 생각은 하시지 마세요." 했다.

이명수 선생은 어쩔 수 없이 서정림 선생님의 뜻에 따를 수밖에 없었다. 동생 정심은 바로 집에 알리고 다시 되돌아와서 이명수 선생이 든 쇠고기와 사과를 받아들었다. 이명수 선생은 무겁지 않다고 들고가려고 하는데 정심 양은 기어코 받아들고 다시 앞서 간다. 뒤이어 서정림 선생 어머님과 남동생이 마중까지 나왔다.

지난 날 뵙고 인사까지 올렸던 어머님을 두 번째 뵙게 되자 이명수 선생은 90° 각으로 인사를 올렸다.

"어머님, 그간 존체 강녕하셨습니까! 불시에 이렇게 찾아뵙게 되어 대단히 죄송합니다."

"어서 오세요. 두 번째 뵙게 되네요, 찾아주셔서 감사합니다." 뒤따라오던 서정림 선생님 남동생도 "어서 오십시오, 남동생 서정수입니다"라고 공손히 인사를 드렸다. 이명수 선생 역시 "반가이 맞아주어 감사해요, 누님과 같은 학교에 근무하는 이명수라고 해요, 깊은 인연이 되길 바래요." 하고 의미 있는 여운을 전달했다.

이명수 선생은 대청마루에 앉아 잠시 쉬었다. 먼저 서정림 선생과 정심은 안방에 계신 아버님에게 인사를 드리려고 들어갔다.

"아버지 저 정림이와 정심이 왔습니다." 하고 반절을 올렸다.

아버지께서 "응 왔니, 오늘은 어찌 이토록 늦었냐"라고 하시자 "예, 양평에서 여러 볼일 좀 보느라고 늦었습니다"라고 여쭈었다.

이때 어머님께서 들어오셔서 "정심이는 마루에 나가서 이 선생님과 말을 나누고 있어라. 정림이는 그대로 있고"라고 하시며 안방 문을 닫았다. 그리고는 이명수 선생에 대한 소개 말씀을 하셨다.

"여보 내가 종전에 정림이 학교에 함께 근무하고 있다는 젊은 남선생님 같은 사람을 사위로 맞이했으면 좋겠다는 말씀을 드린 적이 있는데 생각이 나시는지 모르겠네요."

"응 - 맞아요, 당신에게서 들은 기억이 나요. 그런데 갑자기 그 얘기가 왜 나와요"라고 하시자, 어머님께서는 "예 정림아 네가 아버지에게 오늘 이명수 선생님을 집에 모시고 오게 된 사유를 말씀드려라. 그런 다음 이명수 선생님을 아버지에게 인사를 드리도록 하는 게 좋겠다"라고 하시며 밖으로 나가셨다.

"아버지, 오늘 제가 아버지에게 미리 말씀을 못 드리고 손님 한 분을 동반해 왔습니다. 아버지께서 인사를 받으시겠다면 인사를 권유하고, 안 받으시겠다면 내일 그냥 돌려보내겠습니다."

"그래 너하고 어떤 관계인지는 몰라도 우리집 대문 안으로 들어오신 분은 관계여부를 불문하고 손님이신 것이다. 당연히 인사를 교환하고 방문하신 사유를 들어본 후 방문목적에 합당한 손님 대접을 해드리는 것이 도리요, 예의인 것이다."

"그러면 아버지, 아버지에게 인사를 드리도록 권유하겠습니다. 저와 같이 온 손님은 제가 근무하고 있는 학교의 동료 교사로 계신 선배 이명수 선생님입니다."

"그래, 그러면 우리 집에 귀한 손님인데 밖에서 계시도록 하면 되겠냐! 알겠다 내가 나가 보겠다."

"아닙니다. 아버지, 그냥 방에 계세요. 제가 나가서 선배 선생님을 안내하겠습니다."

방문을 열고 나간 서정림 선생은 잠시 후 이명수 선생님을 안방으로 안내했다. 서정림 선생 아버님께서 먼저 말씀을 하셨다.

"어서 오세요 미안하게 됐습니다. 우리 집에 오신 귀한 손님이신데 진작 맞아드리지 못해 결례가 되었습니다."

"아닙니다. 아버님 불시에 아버님을 찾아 뵈옵게 되어 큰 결례를 범하게 되었습니다. 그럼에도 아버님께서 관대히 용서해주시니 불초소생은 최상의 영광으로 인사를 올리겠습니다." 아버님, 제가 봉직하고 있는 학교에서 함께 근무하고 있는 여성 친구인 서정림 선생과는 동료 교사 관계이므로 '아버님'으로 존칭하겠습니다. 편히 앉으십시오."

이명수 선생의 말을 들은 서정림 선생의 아버님은 편안하게 좌정했다.

"인사를 올리겠습니다. '본관은 전의 이고 이름은 명수라고 하여 이명수'라고 하옵니다."

이명수 선생은 큰절을 올렸다.

"예, 반갑습니다. 존함은 딸에게 들어 익히 알고 있었습니다. 찾아주셔서 감사합니다. 편히 앉으세요."

"예 아버님, 존체강녕 하시옵소서."

"감사합니다. 이 선생님께서도 건전하세요."

"아버님, 저는 아직 미성인(미혼으로 아직 어른이 못된 사람)입니다. 말씀을 낮추어 주십시오."

"아무리 미성인이라고 하더라도 교직에 봉공하고 계시는 선생은 교육자이십니다. 사회적 위치를 생각해서라도 그럴 수는 없지요. 자택은 어디신가요."

"예 저는 좀 먼데 있습니다. 경기도 부천입니다."

"그러시네. 집에는 자주 못 가시겠네."

"그렇습니다. 한 달에 한번 정도 갑니다."

안방에서 바깥일이 궁금하여 나가셨던 어머님께서 안방 문을 노크하시며 살며시 열었다.

"여보, 당신 저녁 진지는 사랑방에 차려놓았어요."

"알겠소이다."

방 안의 일행은 모두 일어나 사랑방으로 나갔다.

어머니 진지상에는 손님이 오실 때마다 부엌일을 도와주시는 당숙모님과 두 분이 잡수시고, 서정림과 동생 정심이 손님 이명수 선생님 밥상은 세 사람 모두 저녁식사를 하고 왔기 때문에 당시 구하기 힘든 양주(이명수 선생만이 드시는 술로 대접) 한 병과 포도주(두 자매가 한두 잔 정도 마시도록) 한 컵. 그리고 구운 쇠고기 한 접시, 빈대떡, 저냐, 과일 등 간결한 차림이었다. 손님 대접이라기보다는 한 가족의 즐거운 파티로 느껴졌다. 이명수 선생은 아예 양주는 제쳐놓고 두 자매와 같이 포도주를 두서너 잔 마셨다. 원래 술을 잘 못하는 체질이라고 하여 삼가하는 듯했다. 한참 대화가 부드럽고 즐겁게 이어지고 이명수 선생은 얼굴에 술기가 불그스레 오르자 서정림 선생 어머님을 향해 갑자기 앉은자리를 바꿔 무릎을 꿇고 이렇게 말했다.

"어머님! 어머님께 간절히 부탁 올리겠습니다. 저, 어머님 사위로 맞이해 주십시오. 평생 아버님, 어머님께 사위로 효도를 다하겠습니다."

이명수 선생의 돌출적인 행동에 가족들은 모두가 놀라는 기색이었다.

어머니 옆에 앉아계신 당숙모님께서는 빙그레 웃으시며 "역시 생긴대로 남자의 기백이 있고만, 형님 대답해 주어야지요"라고 한다.

어머님은 빙그레 웃으시며 기쁜 표정이었다.

"글쎄요, 나로서는 반가운 일이지요. 그런데 순서가 딸의 마음 결정이 우선이 아닌가요. 딸이 좋다고 부모에게 요청이 오면 부모는 환영할 것입니다. 꼭 딸의 마음을 잡으세요."

"알겠습니다. 어머니 꼭 그렇게 하겠습니다."

서정림 선생은 갑작스러운 이명수 선생 태도에 당황하여 밖으로 나와 자기 방인 건넌방으로 갔다. 그러자 서정림 선생 옆자리에 앉아있던 동생 정심은 기쁜 표정으로 박수를 치고 있었다.

그리고 이명수 선생을 향해 "역시 이명수 선생님이십니다. 축하합니다."하고 포도주 한 잔을 다시 권했다.

이명수 선생이 "정심 양, 언니에게 혼나면 어떻게요"라고 하자,

"혼나긴요, 언젠가는 해야 할 말씀 아녀요. 오늘 기회 잘 잡으셨어요"라고 했다.

이명수 선생은 잠깐 안방을 나와 대청마루에서 먼곳을 바라보고 무엇인가 생각하고 있었다. 안방에 남아있는 정심 양은 어머니를 물끄러미 바라보며 이렇게 말했다.

"어머니 생각은 어떠세요."

"예, 정심아 언니는 저 이명수 선생님을 어떻게 생각하고 있니, 언니하고 같이 있으면서 뭔가 느낀 것 없니?"

"어머니, 언니는 언제 단 한번이라도 자기 속마음을 털어놓은 적 있어? 무슨 일이라도 의사를 물으면 '글쎄'가 대답이지 자기 마음에 안 맞으면 무조건 '싫어' 하고 짜증을 내잖아. 그런데 이

명수 선생님과 어떻게 잘 사귀는지는 나도 잘 몰라. 그러나 싫지는 않다는 것은 분명해. 그러면 연분이 닿아가는 것이 아닐까!"

이에 당숙모님께서

"나는 사윗감으로 너무 마음에 든다. 생김도 남자답게 잘 생겼고, 위풍도 당당하고, 넉살도 귀엽고 직업도 같은 교육자, 그 정도면 신랑감으로 최고가 아닐까. 형님은 보시기에 어떠세요." 하고 어머님의 의사를 물으셨다. 이와 동시에 정심은 어머님께 이렇게 여쭈어봤다.

"어머니? 어머니 생각이 최우선이에요. 그러니까 엄마 생각부터 말씀해 보세요."

"나는 마음에 든다. 우선 사람이 처세가 자상스럽고 친절하고 다정다감한 면이 마음에 들어, 사람이 성격이 까다로우면 그 아내는 평생 사는데 얼마나 힘들겠어. 그런데 이 선생님은 그런 면이 전연 느껴지지 않아."

"어머님 잘 보셨어요. 저도 그동안 학교 기숙사에서 지내면서 계속 관찰해 보았는데 어머니 생각과 똑같아요. 그리고 언니를 얼마나 사랑하는지 말로 표현할 수 없을 정도예요. 엄마가 아버지하고 상의해서 사위삼아요." 하고 안방 문을 열고 상을 들고 나갔다. 대청마루에 서 있던 이명수 선생은 정심 양이 들고 나오는 저녁상을 얼른 이어받으려고 잡았다.

그러자 정심 양은 "무겁지 않아요, 도와주시지 않아도 저 혼자 들고 나갈 수 있습니다.” 하고 상을 넘겨주지 않으려고 붙잡고 있었다.

그러자 이명수 선생은 “정심 양 오기부리지 마세요. 이렇게 무거운데 안 무겁다고요, 손 떼세요”라고 하여 할 수 없이 손을 떼자 가볍게 상을 받아 쏜살같이 부엌에 내다놓고 다시 대청마루로 올라왔다.

이를 바라보는 당숙모께서는 이명수 선생을 묵묵히 바라면서 “형님, 저 남자 선생은 어떻게 저토록 성질이 서근서근하고 미더우실까, 정말 마음에 드네. 조카딸 사위가 되면 나도 좋겠네”라고 칭찬하셨다. 때마침 잠시 건넌방으로 피했던 서정림 선생이 다시 대청마루로 나왔다.

서 선생은 너무 뜻밖에 생긴 일이라 당황했지만, 언젠가는 자신이 직접 부모님에게 말씀드려야 할 일이라면 오히려 잘된 일이라고 생각했다.

“그런데 왜 밖에 나와 계서요.”

“사전에 서 선생님과 의논도 없이 저 혼자 일방적으로 말씀드려 서 선생님에게 화근禍根을 키워드리는 행동이 아니었는가! 라는 불안감이 들어서요.”

이명수 선생의 말에 서정림 선생은 얼굴을 약간 바른쪽으로 돌리며 ‘픽’하고 웃었다. 이 모습을 보자 이명수 선생도 얼굴에 화색을 지으며 “아아 살았다.” 하고 기뻐했다.

"들어가시자고요."하며 서정림 선생은 이명수 선생과 다시 안방에 함께 들어갔다. 포도주 술상자리가 다시 다과상으로 이어져 좌담자리가 되었다. 밤 해시(亥時 : 9시~11시)가 되자 정심 양이 어머님께서 만드신 밤참 국수상을 들고 들어왔다.

"언니는 이명수 선생님과 같이 들어요. 나는 마루에서 엄마와 같이 들거야."

그러자 이명수 선생은 "아니 정심 양 내가 무슨 큰손님이라고 독상을 받아요. 나도 어머님과 한상에서 정겹게 들고 싶어요."하고 다시 상을 번쩍 들고 대청마루로 나왔다.

그러자 어머님께서는 "아닙니다. 나는 또 아버지 밥상에서 같이 들어야지요. 어서 드세요. 저녁을 너무 일찍 들고 오셔서 시장하시겠어요"라고 하셨다.

그러자 이명수 선생은 다시 어머님을 향해 "어머님 말씀을 자식처럼 낮추어 주십시오. 그래주셔야 제가 마음 편히 쉴 것 같습니다"라고 했다.

"아직은 그럴 입장이 못 되고요, 차차 그렇게 될 때가 오겠지요. 국수가 입맛에 맞을지 모르겠어요. 어서 드세요."

"예, 어머니 감사히 맛있게 잘 먹겠습니다."

이때 서정림 선생은 동생 정심을 불렀다. "예, 정심아 너는 국수그릇 들고 언니 상으로 와서 이 선생님과 함께 들어 혼자 들지 말고."

"그래도 되겠어요, 이 선생님."

"정심 양은 앞으로도 계속 저를 도우셔서 가족으로 이끌어주실 분인데 큰 영광이지요. 잘 좀 부탁드립니다. 함께 하시자구요."

잠자리 시간이 되자 아버님이 계시는 사랑방을 이명수 선생의 수면방으로 양보하고, 아버님께서는 안방으로 잠자리를 옮기셨다.

사랑과 인연의 연결

다음날은 일요일이기 때문에 마음 놓고 늦잠을 잘 수 있었다. 그러다보니 아침을 거르고 오전 11시경에 아침 겸 점심을 들었다. 식사가 끝나자 학교기숙사로 돌아갈 준비를 했다. 서정림 선생 어머님께서는 자그마한 항아리에 꿀을 담아 보자기에 싸서 이명수 선생님에게 드리면서 이렇게 말씀하셨다.

"이 선생님! 이 항아리 속에는 꿀이 담겨 있습니다. 우리 집 어른(서정림 선생 아버님)께서 꿀벌을 키워 얻은 꿀을 이 선생님 양친어르신께 선물로 보내드립니다. 약처럼 드시고 건강하시기를 바랍니다."

이를 바라보고 있던 이명수 선생은 "아니 어머님, 그 비싼 꿀을 어이 저의 부모님에게까지 선물로 주십니까, 안 됩니다. 어머님께서 드세요. 저는 집이 멀어서 저 무거운 항아리를 들고 다닐 수도 없습니다." 하고 거절했다.

그러자 서정림 선생 어머님께 농담조로 말씀하셨다. "들고 다닐 수가 없다니요. 한참 젊은 20대 청년이 이 정도의 꿀단지 하나를 들고 다닐 수 없다면 장가는 어떻게 가요, 그러면 안 되겠네요. 그 힘 가지고 우리 딸을 어떻게 감당하겠다는 거예요."

　"그럼 어머니 이렇게 해주시면 안 되겠습니까. 제가 그 꿀 값을 현금으로 드리고 꿀단지를 가지고 가라면 얼마든지 들고 다닐 수 있습니다. 그렇게 해주시겠습니까?"

　"참 이 선생님도, 내가 꿀 장사입니까? 파는 꿀은 이 선생님 아니더라도 사가는 사람이 많습니다. 앞에서 말씀드렸듯이 내가 드리는 꿀은 팔아달라고 드리는 꿀이 아니라, 이 선생님께서 양친 부모님께 효도하시도록 내가 선물로 드린다고 했습니다. 무거워서 들고 다닐 수가 없기 때문에 선물을 사양하시겠다면 선물을 거두겠습니다."

　"아닙니다. 어머니, 어머니가 주시는 귀한 선물을 거절하는 것이 아니라 무상無償으로 받기엔 너무 염치없고 도리가 아닌 것 같아서 드리는 말씀입니다. 죄송합니다."

　"선물로 드리는 것은 그런 염치와 도리를 가려서 받는 것이 아니라 드리는 분의 정성과 마음이 고마워서 주고 받는 것이니 그 이상은 생각지 마시고 어서 받으세요."

　"알겠습니다. 어머니 감사히 받아서 부모님께 효도로 전달드리겠습니다."

이명수 선생은 공손히 받았다. 이리하여 서정림과 동생 정심, 그리고 손님으로 방문한 이명수 선생은 학교기숙사를 향해 부모님께 출발인사를 드리고 집을 떠났다.

근무처 기숙사에 도착한 이명수 선생과 서정림 선생 자매는 이틀간의 활동이 너무도 피로했다. 이명수 선생은 자신의 숙소로 가고, 두 자매는 기숙사로 돌아와 가지고 온 물품을 풀어 적정한 자리에 정돈해 놓았다. 자기 자리에 돌아와 마음이 안정되자 기진맥진하여 피로감에 방바닥에 눕고 싶은 생각뿐이었다. 언니가 동생 정심에게 이렇게 말했다.

"정심아 너무 피곤하다. 우리 저녁은 먹지말고 내일 아침까지 내치어 잠만 자자. 어때."

"나도 그랬으면 좋겠는데, 그러면 안될 것 같아. 오히려 더 지칠 것같은 생각이 들어. 언니, 언니는 힘드니까 지금부터 그냥 자. 나는 저녁이나 지어놓고 된장찌개를 끓인 다음 아주 저녁상을 차려놓고 한잠 잘게. 그리고 저녁은 늦게 밤참 겸 저녁으로 드는 게 어떨까."

"그러면 깊은 잠결에 깨어 밥이 제대로 먹히겠니."

"언니 지금이 몇 시인데, 오후 4시 40분밖에 안 됐어. 지금 저녁 먹기엔 너무 이르고, 밤 8시부터 9시 사이에 먹고 소화시킨 다음 10시부터 11시 사이에 다시 자면 내일 아침까지 충분해. 내가 언니 깨울게."

"그래주겠니, 그럼."

"응 그렇게 할게."

"알았어, 그럼 언니는 지금부터 잔다."

"응 알겠어. 언니, 나도 한두 시간 정도 자다가 일어나서 저녁 준비 해 놓을께."

두 사람은 방바닥에 요를 깔고 누워 저녁 할 시간까지 잠자리에 들었다.

6월 7일 월요일 학교일과가 시작되자 서정림 선생은 아침 7시 30분까지 일찍 출근하였다. 사환 아가씨가 교무실 책상 먼지를 닦고 있다가 서정림 선생님께서 평시보다도 가장 먼저 출근하시자 어디 출장가시는 줄 느꼈던 모양이다.

"오늘 선생님 어디 출장 가셔요?"

"아니, 출장 갈 일 없는데."

"가장 가까운데 계신 서 선생님께서 평소 출근하셨을 시간 때와는 달리 오늘은 제일 일찍 출근하시니까 어디 출장 가시는가. 해서 여쭈어 본겁니다."

"그렇지, 그런 줄 알았어. 토요일에 집에 갔다가 어제 일찍 돌아와서 초저녁부터 잤더니 아침에 일찍 일어났어. 동생이 아침을 일찍이 상을 차려놓았기에 바로 아침을 들고 출근했더니 내가 처음 선생님들 중에 1등 출근교사가 되었구나."

"저도 그래서 여쭈어 본거예요."

"그럼, 그렇게 생각하는 것이 정상이야."

그 뒤로 바로 지경석 선생님과 이명수 선생님이 동반 출근하였다. 먼저 이명수 선생님의 인사였다.

"서정림 선생님, 그간 안녕하셨습니까?"

"예, 감사합니다. 잘 다녀오셨어요."

서정림 선생이 얼굴을 돌려 이명수 선생님을 바라보며 왼쪽 눈을 깜빡 감았다가 다시 뜨는 신호를 보내며 양해를 구했다. 이를 즉시 눈치챈 이명수 선생님은 이렇게 말을 돌렸다.

"아직도 건강으로 인한 마음이 편치 않으신 것 같습니다."

이에 지경석 선생님은 이렇게 권했다.

"아직도 완쾌가 안 되신 것 같은데 원기를 회복시키는 좋은 인삼탕이나 녹용보약을 좀 드려볼터이니 드셔보세요."

"아니요, 제 체질에는 그런 보약이 맞지 않다는 한의사님들의 진단입니다. 사양하겠습니다."

서정림 선생은 냉정히 거절했다. 이어서 선생님들이 계속 출근해 세 분 선생님들의 대화는 중단되었다. 옆에서 지켜보던 이명수 선생은 굉장히 의문스러웠다. 그처럼 지경석 선생님을 존경하고 따르셨던 서정림 선생이 근래 무슨 일로 인하여 저토록 냉랭하고 원수처럼 기피하시는지 그 이유를 알 수 없었다. 반드시 두 분 간에 풀릴 수 없는 멍이 생겼다는 생각이 들었다.

이날 오후 4시경 전교수업이 끝나고 학생들은 모두 집으로 돌아간 뒤었다. 이명수 선생은 서정림 선생과 의논드릴 일이 있어서 그녀의 담임 교실을 향해 복도를 걸어갔다. 교실 출입문에 도착하여 문을 열려는 순간 서정림 선생과 지경석 선생 두 분이 낮은 음성으로 다투는 음성이 들렸다. 이명수 선생은 잠시 멈추고 문밖에 비켜서서 귀를 기울였다. 서정림 선생의 음성이었다.

"근무시간에 제 교실에 함부로 방문하지 마세요, 저에게 하실 말씀이 있으시면 교무실에서 말씀해 주시기 바랍니다." 그러자 지경석 선생은 이렇게 답변했다.

"교사 간에는 학생들 수업 시간이 끝나면 그 다음 시간에는 공적문제는 언제든지 교사 각자가 담임 한 교실을 방문해서 의견을 나누고 협의할 수가 있습니다."

이 말씀에 서정림 선생은 "말씀 바로 하셨습니다. 그렇다면 지금 지경석 선생님께서 저에게 하신 말씀이 직무상 공적사항에 해당되는 말씀이라고 생각하시고 하신 말씀입니까? 아닙니다. 지금 저에게 하신 말씀은 전연 직무상 공적사항과는 무관한 사항입니다. 그 말씀은 학교 밖에서 사사로운 자리에서만 할 수 있는 사적인 부탁입니다. 어떻게 지경석 선생님과 대화할 시간을 내어달라는 부탁이 공적사항이라고 생각하십니까! 저는 아닙니다. 지경석 선생님은 저와 대화할 상대가 되지 못하는 분이라고 판단하고 있기 때문입니다. 그러니까 돌아가세요." 하고 일언지하에 거부하였다.

이 말을 듣자 이명수 선생은 두 분 선생님 간에는 타인이 알 수 없는 불신감정이 마음에 새겨져 있다는 사실을 감지할 수 있었다. 그리하여 바로 뒤돌아 교무실로 향하였다. 잠시 후 서정림 선생도 교무실로 들어왔다.

이명수 선생은 서정림 선생에게 "서 선생님, 지금까지 교실에 계셨습니까?"라고 여쭈어 봤다.

그러자 서정림 선생은 "예, 그간 정리하지 못한 장부 이것저것을 살펴 정리하고 오느라고요."하며 본인 책상의 의자에 앉았다. 이후 10분 뒤에 지경석 선생도 교무실에 당도하였다. 종료시간이 임박해서였다.

이후부터 서정림 선생은 점차 건강이 회복되어 마음의 안정도 되찾고 활동도 활발해졌다. 그럼에도 지경석 선생과 서정림 선생 두 분의 관계는 여전히 풀지 못하고 냉랭한 감정을 이어갔다. 이명수 선생을 제외한 다른 선생님들께서는 이 두 분의 냉전을 전연 인식하지 못하고 있었다. 왜냐하면 다른 선생님들과 함께 교무실에서 학사행정집무를 수행할 때는 서정림 선생이 지경석 선생을 대면하거나 접촉할 때도 전연 불편한 내색을 하지 않았다. 다른 선생님들과의 대면처럼 똑같이 다정하게 해드리기 때문에 전연 그런 관계를 느끼지 못하고 있는 것은 사실이었다. 다만 그 두 분의 속내를 짐작하고 있는 것은 이명수 선생 뿐이었다.

이후 세월은 7월 장마기를 거치고 7월 24일 토요일, 제1학기가 끝나고 여름방학식이 있는 날이었다. 아침조회 겸 방학식을 거행하면서 교장 선생님은 학생들에게 무더운 여름철에 몸조심, 음식조심, 물조심, 나들이조심, 적당한 시간에 자습·복습을 하면서 건강을 챙기라는 당부의 훈시를 마치시고 식순에 따라 방학식을 끝냈다.

식이 끝나자 학생들은 각 학년별로 교실에 들어가서 담임선생님의 부탁말씀을 잘 듣고, 과제장을 분배받은 다음 즐거운 마음으로 집으로 돌아갔다.

방과 후 선생님들도 가벼운 마음으로 각자의 길을 떠났다.

지경석 선생과 이명수 선생은 자신이 묵고 있는 기숙사(교장선생님댁 사랑방)로 들어와서 자택으로 돌아갈 준비물을 챙겨 손가방 안에 넣고 떠날 채비를 했다.

이명수 선생은 "지 선생님, 방학동안 건강 잘 관리하시고 평안히 잘 지내시기를 바랍니다. 안녕히 가십시오." 하고 작별인사를 드렸다.

지경석 선생 역시 "고맙습니다. 이명수 선생 내일 떠나신다고 하셨지요." 하고 인사를 했다.

"예 그렇습니다. 저는 내일 아침 일찍 출발해서 서울에 머물러 볼일을 보고 오후 늦게 집에 도착합니다."

"그러세요, 이명수 선생님도 더위에 몸조심하시고 건강히 지내셔요. 젊으시다고 함부로 움직이지 마시고요."

"예, 알겠습니다. 명심하겠습니다."

지경석 선생이 문밖으로 나와 걸어 내려가자, 이명수 선생도 배송차 뒤를 따랐다.

서정림 선생의 사택을 통과할 무렵 지경석 선생이 발걸음을 잠깐 멈추고 작별인사를 할까 말까 망설이는 태도를 취하는 듯했다.

눈치를 알아챈 이명수 선생은 "지 선생님, 그냥 개별인사는 생략하시고 편안한 마음으로 지나가시지요. 인사는 이미 학교에서 공적으로 끝내지 않았습니까." 하고 권유했다.

그러니까 지경석 선생은 "그럴까요, 혹시 뵙게 되거든……"

하고 말끝을 흐렸다. "예 알겠습니다. 제가 뵙고 사유를 말씀드리겠습니다"라며 그냥 스쳐갔다. 교문까지 따라가서 이명수 선생은 지경석 선생님을 배송해 드리고 숙소로 돌아오는 도중에 사택문전에서 서정림 선생 동생인 정심 양을 만났다.

"이 선생님, 들어가셔서 차 한 잔 드시고 가세요"라고 한다. 그러자 이명수 선생은 기다렸다는 듯이 "주시면 너무 감사하지요, 역시 정심 양이 최고에요. 정심 양 말고는 누가 나를 챙겨주시겠어요." 하며 정심 양 뒤따라 사택 방으로 들어갔다. 마침 서정림 선생님이 점심 밥상가에 앉아 있었다.

이명수 선생님이 들어오자 벌떡 일어나며 "어서 오세요, 잘 오셨어요. 점심 같이 하시지요." 하고 반겼다.

"정심 양이 꿀차 한 잔 마시고 가라해 차 한 잔 들고 가려고 들어왔습니다. 점심은 숙소에 가서 들지요."

"기왕 들어오셨으니 반찬은 없어도 저희와 함께 점심 드시고 난 뒤에 차드세요."

그러자 정심 양이 "그렇게 하세요. 이 선생님, 제가 끓인 돼지고기 된장찌개 한 번 드시고 평가해 주세요."하며 따끈한 점심밥을 어른들이 드시는 밥사발에 담아 밥상에 올렸다.

그러니까 이명수 선생님은 "진짜로 주시네, 정심 양의 성의를 보아서라도 안 들 수가 없네요, 고맙습니다. 맛있게 먹겠습니다." 하고 밥상가에 앉았다.

세 사람이 같은 밥상에서 맛있게 점심식사를 했다. 식사를 마친 이명수 선생님은 정심 양의 음식솜씨에 너무 놀랐다.

"아니 정심 양은 언제 이토록 음식솜씨를 익히셨는가요. 돼지고기 된장찌개 간도 맞고 맛있게 끓였네요. 반찬도 너무 맛있고요. 역시 어머님 음식솜씨 빼닮았네요. 그래서 가문을 보는 겁니다. 너무 잘 먹었어요. 감사합니다."

"이 선생님, 저 듣기 좋으라고 하시는 말씀이지요."

"아니에요, 절대 듣기 좋으라고 하는 말이 아니고요, 너무 음식이 입맛에 딱 맞아요. 앞으로 자주와서 정심 양의 음식을 들겠습니다. 주실 수 있지요."

"과찬의 말씀 감사합니다. 드시고 싶으실 때 언제라도 저희 사택에 들려주세요."

이명수 선생님 말씀에 서정림 선생은 "이 선생님 칭찬의 말씀에 저도 감사하고요. 제 동생이라고 해서 자랑이 아닙니다. 제 동생은 우리 어머니에게 제대로 배우고 수련을 받았습니다. 저하고는 자매라도 너무 다른 면이 많아요"라고 했다.

그러자 이명수 선생은 "그런 게 아니라 서정림 선생님은 첫딸이라 너무 귀엽게 자라서 그러신 게 아닐까요. 보통 말하기를 첫딸은 재산이라고 하더라고요."

"물론 이 선생님 말씀과 같이 그런 점도 있겠지요. 하지만 저는 성격 차이가 아닌가 생각됩니다. 동생은 어렸을 때부터도 엄마를 잘 따르더라고요. 어머니가 무엇을 만들면 그 어머니 곁에 가서 하시는 것을 같이 거들어주고 심부름하면서 만들고 하니까 어머님께서 '그렇게 하는 게 아니고 이렇게 저렇게 하는 것이다. 잘봐두었다가 다음부터 그렇게 해야 돼 알겠지'라고 하시면 '알았어 엄마 그렇게 할게.' 하고 어머니 말씀을 잘 듣더라고요, 그러다보니 같은 자매라도 생각이 다르고 행동이 달랐어요. 한방을 쓰면서도 잠잘 때만 같이 자고 행동은 각자였어요. 그렇게 성장하다보니 취미와 행동과 관념의 차이가 현저하게 달라지더라고요."

"예-서 선생님 말씀을 듣고 보니 그렇게 생각이 드네요, 그래서 서 선생님은 아버님의 성품을 닮고, 동생은 어머님의 성품을 닮았다는 말씀이 이해가 갑니다."

그런 다음 다시 "참 잊을 뻔했네요, 내일 집으로 가지고 가실 짐은 다 챙겨 놓으셨나요?"하고 물었다.

"짐이라고 챙겨서 가지고 갈 짐이 뭐 그렇게 있나요. 간단하게 옷 몇 가지 밖에는."

"여 선생님들께서는 방학 때 보면 챙겨 가시는 짐이 꽤 많던데요, 어쨌든 있는 대로 꾸려놓으세요. 제가 갔다 드릴게요."

서정림 선생은 깜짝 놀라는 표정을 지으며 "제 봇짐을요?"하고 반문했다.

그러니까 이명수 선생은 태연한 어조로 물었다.

"예에, 왜 그렇게 놀라세요?"

"아이고 말씀이 되는 말씀을 하셔야지요."

"왜 말이 안 돼요."

"생각해 보세요, 이 선생님이 가지고 가실 짐 가방도 무거운데 어떻게 제 짐까지 들고 가신다는 겁니까. 그리고 가실 방향도 저와는 정반대 방향이 아닌가요. 그런데 어떻게 제 짐을 들어다 주신다는 거예요! 제 짐에 대해서는 신경 쓰지 마세요. 가지고 갈 것도 별로 없어요. 동생이 알아서 챙겨놓을 겁니다. 경우에도 맞지 않는 말씀을 하시네요."

"서 선생님, 저는 경우를 다 맞추어 보고 가능하다고 판단하기 때문에 말씀드리는 것입니다. 경위 결과를 보시고 난 다음 되고 안 된다는 것을 말씀하세요. 제 짐은 속내의 갈아 입을 옷 한 벌만

가방에 넣으면 됩니다. 그러면 가방 안은 빈공간이 너무 넓어요, 그래서 서 선생님 짐은 제 가방에 넣어도 충분합니다. 그래도 봇짐이 남은 것은 서 선생님과 동생 정심 양이 나누어 들고가시면 되고요. 그다음 교통편은 양평에서 여주에 가는 첫 버스가 아침 8시 30분에 있습니다. 그 버스를 타면 개군면에 9시 10분에 도착한답니다. 그러면 30분간 짐을 집에 갔다드리고, 다음 여주에서 서울행 버스가 10시에 개군에 도착하니까 저는 그 버스를 타고 편안하게 양평을 경유하여 서울에 도착하면 됩니다. 그러면 오후 2시가 되지요. 그리고는 서울서 볼일을 보고 집으로 가면 오늘의 일과가 끝나는 것입니다. 이래도 경우가 안 맞습니까!"

언제 다 알아놓았는지 시차 일정이 너무도 정확했다. 서정림 선생 자매는 기가 막혀 말을 잊지 못하고 한참 이명수 선생님의 얼굴을 바라보았다. 드디어 서정림 선생이 입을 열었다.

"이 선생님, 죄송합니다마는 한마디 여쭈어보겠습니다."

"예, 말씀하세요."

"왜 저에게 그토록 잘해주세요, 상당히 부담이 됩니다. 제가 무엇으로 보답을 드려야 되겠습니까? 저는 남자 분들이 잘해주시는 것이 너무 두렵습니다. 남자 분들 중에는 여자에게 잘해주고는 꼭 대가를 요구하는 분이 있습니다. 선생님 중에도 그런 분이 있다는 말을 들었습니다. 대가도 현찰이나 현물이 아닌 아리송한 대가를, 여자는 남자 분들과 달라 행동의 제한이 있습니다. 그래서 드리는 말씀입니다."

"보답을 주시다니요, 무슨 그런 말씀을 하십니까. 저는 서정림 선생님을 존경하고 사랑합니다. 청순하시고 단정하시며 깔끔하신 성품이시라 주변 동료나 친구로부터 대접을 받거나 신세를 지거나 하시면 마음에 부담을 안으시고 무엇이든 보답을 하시겠다는 생각이 너무 강하시어 서 선생님 자신의 마음을 괴롭히는 것 같습니다. 사람이 사회생활을 하다보면 형편에 따라 타인으로부터 도움을 받거나 반대로 내가 줄 수도 있는 경우가 발생할 수 있습니다. 만일 서정림 선생님께서 뜻밖의 일을 당하시어 타인의 도움을 받았다고 가정해 봅시다. 그러면 서 선생님의 성품은 늘 의식적으로 마음에 부담을 안고 빚진 신세를 갚아야 된다는 일념이 선생님 자신을 괴롭히게 됩니다. 그렇게 되면 그 괴로움 자체가 서 선생님 건강에 화근禍根이 될 수도 있다는 것입니다. 그러나 그 은혜의 혜택을 준 당사자는 혜택을 받은 당사자로부터 보상補償을 받기 위해 혜택을 준 것일까요, 그건 아니지 않습니까. 그분은 옆에서 상황을 발견하고 안타까운 마음에서 같은 인간의 도리로서 베푼 선의였던 것입니다. 그 선의를 절의 평가해서는 안 됩니다. 아마 그분은 같은 사연을 다 잊고 살고 계실 것입니다. 인간이 이 세상을 살아가는데 이웃과 함께 더불어 상부상조하며 살아가는 것이 공존공영共存共榮의 도리이자 규범이며 하느님의 뜻이라고 생각합니다."

이 말을 들으면서 서정림 선생은 물론 동생 정심 양까지도 이명수 선생의 설명에 당혹감을 느끼지 않을 수 없었다. 사회생활의 현실을 마치 수십 년간 경험한 듯이 줄줄이 토해냈다. 평소 독서를 즐기시는 분이라 독서의 논리로 보태진 내용도 있겠지만 지금 20대 후반에 접어든 경륜으로 보아서는 굉장히 사고가 앞서있다는 생각이 들었다. 그러니까 인류생활의 시대적 조류가 범법행위를 제외하고는 세상 모든 사람은 서로가 다 심리적이던 물질적이던 상부상조하며 공존한다는 논리는 공감을 느꼈다. 그러고 보면 자기 자신이 이 밝은 세상을 살아가는데 상당히 낙오자가 되어있구나 하는 바보처럼 생각되었다.

이명수 선생님의 얼굴을 다시 한 번 쳐다보지 않을 수 없었다. 굉장히 존경스러운 젊은 교사였다. 서정림 선생은 이명수 선생의 설명을 한 마디로 이렇게 표현했다.

"이명수 선생님의 말씀을 듣고 보니까 구구절절 맞는 말씀인 것 같습니다. 역시 우수 교사님이세요!" "서정림 선생님! 저 서정림 선생님에게 칭찬받고자 드린 말이 아닙니다. 얼마 안 됐지만 수년의 교사생활을 하는 가운데 학생들 가르치면서 학부형을 비롯하여 일반 민간인과 어울려서 살다보니 혼자서는 되는 것도 없고, 먹을 것도 한계가 있고, 생존하는 길과 방법도 제 뜻대로 이어지는 것은 아니더라고요. 이어지는 길은 사회 모든 사람들과의 접촉과 대화 사고의 협력에서 불가능이 가능의 길로 열린다는 것을 깨닫게 되었습니다. 이것이 바로 삶의 공존이자 사회발전의 기간基幹이라는 철학적 관념을 갖게 되었습니다. 그런 면에서 서정림 선생님과 제 만남의 인연과 상통 관계는 억지가 아닌 자연스러운 소통의 과정에서 발생한 사랑이라고 생각합니다. 그래서 제가 돕고 싶은 생각이 스스로 마음에서 우러나서 하려고 하는 것입니다. 사양하시지 마세요, 아시겠지요."

이 같은 이명수 선생님의 논리를 물끄러미 바라보며 듣고 있던 서정림 선생 동생 정심은 말씀에 도취되어 눈만 껌뻑이고 앉아있었다. 말씀이 끝나자 정심 양은 "이 선생님 목마르시겠어요. 꿀물로 목을 축이세요, 와아 어쩌면 그렇게 말씀을 잘 하세요. 교사敎師 직업을 선택하실 게 아니라 변호사 직업을 선택하였어야 탄탄대로를 달리실 분인데 안타깝네요. 말씀 잘 들었습니다." 하며 감사의 표시로 고개를 숙였다.

이명수 선생은 꿀물을 마시며 "목구멍이 그러내요. 잔소리 좀 하지 말고 좀 더 진작 축여주지 이제야 축여주느냐고요"라고 한다.

서정림 선생과 동생 정심 양은 손으로 입을 가리고 깔깔대고 웃었다.

서정림 선생 자매는 다음날 아침 일찍 일어나서 집에 가지고 갈 짐을 챙겨 두 개로 나눠놓았다. 그리고는 아침밥상을 차려놓고 이명수 선생님을 기다렸다.

"언니! 이명수 선생님은 언니를 무척 사랑하고 있어. 언니와의 대화에서 이 선생님의 언어는 대화 단어마다 사랑이 담겨있음을 나는 느꼈어. 언니 꽉 잡아 어느 한 곳 부족한 곳이 없어. 곁눈으로 틈을 주지마. 절대 튀기면 안 돼 알겠지."

"정심아, 이제 고만해. 언니가 알아서 판단해. 너는 어떻게 이 선생님의 모든 면만 눈에 보이고 언니의 생각과 모습은 안중에도 없어. 언니가 그렇게 부족해 보이니."

"언니, 무슨 말을 그렇게 해. 언니가 부족해 보이면 나는 아예 상관도 안하고 권고하지도 않아. 우리 언니가 어떤 언닌데, 두 분이 다 막상막하이기 때문에 삐걱할까 봐 불안해서 하는 소리야. 지금 이 선생님은 언니를 놓칠까 봐. 언니 마음을 잡으려고 모든 수단을 다 동원하고 있잖아."

"정심아, 네 마음 언니가 왜 몰라. 언니도 깊이 생각하고 판단하고 있으니 언니에게 맡겨주면 안되겠니."

"알았어 언니, 미안해 나는 언니가 행복하게 평생을 누리기를 바라는 마음에서 하는 말이야."

"그래 정심아, 네가 언니를 걱정하는 만큼 꼭 그렇게 이루어 낼게."

정각 오전 7시에 이명수 선생님이 중형가방을 들고 왔다.

"서 선생님 짐 준비해 놓으셨네요. 두 보따리네요 부피가 별로 두텁지 않네요"라고 하며 이명수 선생 가방 안에 두 보따리를 집어넣었다.

이에 서정림 선생은 펄쩍 뛰면서 "이 선생님, 그냥 놓아두세요, 왜 무겁지도 않은 가벼운 보따리를 부디 가방에 합쳐 넣으셔서 힘들게 들고 가시려고 하세요. 저와 제 동생이 한 보따리씩 나누어 들고가면 가볍게 들고 갈 수가 있는데 왜 혼자 힘써 무겁게 들고 가시려고 하세요. 저 싫어요 다시 빼어놓으세요"라고 한다.

그러자 동생 정심 양도 "아이고 힘드셔서 안 돼요. 제가 다시 뺄게요." 하며 이명수 선생에게 다가왔다. 이명수 선생은 "정심 양, 어디 여행을 가거나 버스를 승차할 때는 짐을 각자 들고 행동하면 안 됩니다. 이리저리 행동하며 옮겨 탈 때 아차 하는 순간 보따리를 놓고 타거나 잊고 타는 경우가 많아요. 제가 한두번 겪은게 아닙니다. 그래서 가족이 두 명 이상이 행동할 때는 반드시 짐을 한 사람이 가지고 관리해야 잊어버리지 않는 거예요. 아시겠지요."

그러자 정심 양은 멈추고 서서 "듣고 보니 이 선생님 말씀이 이해가 가네요. 죄송하고 감사합니다." 하고 고개를 숙였다.

이명수 선생은 손가방을 들어 보이며 "자 보세요, 이정도 부피의 가방이면 들어도 힘이 별로 들지 않고, 이동하는 데도 별 불편이 없으니 안심하시고 맡기세요. 아시겠죠"라고 한다. 두 자매는 또 이명수 선생님의 수완을 바라보며 감탄의 웃음을 지었다.

"이 선생님, 어서 앉으세요. 아침식사는 하시고 출발하셔야지요.” 하며 서정림 선생은 밥상에 다가 앉았다.

그러자 이명수 선생은 “저까지요, 저는 별로 조반(아침밥) 생각이 없는데요. 서울에 가서 아침 겸 점심을 겹쳐들면 밥맛이 훨씬 좋거든요⋯⋯” 하고 우물쭈물 망설이자 서정림 선생은 “그러지 마세요. 옛날부터 하루세끼 식사는 꼭 제때에 하도록 정해진 것은 다 나름대로 이유가 있는 것입니다. 그것을 잘 알고 계신 이명수 선생님께서 어기시는 것은 저 때문입니다. 제 일이 아니면 이렇게 시간에 쪼들릴 이유가 없잖아요. 그러니까 어서 앉으셔서 식사나 하시고 떠나시자고요.” 한다.

그러자 이명수 선생은 “참 언제나 나는 서정림 선생님 생각보다 한 수 뒤지네요. 맞습니다. 그럼 들겠습니다.” 하고 밥상에 앉아 함께 식사를 끝낸 다음 교문밖에 나와 양평에서 오는 대절택시를 기다렸다.

7시 40분에 택시가 도착했다. 세 사람은 가방을 택시 트렁크에 싣고 양평에 도착했다. 양평 버스정류소에서 8시 30분에 여주 행 버스를 타고 개군 버스정차소에 도착했다. 시계를 보니까 단 1분도 어김없는 9시 30분이었다. 서정림 선생과 이명수 선생은 정심양의 뒤를 따라 바로 집으로 향해 직행하여 대문을 열고 들어갔다. 대청마루에 와서 이명수 선생은 가방에서 두 짐을 꺼내놓고서 선생 부모님께 인사를 올렸다.

“그간 아버님, 어머님 안녕하셨습니까? 오늘은 차 시간이 바빠서 인사만 드리고 뒤돌아 가겠습니다. 존체강령하십시오.”

“아니 차 한 잔 들고 갈 시간도 없어요?”

그러자 서정림 선생은 “바로 서울행 버스가 도착할 시간이라 그럴 여유가 없어요. 아버님 어머님은 그대로 계셔요. 제가 배송하고 바로 들어올게요.”하고 이명수 선생 뒤를 따라 서정림 선생과 정심 동생도 함께 대문 밖을 나갔다. 세 사람은 집골목을 나와 대로변 버스정차 표 파는 곳으로 나왔다. 시간이 한 25분 여유가 있었다. 그런데 정심 양이 보이지 않았다. 주변을 살펴봐도 보이지 않았다. 그냥 집으로 들어갔을 것으로 생각했다. 그런데 잠시 후 커피 세 잔을 다방에 가서 주문해 들고 나와서 이 선생님께 한 잔 드리고, 언니와 자신도 한 잔씩 길가에서 들었다. 이명수 선생은 차를 마시며 그 기분을 이렇게 표현했다.

“길가에 서서 버스를 기다리는 시간 커피를 마시며 즐기는 마음의 여유가 마치 내가 내 자신을 사랑하는 기분이 넘치는 듯 하네요!…… 역시 정심 양의 센스는 무엇으로 비유할까.”

그러자 정심 양은 “이 선생님 또 무슨 말씀을 하시려고 그러세요. 어서 드시고 서잔이나 주세요”라고 했다.

“서잔이라니요, 서잔이 무슨 말이에요.”

“서운하게 보내드리는 섭섭함에 서운하게 빈 잔으로 돌아가는 커피 잔!”

그 말에 세 사람 모두 껄껄대고 웃었다. 이리하여 커피 잔은 다방으로 되돌아갔다. 정심은 다방에서 나와 버스표를 끊어 이명수 선생님 옆으로 다가갔다. 이명수 선생님의 손을 살며시 잡았다. 이명수 선생은 깜짝 놀라며 손바닥을 내려다 봤다. 손바닥 안에는 정심 양이 쥐어주는 차표가 있었다.

"아차 내 정신 좀 봐 차표 끊는다는 걸 깜빡했네. 정심 양 왜 그러셨어요. 지금 내가 끊어도 되는데."

"언니가 미리 끊어서 저에게 맡긴 것을 제가 전해드린 겁니다."

"그러셨어요, 제가 한발 늦었네요. 기왕 주셨으니 감사히 타고 가겠습니다. 방학 동안에 한번 아버님, 어머님 뵈러 오겠습니다. 건강하십시오."

오전 10시가 되자 여주에서 서울로 향하는 버스가 개군에 도착했다. 서로 작별인사를 나누고 버스에 승차하자 이어 버스는 바로 출발했다. 두 자매도 이명수 선생님을 보내고 집으로 돌아왔다. 왠지 허전한 생각이 들었다. 서정림 선생은 이런 생각이 바로 이명수 선생과 자신과의 마음에 소통되고 있는 사랑이라는 사실을 감지했다.

서정림 선생은 방학이 시작되면서 집에 돌아와서는 7월이 다 가도록 가출家出 없이 집콕생활을 하면서 아침 늦잠을 자는 게 름쟁이가 되어가고 있었다. 7월 마지막 날 정심은 아침에 언니를 깨웠다.

"언니! 오늘은 좀 일찍 일어나서 바깥바람 좀 쏘이고 운동도 하고 해야지. 매일 늦잠에 게름쟁이가 돼가고 있어, 이러다가 또 건강 헤치면 어쩌려고 그래 일어나."

그러자 서정림은 벌떡 일어나며 "정심아, 너 오늘 따라 왜그래 방학 동안 집에서 쉬는 기간에 잠 좀 실컷 자려고 한다"고 소리를 질렀다.

그러자 정심은 "그것도 하루 이틀이지 10여 일을 매일 늦잠이니 싫증도 안나. 늦잠도 버릇이 되면 건강에 지장이 되니 어여 일어나 앞마당에 나가 줄넘기를 하던지 손 운동을 하던지 하라고." 하며 오히려 큰소리친다. 서정림은 할말을 잃은 듯 일어나서 마당으로 나갔다. 그녀는 비교적 동생 정심의 말은 잘 듣는 편이었다.

끈질기게 다가오는
사랑 고백에 굴복

8월 초순에 들었다. 이명수 선생님으로부터 서정림에게 편지가 왔다. 편지를 개봉하여 다 읽고 난 그녀는 전 같으면 동생인 정심이에게는 내용을 숨김없이 알려주었는데 이번에는 알려주지 않고 그냥 옷 주머니에 접어 넣었다. 이제는 그럴 연령이자 시기임을 동생 정심은 충분히 알만한 처녀로 성장한 것이다. 이틀 뒤 8월 5일 목요일이었다. 서정림 선생은 오늘 따라 무슨 일이 있는지 아침 일찍 일어나서 세수부터 하고 거울 앞에 앉아 화장을 서두르는 것을 보면 분명 나들이가 있거나 모임이 있는 것 같았다.

"언니, 오늘 나들이 개인 만남이야 아니면 동창 만남이야."

"고등학교 때 친한 친구야."

"고등학교 때 언니하고 친한 친구라면 내가 거의 다 아는데 이름이 뭐야?"

"너는 네 할 일이나 해, 언니가 만나는 친구 이름을 네가 왜 알려고 하는데."

"거짓말 같아서 그래."

"거짓말이던 진실이던 네가 꼬치꼬치 캐어묻는 이유가 무엇이냐고 언니가 묻는 거다."

"그럴 시간이 있으면 차라리 방학 동안에 이명수 선생님과의 만남을 갖는 것이 어떠냐고 동생이 권고하고 싶어서 여쭙는 것입니다."

정심은 언니의 마음을 꿰뚫고 있었다. 그러자 언니는 "그렇게 알고 있으면서 말을 돌리고 돌리는 것이 괘씸해서 그랬다"라고 하며 주머니에서 편지를 꺼내어 동생 정심에게 던져주었다. 정심은 편지 겉봉을 보니까 이명수 선생님이 보낸 편지였다.

"그러면 그렇지, 나도 그런 줄 짐작은 갔지만 혹시라도 하는 생각이 들어 언니를 점친 건데 역시 언니는 명석해, 잘 생각했어. 언니 오늘 이명수 선생님과 즐겁게 보내고 돌아와요." 하고 박수까지 친다.

이때 어머님께서 방으로 들어오시며 정심에게 물었다. "정심아, 너는 언니가 나들이 간다는데 무엇이 그리도 좋다고 박수까지 치고 야단이냐?"

"엄마 그런 일이 있어요."

"무슨 일인데 네가 그렇게 좋아하니."

"나중에 엄마 다 아시게 돼요."

"알게 되긴 뭐가 알게 돼, 너도 이제부터 좋은 신랑감이나 구하도록 해."

"엄마는, 언니도 아직 신랑감을 구하지 못했는데 나이 어린 동생인 내가 벌써 무슨 신랑감을 구해. 나는 한 5년 뒤에나 생각해 볼 문제야."

"정림아 오늘 서울에 가서 친구 만나 볼일 보다 보면 늦을 수도 있겠다. 늦으면 이모 집에 가서 자고 오너라."

"알았어요, 어머니 혹시라도 늦게 되면 이모 집으로 갈 생각이에요."

서정림 선생은 아침식사를 마치고 나들이 복장으로 부모님께 하직(下直)인사를 드렸다. 9시 30분 집에서 출발하자 동생 정심이가 언니 뒤를 따랐다.

"정심아 나오지 마. 언니 멀리 여행하는 것도 아닌데 무엇 하러 따라 나와. 나오지 마."

"그래도 언니 버스 타는 곳까지는 송별해 드리고 와야지." 하고 계속 따라나섰다. 따르면서 언니에게 이렇게 부탁하는 것이었다.

"언니, 이명수 선생님과 즐겁게 연애하면서 사랑 잘 받고 와 알겠지. 너무 이 선생님의 마음을 죄이게 하지 마. 이 선생님은 언니 마음에 들도록 하기 위해 온갖 심혈을 다 기울이고 있는 모습이 안타까울 정도야……" 하고 간청할 정도로 이명수 선생님을 좋게 보고 있었다.

버스를 타기 위해 대로로 걸어가면서 아무 대꾸없이 동생 정심의 말을 경청하면서 대로변 버스승차권 매표소 사무실까지 왔다. 차표를 끊고 난 다음 서정림 선생은 동생 정심에게 이렇게 당부했다.

"정심아, 그토록 이명수 선생님이 좋게 보이니! 꼭 형부로 맞아들이고 싶으냐고."

"당연하지 언니, 여기까지 따라오면서 언니에게 한 말을 그냥 귀 밖으로 들은 거야."

"귀 밖으로 듣다니 깊이 명심하고 들었지, 알았다. 정심아 이제 얘긴데 그간 언니도 이명수 선생님의 성품과 진정성 있는 인격에 대하여 여러모로 깊이 생각해 왔어 그러다 보니 언니도 이 선생님에 대한 관심이 깊어지고 마음속에 연정이 자리 잡아가고 있다는 사실을 요즈음 느끼게 되었다. 그 한 실례로 지금 내가 이명수 선생님 편지 한 장을 받고 서울로 달려간다는 것이 얼마나 가볍고 미천하고 가소로운 행동이냐. 그런 줄 알면서도 지금 언니가 달려가고 있는 것이다. 그 이유가 무엇일까, 확실한 답이 안 나온다. 아- 이게 바로 '사랑'이로구나 하는 생각을 발견하게 되었다."

버스가 도착했다. 정심은 말했다.

"언니! 잘 갔다 와 즐겁게 보내."

"응- 그래 어서 들어가."

문이 닫히자 버스는 출발했다. 양평 버스정류소에 도착했다. 양평에서 내릴 손님들은 내리고 서울행 손님들은 승차했다. 그 중 한 승객이 앉아 계신 손님들을 살펴보고 있었다. 앉아있던 서정림 선생은 그 선생을 바라보자 깜짝 놀랐다. 이명수 선생님이었다.

서정림 선생은 "아니 이명수 선생님! 여긴 웬일이세요, 저하고는 서울서 뵙자고 하신 것 아니세요"라고 하자 이명수 선생은 "예 맞습니다." 하고 서정림 선생이 앉아 계신 자리로 다가가서 "혹시 이 자리에 다른 손님이……"

"아니요 내리셨어요"라고 하자 그 자리에 앉으며 물었다. "서울 숭인동정류소에서 어떻게 2시간 동안을 기다립니까. 그전에 보고 싶은데요. 그래서 엊저녁 막차로 내려와 양평여관에서 묵고서 선생님을 기다린 겁니다." 하고 다른 손님들에게 방해가 되지 않도록 작은 목소리로 말했다.

그러자 서정림 선생은 이명수 선생 귓 쪽으로 얼굴을 기울이며 "실없는 농담은 하시지 마시고요, 다른 손님들이 들어요." 하고 작은 목소리로 속삭이듯 말했다.

그러면서 "그냥 서울에서 기다리시지 무엇이 그리 급하다고 돈을 써가며 양평까지 내려오시는지 이해가 안 가요. 좀 차분하게 생각하시고 행동하셨으면 좋으실 것 같아요." 하며 고개를 정면으로 돌렸다.

그러자 이명수 선생은 서정림 선생 귀에다 대고 "기왕이면 잘 하셨어요. 여기까지 마중 나와 주셔서, 라고 말해주시면 안 됩니까?" 하고 속삭였다.

　"칭찬받으실 처신이 아니기 때문에 드리는 말입니다. 다음부터는 그러지 마세요."

　다시 버스는 양평을 출발하여 서울을 향해 달려갔다. 서정림 선생이 물었다.

　"그러면 이 선생님 아침도 못 드셨겠네요."

　"예, 아침에 늦잠에서 깨어 빈둥거리다 보니까 아침식사 시간을 지나쳐버렸어요. 서울에 도착해서 서 선생님과 같이 맛있게 들지요 뭐." 하며 이명수 선생은 서 선생님의 손을 슬그머니 잡았다. 그러자 서정림 선생은 이명수 선생님의 얼굴을 쳐다봤다. 이명수 선생님 역시 서 선생님의 안면을 쳐다보면서 미안한 표정으로 고개를 숙였다가 들었다.

　서정림 선생은 잡힌 손을 빼려고 힘을 주어 손목을 움직였으나 이명수 선생은 꽉 쥐고 놔주지 않았다.

　"어쩌면 남자들은 하나같이 행동이 똑같을까!…… 그래도 이명수 선생님은 그런 분이 아니시겠지, 라고 생각했는데 '역시나' 이세요."

　이에 이명수 선생은 고개를 깊이 숙이며 "서정림 선생님, 감사합니다. 이해해주셔서." 하며 능청을 부렸다. 서정림 선생은 어처구니가 없다는 듯이 슬그머니 얼굴을 차창 밖으로 돌려버렸다. 그러자 이명수 선생은 마치 성공이나 한 것처럼 기쁜 표정으로 빙그레 웃었다.

버스는 오후 2시경 서울 동대문구 숭인동 시외버스정류소에 도착했다. 이명수 선생은 서정림 선생을 마치 윗사람 대하듯이 안내하여 버스정류소에서 동대문 가까운 위치 대로변 5층 건물 2층에 있는 양식당으로 안내했다. 서정림 선생은 그 식당 출입구 앞에서 멈추어 섰다.

"이명수 선생님! 오늘 따라 저에게 왜 이렇게 불편하게 대해주시는 거예요. 저 서울 처음 오는 것도 아닌데, 여기는 비싼 양식 식당입니다."

"예, 맞습니다. 오랜만에 서울에 오셨으니 양식을 대접하려고요."

"이 선생님, 제가 이 선생님 손님으로 서울에 왔습니까? 저는 공적으로는 같은 학교에 근무하고 있는 후배 동료교사입니다. 직장을 벗어나서 사적으로 사회에서 만나게 되면 남녀 간이니까. 경우에 따라 선·후배로, 연인관계가 되면 친구 사이, 친구 사이에서 인연이 깊어지면 결혼하여 부부사이로 동격동반자가 되는 것으로 알고 있습니다. 아닙니까?"

"맞습니다. 정답이십니다."

"그러면 지금의 이 선생님과 저와의 관계는 어느 쪽에 해당된다고 생각하세요."

"친구 사이."

"그렇죠. 정답이세요, 물론 사람에 따라서는 정답 쪽이 다를 수도 있겠지요. 그러나 통상적으로 그렇게 생각합니다."

"지금 이명수 선생님이 말씀하셨듯이 우리 사이는 친구 사이니까 제 마음 잡기 위해서라면 저는 이런 곳에서 식사하는 것은 싫습니다. 이 선생님, 저는 손님도 아니고, 제 마음을 얻기 위한 선심동정도 이젠 접으셔야 합니다. 저도 이젠 이 선생님께서 저를 생각해 주시는 마음을 충분히 고려하고 있으니까 앞으로는 이 선생님은 본연의 생활로 돌아가셔야 합니다. 우리 그런 결심으로 한식 식당으로 가요."

서정림 선생의 권유를 받은 이명수 선생은 너무도 기쁘고 감격스러운 표정이었다.

"서정림 선생님, 감사합니다. 감사합니다. 와아 달려가고 싶다. 지금까지 살아온 인생에서 가장 기쁜 순간입니다. 이 순간부터 나는 이제 탄탄대로다. 하느님 감사합니다."

"고만하세요. 여기는 동대문 대로예요."

옆을 스쳐가는 시민들이 이상한 눈초리로 이명수 선생을 바라보았다.

"이 선생님 우리 저 횡단보도로 길 건너가서 택시타고 을지로 6가를 지나 장충동 쪽으로 조금 가다보면 '평양만두 잘하는 식당'

이 있어요. 거기 가서 평양만두 드시면 어떨까요."

"예, 좋습니다. 저도 거기서 평양만두 먹어본 적 있어요. 평양 왕만두라고 해서 꽤 두툼하고 큰 만두지요."

"맞아요. 잡수어 보셨네요."

둘은 대로 횡단을 건너가 택시를 타고 평양만두 식당으로 갔다. 정오가 지나 오후 2시가 넘어 손님들이 그리 많지 않았다. 큰 방으로 들어가 자리 잡고 편안한 마음으로 왕만두를 먹었다. 배가 고프던 때늦은 점심이라 굉장히 맛이 있게 많이 먹었다. 식당을 나와 을지로 6가까지 걸어가서 '을지다방'에 들어갔다. 커피 두 잔을 시켜놓고 다음 스케줄(schedule)을 의논했다.

"서 선생님, 서울까지 오셨으니 우리 어디부터 가보는 게 좋을까요."

이명수 선생이 먼저 서정림 선생에게 물었다.

"이 더운 날씨에 그 어느 곳을 지목해서 걸어 다니기도 그렇고, 그렇다고 다방에 오래 앉아서 피서한다는 것도 다방 종업원들에게 눈치 보이고 방법과 생각이 금방 떠오르지 않네요. 냉방시설이 잘 되어 있는 어느 음악 감상실 같은 곳은 없을까요."

"서 선생님 그럼 우리 이렇게 하면 어떨까요, 시원한 극장에 가서 영화 보면서 피서하는 것이오."

"차라리 그게 좋겠네요, 그런데 '영화제목'도 무엇인지를 알고 가야 할 것 아닙니까."

"그야 신문 광고난만 보면 금새 알 수 있습니다."

이명수 선생은 즉시 다방종업원을 불러 오늘 아침 조간신문 좀 갖다 달라고 요청했다. 그러자 다방 종업원은 조선, 동아, 서울신 문을 갖다 놓았다. 그러자 서정림 선생은 즉시 여러 광고 중에 K 극장에서 상영하고 있는 '춘향전'을 선택했다. 그러자 이명수 선 생은 다시 종업원에게 여러 신문을 되돌려 보내고 서정림 선생과 같이 다방을 나와 전철을 타고 K극장엘 갔다. 오후 4시부터 상영 되는 영화를 보기 위해서는 극장 내 관객대기실에서 기다려야 했 다. 개봉된 지가 얼마되지 않아 관람 대기 손님이 꽤 많았다. 그 래도 기다려야 했다. 기다리는 시간을 어떻게 메울 것인가를 생 각했다. 이명수 선생은 서정림 선생에게 물었다.

"서 선생님, 기다리는 시간이 너무 지루하다고 생각되어 뭔가 심심풀이로 씹을 만한 먹거리 좀 사올까 하는데 괜찮겠지요."

"아니요, 점심 배불리 먹은 지가 얼마 되지도 않았는데 뭘 또 씹어요, 사오지 마세요. 잘못 먹었다간 배탈 나요, 그냥 앉아서 얘 기나 하면서 시간 보내요."

서정림 선생은 극구 사양했다.

드디어 전회 상영시간이 끝나고 다음 상영시간이 되어 기다리 던 관객이 들어갔다. 상영관 안은 냉방장치가 얼마나 잘 되었는 지 들어오는 관객마다 '와아 춥다.' 하고 느낄 정도로 시원했다. 지정된 좌석에 가서 앉았다. 이명수 선생이 먼저 말했다.

"냉방 적응 잘못하면 감기 걸리겠습니다. 서 선생님은 상체를 좀 가려야 하겠습니다. 제가 여름만 되면 따가운 햇볕을 가리기 위해 항상 얇은 여름 잠바를 말아서 들고 다니는데 오늘 같은 날이 올 줄은 상상도 못했습니다. 특히 서 선생님은 감기에 조심하셔야 할 체질이시라 이 잠바를 펼쳐서 상체를 가려드려야 하겠습니다."

이명수 선생이 그 잠바를 상체에 입혀 주자 서정림 선생은 이렇게 표현했다.

"감사합니다. 혹시 오늘 서울에서 만나면 극장으로 냉방피신을 갈 수도 있겠다는 계획까지 세우고 일부러 가지고 오신 것은 아니시겠지요. 농담입니다. 하루 일진日辰을 보시면 뭔가 예측하고 다니시는 분처럼 보이시네요. 저는 그저 날씨가 더우니까 겉옷을 벗어서 들고 다니시는구나 생각했어요."

"예, 서 선생님 말씀이 맞습니다. 그런데 오늘 이런 일이 닥치리라고는 전연 생각지 못했습니다. 혹시 하느님께서 서 선생님과의 인연을 맺어주시기 위하여 기회를 만들어 주신 것은 아닐까요."

서 선생은 이명수 선생의 얼굴을 바라보면서 밝은 표정으로 감사하다는 뜻을 전했다. 상영신호가 울리면서 영화가 상영되기 시작했다. 춘향이 주연역으로 등장하는 최은희 씨의 한복차림 몸매와 인물은 너무도 예쁘고 아름다웠다.

서정림 선생은 가냘픈 음성으로 "와아 천하일색이다"라는 감탄사가 저절로 흘러 나왔다. 그러자 옆자리에 앉아있는 이명수 선생이 서정림 선생을 향해 아주 작은 음성으로 귀에 대고 "서정림 선생님의 인물과 몸매도 한복을 입으시면 저 영상의 춘향이 모습 못지 않을 것입니다"라고 했다.

그러자 서정림 선생은 "이 선생님! 농담을 하셔도 그런 농담은 저를 모욕하시는 말씀과 진배없습니다. 저같은 추물을 감히 최은희 씨 춘향역에 비유하다니요, 아무리 저에게 듣기 좋으라고 하시는 말씀이라도 섭섭한 기분이네요"라고 한다.

그러자 이명수 선생은 "서정림 선생님, 저의 진심은 그렇지 않습니다. 나중에 말씀드리겠습니다." 하고 말을 돌렸다.

서정림 선생은 춘향이 이도령에 도취되어 열심히 영화를 보고 있었다. 그러나 이명수 선생은 서정림 선생의 외모를 춘향이 역으로 등장한 미모와 비교한데 대하여 서 선생이 불쾌감을 표출한 다음부터는 한마디 말없이 영화에 집중하고 있었다. 그러자 이번에는 서정림 선생이 이명수 선생에게 말을 건넸다.

"이 선생님, 제 말에 혹시 오해하셨어요? 영화를 보시면서 지금까지 아무런 말씀 한마디 없으시네요."

그러자 이명수 선생은 "아니요 저도 열심히 보고 있는 중입니다"라고 대답했다. 그러면서 서정림 선생의 왼손바닥을 슬그머니 바른손이 침투하여 잡았다. 깜짝 놀라는 서정림 선생은 당황해 하는 기색으로 이명수 선생을 바라보았다.

그러면서 "영화를 열심히 보고 계시다는 분의 바른손바닥이 움직이면서 왜 제 손바닥을 점유합니까? 불법침입이 아닌가요. 풀어주세요." 하며 이명수 선생 손바닥에서 탈출하려고 힘을 주어 움직였다.

그러자 이명수 선생은 "더 이상 제 손아귀에서 벗어나지 못하실 것입니다. 양평에서 서울에 도착하기까지 서 선생님의 마음과 손은 이제 이 이명수가 잡아도 괜찮은 시기가 되었으니 잡으라고 승인하시어 서울까지 잡고 온 것 아닙니까!…… 그러니까 서 선생님의 손과 마음은 제 마음과 손에서 벗어날 수 없습니다"라고 하며 더더욱 힘주어 꽉 잡았다.

서정림 선생은 너무도 어처구니가 없었던지 뒷말을 잇지 못하고 계속 영화를 보기만 했다.

그러자 이명수 선생은 "묵인은 곧 인정한다는 뜻으로 해석합니다. 제가 오늘이 있기까지 서 선생님의 마음을 잡고자 얼마나 노력하고 신경을 썼는지 모르실 겁니다. 앞으로도 힘든 고비가 언제까지 지속될지 걱정이지만 끝까지 추격할 겁니다. 그리하여 서정림 선생님과의 결혼약속을 받은 후 부모님의 허락을 받을 각오입니다."

드디어 영화가 끝났다. 관객이 서서히 영화관을 빠져나갔다. 이명수 선생과 서정림 선생도 순서에 따라 극장 밖으로 나왔다.

시원한 영화관에서 피서는 잘하고 나왔으나 하절기 중에도 가장 덥다는 8월 초순의 혹서지절이라 저녁이 가까워졌음에도 더위는 정오더위나 다를 바가 없었다. 가만히 서 있어도 온몸에 땀이 주르르 흘러내렸다. 전차를 타고 을지로 6가에서 내려 어디로 갈까 하고 망설였다. 저녁을 먹자하니 좀 이른 것 같고 해서 이명수 선생은 서정림 선생에게 의사를 물었다.

"서 선생님, 우리 시원한 맥주나 한 잔 드시는 게 어떨까요."

서정림 선생은 고개를 끄덕이며 좋다는 의사를 표시했다. 둘이는 길가 골목안 맥주홀로 들어갔다. 홀 안에는 피서처로 들어온 손님들이 상당히 많았다. 마침 출입구 창가 세 번째 좌석 손님이 자리를 떠서 그 자리에 앉았다.

종업원에게 맥주 두 병에 오징어 안주를 주문했다. 잠시 후 종업원이 쟁반에 맥주 두 병과 오징어 안주를 들고 와서 이명수 선생 앞에 한 병, 그리고 서정림 선생 앞에 한 병, 탁상 중앙에 안주 담은 접시를 놓으면서 서정림 선생의 얼굴을 뚫어지게 쳐다보았다. 그러자 서정림 선생 눈과 마주쳤다. 서정림 선생이 기분이 좀 상했던 모양이다.

"왜 그렇게 저를 쳐다보세요, 제가 무슨 잘못이라도 했나요?" 하면서 서정림 선생 역시 종업원의 얼굴을 쳐다보자 종업원은 "아닙니다. 너무 예쁘시고 단정하셔서 유심히 바라보았습니다. 죄송합니다." 하고 사과까지 한다.

그 말을 듣자마자 이명수 선생은 종업원에게 "그렇지요 아가씨, 예쁘시고 깔끔하시지요"라고 동조한다.

그러니까 종업원은 남자 손님(이명수)에게 "선생님은 좋으시겠어요, 저렇게 예쁜 미인 분과 함께 다니시니까. 실례했습니다." 하고 다른 곳으로 이동해 갔다. 이명수 선생은 이 기회를 이용했다.

"서정림 선생님, 들으셨지요. 제가 극장 안에서 한 말과 무엇이 다릅니까. 단어 하나 틀리지 않습니다. 여성의 미모와 행실은 자신과 함께 살아가는 주변 모든 사람들이 눈으로 보고 평가하는 것이지 어느 특정한 개인이 예쁘다고 해서 미인이 되는 것은 아니지 않습니까. 그러니까 본인 자신도 주변 여러 친구나 그 외 사람들이 보고 예쁘다고 하면 처음 보는 사람도 예뻐 보이는 것입니다. 타인소시(他人所視 : 남이 보는 바에)라는 말도 있습니다. 그러니까 본인 자신도 자기의 미모가 미인들 가운데 어느 수준이 될 것이라는 것쯤은 평소에도 상식적으로 알고 지내는 것이 처신에 유불리有不利가 있을 수 있다고 생각됩니다. 자 이제 얘기는 그만 하시고 시원한 맥주 한 잔씩 드십시다." 하고 맥주 컵에 맥주를 따랐다.

서정림 선생도 "저도 따라드려야지요." 하고 이명수 선생 앞에 놓인 맥주 컵에 맥주를 가득 채웠다. 그러자 이명수 선생이 목소리를 높였다.

"자 서정림 선생님! 우리 서로 잔을 맞댑시다. 그리고 서 선생님께서 건배말씀을 하세요."

"왜 제가 합니까 위 아래 서열이 있는데."

"건배 제의에 무슨 서열이 필요합니까."

"무슨 말씀이세요, 냉수 마시는 것도 순서가 있는데."

"저보고 하라면 제가 하겠습니다. 그 대신 이유는 달지 마세요. 여기 우리 둘, 연분을 축하합니다. 위하여."

작은 목소리로 잔을 부딪힌 이명수 선생이

"왜 서정림 선생님은 위하여 소리를 안 하십니까"라고 하자 서정림 선생은 "무슨 말씀을 하세요. 이유는 달지 말라고 하셨잖아요."

"네에― 제 말을 또 그렇게 연결하시네요. 참 머리 좋으시네요." 하며 맥주 한 컵을 단숨에 마셨다.

"왜 서 선생님 첫잔에 맥주가 남겨 있습니까. 원래 건배 첫잔은 다 마셔야지 남기시는 것 아닙니다"라고 이명수 선생이 말하니까 서정림 선생 대답은 간단하고 확실했다.

"여자니까요, 남자는 남기지 말아야하고 여자는 연분을 남겨야 하니까요."

이 말을 듣고 난 이명수 선생은 어이가 벙벙했다. 자신이 한말은 어느 주법에도 상식에도 없는 말을 자신이 만든 말이다. 그러나 서정림 선생의 즉답은 상당히 논리가 있고 이치에도 맞는 말

같이 들렸다. 굉장히 재치있는 답변이라고 생각되었다. 역시나 서정림 선생님이었다.

"제가 한 잔 더 따라드릴게요. 대신 저는 주법 예절로 남긴 연분을 다 마시겠습니다. 자 이 선생님도 잔을 드시어 제 잔과 마주 대서야지요"라고 하며 잔을 들어 마주댔다. 이번에는 서 선생이 건배 제의를 한다.

"서로의 건강과 성공을 위하여." 하고 작은 음성으로 외치자, 이명수 선생 역시 "위하여"라고 약간 음성을 높여 외쳤다. 바로 옆 주변 좌석에 앉은 젊은 두 청년이 바라보며 소리 안 나게 손뼉을 치며 고개 숙여 축복을 보내주어 감사의 답례를 전했다.

이렇게 둘은 대화를 나누면서 즐거운 시간을 보냈다. 서정림 선생은 맥주 한 잔을 마셨고, 그 외 한 병은 모두 이명수 선생이 마셨다. 얼굴이 붉게 변한 서정림 선생은 정신이 오히려 평소보다도 또랑또랑 생기가 솟구치는 듯했다. 이명수 선생은 붉은 화색이 진한데 반하여 정신은 말짱하고 말씀의 마무리 끝이 불명확한 것 같아 술은 많이 못하시는 듯했다. 이명수 선생이 말했다.

"서정림 선생님, 우리 붉어진 얼굴이 좀 가라앉은 다음 나가서 저녁하시는 게 어떨까요?"

"그러세요. 그런데 맥주집도 술집인데 술들어서 붉어진 얼굴을 술집에서 가라앉힌다는 게 누가 보더라도 우스운 행동이 아닌가요. 술집은 술을 마셔서 얼굴을 붉어지게 만드는 장소예요. 그러니까 술이 깨는 장소로 이동해야지요."

듣고 보니 서정림 선생 말씀이 정확한 명답이다.

"언제나 서정림 선생님께서는 참말로 선생님다운 말씀만 하세요. 제가 서 선생님에게 배울 점이 너무 많아요. 그래서 서정림 선생님은 제 마음을 완전히 잡아가셨어요, 저는 이제 서 선생님을 하루라도 못보면 못살 것 같아요."

"이 선생님 술 취하셨어요? 아니잖아요. 옆에 계신 손님들이 들으세요. 어서 나가시자구요." 하고 옷자락을 잡고 나가려고 했다.

그러자 이명수 선생이 "잠깐만이요, 맥주 값을 치르고 가야지요." 하고 카운터로 다가가자 서정림 선생은 "계산은 이미 제가 다 끝냈어요. 그냥 나가시면 돼요." 하고 잡은 옷자락을 문밖으로 당기어 나갔다. 밖으로 나온 이명수 선생은 "그러면 다음은 어디로 갑니까?"라고 묻자 서정림 선생은 "어디로 가긴요, 술 빼는 곳으로 가야지요"라고 했다.

그러자 또 이명수 선생이 물었다.

"글쎄 그 술 빼는 장소가 어딥니까."

"어디긴 어디에요, 시원한 다방에 또 가서 커피 두 잔을 시켜 마시면서 쉬다 보면, 술이 깨고 붉은 얼굴색은 저절로 사라지겠지요. 그런 다음에 저녁식사를 하시자구요."

"알겠습니다. 서정림 선생님 뜻에 따르겠습니다."

맥주집 근처 손님이 적은 한가하고 시원한 다방을 찾아 들어 갔다.

한적한 구석에 좌석을 정하고 옆 손님에게 방해가 되지 않도록 작은 음성으로 좌담을 했다. 좌담 중에 서정림 선생은 무슨 생각 이 났는지 이명수 선생님에게 부탁드릴 말이 있다고 한다. 그러 자 이명수 선생은 저와 만나지 않겠다는 말씀만 빼고는 무슨 말 씀이든 다 들어드리겠다고 한다.

"지금 이 시간부터는 이 선생님과 제가 만났을 때는 경비를 똑 같이 부담하는 것입니다. 왜 이 선생님 혼자 다 부담하십니까. 공 평하지 못합니다. 혹시라도 제가 직장인이 아니고 부모님의 가사 를 돌보며 배우고 있는 수련인이었다면 돈벌이를 못하는 무직자 라 경비를 면제해 줄 수는 있습니다. 그러나 그것도 한 두 번이지 세 번째는 만남을 본인 스스로가 거부하게 됩니다. 이럴 때 나오 는 말이 '족제비도 낯짝이 있다'라는 말이 나오게 됩니다. 그러니 까 앞으로는 절대 그러지 마세요"라고 간곡히 부탁드렸다.

그러자 이명수 선생은 "서정림 선생님! 선생님과 저의 만남은 전적으로 제가 필요하고 그리워서 요청한 것이지 서 선생님이 원 해서 만남이 이루어진 것은 아니지 않습니까. 그러니까 초청자는 바로 저 이명수입니다. 그래서 제가 부담하는 것은 너무도 당연 한 일입니다. 그러므로 다음부터는 공동부담이니 뭐니 하는 말씀 은 하시지 않는 것이 좋겠습니다. 아시겠지요"라고 못을 박는다.

단호한 이명수 선생의 결단에 항의하여 서정림 선생은 빙그레 웃으며, "그러면 다음부터는 연락하지 마세요. 연락주셔도 나가지 않겠습니다. 그냥 한 직장에서 동료 선배로 지내겠습니다."

눈이 둥그레진 이명수 선생이 "서정림 선생님! 제 마음 좀 살펴주소서…… 알겠습니다. 선심을 베푸는 일도 상대에 따라 생각이 다를 수 있기 때문에 제가 한 말 취소하겠습니다. 그러면 만나주시는거죠"라고 하자, 서정림 선생은 "진작 그러시지 웬 고집을 그리도 세우십니까. 그러면 원상회복입니다." 하고 끝을 맺었다. 그 외 여러 대화를 나누다가 보니 술도 깨고 붉은 얼굴색도 본연으로 돌아왔다.

"이제 저녁식사 하러 나가시면 되겠습니다. 지금 일곱 시 10분입니다."

서정림 선생이 권유하여 다방을 나와 근처 식당에 가서 갈비탕을 들었다. 그런 다음 다시 식당을 나와 이명수 선생이 서정림 선생에게 제의했다.

"서 선생님, 저녁식사도 끝나고 했는데 다음은 어디로 모시는게 좋을까요. 가시고 싶은 곳이 생각나시면 말씀해 보셔요."

"아니 이제 밤이 되지 않아요. 이 선생님도 집에 가셔서 쉬시고 주무실 시간입니다. 저도 이모님 댁에 가서 쉬고 싶어요. 친척집에 가는데 밤늦게 들어가면 미안하지 않아요."

"이 선생님, 서울에서의 남녀의 만남은 저녁부터 밤 시간에요, 그런데 우리 데이트 끝내고 집으로 가자고요. 에이 안 돼요. 집에는 잘 시간에 도착하면 됩니다."

"그건 서울에서 사시는 분들의 경우이고요. 이명수 선생님이나 저는 시골 사람으로 서울에 나들이 겸 구경 오거나 볼일 보러 온 거지요. 특별한 경우라고 하면 먼 시골에서 올라올 때는 가족이 여행을 온다거나, 신혼부부 신혼여행 경우는 서울 여관이나 호텔서 잠자고 가는 경우이고요. 그러나 볼일 보고 돌아갈 때 당일치기가 어려울 때는 친척집에서 묵게 될 경우인데 이럴 때는 저녁시간 직전까지 들어가는 게 서로 간의 불편을 덜게 되는 것입니다. 아닌가요?"

"예, 서정림 선생님 말씀이 당연히 옳은 말씀이지요. 그러나 지금 서정림 선생님과 저와 같은 특별한 경우도 있지 않습니까. 이럴 경우에는 친척집에서 좀 이해해 주시지 않을까요."

"물론 다니러 온 친척이 젊은 사람일 경우에는 충분히 이해해 줄 수 있는 사항이지요. 그러나 지금 이명수 선생님과 저 같은 처지에 놓인 젊은 남녀는 희망사항일 것입니다."

"정말 서정림 선생님은 매사 사고思考가 빈틈이 없고 철저한 분입니다."

"아닙니다. 제 사고가 빈틈이 없는 게 아니라 그것이 도리이고 상식이라고 생각합니다. 그렇지만 오늘 만큼은 제 생각을 접고 이 선생님의 뜻에 따르기로 하겠습니다. 이 선생님께서 가시고 싶은 곳이 있다면 저도 따라가서 구경하겠습니다. 저는 촌여자라 서울의 지리도 모르고 각 분야의 시설이 어느 지역에 집중되어 있는지 전연 모릅니다. 그냥 눈만 달고 다닐 뿐이에요. 안내해 주세요."

"그런 세세한 곳은 저도 모릅니다. 저 역시 집에서 직장에 가고 올 때 서울 한 곳을 스쳐갈 뿐이지 서울 문화시설조차도 어느 곳에 있는지 장님과 다름 없습니다. 가본 곳이란 남산봉우리, 장충단공원, 광화문, 종로 화신백화점, 남대문, 동대문, 서울역 등등 거리에서 바라보고 스쳐간 곳이 전부입니다. 그래서 오늘 저녁은 선선한 바람을 쐬어드리기 위해 가까운 '장충단공원'을 답사해 볼까 하는데 서정림 선생님 생각은 어떠세요."

"저도 친구와 같이 장충회관에 갔을 때 친구가 손짓하며 저기 보이는 남산 아래 숲 가까운 곳이 장충단공원이라고 알려주어 멀리 바라만 보았을 뿐 실지로 가보지는 못했습니다. 오늘 한 번 실지로 가보면 좋겠네요."

"서정림 선생님의 의견도 제 의견과 일치하여 너무 감사합니다. 그러면 택시로 현장 초입까지 안내하겠습니다."

두 사람은 대로변에 나와 택시를 타고 현장 초입까지 가서 내렸다. 굉장히 넓은 공원이었다. 곳곳에 앉아 쉬는 사람, 운동하는 사람, 걷는 사람 등등 다양했다. 이명수 선생은 서정림 선생을 바른손 쪽으로 동반하여 걸었다. 그런데 다른 사람들이 보기에는 둘의 보행이 좀 어색해 보였다. 모든 남녀 연인들이 다정하게 손을 잡고 걷고 있는데 유독 이명수 선생과 서정림 선생 남녀는 보기에 연인 사이인 듯한데 손은 잡지 않고 양 어깨 쪽을 가깝게 맞대어 각자 걷고 있는 모습이 상당히 부자연스럽게 느껴졌다.

이 같은 생각을 먼저 느낀 것은 서정림 선생이었다. 서정림 선생은 의외로 이명수 선생 바른 어깨 쪽으로 바짝 다가갔다.

"이명수 선생님, 우리도 다른 젊은 연인들처럼 다정하게 손잡고 갑시다. 우리 둘만 손잡지 않고 각자 너는 너, 나는 나로 걷고 있는 모습으로 보이는 가 봅니다. 그러니까 우리 둘의 걷는 모습을 바라보고 다시 뒤로 돌아본다는 것은 어딘가 어색한 연인의 모습으로 보였기 때문이 아닌가로 판단이 가네요! 그러니까 우리도 다정다감한 연인으로 인정을 받도록 하십시다."

하고 이명수 선생의 바른손을 덥석 잡았다. 이명수 선생은 갑작스러운 서정림 선생의 돌출적인 모습에 놀라는 표정을 지으며 간절히 기대했다는 뜻으로 "감사합니다. 서 선생님께서 먼저 이렇게 감사한 기쁨을 주시리라고는 예상하지 못했습니다." 하며 서 선생의 보드랍고 예쁜 손을 아프지 않도록 조심스럽게 받아 잡고 보란 듯이 의기당당하게 행보했다.

장충단공원 이곳저곳 다 돌아보았다. 남산을 바라보는 서울 시민이 찾아가는 공원 초입이라 아름다운 구색 시설을 갖추는데 당국에서 신경을 많이 쓴 흔적이 역력했다. 서정림 선생이 먼저 말했다.

"이 선생님, 우리 이제 그만 걷고 아늑하고 조용한 곳에서 의자에 앉아 쉬어요, 힘들어요."

"그러세요. 피곤도 하실거에요. 새벽부터 지금까지 계속 움직이셨잖아요."

남서쪽 끝 산길 숲 가까운 곳에 있는 공원 방문객 의자에 앉았다. 어둠이 짙어지자 공원가 전등이 들어왔다. 공원은 또 다른 아름다운 야경으로 바뀌었다.

때로는 밤하늘의 달밤과 별들로 연계되는 날도 있다. 오늘이 바로 그런 날이었다. 낮손님은 돌아가고 밤손님이 들어온다. 서늘한 밤바람을 찾아오는 손님들이라고 보여진다. 앉아서 서정림 선생은 이런 말을 했다.

"이명수 선생님 덕분에 오늘 처음 왔는데 장충단 공원이 이렇게 좋은 줄 몰랐어요. 서울 시민들의 쉼터로는 너무 좋아요. 저녁 먹고 소화도 시킬 겸 나와서 산책하기도 좋고요. 생각나는 게 있어요. 여고 시절 3학년 때 역사 시간에 선생님께서 하신 말씀이에요. 그 선생님이 장충동에 있는 장충체육관 근처에 살고 계셨는데 저녁만 잡수시면 늘 이 장충단공원에 나오셔서 산보를 하셨다는 말씀을 하시면서, 장충단공원의 역사성을 말씀해 주신 기억이 나요. 원래 장충단공원 터에 조선왕조 21대 영조 때부터 도성의 남쪽을 수비하던 남소영 터가 있었던 곳이라고 합니다. 그 이

후에 어떻게 변경되었다는 말씀도 하신 것 같은데 전연 기억이 떠오르지 않아요."

"거기까지 기억하고 계시는 것만도 대단하시지요, 저 같으면 다 잊어버리고 한마디도 못했을 것입니다."

"그나저나 우리도 좀 있다가 서로 헤어져서 각자 집으로 가야 하는 것 아니에요. 이 선생님은 어떻게 가서야 해요?"

"저는 영등포 버스정류소에 가서 저녁 9시 20분 막차 타고 가면 됩니다. 그리고 내일 오전 10시에 을지다방에서 만나시자구요."

"오늘 만나서 지금까지 즐겁게 지냈으면 됐지 내일 또 만나자고요. 안 돼요 피로해서, 그리고 저는 오늘 밤 이모댁에 가서 자고 내일 집에 가겠습니다."

"서 선생님, 지금 방학 기간입니다. 오늘 집에서 서울까지 온 시간 빼고 서 선생님과 저와의 데이트 시간은 극장가고, 다방가고, 식사한 시간은 불과 다섯 시간이에요. 그러니까 내일 하루만 더 데이트하고 모래 가서요. 이모님 댁에서 쉬기가 불편하시면 저희 집으로 모실 터이니 그렇게 하시면 안 될까요?"

"이 선생님! 말이 되는 말씀을 하셔야지요. 부모님과 안면도 없고 사전에 인사도 올리지 못한 채 소위 선생이라는 처녀가 불쑥 선생님 따라 남자 집에를 간다. 그 품행이 용납될 수 있는 행실이라고 생각되시느냐고요. 여자는 남자와 달라서 행동여하에 따라 자신의 인생을 그르치게 할 수도 있습니다. 정 그렇게 저와 같이 있는 시간을 원하신다면 그렇게 하시자구요, 내일 오전 10시는 좀 이른 듯하니 11시에 을지다방에서 뵙도록 해요."

"알겠습니다. 감사합니다. 진심으로 사랑합니다."

이명수 선생님은 서정림 왼손을 잡고 있는 바른손을 자신의 가슴 앞으로 당기면서 서정림 선생의 바른손 안쪽으로 왼손을 깊숙이 넣고 바른쪽 어깨를 감싸서 꼭 껴안았다. 그러자 서정림 선생은 얼굴이 붉어지면서 말했다.

"이 선생님, 왜 이러세요, 제 마음의 승낙도 없이 불법 침범하시면 평화가 깨어지지 않아요. 잠깐 제 말 좀 듣고 하시자구요. 지금 키스를 하면 몇 번째 키스가 되는지 기억하세요?"

"물론이지요. 두 번째가 됩니다. 키스도 몇 번째라는 횟수를 기억하면서 합니까?"

"횟수를 생각해서 여쭙는 것이 아니고요, 이 선생님께서 저에게 주시는 키스의 진실성을 파악하기 위해서 말씀드리는 것입니다. 맞습니다. 두 번째가 됩니다. 첫 번째는 제가 뜻하지 못한 실수로 이 선생님에게 키스를 할 수 있는 기회가 주어졌고, 저는 이 선생님과 만난 이후로 이 선생님께서 그간 저에게 관심을 두시고 베풀어 주신 은혜에 감사함과 동시에 저 역시 관심이 있다는 응답으로 승낙하게 된 것입니다. 단 앞으로 이 선생님의 진심을 파악하는 기간을 두겠다는 의미도 담겨 있었고요. 오늘 두 번째의 키스는 저에 대한 이 선생님의 진심에 사랑이 담겨 있다는 사실을 확인했다는 저의 감정을 알려드리는 답례로 제가 선물로 드리는 것입니다. 앞으로 세 번째 키스는 이 선생님께서 절대로 저에게 먼저 요구하는 행동을 하시지 않기를 바랍니다. 왜냐하면 기간이 얼마가 될지는 몰라도 제가 이 선생님과 평생 동반자로 가겠다는 마음에 결심이 확정되면 제가 먼저 이 선생님께 우리 서로 영원한 사랑을 합시다로 키스를 주문하겠습니다. 이렇게 약속하면 안 될까요? 결혼 전에 키스를 남발하면 결혼식의 의미가 손상됩니다."

서 선생의 말을 듣고 난 이명수 선생은 눈을 깜빡깜빡하고 입맛을 다시면서 "그 기간이 얼마나 되는지요." 하고 물었다.

"글쎄요, 그거야 나도 언제가 될 지는 확답할 수가 없지요. 빠르면 한 달이 될 수도 있고 늦으면 일 년이 갈 수도 있겠지요."

"좋습니다. 서 선생님의 결정에 따르겠습니다. 됐습니까?"

"감사합니다. 선뜻 동의해 주시니."

"자 이제 선물을 주세요."

"이 선생님의 마음속에는 그저 그 선물이 급한 거지요. 잠깐 계세요 주변도 살펴보아야 하고, 오가는 사람의 거리 관계도 조정해야지요. 이곳은 사람 왕래가 없는 연인들만이 찾아 와서 쉬는 장소입니다."

"참 이 선생님, 마음이 음침한 면도 있다는 것을 오늘 발견했네요. 그러니까 이런 장소도 알아 놓으신 것 아닙니까. 이곳에 몇 번이나 와 보셨어요?"

"서 선생님, 자꾸 말꼬리 잡지 마시고 선물 약속이나 주세요."

"알겠습니다."

서정림 선생은 눈을 감고 입술을 이명수 선생 얼굴 가까운 곳으로 올리면서 고개를 뒤로 젖혔다. 이를 바라보면서 이명수 선생은 서 선생 손과 몸 상체를 잡고 있던 양손을 빼어 서 선생 얼굴 양 귓볼을 손바닥으로 잡았다. 동시에 서정림 선생은 양손을 이명수 선생의 양 어깨로 넘기면서 손가락을 끼고 목 뒤를 감싸 잡았다. 이명수 선생은 다소 흥분을 느끼면서 자신의 얼굴을 서정림 선생 얼굴에 마주 대고 입술을 서정림 선생 입술에 붙였다.

드디어 두 청춘 남녀의 왕성한 키스가 본격적인 열정으로 타오르기 시작했다. 두 남녀의 얼굴이 키스의 감도에 따라 움직이고 한계의 결단이 없다. 이 한계의 결단은 아무리 흥취된 상태라 하더라도 두 남녀 중 어느 한쪽이 과감하게 끝내야 멈추어지는 것이다. 서정림 선생은 이제 중단시켜야 할 시간인데 이명수 선생은 계속 키스를 이어갔다.

서정림 선생은 자신이 중단시켜야 하겠다는 생각을 했다. 그러나 이번 키스는 자신이 이명수 선생님께 그간 자신에게 베풀어 주신 감사의 뜻으로 선물을 허락한 것인데 예의가 아니라고 생각되어 그렇게 하지를 못했다. 그런데 그 순간 이명수 선생이 먼저 키스를 중단하고 입술을 떼었다. 그리고 두 연인은 자세를 바로 했다.

서정림 선생은 무안한 표정으로 이명수 선생의 얼굴을 바라보며 고개 숙여 감사하다는 신호를 보였다. 이명수 선생님도 서정림 선생님에게 미안한 표정을 지으며 "서정림 선생님, 결례가 아니었나 생각됩니다. 다음부터는 정도를 지키겠습니다"라고 했다.

서정림 선생은 이명수 선생님의 처신에 대하여 이렇게 판단했다. 역시 젊은 교사로서의 태도나 행동 이성 간의 교제중인 상대방 여성의 인격을 존중하고 배려해 주는 '참신한 신사'라고 판단하면서 "이 선생님 이제 돌아가야 합니다." 하고 일어서서 몸단장하고 자연스럽게 이명수 선생의 손을 잡았다. 이명수 선생은 너무 기분이 좋아서 "감사합니다. 사랑합니다." 하고 서정림 선생이 잡은 손등을 바른손바닥으로 토닥토닥 두드려 주며 애정을 표현했다. 이명수와 서정림 두 선생은 장충단 공원을 벗어나 을지로 6가까지 걸어왔다.

먼저 서정림 선생이 이명수 선생에게 말했다.

"이 선생님, 우리 여기서 헤어지고 내일 만나요. 만나는 장소는 저 길 건너 '을지다방'이라고 하셨지요."

"예 맞습니다. 여기서 각자 헤어지는 게 아니라 제가 서정림 선생을 이모되시는 분 집까지 모셔다 드리고 가겠습니다. 왜냐하면 저는 집에 가는 버스를 타려면 시간이 많이 남아있어요. 그래서 서 선생님을 모셔다 드리고 가도 시간이 많이 남아요. 그러니까 제 걱정은 마시고 같이 가시자고요." 이명수 선생이 앞장서자 서정림 선생은 펄쩍 뛰며 "이 선생님! 제가 어린애입니까. 요새 초등학교 학생들도 부모가 데려다 준다면 펄쩍 뜁니다. 아예 그런 말씀은 추호도 하지 마세요. 시간을 많이 기다리셔야 한다면 우리 저 '을지다방'에 가서 과실 냉차라도 마시며 얘기하다가 시간이 가까워지면 헤어져요." 하더니 앞장서서 을지다방으로 향했다. 이명수 선생도 할 수 없이 서정림 선생의 뒤를 따라갔다.

을지다방에서 냉차를 마시며 대화로 시간을 보냈다. 서로가 헤어질 시간이 임박하자 을지다방을 나왔다. 이제 헤어져야 할 순간인데 전철역에서 섭섭한 미련 때문에 각자 먼저 뒤돌아 가지를 못했다. 그러자 이명수 선생이 "서정림 선생님이 먼저 전철을 타시고 떠나가신 뒤, 저도 다음 전철을 타고 떠나가겠습니다"라고 하자 바로 이어 전차가 도착했다. 그 전차는 서정림 선생이 타실 전차였다. 그래서 서정림 선생을 전차 안으로 밀어 올려 먼저 태워 보내고 자신도 다음 전차를 타고 집으로 떠나갔다.

다음 날 이명수 선생은 일찍 서둘러 서울에 도착했다. 을지다방에 들어와서 자리에 앉아 시간을 보니까 오전 10시 20분이었다. 40분을 기다려야 했다. 우두커니 앉아 있기가 민망스러워 냉커피를 주문했다. 종업원이 냉커피를 갖다 놓자 종업원에게 조간신문을 부탁했다. 그러자 종업원은 바로 조간신문을 갖다 주었다. 이명수 선생은 냉커피 한 모금을 마시고 신문을 보기 시작했다.

서정림 선생이 도착할 시간까지 10분마다 한 모금씩 마시며 신문을 읽다 보면 네 모금 마시는 시간에 서 선생이 도착할 것이라고 계산했다. 왜냐하면 커피를 많이 남겨 놓고 서정림 선생과 같이 마시는 보조를 맞추기 위해서였다. 30분, 40분 2번 마셨다. 남은 시간 2번 마실 때 서정림 선생을 만난다는 기대를 하니까 마음이 너무 즐거웠다. 연인을 사랑한다는 마음이 바로 이런 마음이로구나 하는 것을 느꼈다. 계속 신문을 보았다. 누가 옆에 와서 먼데서 오신 분이 먼저 오셨네요, 라고 한다. 고개를 들고 바라보니까 서정림 선생이었다. 정확히 10시 50분이었다. 이명수 선생은 자리에서 일어나 반기어 맞이했다.

"역시 서정림 선생님은 지성인답습니다. 이 사회에서 활동하시는 지인들을 비롯하여 알고 지내는 모든 사람과의 사교에서 약속시간을 정해 놓고 그 시간 10분 전에 오는 사람이 가장 믿음을 주는 지성인이라고 합니다. 서정림 선생님은 그 지성인 중 한분입니다."

그러자 서정림 선생은 아무 말 없이 이명수 선생 앞자리에 앉으며 "이 선생님은 저 보다도 훨씬 앞시간에 오셔서 기다리시니까 지성인은 제가 아니라 이명수 선생님이시지요. 말씀은 바로 하셔야지요. 그런데 냉커피는 시켜 놓으시고 한 모금도 안 드셨네요"라고 했다.

"아닙니다. 두 모금 마시고 서정림 선생이 오시면 같이 들려고 마시지 않았습니다."

"그러면 얼음이 다 녹아서 미지근해지면 냉커피 맛이 소멸되지 않습니까! 보아하니 오신 시간이 꽤 오래되신 듯 한데요." 하고 서정림 선생도 즉시 냉커피를 시켜서 이명수 선생과 함께 마셨다.

"서정림 선생님, 오늘은 어디를 가시고 싶으세요? 말씀해 보세요."

"글쎄요, 저는 서울 어느 곳이 볼만한 지역이고, 각종 시설이 어느 위치에 분산되어 있는지 전혀 몰라요. 그런 유명한 곳은 서울을 자주 왕래하시는 이명수 선생님이 더 잘 아시고 계실 것 아닙니까?"

"저 역시 서울을 경유해서 지방 여러 곳을 다닌 일은 많았지만 실제로 관광이나 문화적 시설을 견학하기 위한 목적으로 찾아 다녀 본 일이 없기 때문에 알지를 못합니다."

"그러시면 이 더위에 햇볕 쬐고 땀 흘리며 나다닐 필요가 있겠어요. 차라리 시원한 음악 감상실에 가서 차 마시며 휴식을 취하는 것이 낫지 않을까 하는 생각이 드네요."

"서 선생님 말씀도 좋은 말씀인데 공기가 안 좋을 것 같아요."

"공기야 뭐 서울시가 공기가 공해가 많고 더 안 좋지 않은가요."

"그러면 우리 이렇게 하는 게 어떨까요, 택시로 남산 꼭대기에 올라가서 맑은 공기를 마시며 시가를 바라보는 구경을 하고 소나무 가림 밑 그늘 길 따라 퇴계로 3가 한옥마을로 내려와서 점심 식사를 하는 것이."

"예, 그렇게 하세요. 이 선생님이 생각하신대로 진행을 하시면 저는 그대로 따를게요."

둘은 냉커피를 다 마시고 다방을 나와 택시를 타고 남산 봉에 올랐다. 상당수의 등산객들이 올라와 그늘에서 땀을 식히거나, 연인마다 쌍쌍이 다정하게 손잡고 거닐며 주변을 산책하는 모습이 너무도 행복해 보였다. 그런가 하면 소나무 숲 그늘에 정겹게 앉아 허리를 껴안고 시가를 내려다보며 속삭이는 모습도 매우 보기 좋았다. 오히려 두 청춘 남녀가 각자 어깨를 떼고 걷는 모습이 좋게 보이지가 않았다. 마치 처음 사귀는 젊은 남녀가 서로 경계하며 걷는 모습처럼 보여 주변의 분위기라던가 환경에 이색적이라고 느껴지기까지 했다.

서정림 선생 역시 처음에는 이명수 선생과 각자 걸어가더니 모든 연인들이 손잡고 정답게 걸어 다니는 모습을 보고 마음에 동요가 와 닿는지 걸음을 멈추고 이명수 선생을 쳐다보았다. 그리고는 싱긋이 웃으며 "우리도 손잡고 걸어요." 하고 바른손으로 이명수 선생의 손을 잡았다.

이 모습을 바라본 이명수 선생은 서정림 선생의 그 자연스러운 모습이 너무 귀엽고 예쁘게 보였다. 그래서 서정림 선생의 보드랍고 고운 손을 가볍게 잡아 쥐고 만족해하며 "저 많은 여성 연인들 중에 우리 서정림 선생이 제일 예쁘고 귀여운 인상이에요, 감사합니다"라고 했다. 그러자 서정림 선생은 "또 거짓말, 항상 손잡아 주고, 키스에 응해 줄 때만 감사하다고 해요." "당연하지요. 얼마나 힘들고 어려울 때 제 성심과 희망을 열어주시는데 그 이상 감사함이 또 어디 있어요. 그야 말로 어린 아이들 말처럼 하늘 끝까지 감사하고 사랑합니다." 서정림 선생 자신도 이명수 선생의 그런 고백이 싫지는 않았다. 감사한 마음이었다.

이런 저런 정담을 나누며 정상의 이곳저곳을 구경하고 휴식 집을 들어갔다. 손님들이 만원이었다. 빈자리에 앉아 메뉴를 보았다. 커피, 주스, 빙수, 아이스크림 등 차종류는 다양했다. 빙수 2인분을 주문했다. 빙수를 먹고 나니까 몸에 냉기가 돌았다. 휴식 집을 나와 소나무가 울창한 숲 쪽으로 갔다. 근처에 자리를 대여해 주는 천막이 있었다. 그곳에서 자리를 대여 받아 여러 사람이 앉아 있는 곳을 피해 한적한 곳에서 자리를 깔고 둘이 앉아 시가를 바라보았다. 원래 남산은 일제 시대 전에는 목멱산이라고 일컬어 왔다. 그러니까 서울에 있는 인왕산, 북악산, 낙산 등과 더불어 서울 분지를 둘러싼 자연의 방벽이며 옛 서울 남방의 성벽은 남산을 중심으로 축조되었다.

"서정림 선생님! 지금 우리가 앉아 있는 이 남산 봉에서 돌팔매질을 하면 그 돌이 어디에 가서 떨어지는지 아시고 계시지요."
"글쎄요, 아무리 힘센 사람이 던져봤자 기껏해야 남산 안 숲에 떨어지겠지요, 안 그래요."

"속담에 의하면 던져 봤자 김 씨나 이 씨 집 마당에 떨어진다고 합니다. 그만큼 한국 사람의 성씨에 는 김 씨나 이 씨가 많다는 말을 표현한 것입니다. 이 속담은 그동안 친구들이나 어른들과의 대화 속에서 들은 얘기입니다. 왜 제가 이런 말씀을 드리는가 하면 어제 서정림 선생님과 헤어진 후 버스를 타고 가면서 이런 걱정을 했습니다. 내일은 서정림 선생님과 서울에서 두 번째 데이트를 하는 날인데 어디로 모시고 다녀야 데이트에 유리할까 하는 고민을 하다가 갑자기 남산공원이 떠오르더라고요, 그러니까 오늘은 평지공원인 장충단공원에서 데이트를 했으니까, 내일은 선선한 공기가 흐르는 남산 소나무 숲을 찾아가 보는 게 어떨까 하는 생각이 떠오르더라고요. 그래서 집에 도착하자마자 바로 남산에 대한 상식을 머리에 담고 가야 서정림 선생님을 남산으로 모시게 된 사유를 인정받게 될 것이라고 생각하여 문헌을 살펴보았습니다. 그런데 그 문헌이 바로 국어사전에 담겨있더라고요. 그 담긴 내용을 제가 설명 드리는 것입니다."

"고생 많이 하셨네요. 그러시면 밤잠도 설치셨겠네요. 아니 이명수 선생님, 왜 저에 대해서 그렇게 신경을 쓰십니까? 제가 이명수 선생님에게 뭐 그리 대단한 존재라고 데이트 장소까지 깊이 생각하셔야 하느냐고요. 참 부담스럽습니다. 다음부터는 공적 면담 말고는 사적 만남은 자제하는 것이 좋겠습니다."

"무슨 말씀이에요, 저에게는 대단한 존재이시지요. 서 선생님을 너무 사랑하니까요. 이런 지성이 아니면 서 선생님 같은 여성분의 마음을 과연 움직일 수 있겠습니까. '지성이면 감천이라'는 말도 있는데 서 선생님께서도 저의 지극한 사랑을!"

"이명수 선생님, 오늘 저에게 왜 이러세요. 정말 몸 둘 바를 모르겠어요"라고 하며 앉은 몸을 우측으로 돌리며 멀리 바라보았다.

"서 선생님, 진짜로 화나셨나봐요. 기분 나쁘셨다면 제가 사과드릴게요. 저는 서 선생님께서 제 마음을 등지고 떠나실까 봐 불안해서 드린 말이에요."

"이 선생님, 그토록 제가 이 선생님께 필요한 존재가 될 수 있는 여성이라고 생각하십니까?"

"그렇습니다. 저와 함께 평생 동반자가 되어주시기를 간절히 바랍니다. 승낙해 주셔야 제가 마음 놓고 살 수 있을 것 같습니다."

"이 선생님, 제가 어제 분명히 약속 드렸습니다. 제 마음이 결정되면 이 선생님께 자청해서 제가 먼저 3번째 키스를 선물로 드리겠다는 말을 한 것입니다. 이 약속이 바로 서정림은 이명수 선생과 결혼을 하겠다는 승낙의 답신입니다."

"글쎄 그 답신이 언제냐고요, 시한이 없잖아요. 그때까지 무한정 기다리라는 것은 저에게 고통을 주는 것과 무엇이 달라요."

"이 선생님, 그만한 인내심도 없어요? 상대방의 입장을 배려해서 인내하는 것도 사랑이에요."

"서정림 선생님, 제 마음 편안하게 기다릴 수 있도록 오늘 답신을 주시면 안 되겠습니까?"

이명수 선생은 애원하듯 서 선생의 얼굴을 바라보았다. 그 모습을 마주 바라보던 서정림 선생은 이명수 선생의 불안한 안색이 역력히 보였다. 평소에 당당한 모습과는 전연 다른 모습이었다. 자신이 잘못 처신했다가는 우수한 젊은 인재의 앞길을 잘못 가게 할 수도 있겠다는 생각이 순간적으로 떠올랐다.

"이명수 선생님, 그렇게 저를 못 믿으세요. 두 번째는 저의 결정을 믿고 따르신다고 했잖아요."

"예 그랬습니다. 어제는 갑작스러운 제의에 깊게 생각해 보지 않고 무심코 대답했습니다. 집에 가서 잠잘 때 곰곰이 생각해 보니까 제가 잘못 대답했다고 판단했습니다. 왜냐하면 상황변화라는 것이 있잖아요. 당장 내일이라도 서정림 선생님에게 저보다도 훨씬 훌륭하고 조건 좋은 남자 집에서 청혼이 들어온다면 부모님을 비롯해 서 선생님 자신도 마음의 동요가 생기고 갈등이 유발

할 수 있습니다. 그럴 경우 어떻게 되겠습니까. 저만 희생자가 되는 것 아닙니까!"

"지금 이 선생님 무슨 말씀을 하시는 거예요. 그런 경우를 피하기 위해서 당사자 간에 약속을 하는 것입니다. 약속이란 약관約款과 같습니다. 설령 그런 경우가 생겼다고 하자고요, 그렇다면 그런 경우가 비단 남자에게만 생기는 것이 아니지 않아요. 여자에게도 생길 수 있는 일이지요. 그래서 당사자인 이명수 선생님과 이 서정림과의 약속을 어제 말보다도 진한 두 번째 키스로 정한 것 아닙니까. 키스는 연인 간에 서로 결혼식을 거행하기 이전에 사랑의 믿음을 약속하는 징표입니다. 그만큼 서정림도 이명수 선생님을 사랑하고 있기 때문에 지금 여기까지 오게 된 겁니다. 알겠습니다. 오늘 저는 앞으로 이명수 선생님과 결혼하겠다는 약속을 앞당겨 드리겠습니다. 자, 구두로 계약을 드렸으니까 징표로 키스 선물로 올리겠습니다. 그러면 지금 이 순간부터 결혼식을 올릴 때까지 저에 대한 불안을 깔끔하게 씻어버리시고 기다려주실 수 있지요."

"진짜이십니까?"

"이 선생님은 가짜만 상대해 보셨습니까. 저 서정림 허튼소리 들어본 적 있으세요?"

"없지요. 단 한 번도 없습니다. 역시 서정림 선생님은 분명하신 분입니다. 생기신 외모나 마음 행동대로 깔끔하고 깨끗한 분입니다. 감사합니다. 감사합니다. 지금부터 이 이명수는 한평생 살맛나는 행복한 사나이로 탄생하게 되었습니다. 성공했습니다."

이명수 선생은 "내 사랑 서정림 선생." 하고 양손으로 서정림 선생 허리를 양팔로 꼭 껴안고 손바닥을 펴서 두 손 손가락을 끼어 잡았다.

"아니 왜이래요 누가 봐요."

"보면 어때요. 내가 사랑하는 애인을 내가 너무 예쁘고 귀여워서 포옹하는데, 안 그래요."

"그래도 주변의 예의와 질서가 있잖아요. 이곳은 공개적으로 다른 사람들이 볼 수 있는 장소가 아니고 비공개된 휴식처라 보고도 못 본 척 눈을 다른 곳으로 돌려 버리면 되는 자리라고 생각되니까요. 자 이제 결혼 약속한 행복한 자리에요. 잘 살펴보시고 하세요."

"알아요, 알고 있어요. 주변이나 잘 살펴보시고 하세요."

서정림 선생은 사방을 살펴보았다. 이명수 선생도 자신의 주변을 고루 살펴보았다.

"자 준비됐어요. 내리세요." 하고 눈을 감고 얼굴을 위로 올리며 목을 뒤로 제쳤다. 이명수 선생은 서정림 선생의 허리와 가슴을 꼭 조이며 껴안았다. 그리고는 서정림 선생 얼굴에 자신의 얼굴을 가까이 대며 "서정림 선생 사랑해요. 한평생 당신의 사랑을 감사히 생각하며 행복하게 살거에요." 하고 입술을 그의 입술에 맞대었다. 서정림 선생의 입술이 조심스럽게 사뿐히 열렸다. 이 명수 선생의 입술은 그 틈을 강도 높게 뚫고 침투하였다. 두 연인의 키스는 강렬하게 온몸을 자극하여 파고들었다.

키스 시간이 길어지자 서정림 선생은 이명수 선생의 힘에 밀리어 깔린 자리에 등 쪽으로 쓰러졌다. 그럼에도 두 연인의 키스는 멈춤 없이 지속되었다. 드디어 성욕이 발동되는 한계가 도달했다. 서정림 선생은 다급해지자 말도 못하고 이명수 선생 등을 잡고 있던 두 손을 다 놓치고 그냥 누워버렸다. 위험을 느낀 이명수 선생은 재빨리 키스를 멈추고 벌떡 일어났다. 그리고 서정림 선생의 등 밑으로 손을 끼어 넣고 서정림 선생 등을 일으키어 아프지 않게 편안히 앉혔다. 서정림 선생은 얼굴을 들지 못하고 미안해하며 이명수 선생의 얼굴을 쳐다보았다.

이명수 선생 역시 자신이 너무 과했다는 표현으로 "서 선생님 미안합니다. 저도 멈추려고 하는 순간인데 갑자기 서 선생님이 쓰러지셔서 당황했습니다. 대단히 죄송합니다. 허리나 머리 쪽이 혹시 아프지 않으세요." 하고 허리 등 쪽을 손바닥으로 토닥토닥 두드려 주었다.

"괜찮아요. 원체 제가 힘이 부족해서 밀려 쓰러진 거예요. 걱정하지 마세요. 서로가 사랑에 빠지다 보면 그럴 수도 있는 법이에요. 이 선생님 이제 제 마음 확인하셨지요. 편안한 마음으로 제가 결혼식 올리자고 할 때까지 기다려 주세요. 그렇다고 앞으로 우리 만날 때마다 키스 남발하시면 안 돼요. 결혼식 올릴 때까지 자중하시자구요. 인내하실 수 있지요."

"알겠습니다. 이제 마음 놓고 서정림 선생님이 하라는 대로 할게요. 저를 선택해 주셔서 진심으로 감사드립니다. 이제 우리 시가로 내려가서 점심 하시자구요."

"그러세요, 그만 내려가는 게 좋겠어요."

자리를 거두어 대여해준 천막 안에 돌려주고 남산 봉 택시 승차구에 와서 승차하여 퇴계로 한식 마을에 도착했다.

"서정림 선생님, 우리 오늘 점심은 한옥마을의 식당에 가서 들어 보면 어떨까요."

"글쎄요, 저는 한옥마을 말만 들었지 단 한 번도 들어가 본 적은 없어요. 오늘 한 번 구경도 할겸 들어가 보시죠."

이명수 선생은 한옥마을로 안내했다. 실제로 들어와보니 전통적 한옥마을 그대로였다. 주변 환경도 방문객을 위해 깔끔하게 단장되어 있었다. 그러나 민간인들은 실제로 거주하지 않았고 방문객을 위한 식당가로 운영되고 있었다.

이집 저집 살펴보니 전통적 한국 음식 메뉴가 다양했다. 이명수 선생이 "서 선생님, 무엇을 드시고 싶으세요"라고 하자 서정림 선생은 "글쎄요, 시장기가 나니까 배부터 채우고 싶네요. 저는 백반정식으로 하겠습니다. 이 선생님은 드시고 싶으신 대로 선택하세요. 이런 기회가 아니면 특별한 음식을 드셔 보시지 못하시잖아요.""아니요, 저도 같은 정식으로 하겠습니다"고 하여 정식 전문집으로 들어갔다. 말끔하게 수리된 자그마한 방으로 안내받아 방 안에 들어와 앉았다. 피로한 몸이 풀리듯 기분이 좋았다.

"느긋하게 점심 식사하며 좀 쉬다 갔으면 좋겠다"라고 서정림 선생이 말하자 이명수 선생이 "그렇게 하시죠 뭐. 설마 내쫓기야 하겠어요. 손님이 없는데"라고 한다.

금세 밥상이 들어왔다. 반찬이 다양하고 화려해 보였다. 보글보글 끓어오른 뚝배기 된장찌개 냄새가 너무도 좋았다.

"와아 맛있는 된장찌개 냄새가 입맛을 돋우어주네요. 맛있겠다." 하며 서정림 선생이 수저를 든다. 그러자 이명수 선생은 "서정림 선생님, 우리 시원한 맥주도 한잔 곁들이는 게 어떨까요"라고 하자 서정림 선생은 "아니요. 안 돼요. 이 선생님 드시지 마세요. 지금 시장기에 점심 배불리 드시고 거기에 냉맥주까지 드시면 금방 취하세요. 얼굴도 붉어지시고 더위에 숨도 가빠지고요, 자시지 마세요." 하고 극구 만류했다.

"알겠습니다." 하고 수저를 들고 된장찌개부터 입맛을 보았다. 짜지도 맵지도 않고 너무 맛이 있었다. 반찬도 너무 많아서 무엇부터 젓가락으로 집어야 할지 망설여지기도 했다. 두 젊은 연인은 만남의 기쁨으로 아침 끼니도 접은 채 달려와서 몹시 시장기난 시점이었다. 이명수 선생은 "음식이 너무 맛있다"는 말을 연발하면서 수저가 멈출 틈도 주지 않고 먹고 있었다. 서정림 선생은 이명수 선생을 바라보면서 걱정이 됐다.

"이명수 선생님! 아무리 시장하셔도 너무 급하게 드시지 마시고 차분하게 속도를 맞추어 드세요. 체하거나 배탈 나실까 봐 걱정돼요."

"예 알겠습니다. 그리하겠습니다." 하고 드는 수저의 속도를 늦추었다.

이러하여 두 연인의 점심 식사는 맛있고 즐겁게 끝났다. 배가 부르게 되니 오늘의 데이트가 너무 좋은 것 같았다. 이래서 금강산도 식후경이라는 말이 나온 것 같다. 종업원이 커피 두 잔을 서비스로 갖다 주었다.

"이 선생님, 오늘은 여기서 데이트를 끝내고 헤어지는 게 어때요."

라고 하자 이명수 선생은 놀래는 듯한 표정을 지으며, "네에, 벌써요. 아직도 시간이 얼마나 많이 남아 있는데요." 하고 말했다.

"죄송해요. 그럴 사연이 있어요. 제가 왜 이런 말을 드리는가 하면 이모나 이종사촌들에게 죄송하고 미안해서 드리는 부탁입니다. 제가 본래 성격이 좀 괴팍해서 그런지 모르겠어요. 집을 떠나 친척집이나 다른 집에 가서 잠을 자게 될 경우가 있으면, 마음이 불편해서 잠을 잘 이루지 못해요. 그래서 혹시라도 서울에 볼일이 있어서 올라오게 되면 부지런히 볼일을 끝내고 오후 막차로 꼭 집으로 내려가거든요. 그래서 이모가 저더러 '깔끔이'라고 그래요. 그런데 어제는 이모 집에서 오랜만에 잠을 자게 되었어요. 그러니까 이모께서 하시는 말씀이 '야아 이모가 오래 살다보니 깔끔이가 이모 집에 스스로 찾아 와서 잠을 청하는 일이 다 생기는구나. 성장해서 어른이 되고 교사가 되고 보니 이렇게 의젓해지고 믿음직스럽구나. 그러나 행동이나 몸가짐은 여전히 깔끔이다'라고 하시며 아침에 제가 자고 나올 때 하시는 말씀이 '오늘은 아무리 바쁘더라도 일찍 들어와서 이모와 네 사촌 자매들과 함께 저녁식사 같이 하자 응? 이모가 네가 좋아하는 음식을 마련해 놓을게'라고 하시더라고요."

"거 보세요, 이모님께서도 서정림 선생님의 외모와 성품을 그렇게 표현하시잖아요, 제가 표현하는 평가와 무엇이 다릅니까? 그렇게 하세요. 일찍 들어가셔서 이모님 가족과 함께 저녁식사 드시며 즐거운 밤 보내셔요. 내일은 집에 가시지요. 몇 시차로 떠나세요?"

"숭인동 버스정류소에서 아침 10시 여주행 버스를 타려고 해요."

"알겠어요. 제가 9시 30분까지 숭인동 버스정류장으로 가겠습니다."

"뭐 하러 나오세요, 나오시지 마세요. 집에서 편히 쉬세요.""아니에요, 학교도 가볼겸 해서 겸사겸사 가보려고 해요."

"저 때문이라면 나오시지 마세요. 부탁입니다."

"오늘부터 제가 서정림 선생님을 보호해드릴 책임이 있습니다. 구두 약속도 약속은 계약이나 다름없습니다. 아시겠지요."

그러자 서정림 선생은 이명수 선생의 얼굴을 바라보며 "그 약속은 제 사생활까지 보호해야 한다는 내용은 전연 없습니다. 그러니까 거기까지 앞서 나가시지 마시기를 바랍니다. 이제 그만자리 비워드리자구요. 손님 받아야지요. 밖에 시원한 다방으로가시는 게 좋겠습니다." 하고 자리에서 일어났다.

이명수 선생과 서정림 선생은 한옥마을 식당에서 나와 퇴계로 3가 높은 빌딩 1층 지하 다방(현, 대한극장 맞은 편)으로 이동하였다. 퇴계로가에서는 가장 넓고 손님이 많이 드나드는 시원한 다방이었다. 다행히도 점심시간이 지난 오후 2시 경이라 손님이 많지 않았다. 출입구 가까운 자리에 앉았다. 냉방, 통풍시설도 잘되어 있어 피서처로도 손님들이 찾아오는 장소였다. 잠시 후 종업원이 차 주문을 받으러 왔다.

"서 선생님, 무슨 차 드시겠어요."

"글쎄요, 배도 부르고 커피도 들었고 시원한 장소라 무엇을 마셔야 할지 얼른 생각이 떠오르지 않네요."

"시원한 장소에 들어왔으니까 이열치열이라고 차라리 몸보신을 위해 쌍화탕을 드시는 게 어떨까요."

"그럴까요, 그러지요 뭐."

"그럽시다. 쌍화차로 두 잔 두세요."

잠시 후 종업원이 따끈한 쌍화차 두 잔을 쟁반에 들고 와 앞에 조심스럽게 내려놓은 다음 "약간 식은 다음에 맛있게 드세요."하며 공손히 인사하고 돌아갔다.

종업원들에게 손님 접대 교육을 잘 시킨 것 같았다.

"자 서 선생님, 차 드십시다."

"좀 있다가 드세요. 뜨겁다고 하잖아요."

"괜찮아요. 살이 데일 정도는 아니겠지요. 제가 먼저 마셔볼게요."하고 이명수 선생은 잔을 들어 입에 데어 보았다.

"괜찮아요."하며 약간 마시고 다시 잔을 놓았다. 서정림 선생도 잔을 들어 입에 대고 약간 마셔 보더니 "그러네요. 살이 델 정도는 아니에요."하며 한 모금 마시고 내려놓았다.

"이명수 선생님, 여쭈어볼게요. 만일 우리 둘의 문제가 결정된다고 가정해 볼 때 결혼식은 언제쯤으로 생각하고 계셔요."

"저야 빠를수록 좋겠지만 제 입장만을 생각할 수는 없지 않습니까."

"이 선생님, 지금 제 나이 22살이에요. 결혼할 나이로는 너무 이른 것 같아요. 이 선생님 나이도 26살이시잖아요. 그러면 결혼할 나이로는 좀 빠른 것 같은데 뭘 그렇게 서두르세요."

"제가 서두르는 게 아니라 집 부모님들이 금년 안으로 결혼식을 해야 한다고 그렇게 서두르시는 거예요. 그러니 전들 어떻게 해요. 어른들의 명령을 거절할 입장도 못되고요."

이 말을 들으면서 서정림 선생은 난색스러운 표정을 지으며 큰 걱정을 했다.

"양쪽 집 부모님들이 똑같이 서두르시니 참 어떻게 해야 할지 큰 걱정이네요." 하며 한숨을 내쉬었다. 그러자 이명수 선생은 "서 선생님, 우리 부모님께 이렇게 건의하면 어떨까요. 금년 가을에 약혼만 하고 결혼은 내년 봄에 하기로 하면 안 되겠습니까?"

"지금 이 선생님 생각대로라면 부모님 생각과 무엇이 다릅니까. 날짜만 한두 달 다를까 같은 의견이시지요. 저는 내년에 약혼식하고 후년에 결혼식을 올리도록 하는 게 좋겠습니다. 그러니까 약혼식이던 결혼식이던 1년씩 연장하자는 의견입니다. 우리 부모님께 그렇게 한 번 건의해 봐요."

"저는 어려울 것 같아요. 저의 부모는 신붓감만 결정되면 바로 결혼식을 올리도록 한다는 생각이세요. 제가 아무리 말씀드려도 소용없어요. 부모 슬하에서 결혼식을 올릴 때는 부모의 뜻에 따라 주는 것이 도리라고 강조하시니 어찌할 수 없이 저는 부모님께서 권하시는 대로 따라드려야지 별도리가 없습니다."

이 말을 들은 서정림 선생도 더 이상 아무 말도 하지 않았다. 이렇게 시간이 흘러갔다. 이번에는 이명수 선생이 먼저 제의했다.

"서 선생님, 그럼 오늘은 이 정도로 얘기하고 헤어집시다. 제가 시간이 넉넉하니까 이모님 댁 근처까지 모셔다 드리고 가겠습니다."

"아이고 그런 말씀 하지 마세요. 왜 쓸데없이 시간을 소비하세요. 할 일도 많은데."

"제 입장에서는 시간 소비가 아니라 사랑하는 연인에 대한 예우입니다. 거절하지 마세요."

"저에게는 그 같은 예우 해주시지 않아도 이명수 선생님의 마음 충분히 이해하고 있으니까 바로 집에 돌아가셔서 이 선생님 일이나 챙기시도록 하세요. 아시겠지요." 하며 자리에서 일어났다. 이명수 선생도 같이 일어나서 다방을 나왔다. 횡단대로를 건너 지금의 대한극장 쪽으로 왔다.

이명수 선생은 서정림 선생에게 잠깐 길가 건물 앞에 계시라고 세워 놓고 어디론가 쏜살같이 달려갔다. 그 순간 '케이크'점에 가서 스펀지케이크를 사들고 와서 서정림 선생의 손에 들려주며 이모님 댁에 가져가시라고 권했다. 서정림 선생은 굉장히 마음에 부담이 가고 이명수 선생님께 미안했다.

"이명수 선생님! 저에게 이토록 관심을 쏟아 주시지 않으셔도 저에 대한 이 선생님 마음 잘 알고 있고요, 항상 고마운 마음 잊지 않고 있어요. 오늘도 너무 감사했습니다. 저는 여기서 이모님 댁이 가까우니까 이 선생님 버스 타고 떠나가시는 걸 보고 갈게요. 어서 길 건너가셔서 버스 타셔요."

"예, 알겠어요. 그럼 그렇게 하겠습니다." 하고 횡단도로를 건너 버스정류소로 갔다. 이명수 선생님이 버스 타는 신호를 보내주며 떠나갔다.

그제야 서정림 선생도 가벼운 마음으로 버스를 타고 이모님 댁으로 향하여 갔다. 이모님 댁에 도착하니까 이모님께서 열심히 저녁 준비를 하시고 계셨다. 서정림 선생은 집에 들어오자 바로 옷을 갈아입고 이모를 도와 저녁 준비를 했다. 이모님의 만류에도 불구하고 계속 참여했다. 이종사촌 동생이 "언니, 언니는 손님이나 마찬가지야. 어머니 일은 내가 돕고 있으니까 언니는 들어가서 쉬어요." 하며 서정림 선생의 손을 잡고 부엌 밖으로 나왔다. 서정림은 이종사촌 자매 동생에게 밀리어 할 수 없이 방으로 쫓겨 들어갔다.

드디어 저녁상이 차려졌다. 이모부님을 비롯한 온 가족이 식상에 둘러앉았다. 이모부님께서 한 말씀 하셨다. "오늘 저녁은 서정림 조카 딸 덕에 전 가족이 한자리에 모여 즐거운 식사를 하게 되는구나. 고맙다 정림아. 그리고 당신도 수고가 많았어요."

수저를 들고 진지를 드시자 온 가족이 식사를 하기 시작했다. 식사가 끝나자 서정림은 스펀지케이크를 상 위에 올려놓고 입가심으로 드시도록 등분하여 작은 접시에 담아 어르신 순서대로 식구 수에 맞춰 상에 올려놓았다. 그러자 이모부님께서는 "혹시 오늘이 누구 생일이냐." 하고 물으셨다. 그러자 이모님께서는 "아니에요. 생일은 무슨 생일이에요, 정림이가 밖에서 사들고 온 거예요."

"응 그랬어. 나는 또 누구 생일인가 해서 물어본 거예요. 그러고 보니 정림이도 시집갈 나이로구나."

"이모부님 벌써 무슨 시집을 가요."

"벌써라니 지금이 시집갈 적당한 나이가 아닌가. 이제 사회적으로도 대우 받는 교직자가 되었으니 그 신분에 걸맞은 신랑감도 살펴보아야 할 것이다. 우리 서정림 정도의 낭자라면 일등 신부감이 아닌가."

그러자 이모님께서 한마디 했다. "우리 깔끔이는 시집가기 힘들 것이다. 워낙 성격이 깔끔해서 웬만한 남자 눈에 차겠어요."

"그러니까 찾아보아야지. 본인이 못 찾으면 부모가 찾아 주어야지." 두 분의 말씀을 듣고 있던 서정림은 슬그머니 안방 문을 열고 대청마루로 피해 나갔다. 이모님께서 저의 진심을 잘 이해하시지 못하고 겉모양과 행동만을 바라보시고 '깔끔'이라고 별명하여 과도하게 말씀하시는 것이 죄송스러워서였다. 그러나 나는 그저 평범한 성품에 내 수준에 맞는 생활을 원한다. 남의 집이나 다른 장소에 가서 잠 못 이루는 것은 내 마음이 불안해서일 뿐이다. 혹시나 수면 중 늘 내가 마음 놓고 안전하게 잠자던 장소를 떠나 다른 곳으로 이동하여 잠자리에 들 때, 몸을 뒹굴거나 잠꼬대를 했을 경우 옆 사람 수면에 방해가 되지 않을까 하는 생각이 들기 때문이었다.

결혼 대상자도 나는 내 수준에 맞는 평범한 배우자를 바란다. 단, 바란다면 소신이 분명하고, 사리판단 분명하며, 여자의 마음을 편안하게 다듬어 주는 남자라면 좋겠다는 생각이 든다. 그래서 나는 지금의 이명수 선생을 사귀고 있는 것이 아닌가 하는 생각을 했다.

식사를 마치고 설거지를 끝낸 다음 이종사촌 자매들과 그간에 살아온 여러 가지 담소를 나누면서 즐거운 밤을 보냈다.

다음 날 8월 7일 (일요일) 서정림 선생은 오전 8시 30분에 이모님 댁을 나와 집으로 돌아가기 위해 동대문구 숭인동 버스정류장으로 왔다. 9시였다. 여주행 버스 승차권을 끊기 위해 건물 안 출구를 찾아갔다. 그런데 그 출구 앞에 벌써 이명수 선생님께서 서 계셨다.

"아니, 이명수 선생님 언제 오셨어요?"

"아 예, 좀 전에 와서 티켓을 끊고 서 선생님을 기다리고 있는 중입니다. 서 선생님 티켓까지 다 끊었습니다."

"왜 오셨어요, 피로하신데 푹 쉬시지요, 나 이 선생님 보면 너무 속상해요. 저에게 너무 신경을 쓰시니까 멀리 도망가고 싶은 심정이에요!"

하며 감복의 눈물까지 글썽였다.

이를 바라본 이명수 선생은 손수건을 꺼내어 서정림 선생의 손에 쥐어주면서 이렇게 위로했다. "미안합니다. 서 선생님. 저의 진심을 이해해 주셔서.”

서정림 선생은 이명수 선생님이 쥐어 준 손수건으로 눈물을 닦고, 다시 털어서 접은 다음 이명수 선생님에게 돌려주면서 이렇게 표현했다.

“너무 감사합니다. 평생 은혜를 기억할 것입니다.”

“평생 나를 보살펴 주실 정인情人이신데 무슨 일인들 못하겠습니까. 과념하시지 마세요. 시간이 많이 남아 있는데 가까운 다방에 가서 기다리다가 버스 출발 10분 전에 나와서 승차토록 하지요”라고 하여 가까운 다방으로 들어갔다.

“저는 따뜻한 커피로 하겠어요”라고 서정림 선생이 주문하자, 이명수 선생 역시 “저도 같이 하겠습니다”라고 한다. 잠시 후 종업원이 오자 서정림 선생은 “따뜻한 커피로 두 잔 주세요”라고 주문하면서 커피 대금을 선불했다.

커피를 마시면서 서정림 선생은 어제 저녁 이모님 댁에서 있었던 일을 화제로 시간을 보내다가 버스 출발 시간이 되어 다방을 나왔다. 버스정류소에 와서 양평 경유 여주행 버스에 승차하였다. 지정 좌석에 가서 햇볕 드는 창가는 이명수 선생이 앉고 안쪽 좌석은 서정림 선생이 앉았다. 운전기사가 운전석에 오르면서 버스는 최종 목적지를 향해 출발하였다.

팔당을 경유하면서부터 서정림 선생은 고개를 꾸벅이며 졸기 시작했다. 어젯밤 이모 댁에서 이종 사촌 자매들과 늦게까지 재미있는 얘기를 나누며 놀았다고 하시더니 잠을 설친 듯했다. 이명수 선생은 바른손으로 서정림 선생의 바른손 어깨를 살며시 잡고 자신의 어깨로 몸을 기대도록 해주었다.

잠깐이라도 잠을 잘 수 있도록 도와주기 위해서다. 아니나 다를까 고개를 왼쪽으로 기울여 이명수 선생 바른 쪽 어깨에 기댔다. 이런 상태로 버스는 어느덧 양수리대교를 지나 양평읍을 향해 달려가고 있었다. 드디어 양평읍 도착이 가까웠다. 이명수 선생은 양평서 내려야 하기 때문에 서정림 선생을 부득이 깨우지 않을 수 없었다.

"서정림 선생님, 곧 양평읍에 도착합니다. 이제 그만 주무셔야 합니다."

그러자 서정림 선생은 눈을 번쩍 떴다. 뜨고 보니 자신의 왼쪽 머리가 이명수 선생님 바른 쪽 어깨에 기대어 잠을 자고 있었음을 알게 되었다.

"어머나, 내가 미쳤나." 하고 고개를 바로 세우며 이명수 선생님을 바로 보았다.

"아이고, 이 선생님, 진작 깨우시지 얼마나 불편하게 오셨어요! 죄송해서 어떡해요."

"불편하다니요. 전연 불편하지 않았어요. 피로하셔서 깜박 졸으시는 것 같아 제가 일부러 서 선생님 머리를 제 어깨에 받쳐드린 거예요. 그리고 저는 양평읍에서 내립니다. 그래서 서 선생님에게 부탁드릴 것이 있습니다."

이명수 선생님은 버스 손님 좌석 선반 물건 놓는 곳에서 짐을 내리어 서정림 선생님께 인계한다.

"시간 여유가 있으면 제가 서 선생님 댁에까지 가져다가 드려야 하는데 그러지를 못해 죄송스럽습니다. 제자리에 놓고 드리니 댁에 가서서 부모님께 전해 드리세요. 지난 번 제가 갔을 때 어머님께서 주신 꿀단지를 집에 가서 부모님께 올렸더니 아버지 어머님께서 얼마나 감사해 하시는지 말로는 무어라고 표현할 수가 없네요. 그 답례로 제 아버지, 어머님께서 보내드리는 보신 한약 한 제(20첩)를 드리오니 아버님, 어머님께 약탕기에 달이어 드시도록 말씀드리세요."

"그럼 이 선생님은 양평서 내리셔서 어떻게 하시려고요."

"학교에 잠간 갔다가 살펴본 후 나와서 양평읍 여관에서 자고 내일 아침 다시 서울에 가서 볼일을 보고 집으로 가려고 합니다."

"이명수 선생님, 그러실 바에는 오늘 저를 바래다주기 위해 양평까지 오셨으니까 저희 집에까지 가서서 주무시고 내일 올라가세요. 저도 어차피 내일 아침 동생 정심이와 같이 양평에 볼일이 있어서 다시 나가야 합니다. 그러면 저와 동생과 함께 나가서서 여주에서 서울로 올라가는 아침 버스에 동반 승차하시고 가다가 저희 자매는 양평에서 내리고 이 선생님은 곧장 서울로 올라가시면 되지 않겠습니까. 그리고 학교는 무슨 특별한 볼일도 없는데 꼭 들리실 필요가 있겠습니까. 학생들 소집일도 아닌데……."

그러자 이명수 선생은 "서 선생님! 생각해 보세요. 제가 서 선생님 댁에 가서 아버님, 어머님 뵈온 지가 불과 얼마나 됐습니까. 바로 지난달입니다. 그런데 또 가요. 아직 결혼도 하지 않은 총각이. 글쎄요, 좋게 봐주실까요. 걱정스럽습니다." 하고 극구 사양했다.

그러자 서정림 선생은 얼굴 표정이 변하면서 결심한 듯 이렇게 말했다.

"저에게 향한 사랑과 행동은 그렇게 돌격적이고 격정적이시면서 저의 부모님에게는 왜 그렇게 소심하시고 두려워하세요. 그 결기는 다 어디로 간 것입니까?"

"저도 서정림 선생님 부모님처럼 똑같은 부모님을 섬기고 있으니까요. 그래서 조심스러워서 드리는 말씀입니다. 그 구체적 설명은 지금 이 자리에서 말씀드릴 수가 없습니다."

"그러면 이 보약도 이명수 선생님이 다음에 오셔서 직접 드리세요. 왜냐하면 우리 부모님은 제 생각과 지금 처지로서는 부모님의 건강을 위해 이렇게까지 효심을 다할 수 있는 능력이 못 된다는 것을 너무도 잘 아시고 계시는 분입니다. 그래서 제가 드리기에는 오히려 부모님의 의심을 낳게 해 드리는 걱정스러운 효행이 될 것입니다."

"알겠습니다. 그러면 제가 집에까지 동행해 드리고 아버님, 어머님께는 인사만 드리고 다시 되돌아서 양평으로 오겠습니다."

"그러세요. 정 그렇게 하시겠다면 만류하지는 않겠습니다."

하여 양평서는 내리지 않고 집에까지 다녀오기로 했다.

어떻게 보면 이명수 선생이 서정림 선생 부모님에게 자신을 사윗감으로 확신을 갖도록 하는 고도의 심리적 작전일 수도 있었을 것이다. 그때 시절만 하더라도 유교집안에서는 가문의 전통과 가풍을 중시하는 부모는 사윗감이나 며느릿감을 고를 때 그 당사자의 평소 태도나 행동의 법도를 유심히 관찰하는 시절이라 이 점을 염려해서 이명수 선생이 사양했었는지도 모른다. 드디어 버스는 양평 손님을 내려 주고 개군에 도착했다. 서정림 선생과 이명수 선생이 함께 앞뒤로 내리자 마침 서정림 선생 자매동생인 정심 양이 언니 마중을 나와 있었다.

"언니, 잘 다녀왔어. 이명수 선생님도 같이 오셨네요. 어서 오세요. 그간 안녕하셨어요." 하고 인사를 했다. 이명수 선생 역시 "예, 정심 양도 잘 있었어요. 언니 혼자 보내드리는 것이 염려스러워 함께 왔습니다."

"감사합니다. 그처럼 우리 언니를 걱정해 주셔서."

"예, 정심아 저 이명수 선생님 짐 좀 받아드려."

"응 알겠어, 언니. 이 선생님 힘드신데 짐 저에게 주세요."

정심은 이명수 선생님 앞으로 다가갔다.

하지만 이명수 선생은 "아니에요, 괜찮아요. 무겁지도 않고 힘들지도 않으니까 걱정 말고 어서 앞서가세요.”하고 짐을 넘겨주지 않고 정심 양 뒤를 따랐다. 정심 양이 집 대문을 열고 안마당으로 들어서자 어머님께서 마당에서 무얼 하시다가 큰딸 정림을 보시자 “어서 오너라. 잘 다녀왔니.”하고 반색을 했다.

“예 어머니. 잘 다녀왔습니다. 그간 별일 없으셨지요.”하고 허리 굽혀 인사를 올린 다음 “그리고 어머니 지난달에 오셨던 이명수 선생님이 저를 바래다준다고 같이 오셨어요.”한다. “그러셨어. 고마우셔라. 어서 오셔요 감사합니다.”하고 어머니는 반갑게 이명수 선생을 맞이했다. 그러자 이명수 선생은 “어머님 염치없이 또 왔습니다. 인사는 방에 들어가셔서 아버님과 한자리에 앉아 계시면 올리겠습니다”라고 여쭈었다. 이때 서정림 선생이 어머님께 말씀드렸다.

“어머니, 아버지 방으로 들어가셔서 아버지 옆자리에 앉으셔서 인사 받으셔요. 이 선생님께서 부모님께 드릴 선물이 있으시데요.”

“선물은 무슨 선물을 가지고 오셔. 그냥 안부차 찾아주시는 것만으로도 고마우신데.”

어머니는 큰딸의 손을 잡고 아버님 방으로 들어가서 아버님 옆자리에 앉으셨다. 그러자 서정림 선생은 부모님께 이명수 선생이 드릴 말씀을 대신해서 아뢰었다.

“아버지, 어머니 오늘 이명수 선생님의 부모님께서 아버지, 어머님께서 보내드린 귀한 꿀을 약으로 잘 드시고 계신다는 감사한 답례로 '한약 한 제'와 '쇠고기' 몇 근을 선물로 보내오셨어요. 그 인사를 전해드리려고 오늘 이명수 선생님이 저 따라 같이 오게 되었어요."

설명을 끝내자 이명수 선생은 큰절을 올리며 인사를 드렸다.

"저의 부모님께서 근무지에 볼일이 있어 간다면 겸사겸사 해서 그 어르신 댁에 들리어 인사를 드리고 오라고 말씀하셔서 찾아뵙게 되었습니다."

인사를 받고 나신 서정림 선생 어르신께서는 "집에서 양봉 농사를 하여 얻은 꿀을 맛이나 보시도록 자그마한 항아리 단지에 담아 보내드린 것입니다. 이것이 무슨 큰선물이라고, 이에 몇 배가 넘는 값비싼 귀한 한약과 소고기를 답례 선물로 보내 주셨으니 받아들이는 딸의 부모 입장에서는 너무도 과분하고 황송하여 선뜻 받아들이기가 큰 부담이 되네요"라고 말씀하신다. 이에 이명수 선생은 "아버님, 어머님, 저의 부모님도 똑같은 말씀을 하셨습니다. 1년 내내 고생하시면서 양봉장을 드나드시며 손 보시고 가꾸시어 정성으로 얻어낸 꿀을 저희 가정에까지 선물로 보내주신데 대해서는 너무도 감사하고, 부담이 되어 선뜻 받아들이기가 죄만스럽다는 말씀을 하시면서 그래도 그분의 정성을 귀한 마음으로 받아서 약으로 드시고 이후에 그에 상응하는 답례를 보내드리는 것이 정례라고 말씀하신 기억이 납니다. 그러니까 아버님과 어머님 두 어르신께서도 부담 없이 받아주십시오."하고 권유 드렸다.

그러자 서정림 선생 부모님께서는 "알겠습니다. 내일 돌아가시면 부모님께 이렇게 말씀 전해 주세요. '평생 이 은혜 감사한 마음을 가슴에 담고 가겠다는' 말."

"예 알겠습니다. 그대로 제 부모님께 전해 드리겠습니다."이명수 선생의 인사가 끝나자 서정림 선생은 아버님 어머님에게 "아버지 저희 이제 돌아가겠습니다." 말씀드리자, 아버님도 "그래, 피곤하겠다. 나가 쉬어라. 이 선생님도 마음 놓고 편안히 쉬세요"라고 말씀하셨다.

어머님께서도 벌떡 일어나시며 "영감. 나도 나가서 자식들 먹을 것을 챙겨 주겠어요." 하고 모두 안채 방으로 들어갔다. 잠시후 정심 양이 언니와 이명수 선생님께서 드실 점심상을 대청마루에 차려놓았다.

"언니, 이명수 선생님 모시고 나와서 점심 같이 하시도록 해."

"응 그래, 알겠다. 나갈게."

서정림 선생은 이명수 선생님을 점심상으로 안내했다. 이명수 선생은 점심 상차림을 보고 너무 놀라는 표정이었다. 젊은 사람의 상을 이렇게 각별한 반찬을 만들어서 차려 놓은 상을 받아 보긴 처음이었다. 어머님께서 부엌에서 나오시어 대청마루에 걸터앉으시며 이렇게 말씀하셨다.

"이 선생님이 딸과 함께 오실 줄 알았으면 반찬을 좀 더 신경

써서 만들어 놓을 걸. 둘째 딸 정심이가 오늘 제 언니 돌아오는 날이라고 아침 내내 언니 좋아하는 반찬 만든다고 해 돌보지 못했는데 이 선생님 입맛에 당기실는지 걱정이 되네요."

이 말씀에 이명수 선생은 "어머님, 저 이렇게 반찬이 화려한 상을 받아 보긴 처음입니다. 그리고 어머님 저 학교 사택에서 정심 양이 만든 각종 찌개를 비롯해서 김치, 겉절이, 나물 종류 등 반찬을 여러 번 먹어 보았습니다. 어머님 솜씨를 이어받아서 음식을 잘한다는 말은 서정림 선생으로부터 여러 번 듣고 호기심에서 일부러 먹어 보았는데 정말 놀랍게도 제 입맛에 짝 당기고 맛이 좋더라고요. 그런데 오늘도 또 정심 양의 성찬을 받게 되어 너무 감사합니다. 잘 먹겠습니다. 정심 양 고맙습니다." 하고 수저를 들었다. 이명수 선생은 아침식사도 못하고 서울 동대문구 숭인동 버스정류소에 시간 맞추어 오느라고 몹시 시장했었던 모양이다.

점심을 굉장히 맛있게 다 먹었다. 그런 다음에 이렇게 표현했다.

"어머님, 제 나이 스물여섯 살 된 지금 이 시간까지, 때마다 식사한 중에서 가장 많이, 제일 맛있게, 먹은 날로 기억될 것입니다. 서정림 선생님을 만나게 된 덕분입니다. 어머님 감사합니다. 그리고 부탁드릴 청이 있습니다. 꼭 들어주시길 바랍니다. 이 부족한 이명수를 아들처럼 생각하시고 저에게 향한 말씀을 낮추어 하대해 주시길 바랍니다. 아버님께서도 어머님께서 말씀드려 꼭 그렇게 하시도록 간절히 부탁 올립니다."

"그 승낙을 왜 이 선생님이 부탁해요. 딸이 부탁해야지. 절차가 바뀐 것 같습니다. 딸하고 상의하세요."

"서정림 선생님! 어머님 말씀 똑똑히 들으셨지요. 하루 속히 저의 불편을 덜어 주시기 바랍니다. 부탁입니다."

점심 식사가 끝난 후 가족들의 권유에 의하여 양평읍 여관에 가서 자기로 한 이명수 선생은 생각을 접기로 했다. 반면에 이명수 선생이 마음 편히 쉴 방은 서정림 선생의 남동생 방을 내어 주고, 남동생은 하룻밤 할아버지 방에서 할아버지 모시고 자도록 했다.

다음 날, 8월 8일(월) 계획한 대로 서정림 선생과 동생 정심은 양평을, 이명수 선생은 서울을 경유해서 집으로 가기 위해 서정림 선생 댁에서 나와 개군면 버스정류소로 나왔다. 버스 자리를 잡기 위해 서둘러 일찍 나와 승차권을 끊고 보니 버스 도착시간이 35분이나 남았다. 길가에 서있기가 불편하여 대기소 옆 다방으로 들어가 커피를 마시며 앉아 기다렸다. 정심 양이 이명수 선생에게 물었다.

"이 선생님, 여쭈어보아도 되겠습니까? 언니에게 물어볼 수는 없고요."

"그래요. 무엇이던 말씀해 보세요."

"이번에 서울에서 언니와 데이트 하시면서 즐거우셨어요?"

"글쎄요. 언니에게 물어보세요. 언니 생각이 어땠었는지요."

"남자 분 생각이 우선이시지요. 결과가 좋아야 하니까요. 제가 왜 여쭙는가 하면 어제 점심 하실 때 저희 어머님께서 부탁하시기를 이명수 선생님과의 대화에는 아들처럼 생각하시고 말씀을 낮추어 하대해 주셨으면 좋겠다는 말씀을 하셨습니다. 이 말씀은 결과적으로는 언니와의 서울 여행 데이트에서 두 분간의 결혼 의사가 합의되었다는 사실을 확인시켜 주시는 부탁이시라고 생각하는데 제 생각이 맞습니까?"

"예, 나는 그렇게 생각하고 부모님께 허락해 주실 것을 은연히 요청드린 것입니다. 그러나 최종 결정은 언니의 마음이 부모님의 승낙을 요청하는 일만 남았다고 생각합니다. 정심 양도 측면으로 계속 이명수를 지원해 주시길 바랍니다."

그러자 서정림 선생은 동생 정심에게 점잖게 주의를 주었다.

"정심아 언니가 걱정되어 이 선생님께 여쭈어보는 너의 마음은 언니가 충분히 이해한다. 그러나 오늘 이 자리는 언니의 혼사문제를 의논할 자리가 안 되는 자리가 아니냐. 언니 문제는 나중에 조용한 자리에서 의논하도록 하자."

"알았어. 언니, 미안해. 나는 이명수 선생님의 결심이 궁금해서 여쭈어 본거야 다시는 안 그럴게." 하고 사과했다.

버스 도착 시간이 임박하여 다방을 나왔다. 불과 5분도 안되어 버스가 도착했다. 길가에 서있는 여러 명의 손님을 태우고는 버스는 달리기 시작했다. 다행히 좌석이 여유가 있어서 세 사람은 자리에 앉을 수 있었다. 양평에 도착하자 서정림 선생과 동생 정심은 내리고 이명수 선생은 제자리 앉아서 작별 인사를 나누고 헤어졌다. 버스는 양평 손님을 태우고 쏜살같이 달려갔고, 서정림 선생과 정심 자매는 양평에서 볼일을 보기 위해 읍내 장터로 향해 갔다.

예상치 못한
서정림 선생의 전근 발령

8월 27일(금) 부로 서정림 선생은 양평군 k초등학교 교사로 전근 발령이 통고되었다. 퇴근 전 교직원 종료식에서는 갑작스러운 인사이동에 전 교사가 모두 놀라는 표정이었다. 보통 중간 학기에는 특별한 경우가 아니면 인사이동을 하지 않는 것이 사례이다. 선생님들의 시선은 서정림 선생에게 집중되었다. 사유가 무엇인지 궁금해서이다. 더더욱 놀라워하는 선생은 이명수 선생이었다. 방학 중에 만난지도 불과 얼마 되지 않았는데 전연 그런 눈치가 보이지 않았다. 서정림 선생 자신도 당황해 하는 모습이었다.

드디어 교장 선생님께서 말씀하셨다.

"여러 선생님들이 놀라시는 것은 당연하십니다. 교장인 나도 8월 25일(수) 교육구청에 들렸다가 알게 되었습니다. 중간 학기에 이렇게 인사이동을 시키면 어린이들 교육에도 정서적으로 이로운 인사는 못 되지 않습니까. 하고 의견을 드렸더니 인사 담당 장학사가 교육구청에서도 인사 시기가 아니어서 여러 모로 고민 끝에 불가불 몇 개월을 보류하다가 당해 교사가 가정 사정상 더 이상 지연시키면 사표를 내야 할 처지가 되어 검토 중 마침 비슷한 처지에 애로를 받고 있다는 한 교사의 보호자 민원이 들어와서 불가불 인사 조치를 할 수 밖에 없었다는 사실을 확인했습니다. 그러니까 우리 학교로 오시는 선생님과 우리 학교에서 가시는 선생님의 근무처를 맞바꾸는 인사조치로 근무에 지장이 없도록 도와드리는 인사이동을 단행한 것이라고 통고를 받은 것입니다.

처음 서정림 선생님께서 우리 학교에 부임하실 때 전해들은 바가 있습니다. 작가의 진로를 희망하여 산세 좋고 조용한 마을 학교를 지망하셨다는 뜻, 바로 그 곳에서 글을 쓰며 어린이들과 밀접한 관계에서 가르치고 지도하고 싶다는 소망을 피력하였다는 것을……

부임하신 후 그동안 서정림 선생님은 어린 학생들을 지도하고 가르치는데 온 정성을 다 하시고 계시다는 것을 교장으로 옆에서 지켜보고 마음이 매우 흡족했습니다. 그 과정에서 건강에 무리가 가해져 예상치 못한 악성 독감에 걸리어 고통을 받으셨습니다. 이 사실이 교육구청에까지 알려져서 오늘의 인사이동을 맞이하게 된 것으로 추정됩니다.

교장이 미리 헤아려서 배려를 했었어야 함에도 그렇지를 못해서 마음이 아픕니다.

다행히도 서정림 선생님 자택에 가까운 지역 학교에 가서서 가족의 보호를 받으시고 자신의 건강을 챙기시며 교육자로써의 자긍심으로 소기의 목적을 달성하시기를 교장으로서 바라며 여러 선생님과 함께 영전을 축하드립니다.”

서정림 선생은 눈물을 흘리며 목멘 소리로 선생님들에게 감사의 소감을 표현했다.

“교사로서의 첫 출발지인 우리 학교 어린 학생들과의 만남의 기쁨과 사랑, 교장 선생님을 위시하여 여러 선배 선생님들의 지도와 사랑 속에서, 사회생활의 보람과 자신의 가치가 얼마나 귀중한 존재라는 것을 인식하게 되었습니다. 얼마 안 되는 기간이었지만 가장 행복하고 즐거운 시절이었습니다. 평생 잊을 수 없는 추억으로 가슴에 담고 살겠습니다. 부디 건강하시고 행복한 하루하루가 영원하시기를 기원합니다.”

서 선생은 말을 마무리하며 책상에 엎드려 눈물을 펑펑 쏟아냈다.

서정림 선생이 쏟아내는 펑펑 눈물은 그에게서 무엇을 상징하는 슬픔일까?

서정림 선생의 갑작스러운 인사이동에 가장 양심의 가책을 받아야 할 선생은 누구일까?

교장 선생님은 그의 상처를 아시고 계셨을까?

그 이면이 언제 어떻게 밝혀질지는 두고 보아야 할 것이다.

다음 날 8월 28일(토) 아침 조회 때 교장 선생님께서 연단에 오르시어 훈시를 끝내고 다음과 같은 섭섭한 말씀을 하셨다. "그동안 우리 학교에 오셔서 학생 여러분을 보살펴 주시고 가르쳐 주시고 지도해 주시던 1학년 담임선생님이신 서정림 선생님께서 여러 가지 사정이 있으시어 섭섭하시게도 다른 학교로 전근 가시게 되셨음을 학생들에게 알린다. 우리 학교로선 이렇게 훌륭한 선생님을 보내드리게 된 것을 매우 서운하고 아쉽지만 훌륭한 선생님일수록 우리 학교만 모시고 있을 일이 아니라 다른 학교도 전근하시어 그쪽 학교 학생들도 훌륭하게 가르치시고 지도하시어 우리나라의 큰 일꾼을 만들어 내시는 것이 모든 선생님의 임무이시므로 우리 학교 학생 여러 어린이들도 기쁜 마음으로 보내드리는 것이다. 선생님의 건투와 행운을 비는 마음으로 박수를 보내드리자."

전교 학생들이 우레 같은 박수로 영전을 축하드렸다.

이어 서정림 선생님도 연단에 올라 재학생들에게 감사의 이임사를 끝내고 교무실로 들어왔다. 교장 선생님께서는 서정림 선생을 대동하고 1학년 담임 교실로 함께 갔다.

1학년 어린이들이 침울한 표정으로 앉아 있었다. 교장 선생님께서 1학년 어린이들의 굳은 표정을 보시고 마음이 언짢으셨던지 "자아 우리 1학년 어린이들. 왜 그렇게 힘이 쭉 빠져있어요? 선생님이 전근 가시니까 기분이 좋지 않은가?"라고 하니까, 1학년 어린이들이 하나같이 "네에―" 하고 소리 높여 대답했다.

그런데 그 말씀 끝에 한 어린이가 벌떡 일어나서 교장 선생님께 드리는 말이 "교장 선생님! 왜 우리 선생님만 다른 학교로 전근 가시나요? 다른 선생님은 단 한 분도 가시는 분이 안계신데요. 저는 지금 우리 선생님이 제일 좋은데요. 교장 선생님께서 안 가시게 하면 안 되시나요?"라고 거침없이 말했다.

이 어린이 말을 들으시자 교장 선생님은 가슴이 뜨끔하셨다. 얼마나 솔직하고 천진난만한가!

"응―그래. 교장 선생님이 그렇게 못해 주어 미안하구나. 교장 선생님은 그렇게 할 수 있는 권한이 없어서! 서정림 담임선생님께서 여러 가지 어려운 사정이 있으셔서 할 수 없이 다른 학교로 전근하시게 되셨으니 여러 어린이들이 선생님 사정을 보아 드리면 안 될까? 새로 오시는 선생님도 여러 어린이들이 좋아 할 선생님이 오실 것이다. 그러니까 우리 이제 여기 계신 선생님이 편안한 마음으로 떠나가시도록 기쁜 마음으로 보내 드리자. 교장 선생님 말씀을 이해하고 들어줄 사람 손들어 주어요"라고 하니까 어린이 모두가 "네에." 하고 손을 들었다. 그리고 반장이 박수를 치니까 일제히 박수를 쳤다.

그러자 교장 선생님께서 "고맙다. 그럼 가시는 선생님의 말씀을 듣도록 하라. 난 먼저 나간다." 하고 교실을 나가셨다.

서정림 선생님은 좌석 좌측 순서로 어린이 개개인의 손을 일일이 잡아주며 "씩씩하게 잘 자라서 훌륭한 사람이 되어야 한다."
하고 당부하며 일일이 등을 '사랑'으로 토닥거려 주었다. 마지막
에 교단에 올라가서 다시 한 번 어린이들의 얼굴을 첫 자리부터
끝자리까지 눈에 익혔다. 서정림 선생님 눈에서는 눈물이 주르
륵 흘러내렸다. 어린이들에게는 보여 주지 않으려고 얼굴을 뒤로
돌리어 손수건으로 눈물을 닦고 다시 바로 섰다.

눈치 빠른 반장이 벌떡 일어나서 "차려. 선생님께 경례."하고
구령하자 "선생님, 안녕히 가세요."하고 일제히 일어나서 박수
로 환송해 드렸다.

선생님도 바른 자세로 "고맙다. 모두 건강하게 공부 열심히 하
라."하고 손을 흔들어 답례를 하며 교실을 나가셨다. 그리고 다
시 교무실로 돌아와서 교장 선생님께 하직 인사를 올렸다.

"교장 선생님. 재직 중 교장 선생님께 걱정을 너무 끼쳐드려
죄송한 마음만을 마음에 담고 떠납니다. 평생 감사한 마음으로
교장 선생님을 기억하고 수신修身하겠습니다. 내내 건강 하시옵
소서."

"그래요. 감사합니다. 어느 직장 무슨 일을 하던 자신의 건강
이 우선입니다. 언제나 건강에 유념하세요. 살펴가세요."

서정림 선생은 교무실을 나와 곧바로 기숙사로 와서 동생 정심
과 같이 떠날 짐을 꾸렸다. 12시 10분에 이명수 선생님이 오셨다.

"벌써 짐을 다 꾸려 놓으셨어요?"라고 하자 서정심 동생이 "그

럼요. 엊저녁부터 조금씩 작은 짐부터 꾸리기 시작해서 다 꾸려 놓았습니다. 걱정하시지 않으셔도 됩니다."

"힘든데 그냥 쉬시지 그러셨어요. 제가 와서 꾸려도 힘들이지 않고 잘 꾸릴 수 있었는데 어찌하셨던 잘 하셨어요. 짐을 싣고 갈 스리쿼터 차는 오후 1시까지 기숙사 앞에 도착하도록 연락해 놓았습니다. 저도 숙소에 가서 점심을 먹고 준비하고 나오겠습니다."

지경석 선생님이 점심상을 받고 이명수 선생을 기다리고 있었다.

"지 선생님 먼저 드시고 계시지 뭘 저를 기다리시고 계십니까. 음식이 식지 않겠습니까."

"식어보았자 길어야 10분입니다. 그간을 못 참습니까. 어서 드십시다." 점심 식사를 마치고 난 다음 지경석 선생은 이명수 선생에게 이렇게 물었다.

"아니 때 아닌 중간학기에 인사이동을 시키는 일은 거의 없는데 교육구청은 왜 갑자기 인사 명령을 하는 겁니까?"

"글쎄요. 그야 저도 모르지요. 어제 교장 선생님 말씀은 그럴 만한 특별한 개인사정을 고려해서 냈다는 것 아닙니까. 그야 임명권자의 권한이니까 우리 같은 평교사가 왈가왈부 할 일은 못되지요."

그러니까 지경석 선생님은 "무슨 민원이 들어갔다는 것 아닙니까. 그 민원이 무엇이냐고 알고 싶은 것입니다"라고 한다.

그러자 이명수 선생이 "그렇게 알고 싶으시면 지 선생님께서 직접 교육구청에 가서 알아보시지요." 하고 직격탄을 놓았다. 지경석 선생님은 이렇게 반격을 가했다. "내가 그렇게 할 일이 없는 사람입니까. 남의 인사문제를 캐고 다니게." 하고 불쾌감을 토해냈다. 그러자 이명수 선생님은 "혹시 그 민원을 던진 사람이 우리 학교 선생님 분 중에 한 분의 소행일 수도 있지 않을까요. 이 말은 어디까지나 가상해서 하는 말입니다"라고 한다.

그리고는 지 선생님께 "오늘은 댁에 다니러 안 가십니까?"라고 물었다. 그러자 지경석 선생님은 "가야지요. 좀 있다가 출발하겠습니다." 한다.

"저는 지금 나가서 서정림 선생님 떠나시는 일좀 보살펴 드리고 양평에 가서 서울로 가겠습니다. 지 선생님 안녕히 다녀오십시오."

이명수 선생은 서정림 선생님 기숙사로 갔다.

지경석 선생은 숙소에 혼자 앉아서 이런 생각을 해보았다.

'혹시 자신과의 관계로 매일매일 대면하기가 역겹다거나 불쾌감 불안감 등으로 자진해서 당국에 인사이동을 요청한 것이 아닌가! 하는 의구심도 가져 본다. 그러나 평소의 행동이나 처신으로 보아서 절대 상대방에게 보상 행위를 할 만한 성품을 지닌 여성이 아님을 지경석 선생은 확신한다. 그런 면에서 서정림 선생에

게 미안함을 금할 수 없다. 하지만 사랑하는 마음은 여전하다. 세월이 가면 잊어지겠지…….'

이명수 선생은 집으로 갈 준비를 다 해가지고 다시 서정림 선생 기숙사로 갔다. 기숙사 실내외 청소도 깨끗하게 해놓았다. 역시 깔끔한 성격 그대로였다.

"먼저 떠나시지 무엇 하러 또 들리셨어요. 그렇지 않아도 지경석 선생님 오해하시는 눈치인데."

"뭐 구더기 무서워 장 못 담그나요. 저는 교장 선생님께서 서정림 선생님 떠나시는데 뒷일을 좀 잘 보살펴 드리라는 부탁을 받고 돕는 것입니다. 그런데 지경석 선생님은 기숙사를 스치어 오르고 내려도 얼굴 한번 들여다보지 않은 의리부동한 냉정한 사람입니다. 그리고 내가 서정림 선생님을 좋아한다고 의심을 한다고요. 왜요, 제가 서정림 선생님을 좋아하면 안 되나요. 저는 20대 총각으로서 서정림 선생님을 좋아할 수 있는 당당한 권리가 주어진 교사입니다. 그런데 왜 40연세에 고등학교에 다니는 자식까지 두고 있는 기혼자가 시기를 한다니 그게 온당한 사람입니까."

이야기를 나누고 있는 가운데 짐 싣는 스리쿼터가 도착하였다. 서정림 선생과 동생 정심이 그리고 이명수 선생도 두 자매를 도와 부지런히 짐을 옮겨 스리쿼터에 실었다. 짐이 많지 않으니까 30여분 만에 다 실을 수가 있었다. 마지막으로 기숙사 문을 잠그고 열쇠를 교장 선생님 댁에 들려 드리려고 하는데 언제 내려 오셨는지 교장 선생님과 사모님이 서 계셨다. 교장 선생님께서 "고생 많으셨어요. 가시더라도 몸 건강 잘 챙겨 근무하시도록 하세요. 잘 가세요"라고 인사를 주셨다.

옆에 서계신 사모님께서도 "참 얌전하고 정 많은 서정림 선생님, 너무 서운하네요. 부디 몸 건강하세요." 하고 용기를 주셨다.

서정림 선생은 교장 선생님과 사모님께 "재직 동안 너무 보살펴 주시고 사랑해 주셔서 행복하게 교직 임무를 수행했습니다. 평생 초임 교장 선생님의 교훈을 염두에 두고 교직의 길을 걸어가겠습니다. 부디 건강하십시오. 사모님 그동안 베풀어 주신 은혜 감사합니다. 만수무강하세요."

서정림 선생 옆에 서 있는 동생 정심 양도 교장 선생님 내외분께 "교장 선생님, 사모님. 그간 감사했습니다. 만수무강하십시오." 하고 인사를 올렸다.

그리고는 기숙사 열쇠를 교장 선생님께 돌려드렸다. 이명수 선생도 교장 선생님과 사모님께 집에 잘 다녀오겠습니다, 하고 인사를 드리고 세 사람 모두 스리쿼터에 가서 올라탔다. 스리쿼터는 스르르 출발하여 목적지를 향해 달려갔다. 잠시 후면 양평에 도착할 시간이다. 그래서 서정림 선생은 이명수 선생님께 양평에서 내리시어 서울행 버스로 바꿔 타기를 강력히 요청했다. 그러나 이명수 선생은 서정림 선생 집까지 가서 짐을 다 내려 주고 바로 서울로 가겠다는 주장을 했다. 그러자 서정림 선생은 "부디 그러지 않아도 순조롭게 도착해서 쉽게 잘 처리될 문제를, 왜 귀중한 시간을 헛되이 소모시키며 일을 어렵게 만드느냐"고 화까지 내며 반대했다. 그러면서도 "물론 지금의 제 처지가 안타까워서 마음을 위로해 주기 위해 그러시는 줄은 알지만 저는 아무렇지도 않아요. 다만 시기가 빨리 왔을 뿐 내년이든 후년이든 정규인사에서 겪어야 할 상황입니다. 그러고 저하고의 관계는 불안하게 생각하지 마세요. 저에게도 자존심이 걸린 문제입니다." 하고 분명한 확답을 정했다.

그러자 동생 정심은 "그러세요. 이명수 선생님! 언니 말이 정확한 판단인 것 같아요. 언니와 저 둘이 힘들지 않고 쉽게 짐을 집안으로 옮겨 놓을 수 있어요. 힘이 부족하면 남동생도 있고 부모님도 계신데 무슨 걱정이 있겠어요. 안심하시고 양평서 내리시어 바로 서울 집으로 가시도록 하세요." 하고 적극적으로 요청했다.

이명수 선생은 할 수 없이 서정림 선생에게 확인했다.

"서 선생님! 정말 그렇게 해도 괜찮으시겠어요?"

"그럼요. 아무 문제없어요. 양평서 내리실거죠?"

"예, 알겠습니다. 그러면 그리 하겠습니다."

이명수 선생은 양평서 내릴 준비를 했다. 드디어 양평에 도착했다.

이명수 선생은 저 여기서 내리고 바로 서울행 버스로 갈아타겠다면서 스리쿼터에서 내려 양평읍 지방 버스정류장으로 달려갔다. 서정림 선생이 타고 있는 스리쿼터는 다시 이어 서정림 선생의 자택이 있는 개군을 향하여 달려갔다.

오후 3시경 개군 자택에 도착했다. 정심 양이 긴급히 집으로 달려가서 어머니, 당숙모, 남동생을 동원해 스리쿼터가 임시 정차되고 있는 도로변 공터로 부지런히 달려왔다. 운전기사가 차에 싣고 와 땅에 내려놓은 짐을 집으로 옮겨갔다.

서정림 선생이 운전기사에게 운송비를 지급하려고 하니까 이미 이명수 선생님께서 선불로 지급했다는 것이다. 그리고는 온 길로 바로 양평으로 되돌아 달려갔다.

서정림 선생은 즉시 집으로 돌아와서 대청마루로 올라와 자신의 방으로 들어가려니까 어머니, 당숙모, 동생 정심이가 싣고 온 짐을 풀어 장롱 안 서랍에 차곡차곡 정리하여 넣고 있었다. 그래서 서정림 선생은 들어가지 못하고 앞마당 밖을 바라보며 대화 상대도 없는데 자기 혼자 무언가 중얼거리고 있었다.

자기에게 무슨 일이 있을 때마다 경비는 이명수 선생님이 지급해 주었다. 서정림 선생은 자존심이 상했다. 자신이 무슨 고아 출신 교사로 동정을 받는 기분이었다. 감사한 마음이 아니라 속박된 기분이다. 어느 시기에 가서는 지경석 선생과 같은 대가를 요구할 수도 있지 않을까 하는 불안감도 들었다. 그러나 지경석 선생님과 같은 몰지각한 교사의 수준으로 의심하기에는 이명수 선생의 진실과 정성을 인격적으로 모독하는 행위가 되므로 가슴 깊이 숙고해 보아야 할 것이다.

아니 내가 한 번의 쇼크로 인해 머리가 돌아도 보통 돌은 게 아닌가 하는 생각도 들었다. 감히 이명수 선생을 지경석 선생과 비교하다니 어불성설이다. 내 자신이 비정상적인 여자가 아닌가로 생각되었다.

다시 마음을 되돌려 처음부터 지금에 이르기까지 한 직장에서 지내온 과정을 살펴 보건데 이명수 선생님은 너무도 존경할 만한 신사이다. 업무에 철저하고 동료 간에 처신도 지나칠 정도로 예의 바르고 봉사적이다. 그런가 하면 동료가 어려운 상황에 봉착했을 때는 앞장서서 희생적으로 봉사하며 주변을 살펴 주시는 인도주의자이시다.

휴머니즘, 나는 그의(이명수 선생) 진심을 믿어야 한다. 그를 존경한다. 혹시 이 같은 나의 심리적 변화가 그를 '사랑'하는 것이 아닌가! 하고 내 마음에 물었다. 그러니까 대답은 분명했다. '그렇다! 그것을 이제야 느꼈으니 그의 등을 가볍게 두드려 주고 업히어 가라.'

"언니, 무슨 생각에 그렇게 심각하게 골몰하고 있는 거야 방에 안 들어오고."

"응 그런 일이 있어."

"그런 일이라는 게 무슨 일인데 그토록 심각해. 꼭 넋 나간 사람처럼."

"너는 몰라도 돼. 언니 일이니까."

"나는 지금 언니가 무슨 생각을 하고 있는지 짐작이 가. 기분이 좀 상하고 있다는 것을."

"무슨 기분이 상하고 있는데."

"뻔 하지 뭐. 남에게 단 한번이라도 신세지고 싶지 않은 자존심 때문이겠지. 이명수 선생님이 언니 몰래 운송비 지불한 것이 마음에 걸려 기분이 상한 것 아니야!"

"네가 그걸 어떻게 알아."

"어떻게 알긴 눈치로 알지. 지난 일이야 그냥 묻어 두고, 다음에 신세 갚으면 될 것 아니야?"

"정심아, 너는 알고 있었구나."

"응, 짐 실은 스리쿼터가 양평에 도착해서 이명수 선생님을 내려 드리기 위해 군청 정문에서 잠깐 머무르고 있을 때였어. 그때 운전석 옆 이명수 선생님이 앉으셨고, 그 옆에 내가 끼어 앉고, 언니가 바른 쪽 문가에 앉아 있었다는 것은 언니가 분명히 알고 있지?"

"응 그랬지."

"그때 언니가 창가에 앉아 있었기 때문에 맨 먼저 바른 쪽 창문을 열고 내려갔고, 그 뒤를 이어 내가 내려가는데 언니가 문턱이 높아 위험하니 조심히 내려와야 한다며 내 손을 잡아 주었잖아. 그 순간 이명수 선생님이 돈 봉투 (운송비)를 운전기사 손에 쥐어

주고, 도착하기까지 언니에게 말하지 말아 달라고 귓속으로 부탁하는 소리를 곁눈으로 확인했습니다. 이제 아셨습니까? 그리고 이 선생님은 내리시어 부지런히 갈 길을 가시고 우리는 다시 차 안 좌석으로 올라타고 출발하여 집에까지 오게 된 것입니다."

"정심아, 너 내 동생 맞니? 그걸 왜 이제야 얘기하니. 그때 즉시 언니에게 귀띔이라도 해 주었어야지."

"언니! 그 당시는 시간도 촉박하고 주차장소도 불안하고 해서 말할 여건이 못됐던 것도 사실이야. 하지만 또 한편으로는 이런 생각도 했어. 순간적으로 떠오르는 생각이었어. 경우나 상황에 따라서 말할 수도 있고, 하지 말아야 할 사정도 있는 법이에요. 그때 그 즉시 언니에게 말하면 두 분 사이에 온갖 거부 반응이 치열하게 전개될 가능성이 있거든. 그러면 시간도 그렇고 장소도 긴급하고 하여 큰 문제가 야기될 가능성이 있기 때문에 일부러 말을 아꼈던 거야. 그런 연유로 이명수 선생님이 내리시자 바로 스리쿼터가 출발하게 되었고 순조롭게 제 시간에 도착하게 된 것입니다. 이제 언니 이해가 되십니까."

"응. 네 말을 듣고 보니까 이해가 간다. 나는 생각하건데 내가 알면 성사 가능성이 없으니까 이명수 선생님과 네가 사전에 그렇게 하기로 구두약속을 해놓은 것으로 생각해서 한 말이다. 그런데 네 말을 듣고 보니까 충분히 이해가 간다. 알았다. 역시 우리 정심이 똑똑이 정심이야." 서정림 선생은 그제야 고개를 끄덕이며 오히려 기뻐했다.

갑작스러운 전근 발령을 받고 돌아왔다는 딸의 말을 듣고 놀라워하는 분은 서정림 선생 어머니셨다. "여름 방학이 끝나자 전근 발령이라니 그게 무슨 소리냐?" 하고 큰딸에게 물었다.

그 말씀에 큰딸은 아리송한 답변을 어머니에게 드린다. "글쎄요. 저도 모르겠어요. 왜 갑자기 발령이 났는지!" "무엇인가 잘못된 일이 있어서 쫓겨온 듯한 느낌이 든다"라고 하신다. 이 말에 동생 정심은 펄쩍 뛰며 "어머니 그 말씀은 내용을 잘 모르시고 하시는 말씀 같아요. 쫓겨났으면 집에서 더 먼 곳으로 쫓아 보내지 왜 집 가까운 곳으로 발령을 냈겠어요. 언니가 잘하고 신망을 받았으니까 영전을 한 것이지요"라고 한다. 그러자 어머님께서는 "그래, 어느 학교로 발령을 받았는데 엄마는 내용을 모르니까 하는 말이지. 언제 내가 말했니"라고 말씀하신다. 그러자 정심은 "어머니께 말할 틈이 있었나요. 없었잖아요, 걱정 마세요 어머니. 언니는 집에서 출근할 수 있는 아주 가까운 k초등학교로 발령을 받았으니 얼마나 다행이에요." "그래! 잘됐다. 축하한다 정림아. 이제 아프지 말고 건강하게 잘 다닐 수 있겠다." 하시며 박수까지 쳐 주신다.

그러나 정림은 별로 기뻐하는 모습이 아니었다. 오히려 어머니를 바라보며 묵묵히 눈물을 주르륵 흘리고 있었다.

"왜 그러니 정림아, 가까운 집근처 학교로 부임하게 되었으면 기뻐할 일이지 눈물은 왜 흘려. 혹시 이명수 선생님과 헤어지는 것이 서운해서 그러니? 어차피 결혼하게 되면 헤어져야 하는데 시기적으로 좀 앞당겨 졌을 뿐인데 뭘 그래"라고 하신다. 이 말에 정심이가 언니를 대신하여 어머님께 말씀드린다.

"어머니, 그 말씀은 어머니가 언니 입장을 잘 모르셔서 하시는 말씀이에요. 언니가 처음 '교사 자격증'을 받고 초임 발령을 받은 학교가 먼저 학교지요. 언니는 선생님이 되기 전 늘 소원이 조용하고 아늑한 산간 학교에 가서 때 묻지 않은 순수한 아이들을 가르치며 밤이면 문학공부를 하여 작가가 되고 싶다는 말을 늘 해 왔습니다. 그건 어머니도 잘 아시고 계시잖아요."

"그래, 늘 그랬지." 하고 어머니가 대답하시자 "그런데 언니 따라가서 그곳 산세나 들판을 살펴보니까 지역 환경이 너무 아름다운 거예요! 그래서 언니에게 평소 언니가 소원하고 희망한 곳으로 잘 찾아 왔네"라고 하니까 언니가 "너도 그렇게 생각하니, 나도 그렇게 생각하면서 걷고 있는 중이야. 너무 마음에 든다"라고 하면서 좋아하던 모습이 떠올랐어요. 그래서 내가 언니에게 물었어요. "언니, 그런데 너무 적막하고 한가해서 오래 있다 보면 싫증나지 않을까?" "그야 할 일이 없고 목적 없이 사는 사람은 실증을 느끼겠지. 그러나 나같이 아이들을 가르치고 생활하면서 정서를 느끼고, 내가 목적하는 바를 열심히 하다 보면 세월 가는 줄 모르고 고향 같은 감정을 느끼지 않을까 하는 생각을 해 본다"라고 하는 거에요. 그래서 어머니 제가 언니에게 이런 말을 했어요. "천상 산골 총각에게 시집가야 되겠네"라고 했다가 언니에게 퉁바리맞은 기억이 떠올라요. 그러나 언니는 첫 초임 y초등학교에 부임하여 가장 어린 나이로 초등학교 제 1학년에 입학한 어린이들 담임선생을 맡게 되었습니다. 밤낮으로 고민하며 어떻게 하면 어린이들에게 자기집 친 어머니처럼 담임선생님에게 안기며 사랑을 요구하도록 따르게 하는 방법은 없을까? 하고 고민하는 것을 보고 역시 교육자의 직분이 매우 어렵고 중차대한 임무라는 것을 처음 알게 되었어요. 그런데 언니가 나에게 이런 말을 하는 거에요.

"얘 정심아, 이렇게 하면 되겠다. 우리 자매가 어려서 자랄 때 어머니가 사랑해 주시고 베풀어 주시며 기르신 정처럼, 나도 어머니처럼 선생님으로서 정겹게 사랑해 주고 예뻐해 주며 베풀어 주면 선생님을 어머니처럼 따라 줄 수가 있을까?"라고 말입니다. 그래서 제가 언니에게 대답하기를 "그야 당연한 이치가 아니겠어, 자기를 사랑해 주고 예뻐해 주는데 싫다는 어린이가 어디 있겠어."

"이후 2개월이 지나면서 어린이들이 담임선생님을 자기 어머니처럼 믿고 따르면서 선생님의 손을 서로 잡으려 하고 안기려고 하는 충동마저 느낄 정도로 따른다는 여러 선생님들의 말씀을 들었어요. 그런가 하면 선생님들 일곱 분 중에 여선생님은 단 한 분

뿐이니 남자 선생님 분들에게 얼마나 인기가 좋았겠어요. 이토록 믿음과 인정을 받고 근무해 온 초임지 학교에서 갑자기 전근 발령을 받고 떠나왔으니 언니로서는 얼마나 충격을 받았겠어요. 충분히 섭섭한 눈물을 흘릴 수 있는 정도이지요. 선생님들의 말씀에 의하면 초임지 학교는 평생 머리에서 잊힐 수 없는 그리움이 담긴 소중한 추억이래요. 그런 의미에서 생각해 보면 언니의 섭섭한 눈물 충분히 이해가 돼요. 언니 이제 그만 생각하고 눈물 거둬." 하며 정심은 손수건으로 언니의 눈물을 닦아주었다.

그러나 서정림 선생의 눈물은 그것뿐만이 아닐 수도 있다. 또 다른 자신의 인생에서 지워버릴 수 없는 사연이 포함되었을 가능성도 있다. 그 내용은 본인만이 마음에 담고 있을 뿐, 가족은 물론 다른 그 누구도 알고 있는 사람은 없다. 초임지 학교에서 발생한 액운이라 덮어버리기로 작심했다. 그러나 언젠가는 밝혀질 수도 있겠다는 가능성도 배제할 수는 없는 것이다.

가족이 저녁식사를 마치고 편안한 마음으로 대화를 나누는 시간이었다. 아버님께서 환한 표정으로 이렇게 말씀하셨다. "오늘 내가 밖에 볼일이 있어서 나들이를 하고 돌아오니까 너희들 어머님께서 아주 기쁜 소식을 전해 주시더라! 정림이가 집 가까운 k초등학교로 전근 발령을 받고 왔다면서."

"예 아버지, 제가 부임하는 학교 한 여 선생님이 1년 전에 제가 근무하는 전임지 학교 근처 지역 마을로 이사를 왔답니다. 가정

형편상 부득이 이사를 하지 않을 수 없어서 온 다음 그 여선생님은 부득이 친척 집에서 함께 거주하면서 교육구청에 전임 요청을 했는데 여건이 맞지 않아 성사되지 못하고 지금까지 미루어 왔답니다. 그러자 그 여 선생님은 더 이상 미룰 수 없는 사정에 임박하여 사직서를 내야 할 처지가 되자 어떻게 내가 찍히어 맞교환 인사 조치가 되었다는 것입니다. 그 덕에 서로가 좋게 된 거지요."

"세상에 그런 경우도 있구나. 정림이 네가 마음이 착해서 하느님이 살펴주신 것이다. 축하한다. 그래 부임은 언제 하냐?"

"내일 8월 29일이 일요일이기 때문에 쉬고, 8월 30일 월요일에 부임하여 근무를 시작합니다."

"다행히 네가 다니던 초등학교 모교이기 때문에 낯설지 않아 마음은 편안하겠다. 아무쪼록 건강에 유념하고 충실하게 근무하도록 하라."

"네 아버지, 그렇게 하겠습니다."

"편안하게 쉬도록 해라." 하시고 아버님은 거실로 건너가셨다.

두 번째로 부임하는
전임학교

8월 30일 월요일 아침, 서정림 선생은 아침 일찍 기상하여 출근 준비를 하였다.

이어 동생 정심이도 언니와 동시에 일어나서 똑같이 행동했다. 그러자 언니 서정림이 말했다.

"정심아, 너는 좀 더 자지 왜 벌써 일어나서 잠을 설치니. 어제 밤에도 늦게 자고."

"무슨 말씀. 언니가 두 번째 학교 첫 출근을 하시는데 어떻게 사랑 받는 동생이 모른 체 잠만 잔다는 말입니까. 학교 문 앞까지 에스코트(호위) 해 드리고 와야지 안그래 언니?"

"정심아! 언니가 무슨 어린애냐 데려다 주게."

"데리고 가는 것이 아니라 숙녀 선생님이시기 때문에 혹시라도 무슨 일이 생길지도 몰라 동생이 학교 교문 안까지 에스코트 해 드리는 것입니다. 어머니 명령이십니다."

"참 어이가 없다. 언니를 무슨 바보취급 하는 것 같다. 군대도 아닌데."

"군대는 국가와 국민을 보호하고 재산을 지켜주는 엄중한 조직체계이지만, 가정은 가족체계에서 각자 자기 위치를 지키고 위아래 법도와 질서를 지키는 지극히 자연스러운 혈연관계입니다. 그러므로 가족 간에는 사랑, 존경, 믿음, 협조, 지원 등등 생명과 활동이 자유롭게 보장된 의무생활을 하는 것이라고 나는 생각해. 그래서 언니를 동생으로서 두 번째 학교 첫 출근 학교까지 모셔다 드리고 집으로 돌아오는 것이 동생의 도리라고 생각해. 그러니까 언니도 귀찮겠지만 동생의 마음을 헤아려 주셨으면 좋겠어."

서정림은 동생의 말을 물끄러미 듣고 나더니 어이없다는 듯이 "동생이 너무 똑똑하다 보니 언니가 할 말이 궁색해지는구나. 그래. 고맙다. 어서 서두르자." 하고 두 자매는 방으로 들어갔다.

어머니께서 정성스럽게 차려 주신 식사를 마치고 화장을 끝낸 다음, 부모님께 인사드리고 두 자매는 집을 나와 다정하게 손을 잡고 전임학교를 향해 걸어갔다. 드디어 학교 교문에 도착했다. 서정림 선생은 동생 정심에게 말했다.

"정심아 고맙다. 언니는 이제 교무실로 향하니 너는 집으로 돌아가라."

"응 알겠어. 언니, 첫날 출근 보람찬 즐거운 하루가 시작되길 바래."

정심은 손을 흔들며 축복의 신호를 보냈다.

서정림 선생은 활기찬 모습으로 교무실로 향해 운동장을 걸어갔다. 교무실 문을 열고 들어가자 먼저 출근하신 몇 분의 선생님이 앉아계셨다.

한 남자 선생님께서 의자에서 일어나시어 "새로 오시는 서정림 선생님이시지요, 어서 오십시오 환영합니다." 하고 인사하며 환대했다. 그리고 교감선생님이 앉아 계신 자리로 안내했다.

교감 선생님께서도 자리에서 일어나시며 "어서 오십시오 서정림 선생님, 우리 학교로 오시게 된 것을 환영합니다"라고 하시자, 서정림 선생이 인사를 드렸다. "교감 선생님, 인사 올리겠습니다. 새로 부임하게 된 서정림이라 하옵니다. 열심히 임무를 수행하겠습니다."

교감선생님은 옆 의자를 권하며 "잠깐 앉아 계시지요. 아직 교장 선생님께서 도착하시지 않았습니다"라고 하시며 자리에 앉았다.

잠시 후 교장 선생님이 도착하셨다. 교감선생님은 바로 서정림 선생님을 교장 선생님실로 안내하고 나오셨다. 서정림 선생은 교장 선생님 맞은편에 서서 정자세로 부임신고를 올린다.

"상부의 명령을 받고 부임한 교사 서정림입니다. 열심히 임무를 수행하겠습니다." 신고 인사를 받은 교장 선생님께서는 "우리 학교로 오신 것을 환영합니다. 전임교 교장 선생님으로부터 서정림 선생에 대한 말씀을 잘 들었습니다. 함께 노력합시다."

교직원 조회시간이 되었다. 교장 선생님 뒤를 따라 선생님들 직무실인 교무실로 나왔다. 선생님들 전원이 좌석에 앉아 있었다. 교감선생님께서 선생님들 참석 여부를 일일이 살펴본 다음 조회 개회 선언을 하였다. 교장 선생님께서 일어나서서 말씀하셨다.

"먼저 인사소개부터 말씀드리고 회의 진행을 하겠습니다. 지난주에 전출하신 김선숙 선생님의 후임으로 서정림 선생님이 부임하셨습니다. 교직 경력은 2년도 안되지만 책임감이 강하고 재능이 유능하시어 어린이들이 좋아하고 잘 따르는 여선생님이라는 동료 선생님들의 정평입니다. 환영합니다."

교장 선생님의 말씀에 이어 서정림 선생님의 부임 인사 차례였다.

"방금 교장 선생님이 소개해주신 서정림이라고 합니다. 저는 여름방학이 끝나고 갑자기 상부의 명령에 따라서 넓고 번화한 지역에 위치한 역사 깊은 학교에 부임하게 되었습니다. 그리하여 덕망이 높으신 교장 선생님과 훌륭하신 선배 선생님 여러분들의 경험과 고견의 지도를 받으며 근무하게 된 것을 더없는 영광으로 생각합니다. 아직 경험이 부족하고 미흡한 이 후배 교사에게 선배 선생님들의 앞서가신 자취를 살펴갈 수 있도록 지도 편달해 주실 것을 간절히 부탁드립니다. 감사합니다."

부임 인사가 끝나자 선생님들께서 일제히 환영 박수를 보냈다.

서정림 선생은 전임 선생님이 담임하셨던 2학년 1반 담임선생을 그대로 이어 받았다.

교직원 조회가 끝나고 운동장에서 거행되는 선생님들과 전교생(1~6학년)이 집회하는 조회에서 교장 선생님께서는 연단演壇에 오르시어 전교 학생들에게 새로 부임하신 서정림 선생님을 소개하셨고, 이어 서정림 선생님도 연단에 올라 전교 학생들에게 오늘부터 새롭게 학교생활을 하게 돼 너무 반갑고 기쁘다는 인사 말씀을 하였다. 아침 조회가 끝나자 전교생들은 각 학년 반 별로 교실에 들어가서 수업授業을 시작했다.

서정림 선생님은 교무실로 와서 2학년 1반 학생 출석부를 들고 바로 교실로 향해 갔다. 서정림 선생님이 2학년 1반 출입문을 열고 들어오자 학생들 전원이 기립起立하여 박수로 담임선생님을 맞이했다. 이에 서정림 선생님은 활짝 웃는 표정으로 어린 학생들을 바라보며 "반갑다. 그리고 너무 기쁘고 고맙다"라고 하며 교단에 올라 교탁 중앙에 서서 어린 학생들을 바라보았다. 그러자 반장이 "차렷, 선생님께 경례." 하고 구령했다.

그러자 어린 학생 전원이 일시에 한 목소리로 "환영합니다." 하고 환심을 표현했다. 그러자 선생님이 "이토록 반갑게 맞아주어 고맙다. 앞으로 선생님과 즐겁게 공부하고 지내도록 하자"고 하자 학생들도 일제히 "네~." 하고 대답했다.

"선생님을 처음 본 감상이 어떤가요?"라고 선생님이 학생들에게 문자 "너무 예쁘시고 좋아요." 하며 또 박수를 친다. 그러자 "선생님 역시 너희들을 처음 보고 느낀 것이 너무 밝고, 명랑하고, 예뻐서 금세 정들 것 같다"라고 하며 양쪽 손과 팔을 머리 위로 올려 다섯 손가락을 쫙 붙이고 두 손바닥을 활짝 펼쳐 마주 보는 자세를 취하였다. 그런 다음 양팔 손가락 끝을 손바닥 안으로 팔꿈치와 동시에 굽히면서 손가락 끝이 머리에 닿게 하여 '사랑한다'는 의사표시를 말보다 행동으로 표현하였다.

"자, 선생님을 보아라"라고 하자 어린학생들이 모두 선생님의 모습을 바라보았다.

"선생님의 지금 이 모습이 무슨 뜻인지 아는 사람?" 하고 물었다. 그런데 아무도 대답하는 학생이 없었다. 그러자 반장이 손을 번쩍 들었다.

"반장이 대답해 보아요"라고 하자 반장이 벌떡 일어나서 "사랑한다는 동작 모양입니다"라고 대답했다. 그제야 선생님께서 손을 내리고 보통 때처럼 평범한 자세로 말씀하였다.

"성진숙(반장)은 어떻게 알았나?"

"언니가 알려주었어요."

"응 그래. 정확히 알았어요."

"상대방에게 직접 말로 전달하기 어려울 때는 지금 선생님이 보여주었듯이 행동 모습으로 알려주는 것이다. 알겠니?"

학생들은 "네~." 하고 대답했다.

"자~, 그럼 우리 모두 한번 선생님 시범처럼 따라 해 볼까?" 하고 선생님이 다시 행동으로 모습을 취하였다. 그러자 학생 모두가 선생님의 모습을 따라했다. 선생님이 어린 학생들의 모습을 일일이 살펴본 다음 "자 그럼 함께 앉은 짝꿍끼리 서로 마주보고 자세 모양이 선생님처럼 바른 자세로 취해졌는지 서로 모양을 고쳐주도록 도와주자."

선생님이 다시 결과를 살펴본 다음 "자, 이제 하는 순서와 모양을 알았으니까 손을 내리도록 하자. 방법을 알았으니까 차후에라도 그런 경우가 있을 때 해보도록 하자." 하시고 멈추었다. 그리고는 "이제 우리 공부하자." 하시며 교과서를 펼쳤다.

서정림 선생이 부임한지 5일째 되는 금요일 오후 퇴근하여 집에 돌아오자 정심이가 언니 앞으로 다가왔다.

"언니! 이명수 선생님에게서 편지가 왔어"라고 하며 편지를 내주었다.

"그러니? 그렇지 않아도 바빠서 전화도 걸어드리지 못했는데 편지가 왔구나. 미안해서 어쩌지."

"아니 전화도 걸어드리지 못했다고? 너무했다. 아무리 바쁘더라도 잘 부임했다는 소식은 알려드려야지. 전화 한 통화 걸어드리는 시간이 얼마나 걸린다고 전화 한 통화를 못해, 큰 실수했네. 얼마나 기다리셨겠어."

"그러게 말이다. 처음 부임하자마자 옆에 교감선생님도 계시고 다른 선생님들도 계신데 남자 선생님에게 전화걸기가 눈치 보이고 도리가 아닌 것 같아 일부로 전화를 하지 않은 이유도 있었어. 다음 주에나 해보려고."

"그래. 언니 말도 일리가 있어. 나중에 그런 사연으로 전화를 드리지 못했다는 사유를 말씀드리면 언니 말 이해 못하실 이 선생님이 아니야. 이제 그 말은 접고 어서 편지나 개봉해봐." 하고 정심은 문밖으로 나갔다.

편지 내용을 읽어 보니까

"첫 출근하신 기분이 어떠하신지 궁금하여 전화를 드려 보려고 하였으나 첫 부임하는 날부터 전임지 학교 남자 선생님으로부터 전화가 오면 서정림 선생님의 품격에 손상을 드릴 염려도 있지 않을까 하는 생각이 들어 취소하고 댁으로 편지를 하였습니다.

큰 학교로 전근하시어 하루 이틀 지내시는 생활이 어떠하신지 궁금해서요.

시간에 지장이 없으시다면 금주 토요일 오후 3시 양평군청 출입문 도로변 왼쪽 50여 미터 측에 위치한 '만남다방'에서 뵙기를 기대하겠습니다"라는 내용이었다.

다음날 토요일이었다.

서정림 선생은 오전수업을 마치고 퇴근길에 집으로 가지 않고 곧장 양평읍으로 향했다. 읍에 도착하자 식당에서 점심을 해결하고 바로 '만남다방'으로 갔다. 다방 문을 열고 들어서자 벌써 이명수 선생님이 도착하여 서정림 선생을 반가이 맞이했다.

서정림 선생이 "아니 그냥 앉아계시지 마치 오래간만에 만나는 사람처럼 걸어 나오세요. 다른 손님들께서 모두 쳐다 보시잖아요"라고 한다.

그러자 이명수 선생은 한술 더 떠서 "무슨 말씀이세요. 7개월만에 만나는데, 7개월이면 긴 세월이에요. 안면조차 잊을 정도에요"라고 한다. 서정림 선생은 이명수 선생님의 옆구리를 슬쩍 꼬집으면서 "조용히 말씀하세요. 손님들이 듣겠어요"라고 하자 이명수 선생은 여러 손님들을 살펴보면서 무안했는지 "너무 반가운데 무슨 말은 못하겠어요." 하며 빙그레 웃으며 묻는다. "점심 식사는 어떻게 하셨어요?"

"양평읍에 도착해서 식당에 들어가 해결하고 오는 길이에요. 이명수 선생님은요?"

"나 역시 양평에 도착해서 점심을 사먹고 조금 전에 도착했습니다."

"잘하셨어요. 얼마나 시장하셨겠어요."

"서정림 선생님이 기다릴까 봐 서둘러 먼저 왔어요."

"좀 기다리면 어때요. 여유를 갖고 살아야지요. 저 역시 부임하고 바로 연락을 드린다는 것이 새로 부임한 학교라 주변 여건이 눈치가 보여 연락을 드리지 못했습니다, 미안합니다."

"무슨 말씀이세요. 그러실 줄 알고 제가 편지를 드린 것입니다. 제가 겪어보아서 잘 알지요."

"서 선생님 차 주문하세요. 무슨 차 드시겠어요?"

"커피집에 와서 커피를 마셔야지 다른 차가 무엇이 있어요. 점심 먹고 왔으니까 커피마실래요."

잠시 후 다방 종업원이 커피를 탁자 위에 놓고 갔다. 서정림 선생님은 핸드백에서 흰 봉투를 꺼내어 이명수 선생 앞 탁자위에 올려놓고 말한다.

"빚 갚는거에요."

"빚을 갚다니요. 그게 무슨 말씀이세요?"

"지난 주 토요일 제 이삿짐을 집으로 옮길 때 그 운송비를 이명수 선생님이 내어 주셨잖아요. 그 빚을 갚는거에요."

"무슨 운송비를 제가 냈다는 겁니까?"

"스리쿼터에 싣고 온 운반비를 말하는 것입니다."

"그 스리쿼터 운반비는 동생 정심 양이 낸 것으로 나는 알고 있는데요. 서정림 선생님이 동생 정심에게 돈을 주어 동생이 지불하도록 하신 것 아닙니까? 저는 그런줄 알고 있었습니다. 저하고는 관계없는 일입니다." 하며 이명수 선생은 봉투를 다시 되돌렸다. 이 말을 듣고 서정림 선생은 어안이 벙벙하였다. 동생 말과 이명수 선생님 말 중 어느 편의 말이 진심인지 가늠할 수가 없었다.

또한 이명수 선생은 서정림 선생에게 도움을 드리고자 한 성심이었는데 그를 되돌려 받는다면 자신의 마음과 행동이 다른 이중인격자가 되는 것으로 도리가 아니다. 시간이 가면서 언젠가는 진심이 밝혀질 것이므로 그렇게 상황을 모면했다.

커피를 마시고 난 후 서정림 선생은 "이명수 선생님! 집에 가시자면 바로 나가서서 서울행 버스를 타셔야 하는 것 아닙니까?" 하고 여쭈었다. 그러자 이명수 선생은 "아니요. 오늘은 서정림 선생님과 데이트하기로 결심하고 만나기로 한 날이니까 집에는 가지 않고 양평여관에서 쉬고 내일(일요일) 오후에 기숙사로 돌아갈 생각입니다"라고 한다.

그러자 서정림 선생이 다급히 말했다.

"오늘은 어렵겠어요. 학교 일과를 끝내고 곧바로 이곳으로 달려와서 집에는 알리지도 못했어요. 그래서 부모님께서 늦으면 걱정하셔요."

"동생 정심 양에게 오늘 저하고 만난다는 말씀 하시지 않으셨어요?"

"어제 늦게 퇴근하여 동생에게 이 선생님의 편지를 받고 각자 볼일 보느라 이야기를 못했어요."

"그러셨군요. 그러면 어찌할 수 없지요. 여주행 막차가 오후 4시 10분에 양평에 도착합니다. 그 차를 타셔야 합니다."

"그러면 이명수 선생님은 어떻게 하시려고요?"

"나는 그냥 처음 생각대로 양평읍에서 하룻밤 묵겠습니다."

"그러면 저와 같이 저희 집으로 가서서 주무시고 내일 오후 기숙사로 돌아가시도록 하세요."

"그러다가 부모님께 밉상이 되어 다시는 서 선생님을 못 보게 되면 어떡해요."

"저희 부모님은 그럴 분이 아니셔요. 얼마나 이명수 선생님을 좋아하시는데요."

"그래도 안 돼요."

그럭저럭 대화를 나누다 보니 오후 3시 40분이 되었다.

"이 선생님 그만 일어나셔야 되겠어요. 버스 도착시간이 되었어요."

"그러시지요."

두 선생은 다방을 나와 양평 버스정류소로 왔다. 잠시 후 여주행 버스가 도착했다. 양평에서 내릴 손님들이 다 내렸다. 운전기사님도 잠시 내려 정류소 안으로 들어갔다.

"자 어서 버스 안으로 드세요." 하고 이명수 선생이 서정림 선생께 권유했다.

"예. 알겠어요." 하고 이명수 선생님의 손목을 꼭 잡고 버스에 올랐다. 그러자 이명수 선생은 "아니 제 손목은 놓고 오르셔야지요." 하고 손목을 빼려고 하자 "안 돼요. 같이 오르셔야 돼요." 하고 손목을 놓지 않았다. 그러자 이명수 선생도 얼결에 버스 안으로 올라가자 버스는 출발하였다. 운전기사님이 소리를 질렀다.

"손님! 빨리 자리에 앉아주세요. 위험하십니다."

할 수 없이 서정림 선생과 이명수 선생은 한 자리에 앉게 되었다. 그러면서 서정림 선생은 이렇게 말했다.

"이명수 선생님! 매사는 억지로 만든다고 되는 게 아닙니다. 사정이 있고 순리가 있는데 사정이 아무리 급해도 순리順理에 따라야 합니다. 그러니까 제 순리에 따라주세요."

대화 중에 버스는 개군면 소재지에 도착했다. 두 분 선생과 손님이 내리자 버스는 다시 출발하였다.

서정림 선생 집 대문 문전에 도착하자 이명수 선생은 서정림 선생과 함께 문 안으로 들어서기가 쑥스러웠는지 머뭇거리며 들어오지 못했다.

대문 안 마당에서 화단을 살피던 정심 양이 언니를 보자 "언니, 오늘 토요일인데 왜 이렇게 늦었어. 누구 만나고 오는 길이야?"라고 묻자 "얘 정심아 문밖에 이명수 선생님 오셨어. 안으로 모셔"라고 했다.

"그러시어, 그럼 모시고 들어오시지 왜 밖에서 서 계셔." 하며 문 밖을 나갔다.

"이 선생님, 왜 들어오시지 밖에 서 계세요. 처음 오시는 집도 아닌데. 어서 들어가세요." 하고 모시고 들어왔다.

이명수 선생님은 "너무 자주 와서 부모님께 죄송스러워서요"라고 했다. 그러자 정심 양은 "죄송스러우시다니요. 무슨 그런 말

씀을 하세요. 어서 안으로 드세요." 하고 반기며 대청마루로 안
내했다.

안방에 계셨던 서정림 선생의 어머님께서도 대청마루로 나오
시며 "어서 오세요." 하며 반겨주셨다.

"안녕하셨습니까? 어머니. 또 왔습니다."

"백번을 오셔도 반갑습니다. 편안히 앉으세요." 하시며 환대
해 주셨다.

잠시 후 서정림 선생은 이명수 선생을 안내하여 아버님 방에
들러 인사를 올렸다.

"아버님. 너무 자주 들르게 되어 죄송하옵니다."

"무슨 그런 말씀을, 사람 사는 집에 손님이 자주 들어야 사람
사는 보람이 있는 거지. 가족들만 서로 쳐다보며 살면 무슨 재미
가 있어요. 편안히 앉으세요. 댁내 어르신께서도 안녕들 하시지
요?" 하고 안부를 물으셨다.

"예. 늘 건강히 지내십니다. 그리고 아버님 말씀을 낮추어 주
십시오. 뵙기가 조심스럽습니다."

"차차 그렇게 하겠습니다. 모든 처신이나 존칭은 경우와 시기
가 따르는 법입니다. 그때가 되면 자연스럽게 그렇게 될 것입니
다. 불편하실 텐데 안채로 드시어 편안하게 쉬세요."

이어 맏딸 서정림은 "아버님 그럼 안채로 들겠습니다." 하고
다시 이명수 선생님을 인도하여 대청마루로 나왔다.

그사이 동생 정심은 시원한 꿀물 두 그릇을 타 놓고 언니와 이명수 선생님이 나오실 때를 기다리고 있었다. 두 분이 대청마루로 나오자 정심은 "언니, 이명수 선생님과 같이 더위에 오시느라고 수고가 많으셨어요. 어머니께서 시원한 꿀물을 타 드리라고 하셔서 꿀물 두 그릇을 타서 쟁반에 놓았으니까 편안하게 앉으셔서 드세요"라고 한다. 이 말을 듣자 이명수 선생은 "꿀물이요. 야~아 역시 우리 정심 양이 최고야. 그렇지 않아도 목이 컬컬해서 냉커피 생각이 간절했는데 정심 양이 해결해 주시네. 어머니 잘 마시겠습니다. 정심 양 고마워요."하고 꿀물을 물마시듯 반 그릇을 마셨다.

　이를 바라보시며 어머니께서는 "이 선생님은 정말 남자답고 씩씩하고 활발해서 너무 좋아. 그러면서도 묵직하고 음식도 가리지 않고 잘 드셔서 어디를 가시나 인기가 있겠어"라고 하신다.

　그러자 이명수 선생은 "어머니 저 올 때마다 반겨주시고 칭찬해 주셔서 너무 감사합니다. 제가 사위가 되면 평생 어머님께 효도하는 사위가 되겠습니다"라고 한다.

　이 말을 듣고 있던 서정림 선생은 "이명수 선생님! 너무 그렇게 우리 어머니에게 아부하지 마세요. 결혼 전에 남자들은 모두 그런 말을 한데요. 그러나 결혼 하고 나면 언제 내가 그런 말을 했느냐는 듯이 그날로 사라진다는 것이에요."

　"그런 놈들은 남자가 아니에요. 아니 장가 갈 자격도 없는 놈입니다. 그런 놈들은 여자를 섬길 능력도 없고 가정을 누릴 힘과 장래가 없는 놈입니다. 왜 저를 그런 놈들과 비교합니까. 서운합니다."

"그러니까 결혼도 하기 전에 말부터 앞세우지 말라는 것입니다."

"예~에. 다음부터 조심하겠습니다." 하고 고개를 꾸벅 숙인다. 그러자 또 서정림 선생은 "지금 그 모습도 어머님 앞에서 하시지 마시구요. 평소에 하시던 자세로 그냥 취하세요. 그것이 오히려 더 자연스럽고 순수해요. 실천은 추후에 생각나면 하시구요."

"얘, 정림아 그만해라. 내가 오히려 이명수 선생님 뵙기가 민망스럽다. 우리 딸이 저렇게 성격이 곧아요. 이해하세요."

"아닙니다. 어머니, 듣고 나면 하나도 틀린 말이 없어요. 그래서 학교에서도 동료 선생님들 간에 인기가 대단해요. 아버님 어머님께서 바르게 잘 키우셨어요"라고 한다.

일찍 식사를 끝낸 후 정심 양은 이명수 선생님에게 이런 제안을 했다.

"이 선생님! 날씨도 덥고 찌무룩한데, 우리 마을 근처 넓은 시냇가로 산책 나가시는 게 어떠실까요?"

이 말을 듣자 이명수 선생님은 기다렸다는 듯이 "좋습니다. 대환영입니다"라고 답한다.

그러자 방에서 책을 보고 있던 막내 남자 동생이 대청마루로 나오며 "작은누나, 나도 같이 나가면 안 될까?"라고 한다. 그러자 정심 양이 "안 되다니 대환영이지"라고 한다.

그런데 안방에서 무언가를 하고 있던 서정림 선생은 아무 반응이 없다. 그러자 정심 양은 "언니! 언니는 나가기 싫어?" 하고 묻는다. 그러자 서정림 선생은 "나 싫다는 말 한적 없다"라고 답했다. 그러자 정심은 "좋아 그럼. 만장일치 통과, 오후 6시 30분에 출발합니다"라고 선언했다.

출발시간이 임박하여 앞마당에 이명수 선생을 비롯하여 서정림 선생 그리고 남동생 막내(고교생) 정수까지 준비하고 있는데 준비시간을 선언한 동생 정심 양은 나타나지 않았다. 그러자 서정림 선생은 "아니 출발시간은 정심이 네가 정해놓고 너는 지금 무얼 하고 있기에 나오지도 않고 있니?" 했다. 그러자 정심은 "응~ 언니 미안해. 조금만 기다려줘. 부엌일을 끝내놓고 부지런히 방으로 들어가서 옷을 갈아입는 중이야. 바로 나갈게"라고 큰소리로 대답한 뒤 2분 뒤에 밖으로 나와 합세했다. 그리고는 대청마루에 서 계신 어머님께 "어머니, 저 마을 냇가에 가서 저녁 산책 좀 하고 돌아오겠습니다." 인사를 드리고 앞장섰다. 그러자 어머니께서는 "그래, 너무 늦지 않도록 해"라고 당부하셨다.

이명수 선생과 세 가족은 대문 밖을 나와 정심 양을 선두로 뒤따랐다.

정심 양은 개군면 소재지 마을 동북쪽 깊은 산속에서 들판 언덕을 끼고 흘러내리는 맑은 대천大川을 향해 부지런히 걸어갔다.

20분 후에 냇가에 도착했다. 냇가 일부 지역에는 야초野草가 무성했다. 벌써 인근 마을의 아이들이나 젊은 사람들이 산책을 즐기는 모습도 보기 좋았다. 이명수 선생과 서정림 선생은 냇가 언덕 산책로 아래 바위에 가서 앉아 쉬었다. 또한 정심 양과 남동생 정수는 냇가 모래사장에서 냇물에 발을 담가 씻기도 하고 모래사장에 누워 일광욕을 하며 건강을 증진하기도 했다.

시간이 흘러 해는 서산에 기울고 어둠이 짙어질 무렵 사람들이 서서히 집으로 돌아갔다. 막내 남동생 정수가 "큰누나" 하고 약간 큰 소리로 부른다.

동생의 목소리를 알아듣고 "응 그래. 왜 정수야?" 대답한다.

"나 작은누나하고 먼저 들어갈게. 뒤따라와 큰누나." 하며 손을 흔든다. 이어 정심이도 같이 손 신호를 보낸다.

"큰누나도 같이 가야지." 하고 소리 질렀다.

정심은 "이 선생님하고 천천히 오세요." 하고 갔다. 그러자 서정림 선생이 일어난다.

"우리도 일어나지요."

"우리도 따라가자고요?"

"네에. 싫으세요?"

"저는 좀 더 있다가 가는 게 좋겠는데요."

"이곳에 오래 있으면 안 좋아요. 달밤이면 불량배가 돌아다닌다는 말을 들었어요."

"불량배요? 걱정 마세요. 제가 알아서 처리할 겁니다."

"큰소리 치지마세요. 아무리 방어력이 강해도 그런 무리는 피하는 게 상책이에요. 상대해봤자 이로울 것이 하나도 없어요."

"저는 조금 더 있다가 들어갔으면 좋겠어요. 냇물이 맑고 저녁 공기가 너무 시원해서 마음에 들어요. 그리고 선물은 주시고 가셔야지요."

"선물이라니요? 무슨 선물이요. 저 그런 말 한 적 없는데요."

"여기까지 따라 온 선물이요."

"따라온 선물이라니요. 오기 싫으면 안 오시면 될 일이고, 안 가겠다면 나 역시 안 오면 될 일인데 무슨 선물을 약속했다는 말입니까?"

"사랑 선물이요."

"사랑 선물이라니요. 그게 뭔데요?"라고 하자 이명수 선생은 왼손 엄지손가락으로 자신의 입술 중앙에 부치고, 토닥거렸다. 이를 바라본 서정림 선생은 즉시 알아차리고 이명수 선생의 바른 쪽 옆구리를 살짝 꼬집으며 말했다.

"참 이럴 때는 이명수 선생님도 이성간의 애정愛情 관계는 10대 후반의 젊은이들이 호기심에 처음 사귀는 여성들에게 '키스' 한번 해보자고 사정하는 것 같은 생각이 들어요. 순수한 면이 있어요. 그래서 제가 이명수 선생님을 좋아하게 된 것 같아요. 그렇게 곁에서 사귀다 보니 사랑하게 되었고요. 지난날 제가 직장에 나올 무렵, 제동생 정심이가 고등학교를 졸업하고 집에서 어머니 가사일 돌보던 때였어요. 저녁식사를 끝내고 안방에서 가족이 잠깐 쉬는 동안인데 아버지께서 이런 말씀을 하시더라구요. 오늘 저녁은 아버지가 정림이, 정심이에게 일러두고 싶은 말이 있다. 너의 자매 다 고등학교를 나오고 독립해서 사회생활을 하게 되었다. 사회생활에서 가장 중요한 것이 인간관계이다. 그 인간관계에서도 자신이 진출해 가야 할 목표와 방향을 원만하게 수행해 나가려면 남자는 여자를, 여자는 남자를 잘 만나서 결혼하여 가정을 잘 이루어야 한다. 그것이 바로 성공하는 길이다. 그래서 부부는 비록 몸은 남자 여자 다르다고 하더라도, 마음도 하나, 몸도 하나(一心同體)되어 아들딸 잘 낳아 기르고 가르치어 행복하게 살아가는 것이 성공하는 것이라고 아버지는 생각한다. 왜 아버지가 이런 얘기를 하는가 하면 휴전 이후 아직도 우리나라 사회는 안전하다고 볼 수 없기 때문에 20~30대 젊은 사람들의 생활심리를 완전히 파악할 수도 없고 그렇다고 무조건 믿을 수도 없는 현실이다. 왜냐하면 지금은 원주민原住民만 살고 있는 것이 아니라 북한에서 넘어 온 많은 피난민을 비롯하여 38선 경계지역과 인근주민, 중앙 전 지역 주민들이 남향 전 지역으로 피난 나와 원주민집 방에 전세든 월세든 살고 있거나, 많은 돈을 준비하고 가지고 나온 피난민은 집을 사거나 새로 지어서 사는 피난민도 굉장히 많왔다. 이와 같은 사회적 여건과 환경에서 공직이든 회사원을 비롯한 모든 직업인이나 사업을 하고 있는 젊은 사람들의 배후 배경을 전연 알 길이 없지 않느냐!

혹시라도 너희들이 사회생활을 하면서 사귀는 젊은 사람이 있다고 가정해 볼 때, 그 사람의 가정이 어떤지, 부모가 무엇을 하는 분인지, 혹시라도 장가를 갔다가 이혼한 사람인지, 품행이 어떤지 등등 알 길이 없지 않은가. 그렇다고 그 사람의 배후를 알아본다는 것도 쉬운 일이 아니다. 그러니까 방법은 하나다. 너희들이 사귀면서 남자의 성품을 세심하게 살펴보는 길밖에는 없다.

방정方正한 남자는 가풍家風이 있는 부모슬하에서 성장한 남자라는 것을 머리에 두고, 사귀든 연애든 해라. 가풍이란 한 집안 윗대(조상)로부터 내려오는 풍습(생활습관)이나 범절(삶의 절차나 질서 윤리 등)을 의미한다. 구체적으로 표현한다면 가정교육이다. 어느 가정이든 그 가정 집안 어른들의 일상생활을 본받아 자녀들의 행동과 질서가 자연적으로 교화되는 전통이 이어진다.

부모에게는 효행, 형제 자매 남매간에는 우애와 질서, 벗(친구)과의 사이는 정분과 의리, 사회 공동생활에서는 질서유지 등의 수칙은 가정의 가족사랑 속에서 교육과 체험을 통하여 어른(成人)이 되었을 때 품격이 표출된다. 그 품격은 바로 인내와 자제력이다, 라고 아버님께서 말씀을 하셨습니다.

이명수 선생님은 그 과정過程을 다 겪으시면서 성인이 되시어 교사教師가 되셨으니 그 같은 습관이 몸에 배어 인내와 자제력이 어느 때나 장소에서도 심리적으로 작용하는 것은 너무도 당연하고 자연스러운 현상이라고 저는 생각합니다. 그런 연유로 저는 이명수 선생님과의 결혼을 하기로 마음을 굳히게 된 것입니다. 그러니까 아버지의 교훈이 절대적으로 나에게는 영향이 컸던 것 같아요. 오늘 제 뜻을 받아 주시고 이곳까지 와 주셔서 감사합니다. 감사한 선물로 드릴게요."

이명수 선생의 눈과 마주친 서정림 선생의 눈은 슬그머니 감기었다. 이명수 선생의 양손바닥이 얼굴 양 귀쪽 볼을 감싸자 서정림 선생의 얼굴이 자연적으로 머리 위측(頭部 : 꼭대기쪽)이 목 뒤쪽으로 꺾이면서 안면(얼굴)이 위 공간으로 향해졌다. 그러자 이명수 선생은 즉시 서정림 선생의 의도를 알아차리고 눈과 입술이 그녀의 얼굴 입술로 향해 숙여졌다. 순간 이명수 선생의 입술이 서정림 선생의 입술에 와 닿았다.

서정림 선생의 양손가락이 이명수 선생의 머리 뒤쪽 목을 휘어 감으며 입술문이 열렸다. 드디어 두 남녀의 키스가 황홀恍惚한 경지로 돌입했다. 서정림 선생도 이명수 선생의 키스 동작에 적극 응해 주었다. 이전의 키스는 상대에게 어찌할 수 없이 응해주는 키스였지만 작금의 키스는 두 연인의 동심이 일치된 적극적인 키스로 황홀한 정감에 도취되어 멈추어지는 시간이 꽤나 길어졌다.

서정림 선생의 오늘 키스는 내 마음은 이제 당신의 마음에 맡기겠다는 완전한 승낙이었다. 이제 남은 일은 결혼식이었다.

이명수 선생은 키스에 도취된 상태에서 서정림 선생의 정지 요구 신호를 기다렸으나 이번에는 시간이 길어졌음에도 아무런 신호가 없었다. 할 수 없이 이명수 선생이 먼저 정지하겠다는 신호를 보내자 서정림 선생이 바로 동의한다는 답신이 보내왔다. 두 연인은 동시에 키스를 풀면서 정자세를 취하고 마주 쳐다보았다. 서로 면구스러워 하는 눈치였다.

"서정림 선생님! 감사했습니다. 역시 서 선생님은 머리가 굉장히 '샤프(Sharp)'한 분이라는 것을 오늘에서야 완전히 깨달았습니다. 정말 감사합니다. 역시 저희 부모님 말씀도 서정림 선생님의 부모님 말씀과 거의 같은 말씀을 일러 주셨습니다. 그래서 저 역시 부모님의 말씀을 항상 상기하면서 그런 여성을 찾는데 신경을 써 왔습니다. 그런 와중에 현재 근무하는 학교로 전근하면서 서정림 선생님의 깔끔하신 옷차림과 정중하시고 예의바르신 모습이 제 눈에 돋보였습니다. 수개월간을 함께 근무하면서 관심을 두고 동료 교사로 상담하면서 지내왔습니다. 늘 겸손하시고 말 수도 적으시며 다정다감하신 성품을 지닌 분이시고, 기분이 좋으실 때는 농담도 잘 하시더라고요. 그런 모습이 바로 제 마음을 사로잡았습니다. 부모님께서 선택하라는 여성이 서정림 선생님 같은 분이었구나 하는 것을 확실히 알게 되었습니다. 그 후로부터 저는 제 모든 성심을 다해 서정림 선생님의 그림자를 찾아 제 마음을 서정림 선생님의 마음에 심기 위해 추적했습니다. 사랑한다고 고백했습니다. 그러나 서정림 선생님은 냉담했고 반응을 주지 않으셨습니다. '첫술에 배부른 적 없고' '도끼날에 한 번 찍힌 큰 나무 쓰러진 적 없다'라는 생각으로 두 번 세 번 쫓아가서 자매 동생인 정심 양의 주선周旋으로 면담의 길이 트이게 되었습니다. 네 번째 만남에서 저의 정성을 이해해 주시고 이렇게 말씀해 주셨습니다.

이 선생님처럼 훌륭하신 선생님께서 왜 저같이 부족한 여선생을 대화상대로 삼으려고 하는지 그 의도를 모르겠습니다. 솔직히 말씀드려 저는 이명수 선생님과의 대화 상대가 될 만한 자격이 부족한 여자입니다. 어쩌다가 부모 잘 만나 사범학교를 나와 여선생이 되었을 뿐이지 깊은 지식도 없고 가사家事를 돌볼만한 상식과 경험도 굉장히 부족한 여자입니다. 그런데다가 아직 나이도 어려서 결혼할 처지도 못되고요. 어쨌든 그 많은 여성들 가운데 잘나고 예쁘고 훌륭한 여성들이 이명수 선생님처럼 인물 좋고 똑똑하고 활력이 넘치는 남성을 보면 홀딱 반해버릴 터인데 왜 하필 저 같은 여자와 대화 상대를 선택하려고 하세요. 신중히 생각하세요. 이명수 선생님은 전임지 학교에서 여선생님을 비롯해서 주민 여성분들에게 인기가 매우 좋으셨다는 소문을 전해들은 바도 있습니다, 라고 하셨습니다.

지금 서정림 선생님은 이미 지난날의 말씀을 하셨는데, 그 당시에 저희 부모님께서 원하시고 기대하시는 며느리감과, 제가 바라고 선택하고자 하는 아내와의 인물 선택의 생각은 똑같았습니다. 왜냐하면 저는 무조건 부모님께서 선택하시는 며느리감 의견을 따르겠다는 마음을 결심했기 때문입니다. 그 결심이 자식된 도리로서 부모님께 효도하는 것이라고 생각했습니다. 그런데 지금 서정림 선생님은 지난날의 저의 처지와 입장을 아무런 근거도 없는 허울 좋은 허상의 말씀이었고, 저에게 듣기 좋게 점잖게 거절하시는 방패막의 말씀이었습니다. 지금도 그렇게 생각하고 계십니까? 아니시겠지요!⋯⋯ 아니시라면 이미 때늦은 감은 있지만 지금 취소해 주십시오"라고 한다. 그러자 서정림 선생은 빙긋이 웃으며 대답한다.

"지금은 경우가 완전히 반대현상으로 바뀌지 않았습니까. 죄송했습니다. 취소합니다."

"그럼요. 진심이 아니셨다는 것은 제가 너무 잘 알지요. 그래서 드린 말씀입니다."

두 사람은 어이가 없다는 듯이 서로 손으로 입을 가리고 껄껄거리고 웃었다.

그 만큼 만나는 순간부터 마음이 통하여 사랑하게 되었다는 진심을 오늘에서야 깊어가는 선선한 저녁 바람에 알게 되었고, 오해는 농담으로 날려 보냈다.

"자 이제 우리도 일어납시다. 좀 더 늦으면 아버님께 야단맞습니다."하고 정답게 손을 잡고 들판길을 거닐며 집으로 돌아왔다.

다음날 일요일(8. 29) 아침식사를 끝내고 잠깐 쉬는 시간이었다. 둘째딸 정심이는 부엌에 나가 뒷설거지를 하고 남동생 정수는 자기 방으로 건너간 뒤였다.

식후 차 한 잔을 마시며 이명수 생님과 서정림 큰딸이 앉아 있는 자리에서 아버지께서는 이렇게 말씀하셨다.

"어젯저녁 이명수 선생을 비롯해서 너희들 모두 시냇가로 산책을 나간 뒤 어머니께서 아버지에게 이런 말씀을 하셨다.

정림이가 전임지轉任地 학교에서 이명수 선생과 동료교사의 입장에서 서로 사귀어 오다가 언제부터인가 동료교사의 한계를 넘어 연애를 해온 것이 이제는 아마 서로 사랑하는 사이가 되어 결혼까지 합의한 것 같습니다. 당신 생각은 어떠세요? 하고.

그래서 아버지는 어머니에게 이렇게 말씀을 드렸다. 글쎄 그동안 내가 이명수 선생의 외모라던가 처신 품행을 객관적으로 관찰해 온 바로는 어느 한 곳 지적할 곳이 없는 정림이의 신랑감으로는 훌륭한 인품이라고 판단했습니다. 역시 정림이가 이 아버지가 일러준 말씀을 잘 관심 있게 듣고 기억해서 선택했구나, 하는 생각을 가지고 있습니다. 당신의 의견은 어떠신지 벌써 물어보고 싶었으나 당신이 보는 관찰이 나보다도 훨씬 세심하고 정확하다는 것을 내가 믿고 있었기 때문에 당신이 물어 올 때까지 기다렸습니다. 그런데 오늘 나에게 물어 오셨군요. 이제 당신의 생

사랑이 가기 전에

각을 나에게 알려주어야 할 때가 온 것입니다. 말씀해 주세요, 라고 했단다.

그러자 아내가 예, 그렇지 않아도 정림이 혼자 혼사 문제를 의논하려고 들어 왔습니다. 나 역시 당신의 생각과 다른 바가 없습니다. 우선 남자가 건강해 보이고요, 여러번 지켜본 바로 젊은 사람으로서는 굉장히 믿음직하고 예의범절이 분명해요, 그런 면에서 볼 때 우선 가문이 있는 부모 슬하에서 성장한 청년인 것만은 분명한 것 같습니다. 그러고는 직업이 같은 교육자이고 큰딸 정림이를 무척 사랑하고 있는 것 같아요! 언제 보아도 정림이를 존경해 주고 정림이 말이라면 한 번도 거절하지 않고 믿고 따라주는 처신이 여자의 인격을 완전히 존중해주는 뜻이 분명하고요. 그래서 이번 기회에 두 사람의 의견을 들어서 금년 안에 약혼식과 결혼식까지 올려서 가정을 이루도록 해 주는 것이 좋겠다는 생각으로 당신과 상의하려고 들린 것입니다, 하시는 거야.

그래서 나도 예, 알겠습니다. 당신도 내 생각과 다르지 않으셔서 다행입니다. 그렇게 하도록 당사자들과 의논해 봅시다, 라고 했다.

마침 오늘 일요일이자 조용하고 편안한 자리 같다. 다행히 이 선생도 함께한 자리가 되어 좋은 기회라고 생각하여 의논하고자 한다. 당사자 두 사람의 혼사문제에 관한 일이다. 아버지가 먼저 당사자 두 사람에게 양해를 구할 일이 있다. 아버지 말에 동의가 어렵다 하더라도 이 점만은 동의해 주었으면 한다. 어려운 문제가 아니라 두 당사자를 위한 일이니까 깊이 생각해 주길 바란다. 금년 내로 약혼식과 결혼식을 끝냈으면 한다. 왜냐하면 연애 기간이 1년이 넘어가는 것은 바람직하지 않다. 당사자 간에도 좋은 현상이 아니고 이롭지 못하다. 그동안 아버지가 여러 친구들로부터 자식들의 혼사 문제에 대하여 듣고, 보고 한 바에 의하면 상례(보통의 사례) 보다는 위례(상례에 어긋남)가 훨씬 많다는 결론을 얻게 되었다. 그래서 어머니의 의견을 존중해서 받아들이기로 결정했다. 그러니까 이명수 선생도 부모님과 상의해서 기간 내에 결과를 알려 주길 바라요."

"예 아버님, 그렇게 하겠습니다. 제 부모님도 저에게 금년 내에 결혼식을 올렸으면 좋겠다는 말씀을 하셨습니다."

"그러셨으면 양가 별 문제는 없겠구먼."

아버님은 말씀이 끝나자 바로 거실로 건너가셨다.

그러자 이명수 선생은 서정림 선생에게 "미안합니다. 차마 아버님께 저희들 사정을 고려하여 내년으로 늦춰 주시면 안 되실까요, 라는 말씀을 여쭈려고 해도 감히 어르신께서 말씀하시는데 거절하는 것 같아서 말씀을 드릴 수가 없더라고요."

"잘하셨어요. 저 역시 이 선생님께서 저희 결혼식은 내년으로 미루기로 했습니다, 라고 말씀드릴까 봐 마음이 조마조마했는데, 끝내 아무 말씀도 하시지 않기에 다행이시다, 하고 마음을 놓았습니다. 생각해 보세요. 아버님께서 말씀하시기 전 아버님의 결심을 우리에게 말씀하시는데 토를 달거나 거부하지 말라는 뜻으로 말씀하셨는데 그 뜻에 반하여 우리가 이미 결혼은 내년에 하기로 결정했다는 말씀을 드리면 아버님의 결심을 정면으로 거부하는 불효막심한 자식으로 낙인이 찍힐 터인데 큰일 났다는 생각을 했습니다. 다행히 그 말씀은 하시지 않으시더라고요. 그래서 역시 이명수 선생님다우시다, 하고 안심했습니다. 잘하셨어요."

서정림 선생은 이명수 선생님을 향하여 고개를 숙이고 사의를 표명했다.

이명수 선생 역시 서정림 선생으로부터 처음으로 칭찬을 받자 매우 기뻐하는 모습이었다. 잠시 후 어머님께서 안방에 들어와 앉으시며 말씀하셨다.

"아버님의 말씀은 잘 들었지? 어젯밤 아버님과 상의하여 정림이와 이 선생님과의 혼사 문제는 금년이 가기 전에 치르기로 결정했다."

"어머니 그게 무슨 말씀이세요. 저희 결혼 문제는 금년에 약혼만 해 놓고 결혼식은 내년 봄 4월이나 5월 중에 날짜를 결정하여 치루겠다고 말씀드리지 않았어요."

"넌 지금 무슨 말을 하고 있는 거냐. 어머니가 한 말은 귀 밖으로 흘려보냈니? 엄마가 말했잖아 내년은 안 된다고. 내년에 결혼식을 하려고 합의했다면 차라리 금년에 약혼식을 정해서 양가 부모님과 가족이 상견례를 하고 2개월 안에 결혼식을 올리는 게 좋겠다고 강조했는데 도대체 엄마 말은 어디에 기억해 둔거야. 물론 너희 당사자 사정을 모르는 바는 아니야. 충분히 당사자들의 의사를 존중해서 원하는 시기에 해 줄 수는 있다. 그러나 결혼식 관계는 당사자가 원하는 시기에 하고 싶다고 마음대로 할 수 있는 것이 아니다. 두 신랑 신부의 사주도 맞추어 보고 난 해, 달, 날, 시의 간지에 의하여 신수를 점쳐서 합당한 연월일시를 운수에 맞게 혼례식을 거행하는 것이 관습으로 내려오고 있다. 물론 당사자들은 그것이 다 미신이라고 들은 척도 하지 않겠지만, 약혼이던 결혼식이던 부모님과 상의해서 자식들이 행복하게 잘살 수 있는 시운을 선택하는 절차인데 그 어느 부모가 지켜주지 않겠는가! 그러니까 더 이상 재론하지 말고 부모님의 뜻에 따라 주었으면 좋겠다."

그 말씀이 끝나자 정림은 즉각적으로 반론을 제기했다.

"어머니, 어머니는 왜 딸의 사정이나 입장은 전연 생각지 않으시고 무조건 부모님 의견에 따르라는 식으로 압박하시는지 모르겠어요. 우리 어머니 맞아요?"

"그래, 네 사정이 무엇이 그리 중요한데, 어디 한번 말해 보아라. 타당하다고 생각되면 들어 줄게."

"저나 이명수 선생은 교육공무원이에요. 학생들 교육시간을 단 한 시간이라도 지장을 주어서는 안 됩니다. 그래서 내년 봄방

학이나 겨울방학 기간에 결혼식을 했으면 좋겠다는 생각을 말씀
드렸던 것입니다."

"그렇지, 그 의견은 너무도 타당한 당연한 생각이다. 그런데 네
가 언제 이 어머니에게 그런 말 한적 있었니? 그냥 무조건 결혼식
은 2년 뒤 내후년에 하겠다고 주장했지. 알겠다. 그렇다면 내년
초 겨울방학 때나, 봄방학 기간에 신수에 맞추어 그렇게 하도록
하겠다. 이명수 선생님도 지금 정림 선생의 의견에 찬성하지요?"

"예 어머님. 부모님 말씀대로 따르겠습니다. 저의 부모님도 어
머니 말씀과 같습니다. 그렇게 결정하셨다는 말씀을 전해드리겠
습니다."

그런 다음 이명수 선생은 "그런데 어머님, 앞으로 사위가 될 제
가 어머님께 특별히 부탁드리고 싶은 말씀이 있는데 올려도 되겠
습니까?"라고 여쭈었다.

그러자 어머님께서는 "그러세요, 이제 낯도 익히고 친숙한 사
이가 되었는데 아직도 말 못할 어려움이 있어요"라고 말씀하시면
서 "오늘 하시고 싶은 말씀 다 해 보세요"라고 한다.

"오늘 아버지, 어머님께서 따님과 저의 혼담을 정식으로 결정
해 주셔서 대단히 감사합니다. 이제 저도 마음 편히 잠을 잘 수
있겠습니다. 사위도 자식인데 앞으로 사위가 될 저에게 지금 이
후부터 말씀을 낮추어 주셨으면 마음이 편하겠습니다. 제발 그렇
게 해 주십시오."

"그것은 별로 어려운 문제는 아니라고 보아집니다. 그러나 말을 높이고 낮추는 것도 그 누구이든 간에 분명히 구분할 수 있는 경우가 아니고서는 함부로 해서는 안 될 예의범절이라고 나는 생각합니다. 왜냐하면 상대에게 말을 주고받는 존칭(공경하여 말을 높임)과 비칭(아랫사람에게 말을 낮춤)은 친분에 따라 허용되는 경우가 있는 거죠. 그러니까 지금 이 선생님께서 하려는 말씀이 의도는 장인, 장모님도 부모님과 진배없으신 분이니 오늘부터라도 존칭어는 생략하고 비칭어로 바꾸어 주셨으면 하는 청원이라고 생각합니다. 아닌가요?"라고 반문하신다.

"예, 어머니 말씀이 맞습니다. 제가 불편해서 드리는 말씀입니다"라고 한다. 그러자 어머님께서는 "불편하시더라도 양가 부모님 상견례 겸 약혼식 하는 날이 끝나는 순간부터 그렇게 하겠습니다. 우리 집 가문의 전통은 신랑 신부의 결혼식을 마친 다음날부터 인척관계가 성립되어야 자동적으로 그렇게 해 온 것으로 알고 있습니다. 이해해 주실 수 있지요?"

"예 어머님, 잘 알겠습니다. 어머니 말씀대로 하겠습니다."

이명수 선생은 오후 1시경 점심 식사를 끝내고 근무처 숙소로 향하기 위해 서정림 선생 댁을 나왔다. 서정림 선생도 이명수 선생님을 배송하기 위해 동반했다. 양평 경유 서울행 버스를 타기 위해 대로변 버스 승차권 매표소로 오니까 동생 정심 양이 앞서 나와 이명수 선생의 승차권을 끊어 기다리고 있었다.

"아니 어느새 벌써 나와 있었어요?" 하고 이명수 선생이 놀라는 표정을 짓자 서정림 선생이 "제가 시켰어요." 하고 동생 정심이가 주는 승차권을 받아 이명수 선생님에게 전해 주었다.

그러자 이명수 선생은 "무슨 이런 일까지 동생을 시키셨어요. 앞으로 언니가 이런 심부름 시키면 하지 마세요. 알겠지요?"라고 한다.

그러자 정심 양은 "아니요. 저 언니 말 안 들으면 어머니한테 혼나요. 그리고 앞으로 언니 형부가 되실 분인데 잘 보여야지요"라고 한다.

그러자 이명수 선생님은 정심 양에게 "지금도 나는 정심 양을 최고 은인으로 보고 있어요. 앞으로 잘 해드릴게요. 감사해요"라고 한다.

이런 가운데 버스가 도착했다. 이명수 선생은 서정림 선생 자매에게 감사와 작별의 인사를 나누며 버스에 승차한다. 버스는 갈 길이 바쁘다고 속력을 내어 달려갔다.

예기치 못한
이명수 선생의
등기우편

　　서정림 선생은 9월 9일 목요일 학교 근무를 마치고 퇴근하여
집에 돌아왔다. 마침 부엌에서 어머님과 일을 하던 정심이 언니
를 보자 바로 방에 들어와서 "언니, 이명수 선생님께서 지급으
로 등기 우편이 왔어. 가신지 3일 전인데 갑자기 웬 등기 우편이
지……. 무슨 긴급한 일이 생기셨나!"라고 하면서 우편물을 전해
준다. "지급 등기 우편이라니, 그게 무슨 소리야." 하고 서정림 선
생은 즉석에서 우편물을 받아 개봉했다. 내용을 쭉 읽어 보더니
"아니 이런 일을 무슨 지급 등기 우편으로 보낸담……. 학교로 전
화 연락 하시지. 깜짝 놀랐네." 하며 편지를 핸드백 안으로 집어
넣었다. 그러자 동생 정심 양이 궁금한 얼굴로 물었다.

　　"언니, 무슨 일이기에 그렇게 쉽게 핸드백 안으로 집어넣어 버
려. 내가 봐선 안 되는 일이야?"

　　"안 되다니, 무슨 그리 큰일도 아닌데 지급 등기로 부쳐서 받

아보는 사람 놀라게."

서정림 선생은 다시 핸드백을 열어 우편물을 꺼내어 동생에게 건네주었다.

정심은 건네받은 언니의 편지를 쭉 읽고 나서 하는 말이 "언니, 내가 보기에는 지금 등기 우편으로 보내야 할 만큼 중요한 내용이네. 이런 내용을 어떻게 전화로 말할 수 있겠어. 교육기관에서 사용하는 공용 전화기를 시간 제한 없이 직원이라고 해서 사적으로 오랫동안 함부로 쓸 수 있는 것이 아니지 않아? 공무관계가 아닌 이상 안 그래요? 그리고 전화기 옆에는 교감선생님을 비롯해서 여러 선생님들이 수업을 마쳤거나 쉬는 시간을 이용해서 교무실에 앉아계시는 선생님도 계실 터인데 그 옆에서 가정사 문제를 전화기로 얘기하시는 선생님이 어디 계시겠어. 그래서 아마 기간은 촉박하고 해서 지금 등기 우편으로 하신 것으로 나는 판단해."

동생의 말을 끝까지 듣고 있던 서정림 선생이 대답했다.

"그래, 네 말을 듣고 보니 언니도 이해가 간다. 그렇게 생각하셨던 것 같다. 역시 너는 어머니의 성품을 닮아서 상상력이 풍부해."

"아니야 언니. 언니는 머리가 좋아서 나처럼 상대의 입장을 배려하지 않고 언니 스스로가 즉각 판단해서 생각대로 일을 그때그때 상황에 따라서 처리하는 성품이야. 그 차이일 뿐이야."

"그래 알겠다. 그럼 언니도 네 생각대로 이명수 선생님 부모님 면접을 어떻게 뵙고 인사를 드려야 할지 이후의 처신을 어떻게 해야 며느리 감으로 인정을 받을 것인가를 고민해 보고 순서를 짜야겠다."

"언니, 그 문제는 고민할 필요 없어. 어머니에게 여쭈어보면 금세 답이 나와. 그러면 언니는 그 좋은 머리로 입력해 두고 순서대로 처신을 진행하면 돼. 알겠어. 언니?"

"그래 알겠다. 그렇게 하겠다."

서정림 선생은 9월 11일 주말 토요일 오전 수업을 마침 다음 퇴근하여 곧바로 집에 돌아왔다. 점심 식사를 하고 동생 정심을 대동하여 양평으로 왔다. 그리고 이명수 선생이 우편 서신에 명시한 약속 장소인 '양평다방'에 도착했다. 벌써 이명수 선생은 앞서 와서 기다리고 있었다. 이명수 선생은 벌떡 일어서며 항상 오랜만에 만나는 연인 대하듯 "어이고 시간 맞추어 오시느라고 바쁘셨겠네요, 어떻게 점심은 드시고 오셨어요?"라고 한다. 서정림 선생은 "그럼요. 지금이 몇 신데 점심을 안 들어요. 이 선생님은요?" 하고 묻는다.

"저도 양평에 도착하는 즉시 식당에 가서 점심부터 해결하고 곧장 다방으로 와서 기다리고 있는 중입니다."

"잘하셨어요. 그렇게 서둘지 않으면 점심 할 시간도 없었을 뻔했어요. 어쩌다가 내가 아직 시집가기는 이른 나이인데 이명수 선생님에게 홀려서 말려들게 되었는지 이해할 수가 없어요. 어쨌든 내 스스로가 고통을 자초한 일이니 별도리가 없지요!"

그러자 동생 정심 양은 한마디 거든다.

"아니야 언니. 그것은 언니가 홀린 게 아니고 이명수 선생님에게 언니가 찍힌 거야."

"찍히다니, 그게 무슨 소리냐?"

"사연을 얘기하자면 그렇게 단시간에 얘기가 끝날 수 있다는 행적이 아닙니다. 그러니까 오늘은 당장 내일(일요일) 눈앞에 닥친 일부터 결정짓도록 하세요." 하고 모두 자리에 앉았다. 먼저 서정림 선생이 이명수 선생에게 물었다.

"우선 내일 부모님을 뵙고 인사드려야 할 시간은 몇 시로 정하셨어요?"

"예, 정각 오후 1시로 정했습니다. 장소는 종로 1가 YMCA(기독교 청년회) 건물이 있는 '종로다방(지하실)'입니다. 다방 내에 손님이 앉으시는 자리 가운데 안쪽 깊은 곳에 손님이 덜 찾는 자리로 한 팀(4명) 자리를 비우시도록 부탁드렸더니 주인 마담께서 그렇게 준비해 놓겠다고 승낙했습니다."

"그 다방을 방문도 하지 않고 어떻게 승낙을 받으셨다는 거예요."

"어제 학교 전화로 114에 문의하여 '종로다방' 전화번호를 물었더니 즉시 알려주더라고요. 원래 오래된 유명한 다방이라 금세 알게 됐습니다."

271

그러자 서정림 선생은 눈을 크게 뜨고 놀라는 표정으로 물었다.

"그럼 혹시 그 자리에 다른 선생님이 단 한분이라도 계셨다면 들으셨을 것 아녀요?"

"서 선생님, 제가 바보입니까? 그때는 이미 다른 선생님들은 모두 퇴근하셨고 저 혼자 직원 교무실에 있을 때 학교 전화로 문의한 시간이라 그 누구도 들은 분이 안계셨습니다."

"알겠습니다. 잘 하셨어요. 자 시간이 늦었어요. 빨리 목욕탕으로 가시자고요."

모두 다방을 나와 목욕탕으로 갔다. 욕탕에 도착하자 서정림 선생과 동생 정심은 여탕으로, 이명수 선생은 남탕으로 갈라졌다.

목욕을 마친 이명수 선생은 욕탕 수면실에서 오침을 하고 빈둥거리며 시간을 허송하다가 오후 5시가 가까워 오자 부리나케 양평다방으로 왔다. 10여분 정도 기다리는 중에 서정림 선생과 동생 정심 양이 돌아왔다.

두 자매가 다방 안으로 들어오자 손님들이 일제히 두 자매를 바라보고 놀라는 표정이었다. 물론 이명수 선생도 놀라는 표정으로 상상 이외라는 의아심마저 느낄 정도로 한참 바라봤다.

"뉘신지 금세 기억이 잘 나지 않는데 우선 편안하게 앉으시지요." 하고 농담조로 자리를 권고했다. 그러자 서정림 선생은 "이명수 선생님! 갑자기 왜 그러세요. 눈에 뭐가 들어 가셨어요?"하고 한 발 앞서 말을 돌렸다.

이명수 선생은 "아니요, 평소에 늘 뵙던 분이 갑작스럽게 전연 다른 미인 모습으로 나타나시니까 내 눈이 잘못된 것이 아닌가! 그것도 한 분이 아닌 두 분의 여성께서, 라는 의심이 들 정도로 말입니다. 머리스타일과 화장을 약간 진하게 했다고 해서 이렇게 아름다운 미인을 탄생시키는 시대로 발전한 세상을 맞이했으니 참 좋은 시대를 겪게 되는구나 하는 기쁜 마음입니다. 서 선생님, 감사합니다. 서 선생님처럼 예쁘고 아름다운 분이 저의 연인이시고 배필이 되어주셔서 너무도 행복합니다. 내일 제 부모님께서 보시면 아마 깜짝 놀라실 것입니다."

"이명수 선생님, 정말 돌았어요. 창피하게 왜이래요. 옆에 계신 손님들께서 들으세요."

"듣긴 이렇게 작은 소리로 지나가는 소리로 말하는데 어떻게 들려요. 어서 편안하게 앉기나 하세요."

다방 마담이 와서 차를 주문하며 이렇게 묻는다.

"두 분 쌍둥이세요? 너무 닮고 미인이시네요. 우리 다방에 이렇게 예쁜 분이 손님으로 드신 일은 처음이에요."

그러자 이명수 선생은 자랑이라도 하듯 "아닙니다. 쌍둥이가 아니라 언니, 동생 자매입니다. 이쪽이 언니이고 이쪽이 동생입니다"라고 소개하며 커피를 주문했다.

그러자 다방 마담은 "감사합니다. 선생님은 행복하시겠습니다. 이렇게 미인 여성분들만 만나시니"라고 하니까 "미인 여성들만 제가 선택해서 만나는 것이 아니라 제 약혼자입니다"라고 했다.

그러자 다방마담은 놀라는 표정으로 "예에. 야아 너무 멋지시다. 선생님도 미남이신데 이렇게 미인하고 결혼하시면 얼마나 더 미남, 미녀가 탄생할까. 정말 기대가 되네요." 하며 카운터 쪽으로 돌아갔다. 잠시 후 커피를 마시며 서정림 선생이 이명수 선생에게 "그럼 이 선생님은 지금부터 어떻게 하실 거예요? 학교 기숙사로 가셨다가 주무시고 내일 아침 몇 시에 어디서 만나서 같이 가요?"라고 한다. 그러자 이명수 선생은 "저 학교 기숙사로 안 가고 양평 여관에서 자고 내일 아침 일찍 택시로 서 선생님을 모시고 가겠습니다. 그리고 다시 양평으로 와서 아침 7시 서울행 첫차로 올라갈 것입니다." 하고 대답한다.

그러자 정심이가 "이 선생님! 그러시면 차라리 오늘 저희와 같이 집에 가셔서 주무시고, 내일 아침 일찍 언니와 같이 동시에 행동하시면 그게 더 빠르시지 않겠어요?"라고 한다.

그러자 서정림 선생은 바로 정심이 말을 받아서 "맞아요. 일과 행동에는 순서가 있는데 순서대로 해야지 왜 그렇게 해요. 여러 말씀 말고 저희 집으로 가요."

"또요? 며칠 전에 다녀오지 않았습니까."

이에 서정림 선생은 "참 이명수 선생님. 영리하신 분이 어떤 때는 답답하실 때가 있어요. 물론 결혼 전이니까 자주 오는 것이 부담이 되셔서 그러시는 줄은 이해가 돼요. 그러나 평소에 일없이 다니러 오시는 것과 주요한 볼일이 있어서 방문하시는 것과는 구분하셔야 해요. 부득이 볼일이 있어서 오실 때는 하루에도 여러 번 오고 갈 수가 있는 것 아닌가요. 오늘 가시자는 것은 내일 일을 이 선생님과 내가 서둘지 않고 함께 동시에 행동을 원만하게 수행하기 위해 가시자는 거예요. 그러니까 제가 하자는 대로 따라 주셨으면 좋겠어요. 지금 바로 다방을 나가 택시 정류장에 가서 내일 아침 6시까지 우리 집 문 앞까지 도착하도록 계약하고 가시자고요"라고 한다.

그러자 이명수 선생은 "그 문제는 제가 이미 계약을 해 놓았습니다. 걱정하지 않으셔도 됩니다." 대답한다.

그러자 서정림 선생은 "거 보세요. 그토록 철저한 분인데 무슨 미안한 마음을 그토록 챙기세요. 어서 일어나서 집으로 가시자고요." 하여 다방을 나와 버스정류소에 가서 여주행 막차 버스를 타고 집으로 돌아왔다.

갑자기 이명수 선생님을 동반하고 두 딸이 함께 들어온 것으로 보아 분명히 무슨 사정이 있는 것으로 어머님은 생각하였다.

"어머님, 어머님을 뵙고 싶어서 또 왔습니다."

"어서 오세요. 내가 보고 싶어서 오신 것이 아니고 무슨 급한 사정이 있어서 오신 것으로 보이는데……."

"어머니 족집게 찍어 내시듯이 말씀하세요. 죄송합니다."

"죄송하긴 무슨……"

전 가족이 안방에서 저녁시간이 끝난 뒤 자연스럽게 대화 시간을 가졌다. 먼저 정심이가 어머니에게 여쭈었다.

"어머니, 내일 일요일에 언니가 이명수 선생님 부모님께 선뵈고 인사드리러 올라간대요."

"그래! 내 짐작이 맞았구나. 그러시겠지 첫 아들 장가를 들이는데 왜 부모님께서 며느릿감을 보고싶어 하시지 않겠니. 그래서 너희 두 자매가 예쁘게 단장하고 왔구나. 정심이 너도 선뵈러 가니?"

"아니야, 엄마. 나는 싫다고 해도 언니가 자꾸만 하라고 해서 한 거야. 거봐, 언니. 어머니한테 혼난다고 싫다고 해도."

"괜찮아. 어머니가 예뻐서 하시는 말씀이야"라고 하자 아버님께서 "그래, 아버지가 보아도 예쁘기는 하다. 마치 네 언니와 쌍둥이처럼 보인다. 잘했다. 언니 시집가면 언니 보고 싶을 때 정심이 보면 되겠다."

"정말이세요, 아버지."

"그래, 그러나 동네에서는 너무 싸다니지 말아라. 시집 간 언니로 착각할 수도 있겠다." 하시며 일어나서서 사랑방으로 건너가셨다.

"그래, 내일 장차 시부모님 되실 어르신들에게 첫 선 뵙는 장소는 어디냐?"라고 어머님께서 맏딸에게 물었다. 이때 이명수 선생이 서정림 선생을 대리해서 어머님께 말씀을 드렸다.

"어머님, 그렇지 않아도 오늘 제가 그 일 때문에 아버님, 어머님께 말씀 올리어 승낙을 받고자 찾아뵙게 되었습니다. 사전에 상의 없이 갑작스럽게 찾아뵙게 되어 아버님, 어머님께 대단히 죄송스럽습니다. 사실은, 내일 오전 저의 고종 사촌 여동생의 결혼식이 서울 종로 1가에 있는 '종로예식장'에서 거행됩니다. 그래서 제 부모님께서 모처럼 조카 딸 결혼식에 참석하시기 위해 서울에 나들이 겸 오신다고 합니다. 이 기회에 어렵겠지만 앞으로 며느리가 될 서정림 선생의 모습이라도 좀 보았으면 좋겠다는 말씀을 저에게 주셨습니다. 그래서 갑자기 제가 아버님, 어머님께 승낙을 받기 위해 무리하게 찾아뵙게 되었습니다. 관용해 주시옵소서."

그러자 어머님께서 "온 별말을 다 하시네. 당연히 하실 수 있는 말씀이시지 왜 아니 그러시겠어요. 얼마나 며느릿감이 보시고 싶으시겠어요. 일부러라도 기회를 만드셔서 보시려고 하실 터인데, 다행히도 조카 따님 결혼식이 서울 '종로예식장'에서 거행되는 식장에 참석하신다고 하니 얼마나 좋은 기회가 되시겠어요!

정림아. 한 번 나오시기도 힘든 거리인데 가까이 다가온 지역에서 겸사겸사하여 며느릿감을 뵙고 가셨으면 좋겠다는 생각이신데 당연히 이명수 선생님의 입장을 생각해서라도 그렇게 해 드리는 게 도리가 아니겠니? 이미 네 마음은 그렇게 해 드리기로 결정하고 몸단장을 예쁘게 다듬고 왔으면 이 선생님의 뜻에 따라드려라. 알겠니?"

"예, 알겠습니다. 어머니 말씀대로 하겠습니다." 언니의 대답이 끝나자 이번에는 동생 정심이가 "어머니, 언니가 어르신 두 분에게 인사를 올릴 때 어떻게 올려야 하는지를 잘 모르겠대요."

"아니 어르신께 인사하는 방법을 모른다니 그게 말이 돼? 지금 시집간다는 나이에 부모 밑에서 성장하면서 인사하는 방법도 모르고 자라났다니 그게 말이 되는 소리냐고!"

"아닙니다. 어머니. 지금 정심이가 저의 뜻을 정확하게 이해하지 못하고 어머니에게 드린 말입니다. 평소에 어른들에게 인사드리는 방법을 모르고 지내는 여성들이 어디 있겠습니까. 제가 한 말은 내일 이명수 선생님 부모님을 처음 뵙고 인사를 올려야 하는데 그 장소가 바로 복잡한 '종로예식장'에서 가까운 종로 대로변 2층에 있는 기독교 청년회관 1층 건물 아래 지하실 '종로다방'입니다. 이 다방은 원래 들고 나가는 손님이 많아 귀한 손님을 맞아 인사하고 얘기하고 나가는 과정이 매우 혼잡한 다방이라 걱정이 돼서 혹시라도 어르신께 결례를 범하는 인사가 되면 어쩌나 하는 생각에서 실수 안 하는 방법을 어머니에게 여쭈어보려고 한 말입니다."

정림은 또박또박 사유를 말씀드렸다. 큰딸의 말을 듣고 난 어머님께서는 "그래, 네 말을 듣고 보니 손님들이 많다보면 주변이 산란하여 그럴 수도 있겠다. 만일 그런 상황이면 네가 잘 판단해서 실수하지 않도록 행동해라. 어르신 내외 분께서도 현장을 판단하셔서 혹간의 실수가 있더라도 충분히 이해해 주실 것이다. 왜 하필 그런 복잡한 다방을 선정하셨어요." 하시며 이명수 선생을 바라보셨다.

이에 이명수 선생이 "죄송스럽습니다. 어머니. 그 종로예식장 주변에 가까운 다방은 그 종로다방 밖에 없습니다. 다른 다방을 찾다 보니 거리가 멀고 시간이 걸려 할 수 없이 그 다방이 크고 내실이 넓어 부득이 그곳을 정하게 되었습니다. 그리고 또 내일은 주말이라 어느 곳 다방도 다 손님이 많을 것입니다. 반면에 저희 부모님은 그런 엄격한 격식을 따지지 않습니다. 그런 걱정은 하시지 않으셔도 됩니다"라고 하자 어머님께서는

"그건 이명수 선생님의 생각이지 부모님께서 며느리 감을 선보시는 취지를 잘 이해하시지 못하는 생각이세요! 부모님께서 며느릿감을 선보시는 목적은 첫 번째가 건강입니다. 몸 전체가 잘못된 곳이 있는가 없는가를 잘 살펴보시는 것입니다. 두 번째가 언어입니다. 언어의 장애가 있는지 없는지를 잘 살펴보십니다. 세 번째가 얼굴과 귀 눈 코 입이 반듯한 가를 살펴보시는 것입니다. 얼굴이 예쁘게 잘 생겼나 밉게 생겼나를 보는 것은 아닙니다. 오해 없으시길 바랍니다. 네 번째가 태도입니다. 태도는 속의 뜻

이 드러나 보이는 겉모양입니다. 다섯 번째가 심상입니다. 마음속의 생각이 무엇인가를 짚어 보는 것입니다. 이 가운데에서 세, 네 번째까지만 적격하다고 판단되면 다음 번 문제는 연애과정에서 이미 당사자 간에 확인된 사항이므로 결혼한 연후에 부부간에 사랑과 믿음으로 충분히 조정이 가능할 것으로 판단하는 것입니다." 하고 대화를 끝냈다. 그 다음 서정림 선생은 동생 정심을 향해 이렇게 말했다.

"정심아 네가 낮에 양평다방에서 이명수 선생님께 찍혔다고 말했는데 그게 무슨 말인지 지금 말해 주면 안 되겠니?"

"언니 그건 나중에 우리끼리 있을 때 농담 삼아 얘기해 줄게"라고 대답한다. 이에 어머님께서는 "그게 뭔 소리냐 찍혔다는 게." 하고 반문하시자 정심은 "아니에요 어머니. 그저 농담 속에서 나온 말이에요." 하고 슬쩍 비켰다. 그러자 어머님께서는 "내일 아침 일찍 움직이려면 오늘 저녁은 일찌감치 쉬도록 해라. 그리고 정심이는 막내에게 안방에 와서 자도록 하고 그 방에 이 선생님 자리를 펴드려 주무시도록 해라 알겠니."

"예 알겠습니다. 어머니." 하고 정심이 대답했다.

혼인을 약속한
신랑 부모님께 선뵈는 날

다음날 일요일 아침 이명수 선생과 서정림 선생은 일찍 서둘러 준비를 완료하고 아침식사를 마치자 바로 양평에서 영업용 택시가 도착했다. 두 선생은 이 택시를 타고 다시 양평에 도착하여 그 즉시 서울행 출발 첫 버스로 갈아타고 서울 동대문 숭인동 지방 버스정류장에 도착했다. 내리자마자 인근 식당에서 점심부터 해결하고 '종로다방'에 왔다.

정오 12시였다. 이명수 선생은 계약해 놓은 4인용 손님 좌석에 서정림 선생을 앉혀놓고, 자신은 즉시 종로예식장으로 달려갔다.

이명수 선생 부모님께서는 예식을 끝내고 피로연 식당에서 식사를 하시고 계셨다. 이곳에 이명수 선생이 찾아와서 부모님을 뵙게 되자 매우 반가워하셨다. 아버님께서는 이명수 선생에게 물었다. "왜 색시는 바쁜 게로구나."

"아닙니다. 다른 다방에서 제가 모시고 갈 때까지 기다리고 있습니다."

"그래, 여보 그럼 우리도 식사 빨리 끝내고 갑시다. 시간이 바빠요"라고 어머님에게 말씀하셨다.

그러시자 어머님께서는 "나는 식사 다 했어요. 당신이나 빨리 드세요"라고 하신다.

아버지께서는 "그래요. 그럼 우리 일어납시다. 나도 끝냈어요." 하시며 수저를 놓으셨다. 이리하여 이명수 선생은 부모님을 모시고 종로다방으로 향했다.

다방에서 들어오는 손님만을 바라보고 있던 서정림 선생은 이명수 선생이 다방 문을 열고 부모님을 모시고 들어오는 것을 보자 즉시 다방 문 쪽으로 가서 어머님 바른 팔을 잡아드렸다.

그러자 어머님께서는 즉시 알아보시고 슬쩍 얼굴을 돌려 서정림 선생 얼굴을 바라보시며 "고마우셔라"라고 하시면서 자리까지 안내받았다.

그리고 서정림 선생은 바로 부모님께서 앉으신 맞은편 빈자리 옆에 섰다.

이명수 선생은 아버님을 '커피 잔 탁상 안자리'에 앉히신 다음에 앉은 옆자리로 나와 서정림 선생이 서있는 바로 옆에 섰다. 그리고는 앉아계신 부모님에게 이렇게 소개를 드렸다.

"아버님, 어머님! 형편상 앉아 계신 자리에서 앞으로 며느리가 될 제 안 여자의 인사를 올리겠습니다." 이에 서정림은 "아버님,

어머님 인사 올리겠습니다. 오시느라고 고생하셨습니다. 불편한 장소이기에 반배로 올리겠습니다."하고 양손 등 안쪽을 단전에 붙이고 서서히 허리를 90각도로 굽혀 정중하게 인사를 올렸다.

"서정림이라고 하옵니다."그러자 어머님께서 "불편해요. 이제 편안한 마음으로 앉아요. 미안해요 이런 복잡한 날에 뵙자고 해서."

"아닙니다. 어머니. 오히려 제가 죄송스럽습니다. 댁으로 찾아뵈어야 하는데."

"세월이 어려운 시대라 이 정도 만남이 이루어진 것도 다행이라고 우리 부모는 생각해요. 엄격한 부모님 슬하에서 성장하느라고 힘들었겠어요. 우리 아들이 복이 많아서 이 같이 훌륭한 신붓감을 만나게 되어 기쁜 마음으로 집으로 돌아가게 되었어요. 자어서 차 들어요."하시며 어머님도 찻잔을 들으셨다. 이명수 선생은 두 부모님이 너무 기뻐하시는 모습을 보고 마음이 흐뭇했다.

차를 다 드신 어머니께서는 아버님에게 "여보, 이제 명수도서 선생님도 스케줄이 바빠요. 예쁜 며느릿감도 잘 봤으니까 어서 일어나서 가십시다. 당신 너무 좋아하시니까 오늘 밤 잠 잘 주무시겠어요!"하시며 일어나셨다. 아버님도 일어나시며 "그럽시다."하고는 어머님 뒤를 따르셨다.

이명수 선생은 어머님과 아버님을 모시고 다방을 나갔고, 서정림 선생도 부모님 뒤를 따라 다방을 나왔다. 다방 밖에 나오신 아버님께서는 아들 이명수 선생에게 말씀하셨다.

"명수야, 이제 여기서 너는 서 선생님과 같이 직장으로 가야하고, 아버지는 어머니와 같이 집으로 가야 하니까 헤어지자."

"그렇게 해야 하겠습니다. 집에까지 모셔다 드리지 못해 죄송합니다."

"모시기는 각자 가는 길이 다른데 어떻게 그렇게 해. 부모 걱정 말고 어서 먼저 떠나."

"예 아버지 그렇게 하겠습니다."

이명수 선생과 서정림 선생은 부모님께 공손히 작별인사를 올렸다. 아버님과 어머님께서는 인사를 받으시면서 "오냐 오늘 고생했다. 그리고 서 선생님 너무 고마웠어요. 돌아가셔서 부모님께 감사하다는 말씀 꼭 전해 드리세요."하고 말씀하셨다.

"예, 알겠습니다. 아버님 꼭 그렇게 전해 올리겠습니다. 아버님도 건강하게 지내셔요."하고 되돌아갔다. 이어 부모님께서도 부지런히 댁을 향해 걸음을 재촉하셨다.

이명수 선생은 서정림 선생의 손을 꼭 잡고 말했다. "서정림 선생님, 오늘 너무 고생하셨어요. 그리고 너무 고마웠어요. 부모님께서 서 선생님을 보시고 얼마나 기뻐하시고 좋아하시는지 제 마음이 이 세상에 태어나서 가장 행복한 순간이었어요!"

"진짜에요?"

"진짜지요. 너무 행복한 순간이라 날개가 있다면 하늘을 훨훨

날며 지금 나만큼 행복한 삶이 있으면 한번 나와 보라고 큰 소리로 외치어 보고 싶은 심정을 상상해 봤어요."

"공연히 저 듣기 좋으라고 거짓말 하시는 거예요. 제 선배님 중에 친한 분이 한분 계셔요. 그 선배님 말씀 들어보면 남자들은 여자와 연애할 때는 자기 간이라도 떼어 줄듯이 사랑한다고 하면서 잘해주다가 막상 결혼하고 첫날 밤 지나면 그 후부터는 갑자기 거만해지고 냉랭해진다고 하더라고요. 이명수 선생님도 그럴 가능성이 농후한 분 같아요."

"제가요? 에이 그건 좀 너무 심한 평판이시다. 저는 절대 그런 일은 없을 것입니다. 제가 만약 그렇게 했다면 그 즉시 저와 이혼을 제기하세요."

"이혼을 제기하면 누가 더 손해인가요. 여자가 더 손해를 보게 됩니다. 그런데 왜 여자가 이혼을 제기해요. 남자가 스스로 아내, 자식, 집, 재산을 포기하고 홀로 떠나서야지요. 안 그래요!"

"왜 오늘 같이 기쁜 날에 결혼도 하기 전에 이혼 얘기가 나옵니까?"

"그러게 말입니다. 이혼 얘기는 이명수 선생님이 꺼내셨습니다."

"그랬나요, 우리 사이는 절대 그런 일은 없을 것입니다."

"저 역시 이명수 선생님 생각과 같습니다."

이렇게 즐겁고 기쁜 대화를 나누는 가운데 전차가 도착했다. 두 선생은 전차를 타고 동대문에서 내리어 다시 청량리행 전차로 갈아타고 숭인동 지방 버스정류소 근처 가까운 역에서 내려 버스 정류소에 도착했다. 마침 양평행 버스가 출발 직전 대기 중이라 용이하게 그 버스를 탈 수 있었다. 5분 후에 버스가 출발하였다.

버스는 복잡한 서울 시가를 벗어나 덕소를 경유 팔당을 달려 가고 있었다. 서정림 선생은 근래 바쁜 일이 계속 중복되어 잠을 설치었다고 한다. 그래서 피로가 누적되어 창가에 머리를 기대고 계속 꾸벅이며 졸고 있었다. 이명수 선생은 보기에 매우 안타까웠다.

그래서 바른 팔꿈치 아래 안쪽에 손수건을 걸치고 팔을 창가에 붙여 서정림 선생의 바른 쪽 얼굴 귀편 머리를 받쳐드렸다. 그러니까 마음 놓고 편안한 잠을 취하는 것 같았다. 버스는 팔당을 지나 한강을 대로변 우측에 끼고 양평을 향해 속력을 내고 있었다.

우측 창밖을 내다보는 이명수 선생은 달리는 버스 반대 방향으로 푸른 강물이 유유히 흘러 서울 한강으로 이어지는 자연 환경이 너무도 아름다웠다.

드디어 버스는 북한강과 남한강이 합류하는 양수리대교를 통과하고 있었다. 이제 양평도 얼마 남지 않은 거리였다. 이명수 선생은 곤하게 잠들어 있는 서정림 선생을 깨워야 할 터인데 원체 깊은 잠에 취해 있는 듯해서 민망스러웠다. 그러나 어쩔 수 없었다. 좀 더 양평에 근접해 갔을 때 깨워야 하겠다고 생각했다. 드디어 버스는 국수리 대로변을 통과하여 계속 달리고 있었다. 이제는 깨워야 하겠다고 결심했다. 창가에 붙인 팔을 살며시 떼면서 머리를 왼손으로 받치고 바른손으로 머리를 의자 등의 머리쪽으로 붙이는데 갑자기 서정림 선생이

"어머나 내가 미쳤었나 봐. 그동안 이명수 선생님 팔뚝에 머리붙이고 정신없이 잤나봐요. 얼마나 팔이 아프시겠어요."하며 이명수 선생의 바른 팔꿈치 아래 안쪽을 잡고 주물러드렸다. 그러자 이명수 선생은 미안스러워 "괜찮아요. 아프지 않아요. 힘드셔요. 그만 주무르셔요." 하고 손을 뺀다.

그러자 서정림 선생은 "안 돼요. 풀릴 때까지 주물러야 해요. 그렇지 않으면 밤에 팔 아프서서 잠 못 주무세요. 제가 아파봐서 잘 알아요"라고 한다. 그러자 이명수 선생은 기분이 매우 좋으면서도 서정림 선생의 그 여린 팔로 힘들여 주무르는 것이 안쓰러 그의 손목을 잡고 만류한다. 그러자 서정림 선생은 "손잡지 말아요. 내 손이 아파요"라고 한다.

그러니까 이명수 선생은 "그만하세요. 옆 좌석 손님이 보고 있어요." 하고 작은 목소리로 만류한다. 그러자 서정림 선생은 "보면 어때요. 부부로 알겠지요." 하고 작은 음성으로 말했다. 이 말을 듣자 이명수 선생은 너무도 고마워서 "감사합니다. 감사합니다." 여러 번 되풀이했다. 그리고 양 손바닥으로 서정림 선생의 양손을 가볍게 꼭 잡고 감정을 표현했다. 서정림 선생도 이명수 선생의 눈을 바라보며 감정을 사랑으로 표현했다.

이런 사이에 버스는 양평 버스정류장에 도착했다. 내리는 즉시 이명수 선생은 서정림 선생과 같이 택시정류장으로 가서 영업용 택시에 서정림 선생을 태워 집까지 모시도록 단단히 운전기사에게 부탁했다. 그러자 서정림 선생이 정색을 하며 말했다.

"이명수 선생님, 왜 그러세요. 제가 알아서 가요."

"아니에요. 오늘 서정림 선생님 너무 지치셨어요. 피로가 누적되시어 병나실 것 같아요. 고생하셨어요."

"고생은 저만 한 게 아니잖아요. 이 선생님도 같이 하셨어요. 누구를 위해서 한 일이 아니라 각자 자기를 위해서 한 일이에요. 누차 말씀드리지만 다음부터는 이러지 마세요."

"알겠어요. 도착하시는 즉시 푹 주무세요."

"예, 그리하겠습니다. 이 선생님도 바로 학교 숙소로 가셔서 쉬세요. 안녕히 가세요."

두 사람은 당부를 하며 헤어졌다.

집에 도착해 대문을 열고 안마당으로 들어서자 동생 정심이가 "언니 왔다. 어머니 언니 돌아왔어요." 하고 부엌에서 안마당으로 뛰어나왔다. 언니를 보자 반가워서 "언니 고생했어. 일은 잘 치르긴 했어?" 하고 묻는다. "그럼 잘 치렀지." 하고 아버님이 계신 거실로 들어가서 잘 다녀왔다는 보고를 드리고 경과 말씀을 설명 드렸다.

그리고 이명수 선생 부모님께서 '따님과의 면접을 허용해 주셔서 대단히 감사합니다, 라는 사례 말씀도 아버지, 어머님께 전해 달라는 당부의 말씀도 전해드렸다.

"응, 그래. 우리 큰딸 애썼다. 어서 들어가서 어머니에게 경과를 얘기해 드리고 쉬도록 하여라."

"예, 아버지. 그렇게 하겠습니다." 하고 아버님 방에서 나와 안방으로 들어왔다. 어머님께서 경과가 궁금해서 기다리고 계셨다.

"어머니, 잘 다녀왔습니다." 하고 인사를 드렸다.

"응, 그래. 우리 딸 수고 많았다. 시집가는 절차와 과정이 그렇게 힘든 것이다. 일은 잘 치르고 별 어려움은 없었지?"

"그럼요. 평소 어머니에게 듣고 일러 주신대로 조심스럽게 예의를 지키고 인사를 올렸어요. 그랬더니 이명수 선생님 부모님께서 저에게 하시는 말씀이 '참으로 훌륭하신 부모님 슬하에서 성장한 밝은 신붓감(예쁜 신부를 표현)을 찾았구나! 명수가 복이 있구만'라고 하시더라고요. 그러시면서 잘 부탁해요, 라고 하셨어요."

"그래, 얼마나 우리 딸을 잘 보셨으면 그토록 말씀하셨겠니……. 부모가 딸 키운 보람은 바로 그런 평가에서 느끼는 것이다. 배고프겠다. 어서 저녁 식사 하자. 정심아 어서 밥상부터 차리자." 하시며 자리에서 일어나셨다.

정심이 역시 자리에서 일어나며 "알겠습니다. 어머니. 언니 축하해." 하고 가벼운 손뼉까지 쳐주며 어머님 따라 부엌으로 나갔다.

마침 당숙모가 오셔서 가족이 저녁식사를 끝내고 아버님이 계신 자리에서 즐거운 담소가 열렸다. 담소 내용은 오늘 일요일에 큰딸 정림이가 앞으로 시부모님이 되실 이명수 선생 누님께 선뵈고 돌아온 것에 대한 덕담이었다.

그런데 서정림은 너무 일찍 결혼하는 것이 부끄러워 별로 달갑지 않은 표정이었다.

"어머니! 이제 그 얘기는 그만 했으면 좋겠어요. 창피해……."

"창피하기는. 기뻐해야 할 일을 왜 창피하다고 해. 네 나이 22세야. 시집가기 적당한 나이야. 옛날 같으면 오히려 늦은 나이야. 알겠니?"

"지금이 옛날이 아니지 않아. 지금 세상은 거의 25세부터 30세가 되어서 시집갑니다."

그러자 당숙모님께서 차분하게 말했다.

"그런 말 하는 거 아니다. 얼굴에 주름살 잡혀 시집가서 무슨 큰 재미가 있겠니. 어머니 말씀대로 네 나이에 시집가는 것이 가장 적당하다. 큰일 하고 왔다. 신랑감도 그 정도면 일등 신랑감이다. 자식도 젊어서 일찍 낳아 힘 있을 때 키워야지 힘이 기울어 갈 때 키우면 자식들 뒷바라지 하다가 자기 인생 늙어버려. 그런 생각이면 연애는 왜 했니."

"숙모님! 연애는 제가 하고 싶어서 한 게 아니고요. 정심이가 저를 충동해서 이명수 선생님처럼 잘생기고 멋지고 상냥하신 분하고 연애해서 결혼했으면 좋겠다고 수차 권유해서 그러면 한 번 사귀어볼까 해서 시작된 것이 연애가 되어 여기까지 오게 된 거에요."

"그러면 김이가 언니에게 소개를 잘한 것이지, 만일 네가 마음에 없었다면 이명수 선생님과 사귀면서 연애를 했겠니? 하지 않았을 거 아니야. 그러면 정심이가 중매를 잘 한 것이지. 오히려 정심이에게 고맙게 생각해야지."

당숙모님의 말씀이 끝나자 정심이가 언니에게 이렇게 말했다.

"언니! 솔직히 말해 봐. 내가 보기엔 언니도 이명수 선생님을 좋아하는 눈치였어. 그래서 적극적으로 추진하게 되었고, 내가 언니에게 자극을 주었던 말 생각나는지 모르겠어. 내가 그랬어. '언니! 이명수 선생님 너무 멋지신 분이야. 미남이시고 마음도 고우시고 남자다운 결기도 있으시고 이 선생님 같은 분이 언니 형부가 되었으면 좋겠다'라는 말을 한 적이 있는데 기억나? 그러니까 언니가 너 미쳤니, 갑자기 그게 무슨 소리야 시끄러워, 하고 나에게 퉁바리를 주더라고. 그래서 만일 언니가 싫다고 거절하면 내가 이명수 선생님과 사귀고 싶다고 하니까 정심아, 너 나이 지금 몇 살인데 벌써부터 그런 소리야. 그런 소리나 하려면 지금 당장 집으로 돌아가, 하고 큰소리 쳐서 다시는 말을 못했어. 그 이후로 언니에게는 차마 말을 못하고 이명수 선생님이 언니를 좋아하는

291

눈치가 역력히 내 눈에 띄어 옳지 잘 됐다 하고 이명수 선생님을 충동해 언니를 점찍게 보조역할을 해 드렸어요. 그 과정이 오늘날 이명수 선생님과 서정림 선생님 간에 열매가 맺어지게 된 것입니다. 어떻게 보면 동생인 내가 중매 역할을 했다고 해도 과언은 아니라고 봅니다."

이 말을 듣고 나신 어머님께서는 "그래 정심이 말을 듣고 보니 엄마두 언니 이해를 때, 내가 직교 지나사에 가 있는 동안 늘는 기억이 난다. 이명수 선생님이 언니 형부가 되었으면 좋겠다고 해서 엄마가 사람이 믿음직하고 굉장히 상냥스럽다고 한 기억이 난다."

라고 말씀하셨다. 그러시자 서정림은 "맞아요. 어머니 말씀은 저도 들었어요. 그 무렵에 정심이가 이명수 선생님을 무척 좋아했어요. 그래서 저에게도 언니 형부가 되었으면 좋겠다는 말을 몇 번 했어요. 그건 제가 인정해요. 그런 기대가 저의 마음을 자극하여 연애가 되었을 수도 있지요. 경위가 어떻든 결과가 이렇게 된 것은 정심이 공로가 큽니다. 정심아 고맙다. 언니가 인정할게!"

라고 하여, 가족 모두가 정심이에게 박수를 쳐주었다. 박수가 멈추자 서정림 선생은 동생 정심에게 물었다.

"그런데 정심아, 이명수 선생님과 언니와의 관계가 여기까지 성사된 만큼 더 이상 언니가 모르고 지나갈 수는 없지 않겠니. 네가 어제 낮 양평다방에서 한 말 중에 '언니가 이명수 선생님에게 찍혔다'고 했는데 그 찍혔다는 말이 무슨 뜻이냐?"

"언니 그 말이 그렇게 궁금해? 그만큼 언니 인물이 돋보이기 때문에 반했다는 말이야. 그래서 언니를 콕 찍어서 자기 것으로 만들겠다는 마음의 결정을 했다는 말이야."

"정심아, 내가 물건이냐 찍히게."

"그러니까 언니가 이명수 선생님의 눈에 꽉 들어 무슨 수를 쓰던지 언니를 자기 아내로 삼겠다는 결심을 했다는 뜻이야. 결국 그렇게 만들었잖아."

"너 때문이야. 네가 중간에 끼지 않았으면 내가 말려들지 않았어."

"누구의 손을 빌렸든 결과는 마음먹은 대로 성공했잖아. 그게 능력이야."

"언니가 '이명수 선생님에게 찍혔다'는 지난날의 과거사를 이 동생이 설명해 드릴게요. 이명수 선생님께서 지금 근무하시고 계시는 학교에 부임하신 날은, 언니가 전임지 학교에 첫 발령을 받고 부임하신 뒤 아마 2개월 정도 늦은 걸로 저는 기억합니다. 그때 부임하신 다음 날 퇴근하시면서 언니와 같이 저희 기숙사를 들리셨습니다. 당시 저는 언니를 따라와서 언니 뒤를 보살펴 주고 있었던 시기였기 때문에 나들이 생활이나 다름이 없었지요.

그때 이명수 선생님께서 저희 방에 잠깐 들어오셔서 살펴보시고는 '학교 기숙사치고는 좀 단단하고 아담하고 포근한 느낌이 들어야 하는데 그렇지를 못하고 엉성한 기분이네요. 방바닥은 따끈한가요?' 하고 언니에게 물어보시더라고요.

그러니까 언니가 '예, 방바닥은 따끈따끈 해요'라고 하니까 이명수 선생님은 '그럼 다행이네요'라고 말씀하시어 저는 굉장히 세심한 분이라고 느꼈습니다.

그런데 그때에 이명수 선생님께서는 우리 언니를 바라보시는 눈빛이 심상치 않았습니다. 언니의 머리 스타일을 비롯해서 얼굴, 옷차림, 몸매, 앉은 자세, 언니와의 대화 음성 등등의 소통 예절 문화가 자연스럽게 전개되는 모습을 보고는 교육자로서의 품격 수양이 상당기간 쌓아 오신 결실이라고 생각하면서 우리 아버님의 살아오신 생활 양상과 거의 비슷한 점이 많다는 것을 느끼게 되었습니다.

그래서 저는 언니의 동생으로서 이명수 선생님이 우리 언니를 사랑으로 점을 찍어 마음에 숨겨 놓고 제 접근을 시도한 것이 아닌가! 로 생각했습니다.

그 실례를 말씀드리자면 학교에서 근무하실 때는 출근 시간부터 퇴근 시간까지는 직무를 수행하는 시간이기 때문에 사생활의 여유가 없지 않겠습니까. 그러나 퇴근 이후부터는 사생활의 자유가 실정법 위반 외에는 보장 받을 수 있으므로 그 어디를 가든 무슨 활동을 하던 국가나 공공단체의 광고 및 게시된 제한 지역이 아니면 보장이 가능한 것입니다.

그런데 어느 날인지 일자는 잘 기억이 나지 않습니다. 일요일이었습니다. 언니 초등학교 동기 동창회 모임 날이었는데 동생인 저를 보고 언니 따라 같이 가자는 거예요. 정심은 이때부터 그때의 이야기를 자세하게 들려주었다.

그래서 제가 언니에게 '언니? 언니 초등학교 동창회에 왜 내가 따라가. 언니 동창들에게 얼마나 눈총을 맞으라고…….'

"얘 정심아 눈총은 무슨 눈총을 맞아. 사정이 있어서 같이 온 줄 알지."

"그래서 머리 좋은 사람은 자기 판단이 제일인 줄 알아. 상대방의 입장과 생각은 전연 고려하지 않아. 언니 동창생들이 동창회를 여는 것은 같이 공부하고 함께 뛰어놀고 하던 지난날의 그 시절 친구들의 얼굴이 보고 싶고 그리워서 동창회를 열어 서로 만나 얼굴보고 다정하게 식사하며 즐기려고 동창회를 하는 거지 생전에 얼굴 한 번 본적 없고 이름도 모르는 후배를 만나서 뭘 하게. 기분만 상하지 안 그래 언니!"

"얘 너는 어떻게 회원 당사자인 나를 지목하여 얘기를 해야지 회원이 아닌 동생을 회원으로 지목시켜 얘기를 하니! 동생은 어제 토요일 학교 기숙사에서 집에 다니러 갔다가 일요일인 오늘 다시 근무처 기숙사로 돌아가는 길에 각자 따로 갈 사정이 못 돼

불가불 언니와 함께 동창회에 따라갔다가 동창회를 마친 뒤 다시 함께 가야 하는 사정이므로 양해를 구하면 안 되겠니!"

"글쎄, 듣고 보니 언니 말도 틀린 말은 아니네"라고 한다.

그런 다음 잠시 무언가 생각하더니, "알았어. 언니. 그럼 언니 말대로 따라갈게."

하고 언니 요구에 응하기로 했다. 그래서 두 자매는 집을 나와 양평행 버스를 타기 위하여 도로변 승차권 매표소로 나와 승차권을 끊었다. 잠시 후 버스가 도착하자 바로 승차하여 양평에 도착하였다.

회식 모임 시간까지 기다리자면 아직 한 시간을 기다려야 했다. 할 수 없이 평소에 잘 다니는 '양평다방'에 가서 커피 한잔을 마시며 기다려야 했다. 그래서 양평다방으로 갔다.

정심 양이 다방 문을 열고 언니를 먼저 다방 안으로 들어가도록 배려했다. 그런데 언니가 깜짝 놀라는 모습이었다. "어머!" 하고 깜짝 놀란다.

문을 닫고 난 정심 양이 "언니 왜 그래!" 하고 같이 놀라는 모습을 보였다.

"정심아 저기 이명수 선생님이 앉아 계신다"라고 한다. 그러자 정심 양도 "예에?" 하고 그쪽을 바라보았다. 이명수 선생님이 먼저 알아보고 일어나서 언니를 좌석으로 안내하셨다.

언니가 먼저 "아니, 이명수 선생님이 이른 시간에 어쩐 일로 나오셨어요. 어제 집에 안 가셨어요?"라고 한다. 그러자 이명수 선생님은 "예에, 어제 고향 친구가 용문에 볼일이 있어서 왔다가 돌아가는 길에 저에게 전화가 왔어요. 온 김에 보고 가려고 전화를 했다는 거예요. 그래서 저도 반가워서 양평 이 다방에서 만나자고 약속하고 집에 가는 것을 포기했습니다. 그리고 그 친구와 만나 양평 곳곳을 돌아다니며 저녁도 먹고 술도 한 잔 하면서 시간을 보내다가 근처 여관에서 잤습니다. 아침에까지 늦잠 자다가 일어나 여관에서 식사하고 이 다방에 와서 커피 한 잔을 하며 즐기다가 조금 전에 그 친구는 가고 저는 갈 곳이 없어서 쉬는 중이었습니다"라고 한다.

그러자 서정림 선생은 이명수 선생에게 이렇게 말했다.

"이명수 선생님의 어제의 처사는 잘못되신 것 같습니다. 일단 부모님을 뵈러 가기로 결정하셨으면 그 결정이 최우선입니다. 가정의 가족 이상 더 가까운 순서가 어디 있습니까. 저는 누구보다도 부모님께 효심을 다하시는 분은 이명수 선생님이라고 믿고 있습니다. 얼마나 부모님께서 기다리셨겠어요. 오늘 기숙사로 돌아가시면 바로 부모님께 사죄의 편지를 올리세요. 그래야 걱정을 놓으실 것 아닙니까. 미안합니다. 제 자신도 그러지 못하면서 감히 이명수 선생님께 이런 말씀을 드리다니."

"감사합니다. 서정림 선생님 말씀이 아니면 누가 나에게 그런 말씀을 해 주시겠습니까. 너무 오랜만에 만나게 되는 친구라 그 순간에 저도 모르게 이성을 깜빡 했습니다. 조심하겠습니다. 그런데 서정림 선생님은 어제 토요일 집에 가셨잖아요. 근데 일요일인데 왜 벌써 떠나오셨어요?"라고 물었다.

그러자 서정림 선생은 "예, 오늘 정각 12시 정오에 '양평식당' 2층에서 초등학교 동창회가 있어요. 그래서 동생과 같이 그 동창회에 참석해서 점심이나 들고 기숙사로 가려고 일찍 서둘러 집을 떠나 왔어요"라고 하자 동생 정심이가

"잘 됐어 언니. 나 언니 동창회에 안 가고 이명수 선생님과 점심 같이 하고 다시 다방으로 와서 기다릴터이니 언니는 동창들과 즐겁게 식사하고 얘기하다가 먼저 나와 이 다방으로 와서 이 선생님과 함께 기숙사로 가면 어떨까"라고 한다.

그러자 서정림 선생이 "그래, 그게 좋겠다. 그럼 너는 이명수 선생님 모시고 가까운 식당에 가서 점심을 든 다음 다시 이 다방으로 와서 이 선생님과 같이 커피 마시며 기다려 줄래"라고 했다.

그러자 이명수 선생님 역시 "그렇게 하세요. 아주 잘 됐어요." 하며 기뻐하셨다.

서정림 선생은 핸드백을 열고 지갑을 꺼내어 점심 값 돈을 꺼내어 동생 정심에게 건네자 이명수 선생은 펄쩍 뛰며 만류했다.

"서정림 선생님. 내가 동생과 같이 행동하는데 나를 곁에 두고 동생에게 점심 값을 꺼내 주는 것은 나에 대한 큰 모독입니다. 그러니까 값을 거두어 넣으십시오. 계속 이러시면 앞으로 저 다시

안 보실겁니까? 이러지 마세요."

한사코 돈을 되돌려 주어서 서정림 선생 지갑 속으로 들어갔다. 그러자 동생 정심은 "그래요 언니. 오늘 이명수 선생님 신세 질게요. 다녀와요." 하고 언니를 다방 문 밖까지 배웅하고 다시 이명수 선생님 자리 앞 의자로 되돌아왔다.

"고마워요 정심 양. 생각해 보세요. 제가 있고 옆에 정심 양이 있는데 점심 값이 얼마가 되던 그 대금을 지불할 수 있는 능력자가 누구이겠습니까? 서로가 모르는 사이도 아니고 가깝게 지내는 같은 직장의 동료 동생이자 남매 같은 친분이 두터운 사이인데, 그런 위치에서의 언니 처신은 내 입장을 너무 무시하는 것 같아서 서운하네요"라고 하신다.

그러자 정심 양은 "이명수 선생님! 무슨 그런 말씀을 하세요. 언니가 이명수 선생님을 얼마나 존경하고 좋아하시는데요. 그동안 이명수 선생님께서 언니에게 너무 친절하게 잘 해주셔서 언니가 미안해서 오늘 만큼은 제가 언니를 대신해서 점심을 대접해 드리라고 부탁하는 처지에서 한 일이지 절대 이명수 선생님을 달리 생각해서 저에게 취한 행동은 아닙니다. 오해하지 마세요. 제가 옆에 언니가 없으니까 중요한 정보를 드릴게요. 언니가 자존심이 강해서 표현을 잘 나타내지 않아서 그렇지 사실은 언니가 이명수 선생님을 은근히 '사랑'하고 있어요. 이 기회에 꼭 잡으세요. 주위의 남자들이 언니를 잡으려고 경쟁하고 있어요. 그런데 언니는 눈도 깜짝 안 해요!"라고 하자 눈을 번쩍 크게 뜨며 정심 양 앞으로 몸을 바짝 굽혔다.

그리고는 "정심 양, 지금 그 말 진심인가요?"

"그럼요. 요 사이 제가 언니하고 자주 이야기를 주고받는 가운데 그 진심을 발견했어요."

"알았어요. 정심 양. 나 좀 도와주세요."

"적극 도와드릴게요. 사랑이 가기 전에 잡으셔야 합니다. 기회는 두 번 다시 오지 않습니다."

"정심 양 지금까지도 정심 양의 도움이 없었다면 여기까지 다 가오지 못했을 것입니다. 정말 감사합니다. 자 우리 식당에 가서 점심 식사나 하고 다시 와서 얘기합시다."

다방을 나와 이곳저곳 식당을 찾아보니 우연히 양평식당까지 왔다.

먹을 만한 곳은 역시 양평식당 뿐이었다. 이곳 식당 2층에서는 초등학교 동창회 행사가 치러지고 있었고, 1층 식당에서는 평소와 다름없이 손님들이 식사를 하고 있었다.

"정심 양, 우리 양평식당 1층에 들어가서 그냥 식사를 하고 가는 게 어떨까요? 그래도 양평식당이 메뉴도 많고 제일 나은 것 같아요."

"글쎄요, 혹시 언니가 2층 행사 도중에 아래층에 내려와서 만나게 되면 어떡해요."

"그 전에 식사를 마치고 다방으로 가야겠지요."

"그렇게 하시지요. 좀 더 멀리 가면 시간 차이가 생겨 언니가 먼저 올지도 몰라요"라고 하여 바로 양평식당으로 들어갔다. 식사를 마치고 다방으로 다시 되돌아 왔다. 오후 한 시가 넘었다. 커피를 마시며 이명수 선생은 정심 양에게 이런 부탁을 했다.

"정심 양! 난 언니가 너무 좋아요. 언니만 보면 내 마음 모두가 언니에게 말려드는 기분이에요. 언니하고 결혼하고 싶어요. 도와주세요."

"그 정도로 언니가 좋으세요? 큰일나셨네요. 그러다가 상사병이라도 생기시면 어쩌시려고요."

"에이, 그렇게 극단적인 말은 하시지 마시고요."

"농담으로 한 말이에요. 저 역시 이명수 선생님이 존경스럽고 믿음직한 분이니까 언니 곁에 형부가 되어 주시면 좋겠다는 생각이 들어 적극 언니를 설득시키고 있는 중입니다.

우리 언니는 마음에 없으면 즉각적으로 그 반응이 표출되는 성품입니다. 그런데 그런 반응이 전연 없어요. 그러면서 저에게 뭐라고 하는가 하면 그래, 나도 네가 이명수 선생님을 존경하고 좋게 생각하고 있듯이 나도 같은 마음이다. 그런데 그 존경과 믿음이 언제까지 지속이 될지는 나도 아직은 판단하기가 이른 것 같다. 내가 결심하고 너에게 의사를 표현할 때까지 기다려라. 알겠니, 하면서 공연히 이명수 선생님에게 언니의 마음을 이러니저러니 함부로 얘기하지 말라는 경고를 받았습니다. 그러니까 이명수 선생님도 너무 언니에게 다가 가시거나 또 그렇다고 거리를 너무 늦추거나 하시지 마시고 적절한 시기에 적극성을 보여주는 것이 상대방 마음을 이 선생님에게 다가오도록 하는 작전일수도 있습니다. 아시겠죠?"

"예, 알겠습니다. 그런데 그 시기가 언제가 적당한 시기인가가 문제가 아닙니까? 그러다가 완전히 실패가 되면 어떡해요?"

"실패가 되면 안 되지요. 실패하시지 않도록 제가 도와드려야죠."

"알겠습니다. 그렇게만 해 주시면 제가 형부가 되어 한 평생 처제에게 은혜를 갚을 겁니다."

"은혜는 무슨 은혜예요, 그렇게 되면 한 가족으로 연계가 되는데요."

이런 가운데 서정림 선생이 돌아왔다.

"언니, 벌써 돌아왔어? 내가 이명수 선생님 모시고 왔으니까 좀 더 있다가 돌아와도 되는데."

"아니야, 이야기 할 만큼 했어. 이명수 선생님도 계시고 해서 동기생들에게 사정을 얘기하고 양해를 구하여 일찍 돌아온 거야"라고 한다. 그러자 이명수 선생이 말했다.

"제 걱정 마시고 더 좀 오래 계시다가 오셔도 되는데 저 때문에 일찍 오셨군요."

"아니에요. 적당한 시간에 온 거에요. 기숙사도 너무 늦게 돌아가면 안 돼요. 차 한 잔 더 마시다가 오후 2시 30분경에 출발하시지요?"라고 하며 의자에 앉은 서정림 선생은 차를 주문한 뒤 이명수 선생에게 "이 선생님, 점심은 드셨어요?" 하고 물었다.

"그럼요, 지금이 몇 신데 점심을 안 들어요. 정심 양과 즐겁게 점심을 들었습니다."

"그런데 웬 고집이 그렇게 강하세요. 늘 이 선생님에게 신세만 지고해서 제가 못 하는 대신 동생에게 특별히 부탁해서 점심을 대접해 드리도록 한 일인데 그걸 그토록 막으시니 제 손이 얼마나 부끄럽습니까. 다음부터는 그러시지 마세요. 그냥 못 본 척 지나가세요."

"아니요, 사정이 그렇게 될 일이 아니지 않습니까. 서정림 선생님은 초등학교 동창회에 가서야 할 분이고, 동생 정심 양은 언니 따라 동창회에 함께 갈 자리가 못 되지 않습니까. 그러면 남아서 처리해야 할 책임자는 당연히 제가 해야 할 사항인데 왜 나이도 어리고 경제적 능력도 아직 독립적으로 해결할 수 있는 처지가 아닌 동생에게 그런 책임을 맡기십니까. 제가 무슨 대단한 사람이라고요."

"무슨 말씀이세요. 오늘의 상황으로 볼 때 저에게는 대단한 손님이시지요. 평소 학교에서 뵐 때는 동료 선배 선생님이시지만 오늘 같은 날은 직장이 아닌 객지에서 전연 예상치 못한 제가 살고 있는 관할 지역에서 우연히 만나 뵙게 되었습니다. 얼마나 반가운 손님이십니까. 그러므로 제가 직접 점심 대접을 해 드리면서 대화를 나누어야 하는데 일이 이상하게 꼬여져서 그렇게 할 수 없게 된 것입니다. 그래서 제가 동생에게 부탁을 한 것입니다. 이명수 선생님께 죄송하다는 말씀 드립니다."

"죄송한 쪽은 서정림 선생님이 아니고, 이 이명수 쪽입니다. 이제 그 말씀은 그만 하시고 차 드세요."

"오늘 차를 벌써 몇 잔 째 드는지 헤아리지도 못하겠다."

"언니, 그럼 내 잔에나 이명수 선생님 잔에 조금씩 덜어 나누어 마셔"라고 한다. 그러자 이명수 선생님이 "그렇게 하세요. 자네 잔에도 조금 따르시고 저 정심 양 잔에도 조금 따르시고 하면 반잔은 줄어들 거예요." 하여 나누어 마셨다. 서정림 선생이 다시 입을 열었다.

"이명수 선생님 부탁이 있어요."

"예, 말씀하세요. 무슨 부탁이건 다 들어 드릴 거예요."

"오늘은 우리 택시로 가지 말고 데이트하는 기분으로 버스타고 가다가 중간에서 내려 산책하며 걸어서 학교 기숙사로 가면 어떨까요?"

그러자 이명수 선생은 잠깐 망설이는 듯하다 "글쎄요, 힘드시지 않겠어요"라고 하신다.

그러자 서정림 선생은 "힘들다니요. 오랜만에 걷는데 뭐가 힘들어요. 오히려 운동도 되고 즐겁지 않을까요"라고 한다.

그러자 정심 양이 "나도 언니 말에 찬성이에요. 우리 그렇게 해요." 하고 이명수 선생님을 바라보면서 눈을 끔뻑 신호를 보내고 동의를 구했다.

그러자 이명수 선생은 "글쎄요, 서정림 선생님께서 괜찮으시다면 그렇게 하시지요." 하고 동의하면서 "그러시면 그 쪽으로 가는 버스시간을 알아봐야 하겠네요"라고 한다. 그러자 서정림 선생은 "그 쪽으로 가는 버스는 시간마다 있어요. 제가 다녀 봐서 잘 알아요. 오후 3시에 있을 겁니다. 2시 30분에 다방에서 나가 버스정류소로 가면 됩니다"라고 하여 안심하고 앉아있었다.

드디어 2시 30분이 되었다. "이 선생님, 그만 일어나시지요"라고 하여 동시에 일어났다. 이명수 선생님이 앞서 카운터에 나가 찻값을 지불하려고 하니까 이미 계산이 끝났다는 것이다. 일행은 다방을 나와 버스정류소로 왔다. 잠시 후 버스가 출구로 나오자 대기하고 있던 손님들이 줄을 서서 순서 있게 버스를 탔다. 이명수 선생은 앞좌석에 서정림 선생 자매를 앉히고 뒷좌석에 자신이 앉았다. 그러자 정심이가 벌떡 일어나서

"아니요. 이명수 선생님께서 언니와 함께 앉으세요. 제가 뒷자리에 앉겠습니다." 하고 일어난다. 그러자 이명수 선생님은 "아니에요. 버스를 타거나 타인과 함께 여행을 할 때는 가족이 우선순위에요. 아무 말 말고 가요. 손님도 많지 않으니 편안하게 갈래

요"라고 말씀하셨다. 정각 오후 3시가 되자 버스가 출발하였다. 두 사람이 앉은 자리에 손님이 차지 않자 혼자 편안하게 앉아 잠깐 눈감은 사이에 내려야 할 목적지까지 도착한 것이다.

"이 선생님! 내리셔야 합니다."하고 정심 양이 깨웠다. 어젯밤 잠을 설친 이명수 선생은 "네에. 벌써요."하며 눈을 번쩍 뜬다. "그 사이에 잠들었었나 봐요."하고 급하게 일어나 출입문 쪽으로 가까이 다가갔다.

버스가 정차하자 대로변 쌍갈림 쪽에서 모두 내렸다.

세 사람은 학교 마을 길 연인 간 산책하듯 걸어가며 대화를 나누었다. 걷다 보니 대화상대는 이명수 선생과 서정림 선생 두 분뿐이었다. 이명수 선생은 의당 자신들의 한 발 뒤쪽에서 따라오려니 하고 한참을 걸었는데 정심 양이 보이지 않았다. 이명수 선생은 발걸음을 멈추고 서정림 선생 좌측과 뒤 모두 살펴도 정심 양이 전연 보이지 않았다.

가슴이 섬뜩했다. 서정림 선생 역시 불안해서 얼굴이 시뻘겋게 달아오르는 듯 해졌다. 주변을 아무리 살펴도 보이지 않았다. 그때 도로 먼 길 앞에서 "언니, 빨리 와요."하는 소리가 들려왔다. 서정림 선생이 그 소리를 얼핏 듣고 "정심이냐—아"하고 큰 소리로 맞질렀다. 그러니까 "맞아요."하며 양손바닥을 번쩍 머리 위 하늘 쪽으로 치켜들어 흔들고 있었다. 그리하여 위치를 확인하고 두 선생은 부지런히 앞길을 걸어서 정심 양이 서서 기다리는 곳까지 도착했다.

서정림 선생은 화가 머리끝까지 올랐다. 이에 이명수 선생은 서정림 선생에게 이렇게 권유했다.

"서정림 선생님, 아무리 화가 나서도 동생 정심 양에게 화풀이는 하지 마세요. 음성을 낮추시고 앞으로는 언니나 이명수 선생님에게 이렇게 놀래시도록 하는 행동을 하지 말라고 조용히 주의를 주세요. 제 잘못입니다. 제가 정심 양의 심리를 헤아리지 못한 책임입니다. 정심 양은 오히려 서정림 선생님과 저와의 대화 데이트를 열어 주기 위해서 일부러 발걸음을 뛰다 싶이 앞서 간 것이라고 판단합니다. 제 잘못이 큽니다. 제가 정심 양에게 배려하지 못한 잘못을 사과하겠습니다."

"예, 알겠습니다. 그렇게 하겠습니다."

드디어 정심 양이 서서 기다리는 곳까지 도착했다. 이명수 선생은 정심 양에게 "기다려 주어서 감사해요"라고 했고, 서정림 선생은 "빨리 가면 언니에게 슬쩍 언니 나 먼저 앞서 갈게 하고 갔으면 이명수 선생님이나 언니도 큰 걱정을 하지 않았지. 앞으로는 언니나 이명수 선생님에게 먼저 앞서가겠다는 힌트라도 주고 가도록 해"라고 말했다.

그러자 정심은 "알았어요. 언니. 이명수 선생님 죄송합니다." 하고 사과드렸다.

일행은 학교 사택까지 도착하였다. 서정림 선생과 정심 양은 학교 기숙사로 돌아왔고, 이명수 선생은 교장 선생님 댁 숙소로 돌아갔다.

　이후부터 서정림 선생의 동정은, 동생 정심 양에 의해 순수하게 이명수 선생에게 전달되었고, 이명수 선생은 서정림 선생의 사적 바깥 출타시에는 시간 장소 용무까지 파악하고, 서정림 선생이 출발하기 직전 앞서 출발하여 목적지에 도착해 기다리는 만남을 만들었다. 뒤에 도착한 서정림 선생은 이명수 선생을 만나자 깜짝 놀라지 않을 수 없는 반가운 정경이 이루어지는 것이다.

　이런 관계가 형성되자 서정림 선생은 이명수 선생과 함께 다니면서 볼일을 보아야 했고, 또한 상황에 따라 친구를 만나게 되면 한 학교에 근무하시는 동료 선배 선생님이시라고 소개하기도 했다. 그러자 객관적으로 바라보는 친구는 과연 동료 선배일 뿐인가, 아니면 연인관계인가 하는, 판단은 훗날 자동적으로 밝혀질 것이라고 본다. 용무를 마치고 돌아올 때는 자연적으로 두 분의 연인 데이트가 되어 사랑이 깊어지는 것은 당연하지 않을까……

　서정림 선생은 기숙사로 돌아와서 동생 정심 양과 같이 저녁식사를 하면서 넌지시 물었다.

　"정심아, 네가 오늘 이명수 선생님께 언니가 밖에 볼일이 있어서 나들이 나갔다고 알려드렸니?"

　"응, 그걸 언니가 어떻게 알아?"

　"오늘 글쎄 언니가 가는 곳에 도착해서 버스에서 내리니까 바로 내리는 그 길목에 서 계신거야. 그래서 언니가 깜짝 놀랄 수밖에."

"그래서 아니, 이명수 선생님께서 여긴 웬일이세요 하고 반가워 여쭈어봤더니, 이곳에 볼일이 있어서 왔습니다라고 하시기에 무슨 볼일이신데요, 하고 다시 반복해서 여쭈었더니 서정림 선생님이 보시는 볼일을 도와드리는 볼일이요, 라고 하지 않겠니. 하도 어처구니가 없어서 저 도움 받을 만한 볼일 하나도 없습니다라고 하니까, 그러시면 혼자 볼일 보시는데 외로우실까 봐 친구되어 드리려고 왔습니다. 귀엽게 보아주십시오라고 하시지 않겠니. 너무 어이가 없어서 내가 불쑥 나온다는 소리가 이 선생님, 차라리 제가 보고 싶어서 나오셨다고 말씀하세요, 라고 하니까, 다아시면서 말씀을 자주 돌리세요, 라고 하시며 언니의 얼굴을 빤히 쳐다보는 거야. 그러니 나 역시 무슨 말을 해야겠는데 말이 안나오는 거야. 그러자 언니가 그만 웃음이 터져버렸어. 그러니까 이명수 선생님이 같이 웃으면서 언니 앞으로 다가와서 하는 말이 맞아요, 서정림 선생님이 보고 싶어서 하루 종일 기다리기가 힘들 것 같아 먼저 와서 버스 내리는 곳에서 기다렸던 것입니다. 제 행동이 미우셨다면 제 뺨을 한번 힘차게 때려 주세요, 라고 하는데 언니가 눈물이 펑펑 쏟아지는 거야. 도대체 이 언니가 무엇이 그리 대단한 존재라고 이명수 선생님 같이 잘난 남자의 마음을 흔들어 놓는가 해서 이명수 선생님이 매우 안 됐더라고. 그래서 처음으로 이 선생님에게 사랑을 선물했어.”

"그랬어. 언니? 진짜야? 이 선생님에게 첫 키스를 허용했다고?"

언니가 고개를 끄덕하고 숙였다. 그러자 정심 양은 밥 먹던 수저를 밥상에 탁 놓고 벌떡 일어났다. 그리고 손뼉을 치면서 "언니 축하해. 이명수 선생님에게 사랑의 문을 열어주어서 이명수 선생님이 오늘부터 발 뻗고 편안하게 주무시겠다. 잘 했어 언니. 나는 이명수 선생님이 형부 되어 주시는 게 제일 좋다. 이명수 선생님이 날 보고 이런 말씀을 하셨어. 언니 같은 여자가 아니면 그 누구와도 결혼하지 않겠다고 그처럼 언니에게 반했어"라고 하며 좋아했다.

"정심아, 아직 누구에게 이런 말을 해서는 안 된다. 부모님에게도 응?"

"아버지 어머니에게도 하지 말라고?"

"그래, 오늘의 일은 정심이 너의 작전이 이명수 선생님에게 전해졌음을 언니는 잘 알아. 그렇다고 이명수 선생님과 언니와의 관계를 완전히 결정된 바나 다름없다고 생각해서는 안 돼. 이명수 선생님이나 언니나 결혼할 나이로는 너무 이른 것 같다. 앞으로도 이명수 선생님이나 언니나 뒤에 무슨 일이 벌어질지는 아무도 장담 못해. 그러니까 현재까지의 서로 간에 믿음과 사랑이 계속 되어 필요조건이 형성되면 결혼을 해야 한다는 상황이 오게돼. 그때 해도 늦지 않아 알겠니. 정심아."

"응, 알겠어. 언니. 사실은 엊저녁에 언니가 잠깐 바람 쐬러 나간 뒤였어. 이명수 선생님이 오셔서 언니를 찾는 거야. 그래서 잠깐 저녁 들고 바람 쐬러 나가신 것 같다고 하니까 내일 일요일 오전에 이명수 선생님을 비롯해서 언니와 나 이렇게 세 사람이 같이 이전처럼 등산을 가자는 거야. 그래서 내가 내일 일요일은 언니가 볼일이 있어서 어디를 가시게 돼 있어서 안 될 거라고 했더니, 이명수 선생님이 언니가 내일 몇 시에 어디로 어느 장소에서 누구를 만나 무슨 볼일을 보시러 가시느냐고 꼬치꼬치 캐 묻는거야. 그래서 솔직하게 말씀드렸지. 내일 아침 숙소에서 9시에 나가 양평 버스정류소에 가서 9시 40분에 출발하는 어디 행 버스를 타고, 어느 곳에서 내리시어 길 건너 공원 출입구 안에서 친구를 만나 함께 볼일을 보게 돼 있다고 상세하게 알려드렸지. 그러니까 '알겠습니다. 감사합니다.' 하고 돌아가셨어. 지금 생각해 보니까 이명수 선생님이 휴일에 그 누구를 만나실까 하는 것이 궁금해서 확인하러 가셨었나 봐. 그럴 정도로 언니를 사랑하고 계셔. 잘했어 언니. 이명수 선생님의 그 같은 행동이라면 언니를 얼마만큼 사랑하고 있다는 것이 증명이 되지 않아? 진심이 오직 언니야. 언니는 참 행복해. 나 언니 중매 역할 잘 했지."

"그래 고맙다. 이것이 아마 인연인가 보다."

서정림 선생은 처음에는 이명수 선생님의 행동이 굉장히 의심스럽고 두려움마저 느껴질 정도였는데, 막상 같이 행동하고 용무를 마치고 돌아올 때는 너무도 자연스럽고 멋진 데이트였다고 느껴졌다.

이 과정에서 이명수 선생과 서정림 선생 간의 연정은 더욱 더 깊어졌고 두 남녀 사이의 사랑은 확고하게 굳어져서 결혼의 의사까지 합의되는 시기에 서정림 선생이 갑작스러운 전근 발령을 받게 된 것이다. 그러나 전임지 학교에서는 이 두 선생 간의 순애가 이처럼 진행되어 오는 것을 알고 있는 선생님은 단 한분도 없었다. 그처럼 두 선생간의 연정관계는 장벽 없는 공간에서 철저한 보안으로 진행되어 온 것이다. 교직자로서의 직책의 품위를 유지하는데 온 신경을 다 쓴 것이다.

이 같은 상황에서 서정림 선생이 현지 근무 학교로 전출한 연후에서야 결혼의 합의가 자연스럽게 성사되었다는 것은 그럴만한 사유가 분명히 심리적으로 작동된다는 것은 너무도 당연한 것이다. 한 직장에서의 남녀가 연인관계가 되어 사랑이 깊어지면 서로가 곁에서 상대의 동정을 늘 확인할 수 있다는 믿음의 안도감을 준다.

그러나 그 어느 날 한쪽(연인 간 한편)이 신상에 변동이 생겨 직장의 경내에서 경외로 멀리 떨어지는 경우가 발생하면 두 연인 간에 심리적 불안이 일어나기 마련이다. 그리움, 믿음, 동정, 사랑 등이 이후에 환경과 상황의 변화에 따라 혹시라도 변심되지 않을까 하는 의구심의 불안정한 심리가 작동될 가능성도 배제할 수 없다는 것이다. 그러므로 이를 방지하는 차원에서 결혼 약속을 담보하는 경우가 현실이 되고 있는 것이다.

인연이란 남녀 간에 좌우 어느 한쪽이 상대가 자기 마음에 든다고 하여 일반적으로 요구하고, 고백하고, 따라 다닌다고 해서 가능하거나 성사되는 것이 아니다. 언제, 어디서 만나게 되거나 우연한 행사에서 면접이나 접촉의 기회가 이루어졌을 때 상호 인간관계가 형성된다.

'사람과 사람간의 심리적 관계'(휴먼 릴레이션 : 사전적 의미) 그러므로 인연이란 곧 결과를 만드는 직접적인 원인과, 그 원인에 수반하여 결과를 만드는 간접적인 힘이 되는 연줄을 말하는 것이다. (모든 사물은 이 인연에 의해 생멸한다고 한다.)

이후 이명수 선생 부모님으로부터 서정림 선생 부모님에게 감사의 서한을 보내주셨다. 내용은 '귀댁에서 공덕으로 훌륭하게 성장시켜 국가 교육기관에 충직을 다하고 있는 귀하신 따님을 뵈올 수 있도록 배려야 해주신데 대하여 깊은 감사를 드린다는 사례의 말씀이었다.

이렇게 며느리 감 선을 보신 뒤 다음 절차에 의하여 1954년 10월 23일(토요일) 아들(이명수)의 사주(신랑이 태어난 생년월일과 시가 쓰인 신수)를 직접 신랑 당사자를 통하여 신부 댁으로 납채문(지금은 납폐로 통용)을 동봉하여 전달되었다.

사주란 신랑 댁 부모님께서 신부 댁 부모님께 훌륭하게 키워

주신 따님을 우리 집 며느리(자부)로 맞이하겠다는 혼인을 승낙하는 청원서와 같은 계약서라고 보면 될 것이다(현대식 혼례 격식으로 보면 약혼서와 같은 명분이다).

전통적인 혼례방식이라면 중매인(혼인을 중매하는 사람)을 통하여 신부댁에 사주를 전달해드리는 것이 도리이오나, 중매인 없이 현대식 혼례격식에 맞추어 사정상 신랑의 요청에 의하여 직접 전달해 드리는 것이 성의를 표하는 도리라고 건의하여 부모가 허락하였음을 더없이 죄송하게 생각합니다. 너그러이 살펴주시옵소서.

1954년 10월 23일

부천시 이규석 아룀

신랑인 이명수 선생이 자신의 사주를 부모님을 대신하여 직접 신부댁을 방문하여 신부 부모님과 신부(서정림)가 앉아있는 자리에서 전달했다. 그리고 신부에게는 신랑이 직접 혼인 약속반지(금반지)를 손가락에 끼워주었다. 동시에 신부 역시 사전에 준비한 약속반지를 신랑에게 끼워주었다. 어떻게 보면 전통과 초현대식 혼용으로 생략한 약혼식 같은 기분이 들었다. 마침 일요일이라 가장 뜻깊은 기쁨으로 가족이 식사준비를 하여 이날을 보냈다.

이후 신부댁에서는 동년 11월 30일(월요일)에 연길(涓吉 : 혼인 날짜)을 확정하여 이명수(신랑)를 통해 직접 신랑댁 부모님에게 전달되었다.

이런 과정(過程 : 진행)을 거쳐 이명수 선생과 서정림 선생의 혼례식은 1955년 1월 16일(음력 1954년 12월 23일) 일요일 방학 중에 서울 을지로 6가에 있는 을지예식장에서 오전 11시 30분에 거행하기로 확정되었다.

그런데 양가(신랑·신부댁)는 기왕이면 좀 더 늦추어 만물이 소생하는 3·4월 따뜻한 봄철에 결혼하는 것이 좋을 터인데 왜 하필 그 추운 겨울에 혼례식을 치르려는지 이해가 안간다고 친척이나 가까운 동네 이웃분들이 말씀하신다는 소문도 돌았다. 심지어는 신랑 신부가 오죽 급하면 날짜를 겨울철로 당기었겠느냐는 좋은 의미로 돌리기도 했다. 그러나 양가는 그럴만한 사정이 있어서 두 신랑 신부의 혼례식을 치루는 것이 금년(음력으로 해넘기지 않도록) 섣달이 좋다고 하여 불가불 그렇게 정하게 되었다는 말씀이었다. 그뿐 아니라 교육자가 자신의 편리를 위해서 어린 학생들의 교육시간에 지장이 되어서는 안 된다는 의지가 너무도 강해서 겨울방학기간을 선택했다는 것이 신랑·신부의 의견이기도 했다.

또한 결혼 후 신혼생활 주거도 신랑·신부가 공히 직장관계로 인하여 양가합의하여 당분간 시한기간까지 신부댁에서 거처하도록 했다.

사랑이 가기 전에

혼례식 결정을 앞두고

12월 19일 겨울방학이 시작되는 첫 일요일이었다. 서정림 선생은 긴장이 풀려서인지 마음놓고 늦잠을 잤다. 감기었던 눈은 열렸으나 쉽게 일어나지지가 않았다. 그간 결혼식 날을 잡아놓고 그 준비를 위해 직장에 충실하며 정신없이 지내왔다. 어떻게 보면 마음에 피로가 쌓여있는 것이 아닌가도 싶었다.

막상 이제 결혼을 한다고 생각하니까 마음이 굉장히 스산해지는 기분이었다. 아직은 이렇게 급히 결혼을 서두를 나이는 아닌데 멋모르게 말려들어 끌리어가는 기분이었다.

보다 더 충분한 기간을 두고 교직생활을 즐기면서 지내야 할 시기인데, 처녀시절의 희망과 감상感想을 너무 쉽게 그르치는 것은 아닌가 하는 생각이 들었다. 결혼이 단맛인지 쓴맛인지도 구분 못하고, 단맛으로만 느끼고 심신을 굴리고 있는지도 모른다. 이런 공상을 하고 있는 와중에 방문 밖에서 동생 정심이가 문을 두드리며 깨운다.

"언니! 아직도 자고 있어. 오늘 이명수 선생님과 어디 가기로 약속한 날 아니야?"라고 음성을 조금 높여서 건넸다.

그러자 서정림 선생은 깜짝 놀라는 소리로 "어머나, 내 정신이 돌았나. 정심아 지금이 몇 시냐? 진작 깨우지." 하고 황급히 일어나 잠자리를 정돈하고 방문을 열어 대청마루로 나왔다.

그러자 정심은 "언니, 왜 그렇게 당황해 아직 시간은 충분해. 서둘러 세수하고 준비하면 양평을 통과하는 버스는 여유 있게 탈 수 있으니까. 차분하게 진행해."

"그러니, 다행이다. 너무 피곤해서 정신없이 자다보니 깜박했다." 하고 부지런히 앞마당 세면장에 내려가서 세수하고 들어와 몸단장을 했다.

그 사이에 정심은 언니 밥상을 차리어 방으로 들여왔다.

서정림 선생은 "정심아, 언니 아침밥 생각이 별로 없는데 어쩌지."

"무슨 소리야 언니, 그러다가 건강해치면 어쩌려고. 몇 수저라도 요기는 하고 가야 시장기를 면해, 내가 차려온 성의를 봐서라도 좀 들고 가." 하며 수저를 언니 손에 쥐어준다.

그러자 서정림 선생은 "그래, 고맙다. 정심아 내가 너 같은 동생이 없었다면 어떻게 됐을까!" 하고 정심이 얼굴을 바라보며 수저를 받는다. 그리고는 식사를 든다.

"언니! 나는 언니 마음 이해해. 결혼식 잡아놓고 마음의 동요를 하고 있다는 심정. 그런데 언니 이제 이명수 선생님과의 행복만을 생각해 그러면 마음의 동요가 가라앉아. 결혼이 별거야 언니, 나는 언니 연령만큼 살지도 못했고, 배우지도, 사회경험도 부족하여 언니에게 권유할 자격도 능력도 없는 동생이야. 언니! 그런데 언니, 나는 그간 여자로 살다보니까 여자는 성인이 되면 뭐니 뭐니 해도 여자를 사랑해주고 존경해주고 아들 딸 낳아 행복한 가정을 이루어 주는 남자를 찾아가는 것이 목적이고, 희망이고 행복이라는 것을 알게 되었어요. 언니…… 그래서 나도 언니처럼 언니만을 생각하고 찾아다니고 보호해주고 사랑해주는 이명수 선생님 같은 남자를 찾을 거야. 그래서 언니가 부러워."

"정말 그렇게 생각하니?"

"더 이상 바랄 것이 무엇이 있어. 언니, 잘살고 못사는 것은 부부의 노력이요, 믿음이야."

"정심아! 언니는 네 말만 들으면 속이 후련하고 걱정 없고 행복한 마음뿐이다."

"바로 그 마음으로 사는 것이 행복이야."

"그래 고맙다. 아침 잘 먹었다."

정심은 밥상을 들고 부엌으로 나가 깨끗하게 정리한 다음 방으로 들어와 언니가는데 배웅을 나갔다. 대로변 버스승차권 판매소에 와서 차표를 끊고 버스를 기다렸다. 여주에서 출발한 서울행 버스가 도착했다. 서정림 선생은 버스에 올라가 동생에게 다녀오겠다는 신호로 손을 흔들었다.

동시에 동생 정심은 "언니, 몸 조심히 잘 다녀와." 하고 마주 손을 흔들어 답례하고 버스가 떠난 다음 뒤돌아 집으로 돌아왔다.

버스가 양평읍에 도착했다. 서정림 선생은 부지런히 내리고 버스는 다시 출발하여 서울로 향해 달려갔다. 서정림 선생은 약속 장소인 양평다방으로 달려갔다. 이명수 선생이 다방 문 출구에서 서정림 선생을 기다리고 있었다.

"아니, 이 추운데 다방 안에 들어가셔서 몸을 녹이시고 따끈한 커피를 드시며 기다리시지 왜 문밖에 서 계세요."

"에이, 서 선생님은 이 추운데도 저를 만나시기 위해 오시느라고 고생하시는데, 제가 어떻게 다방 안에 들어가서 혼자 편안히 앉아 커피를 마십니까! 그건 도리가 아니지요. 추위도 같이 겪어야지요. 그런 마음자세가 사랑이 아닌가요."

"참, 그 '사랑'의 정의定義는 그 어느 술어에도 안 들어가는 곳이 없네요."

"그럼 오늘 저를 사랑하기 때문에 추위도 제가 겪고 있는 추위와 같이 한다는 자세로 인하여 이명수 선생님이 독감에 걸리시어 병원에 입원하셔서 고통을 겪고 계신다고 가정假定해 보시자고요. 그러면 제 마음이 어떤 충격을 받게 될까요. 그 이면을 한번 생각해 보셨나요. 아마 저는 기절을 했을 것으로 생각됩니다.

평소에는 넓고 깊게 생각하시는 분이 왜 그런 경우는 생각 못 하시나요. 못 하시는 게 아니라 제가 보기에는 저의 마음을 사기 위해 일부러 한계를 넘는 행동을 하시는 것처럼 느껴져 매우 불편합니다."

"알았습니다. 앞으로는 좀 더 마음 깊이 생각할게요. 어서 안으로 들어가서서 따끈한 커피를 마시며 몸을 녹입시다." 하며 서정림 선생의 손을 꼭 잡아 찬 손을 녹여주고 다방 문을 열어 안으로 들어갔다.

손님들이 앉아계신 자리에서 거리를 두고 창가 근접한 자리에 앉았다. 종업원 아가씨가 주문차 다가오자 이명수 선생은 따끈한 雙和차를 시켰다. 이명수 선생과 서정림 선생은 서로 마주보고 앉았다. 그리고 雙和차를 마시며 오늘의 일정을 의논했다.

오늘은 결혼식을 앞두고 평소에 전연 생각지도 않았던 용문산 龍門山에 위치한 용문사龍門寺를 방문하기로 약속한 날이다.

용문사는 경기도 양평군 용문면과 옥천면 사이에 있는(관할소속 : 용문면 신점리) 해발 1157미터나 높은 웅장한 용문산 중턱 근접에 위치한 오랜 역사의 전통을 이어오는 유명한 사찰이다. 그래서 예로부터 관광지역의 명승지로 알려져 있다.

6·25 전쟁이 발발하기 이전에는 봄·가을 관광계절이 되면 관광객으로 붐비던 지역이다. 그러나 6·25전쟁이 멈추고 휴전회담이 성사되어 휴전이 되자 그 휴전기간은 전쟁이 끝난 것이 아니

라 일정기간 쉬는 것으로 국민은 판단했다. 그러므로 국가는 준비상사태에 처해 있는 기간이라 국민은 안심하고 관광을 즐길 수 있는 정서가 적합하지 못한 시절이므로 한산閑散할 수 밖에 없는 현실이었다.

이런 시대에 이명수 선생과 서정림 선생은 사범학교를 나와 초등학교 교사발령을 받고 가족과 함께 하는 거주소居住所를 떠나 먼 타지역 학교에 부임하여 근무하고 있었다. 이 근무지 학교가 바로 용문산 용문사가 위치하고 있는 멀고도 가까운 지역이었다. 그러니까 시대의 상황으로 보아 관광코스로 마음먹고 가보기에는 먼 지역이었고, 불교 종교인으로서 기도를 하기 위해 방문하는 신자信者는 하루에 충분히 다녀올 수 있는 거리라고 생각되는 지역이었다. 교통편으로는 버스를 이용하여 가는 곳까지는 가고, 버스가 닿지 않는 거리는 도보로 가도 웬만한 관광은 충분히 할 수 있는 거리가 아닌가로 생각되었다.

먼저 서정림 선생이 이명수 선생에게 물었다.

"벌써 시간이 오전 11시가 넘었어요. 서둘지 않으면 오늘 돌아오기가 힘들 수도 있어요. 일단 용문까지는 버스로 가서 그곳에서 또 결정해야 돼요."

이 말에 이명수 선생은 "아닙니다. 서 선생님, 지금 이 시간에 버스를 타고 가기에는 너무 늦었어요. 그래서 제가 다방에 도착하기 전에 택시정류소에 가서 택시 한 대를 계약해 놓았습니다.

그러니까 지금 바로 다방을 나가서 택시정류소로 가시자고요. 그리하여 점심은 용문사에 가서 들도록 하십시다. 용문사에도 제가 전화를 걸어서 부처님께 기도를 드리기 위해 방문하는 불교신도라고 하여 그곳 스님의 승낙도 다 받아놓았습니다. 그래야 오늘 일정을 마칠 수 있을 것 같아요."

"이명수 선생님! 그러면 그 비용을 다 어떻게 감당해요. 그럴 바에는 차라리 가고 오는 것을 취소하고 다시 다음 날을 잡아 시간을 조종해서 일찍 서두르면 되지 않아요."

"안됩니다. 택시 계약금도 이미 선불했습니다. 지금 서정림 선생님과 제 사이는 내 것 네 것 비용을 따질 사이는 지났습니다. 둘 중 한 사람이 지불하면 됩니다. 사유는 다녀와서 다음날 한가할 때 다 말씀드리겠습니다. 용문사 스님께서도 도착시간에 기다리시고 계실 겁니다. 어서 일어납시다." 하고 이명수 선생이 먼저 자리에서 일어났다.

그러자 서정림 선생도 말할 틈도 없이 따라 일어났다. 두 연인은 다방을 나와 택시정류소로 직행했다. 택시가 출발 준비를 하고 정문 밖에서 기다리고 있었다. 이명수 선생은 서정림 선생께서 마음 불편해 하실까 걱정이 되어 눈치를 살피며 정중히 택시 안 좌석으로 모셨다. 서정림 선생 역시 이명수 선생 마음 불편해 하실까 염려스러워 밝고 명랑한 기분으로 택시를 탔다.

자리에 앉으면서 "오늘 이명수 선생님 덕분에 호강하는 날이 됐네요. 감사합니다." 하고 이명수 선생의 얼굴을 바라보며 다정한 웃음을 지었다.

그러자 이명수 선생은 "감사합니다. 제 뜻에 따라주셔서." 하며 앉은 자리에서 왼손으로 서정림 선생의 바른손을 살며시 잡으며 얼굴을 마주보고 답례의 웃음을 보냈다.

그러니까 서정림 선생은 이명수 선생 귀쪽에 입을 가깝게 대고 운전기사에게 들리지 않도록 "앞에 운전기사가 있으니까 지금부터 즐거운 마음으로 좋은 말만하시자고요"라고 했다.

택시는 출발하여 용문사를 향해 달리기 시작했다. 양평읍 경계를 벗어나자 택시는 속력을 내어 속도에 위반되지 않은 범위에서 달려갔다. 서정림 선생은 고개를 가끔씩 끄덕이며 졸고 있었다. 이명수 선생은 서정림 선생의 머리를 자신의 왼팔 안으로 안전하게 베개 삼기로 받쳐주었다.

그러자 서정림 선생의 바른쪽 머리는 아예 귀쪽 관자놀이를 이명수 선생 어깨에 붙여버렸다. 이명수 서생은 다소 힘들고 자유롭지 못하지만 버스를 함께 타고 좌석에 앉았을 적마다 원행遠行에서 한두 번 겪은 일이 있기 때문에 오히려 행복한 마음으로 참고 견디는 지구력持久力도 매우 강했다. 사랑이 깊으면 자신이 힘든 것도 끝까지 참아내는 동력은 어디에서 솟아날까······

택시는 용문을 통과하여 목적지를 향해 계속 달려가고 있었다. 한창 추운 연말 겨울철이라 도로가 붐비지 않아 택시는 고정

속도로 달리고 있어 의외로 가는 시간이 많이 단축될 것 같았다.

드디어 출구 광장 주차장에 도착했다. 주차장에 차를 정착시켜 놓고 어차피 택시도 왕복 계약된 차이기 때문에 운전기사도 함께 구경도 하고 점심도 같이할 겸 함께 올라가도록 권유했다. 그러나 운전기사는 한사코 거절하고 자신에 대해서는 염려하지 않아도 떠날 시간까지 자유롭게 점심도 들고 주변도 거닐면서 관람도 하겠다고 사양했다. 할 수 없이 이명수 선생과 서정림 선생만이 용문사를 올라가는 출입로를 찾아 올라갔다. 대웅전을 바라보는 초입로에 한 스님이 서 계셨다.

이명수 선생과 서정림 선생을 보자 "혹시 전화주신 불자님이 아니신가요." 하며 양손바닥을 마주붙이고 고개 숙여 신도를 맞이하시자 두 분 역시 스님과 같은 자세로 손바닥을 마주대고 고개 숙여 답례인사를 드리며 "예, 그렇습니다. 제가 바로 스님께 전화를 드린 신도 이명수 이옵니다. 초입까지 나오셔서 맞아주시니 몸 둘 바를 모르겠습니다. 죄송하옵니다." 하고 합장을 하였다.

"별말씀을 다 하십니다. 안으로 드시지요." 하고 신도실로 안내했다.

그런 다음 보살님께 부탁하기를 "먼 곳에 오신 불자님이신데 결혼을 앞두고 두 신도님께서 기도차 오셨습니다. 우선 보살님께서 점심식사부터 하시도록 보살펴 드리세요." 하시며 "식사를 마치신 다음 불공시간을 안내해 드리겠습니다." 하시고 신도실을 나가셨다.

　다행히도 오늘은 오전에는 좀 추운듯했는데 점차 날씨가 풀리면서 오후부터는 포근한 날씨로 이어졌다. 절에 오시는 신도 분들이 꽤 많이 계실줄 생각했는데 의외로 10여 명에 불과했다. 신도분들의 점심식사 준비가 완료되어 이명수 선생과 서정림 선생도 그 신도분들과 함께 오랜만에 절밥음식을 너무 맛있게 든든히 잘 들었다.

　오후 2시에 이명수 선생과 서정림 선생의 기도시간 순서가 되었다. 한 스님께서 대웅전에 들어오시어 부처님 계신 좌측 측면에 서 있는 두 신도(이명수·서정림)분과 인사를 나누신 뒤 바로 부처님 계신 제단祭壇 아래 스님 지정좌석에 착석着席하셨다.

　그러자 이명수 선생과 서정림 선생 두 분은 함께 부처님 앞으로 가까이 다가가서 스님이 바라보시는 앞 제단 정면에, 스님 바로 우측 옆에서 기도 순서 보조역할을 하는 보살님이 바라보시는 가운데 공양현물 대신 상당한 현금 시주액을 편지봉투에 넣어 봉한 다음, 다시 이중으로 서류봉투에 넣어 봉한 후 겉봉에 양인의 이름을 쓴 것을 올리고 제자리로 돌아왔다. 드디어 이명수·서정림 두 선생의 결혼축하와 건강, 행운, 공덕 염불 목탁이 울리면서 스님의 염불이 시작되었다.

　이명수 선생과 서정림 선생은 부처님께 드리는 절을 스님 우측에 서서 지시하는 보살님의 동작에 따라 열심히 절을 올리며 기도드렸다.

염불이 끝나자 마지막 부처님께 절을 올리고, 스님은 이명수·서정림 신도님과 마주보시며 두 분의 결혼과 백년 해로偕老의 행복을 축복드리는 부처님 공덕을 전하시는 인사를 하셨다. 두 불자도 스님에게 정중한 마음 자세로 감사의 인사를 드렸다. 그런 다음 다시 부처님에게도 마지막 큰절을 올리고 대웅전을 나왔다. 다시 신도실로 내려와서 차 한 잔을 마시고 절을 떠났다. 대웅전을 내려와서 대한민국에서 가장 오래 묵은 수백 년 자란 용문산 은행나무가 서 있는 곳에 내려왔다. 이명수 선생과 서정림 선생은 은행나무밑 둥치 둘레의 두께를 바라보면서 놀라지 않을 수 없었다.

서정림 선생은 '도대체 정확하게 몇백 년을 살아온 은행나무이기에 둘레가 이처럼 두꺼울 수가 있을까!…… 혹시 이곳에 용문사가 들어서면서 은행나무도 심어졌고 그때부터 용문사와 함께 오랜 세월의 변화와 수난을 겪으면서 부처님의 보호를 받아온 나무가 아닌가로 생각되기도 했다.'

"이명수 선생님! 우리 이 은행나무 밑등 두께 둘레가 몇 미터 (m)나 되는지 양팔을 어깨와 평등하게 좌우측으로 쭉 뻗어서 둘레를 감싸고 돌아가면서 재어볼까요?"

"글쎄요, 그렇게 하자면 자신이 뻗은 양팔의 길이가 몇 미터인지를 알고 있어야 계산이 나오지요"라고 한다.

그러니까 서정림 선생은 그 즉시 "당연하지요, 이명수 선생님은 본인의 양팔을 횡적으로 뻗었을 때 좌우 양손 끝의 길이를 재어보시지 않으셨어요. 요새 젊은 사람들은 자신의 건강을 위해 줄넘기 운동을 비롯해 여러 종류의 다양한 운동을 하기 때문에 대부분 알고 있더라고요."

"저도 알고 있지요, 정확한지는 모르지만 대략 180cm는 좀 넘는 듯 하더라고요."

"그러시면 대충 알 수 있을 것 같아요. 저는 160cm에요. 제가 먼저 나무 밑둥 위를 몸을 감싸고 양팔을 나무 원형으로 쭉 뻗어 바른쪽으로 돌아갈 터이니, 이명수 선생님은 제 왼쪽 손끝으로 돌아가면서 회수를 세면 답은 금세 나올 수 있어요. 그러면 본인의 양손 길이와 회수를 곱하면 총길이의 답이 나올 것 아닙니까. 그다음 이명수 선생님의 답의 길이와 제 답의 길이를 더하면 그 답이 바로 은행나무 두께의 둘레길이가 되겠지요. 그렇지요!"

"맞습니다."

이렇게 계산해서 나온 두 선생의 답은 이명수 선생은 4회 서정림 선생은 5회로 계산해서 도합 11미터 넘는 것으로 나타났다. 놀라운 우리나라의 특수목재特殊木材라고 생각했다. 은행나무 뒤쪽을 내려다보는 산천의 아름다움은 너무도 좋았다. 이명수 선생은 서정림 선생에게 이렇게 말했다.

"서 선생님! 나도 참 어지간히 주변머리가 없는 사람처럼 느껴져요. 이 용문산에서 그리도 멀지 않은 인근지역 학교에 근무하면서도 한 번도 이곳에 와볼 생각을 못하고 떠났으니 얼마나 부족한 사람이에요."

"그야 시대가 그런 여유의 마음을 갖고 관광을 할 수 있는 환경이 못 되지 않아요, 먹고 살기도 힘든 세상에서 일하기도 바쁜데 언제 그런 생각을 할 수 있겠어요. 지금 우리의 입장은 경우가 다르지 않아요. 오기 힘든 어려운 시간을 짜서 부처님께 기도를 올리고자 절을 찾아온 것이지 유람 온 것이 아니지 않아요."

"그러내요, 역시 감성과 사고의 차이가 여기에서 드러나네요. 그만큼 서정림 선생의 생각이 깊고 앞서 있어요." 하며 서정림 선생의 양손을 부드럽게 잡았다. 그리고는 서정림 선생과 눈을 맞대고 자신의 감정을 표현했다.

"부족한 이 이명수를 선택해 주서서 진심으로 감사를 드립니다. 부처님에게도 기도를 올릴 때, 서정림 여성을 저에게 짝지어주신 부처님께 평생을 다하도록 잊지 않고 기도를 드리겠다고 약속을 했습니다. 사랑합니다."

"저역시 이명수 선생님 마음과 똑같은 심정으로 사랑이 깊어지게 되어 결혼식을 올리게 된 것이 아니겠어요. 영원한 변함없는 사랑으로 당신의 아내 도리와 임무를 다할 것입니다. 이 은행나무를 증목으로 약속키스를 드리겠습니다." 하고 눈을 감았다.

이명수 선생은 양손을 머리 쪽으로 올리어 서정림 선생의 얼굴 양뺨을 살며시 잡았다. 그리고는 자신의 얼굴을 서정림 선생의 얼굴에 맞대어 입쪽으로 자신의 입술을 붙였다. 서정림 선생의 입이 열리자 이명수 선생의 혀가 서정림 선생의 입안을 뚫고 들어갔다. 서정림 선생의 혀가 이명수 선생의 혀와 부딪치며 본격적인 키스가 전개되었다. 서정림 선생의 양손은 이명수 선생의 허리를 휘어잡았다. 이명수 선생의 양손은 서정림 선생의 뺨에서 내려와 서정림 선생의 양팔 안으로 끼어 어깨 위로 올리며 온몸을 껴안았다. 성감대가 오를 정도로 키스 시간이 길어져 주변의 불안한 마음도 잊혀질 무렵 바로 은행나무 앞 가까운 길에서 한 10대의 처녀가 큰소리로 "언니ㅡ, 빨리 올라와 나 은행나무 가까운 곳까지 거의 다 올라왔어"라고 하는 소리가 바로 귓전에 생생하게 들렸다. 다급해진 양인은 동시에 키스를 멈추고 입술을 떼었다. 그리고 껴안은 몸도 제 모습으로 풀고 눈을 크게 떴다.

서정림 선생은 얼굴이 붉어진 채 당황하듯 "큰일났다. 혹시 들킨게 아닌가"라고 하며 이명수 선생을 쳐다보았다.

그러자 이명수 선생은 고개를 좌우로 돌리며 "들키지 않았어요. 아직 은행나무까지는 가깝게 오지는 못한 것 같아요." 하며 사방 이곳저곳을 두루 살펴봤다.

주변에 사람은 단 한사람도 보이지 않았다. 다행이다 하고 한숨을 길게 푹 내쉬었다.

"이래서 야외에서는 이런 일을 하지말아야해요. 큰 실수를 저

지를 뻔 했어요. 앞으로는 조심스럽게 행동해야 되겠어요. 아셨지요. 이명수 선생님.”

“예 잘 알겠습니다. 그런데 앞으로는 이런 일이 이제 없을 듯한데요. 곧 결혼식 날이 돌아오는데 또 있겠어요”라고 한다.

그러자 서정림 선생은 “아니요 남자들은 못 믿어요. 그 순간이 지나면 또 달라져요. 이제 부지런히 광장주차장으로 내려가시자고요. 더 지체하다보면 해가 서산에 기울어져요. 운전기사도 생각해 주어야지요. 점심이나 자셨는지 모르겠어요.” 하며 앞장섰다.

이명수 선생도 “그러시지요, 이제 갈 길만 남았어요. 해지기 전까지는 충분히 집에 도착할 것입니다.” 하며 뒤를 따랐다. 따르면서 바로 서정림 선생의 왼손을 잡았다. 그러자 서정림 선생은 잡힌 손을 빼려고 힘을 주어 비틀면서 “갈 때는 걷는 것도 바쁘니까 자유롭게 손을 놓고 가시자고요.”

“놓고 가다니요, 우리는 이제 오늘 데이트가 결혼 전 마지막이 될 수도 있어요. 더 다정하게 잡고 가야지요”라고 한다.

그러니까 서정림 선생은 “손을 잡으면 발걸음이 늦어져요. 그리고 이명수 선생님이 제 손을 잡거나 제 몸에 닿으면 행동이 이상해져요, 나는 이명수 선생님은 보통 남자들과는 특별히 다른 면이 돋보이는 신사분이라고 존경했어요. 그런데 결혼 승낙이 떨어지고 얼마 되지 않아 남성의 본성이 드러나기 시작하더라고요.

그래서 내 본성을 시험해 보려는 작전일 수도 있겠다는 판단을 하고 인내했어요. 그러나 날이 갈수록 제가 생각하는 선행善行 판단이 잘못되었다는 것을 알았습니다. 다만 그 이상의 요구를 자제自制해 주는 것만이라도 다행이라고 생각되어 보통 남자들과는 다르게 믿음을 갖고 있는 것입니다. 아시겠습니까!"

"그 이상의 요구를 하다니요. 그 이상의 요구가 무엇입니까?……설마 제가 방사房事 단계에로까지 상상하셨다는 말씀이 아닙니까! 에이, 저를 거기까지 생각하시다니요. 그러면 실지로 결혼을 마치고 첫날밤의 기쁨과 기대되는 부부의 첫출발의 신비한 행복의 꿈은 무슨 재미로 넘깁니까!"

"거야 말만 첫날밤이지, 이미 결혼한 부부의 야사夜事로 생각할 것 아닙니까! 이미 다 겪은 경험인데 무슨 기대와 호기심이 절실하겠어요, 아니 그런가요? 여자만 공연한 상상과 남성에 대한 기대와 호기심으로 애정을 베풀지요."

이명수 선생은 아무 말 없이 땅만 바라보고 걷고 있었다. 가슴이 짜르르 했다. 그 이상의 행동을 자제해 온 것이 천만다행이라고 생각했다. 만일 그런 요구를 했거나 행동으로 시도했었다면 서정림 선생과의 결혼은 벌써 물건너 갔을 것이라고 느껴졌다.

"그런데 서정림 선생님은 결혼도 하지 않은 분이 어떻게 그토록 이미 결혼생활을 하시고 계시는 부인처럼 잘 알고 계셔요. 이상해요!……"

"처녀가 그런 말을 하고 있는 것이 이상하고 의심스러우시면 지금이라도 늦지 않았으니 결혼취소 선언을 하세요. 그간의 손해배상도 청구하시고요."

이명수 선생은 "서정림 선생님" 하고 부르며 걸음을 멈추고 서정림 선생의 얼굴을 쳐다봤다.

그러자 서정림 선생도 동시에 걸음을 멈추고 이명수 선생의 얼굴을 마주쳐 보았다. 그러니까 이명수 선생은 빙그레 웃으며 "농담으로 한말인데 뭘 그렇게 역정을 내세요." 한다.

"역정이라니요, 제가 듣기에는 농담으로 하신 말이 아닌 것 같습니다. 이 선생님은 귀도 없고 눈도 없습니까? 저희 여성은 사범학교 때 가사 여선생님으로부터 성교육도 받고 선배언니들로부터 결혼 전과 결혼 후의 부부생활의 야사를 여러 번 들은 적이 있습니다. 책도 보고요. 제 친구는 일찍 결혼해서 부부생활의 양상을 들려주면서 남자들의 행동이 결혼 전과 결혼 후의 행동이 너무 다르니 저보고도 상대방의 말과 처세를 백퍼센트 믿지 말고 반반새기며 처세하고 관찰하라는 말을 자주 들었습니다. 어떻게 보면 남녀관계에 대해서는 결혼한 기혼자보다도 미혼자가 더 잘 알고 있다는 사실을 이명수 선생님은 모르고 계시는 것 같아요. 그런데 행동의 모습은 굉장히 순리적이고 절차적이에요. 그래서 여성들의 호감을 사는 것 같습니다. 이렇게 늑장 부리다가는 해지기 전에 집에 못 들어가요. 서둘러 가시자고요. 운전기사님께서 기다리시고 계시잖아요." 하며 재촉했다.

"그럽시다."

"손 놓고 부지런히 속보速步하는 겁니다."

"알았습니다."

두 연인은 어깨를 나란히 하고 부지런히 주차장을 향해 걸어갔다. 드디어 출구 주차장에 도착했다. 택시가 머무르고 있는 곳에 오니까 운전기사님께서 잡지를 읽고 있다가 노크소리가 들리자 창밖을 내다보고 깜짝 놀란다. 두 연인은 차문을 열고 뒷자리에 앉으며 운전기사님에게 늦게 도착하여 미안하다는 인사를 했다.

이명수 선생은 운전기사님에게 "지루하셨지요. 점심은 잡수셨습니까?" 하고 물었다.

"그럼요, 잘 먹었습니다. 감사합니다. 오래 걸리실 줄 알았는데 그래도 빨리 오셨네요. 지금 출발하겠습니다"라고 하자 이명수 선생은 "기사님, 드릴 말씀이 있는데요. 혹시 양평읍을 거치지 않고 개군면 면소재지 마을로 질러가는 길은 없습니까?"라고 하자 기사는 "왜요 개군면으로 가시려고요?" 하고 물었다.

"예, 바로 옆의 여선생님 댁이 개군면이라 여쭈어보는 겁니다."

"네에─ 있습니다. 굉장히 빨리 갈 수 있는 지름길이 있습니다. 그럼 그곳으로 먼저 모셔다 드리고 가겠습니다."

택시는 즉시 출발하였다.

양평행 대로를 향해 달려가다가 중간마다 이곳저곳 도로로 주행走行을 돌려 가능한 빠른 시간에 개군면 소재지에 도착했다. 서정림 선생은 내리면서 이명수 선생도 함께 내려 자신의 집으로 동행을 요청했다. 그러자 너무 자주 가서 부모님께 괴로움을 드리는 것 같아서 죄송해서 못가겠다는 것이다. 그냥 이 택시로 양평읍에 가서 내려 여관에서 묵고 내일 집으로 가겠다는 것이다.

"이명수 선생님, 우리 집에 안 다니시던 분이에요? 지금까지 잘 다니시던 분이 결혼식 날을 정해놓고 왜 객지에서 묵겠다는 거예요. 불편하게, 어서 내리세요."하고 덧옷을 끌어 당겼다. 그러자 할 수 없이 택시에서 내렸다.

그런 다음 운전기사에게 "그럼 그냥 빈차로 가서야겠네요."하고 미안해했다.

"저야 아무래도 좋지요. 두 선생님은 결혼하실 사이 같은데 따라가시는 게 예의 같은 것 같습니다. 편히 가십시오."하고 택시는 떠났다.

"거보세요. 우리 사이를 결혼할 사이인 것 외 아무것도 모르는 운전기사도 평범한 생각으로 같이 가시는 게 상대를 배려하는 예의라고 하지 않아요."

"그래서 내렸잖아요."

"스스로 내리신 것은 아니지 않아요. 제가 옷을 잡아 끌어당기니까 마지못해 나오신 것이잖아요. 무슨 일이던 평범한 상식으로 판단해서 행동하는 것이 운전기사님의 생각이에요. 우리도 그런 상식으로 판단해서 행동하자고요."

"알겠어요, 그렇게 할게요."

"들어가시자고요, 오늘 일은 이명수 선생님이 잘 계획하시고 진행하셨어요. 그런면에서 나는 이명수 선생님을 좋아하게 된 것 같아요."

"칭찬하시는 거예요?"

"잘 하시는 것은 잘 하신다고 하지 그럼 못 하신다고 해요."

"칭찬에는 매우 인색한 분인데 착하다고 하시니까 기분이 매우 좋아서 하는 말입니다."

"전반적으로 볼 때는 보통 남자 분들 보다는 배 이상의 좋은 점이 많으신 선생님이지요, 그렇지 않으면 제가 사귀나요."

"감사합니다. 그런데 오늘은 웬지 부모님 뵙기가 매우 어렵게 느껴져요. 결혼식이 며칠 앞으로 다가오니까 겸손해져서 그럴까요."

"그런 면도 있으시겠지요, 장인장모님도 부모나 마찬가지시니까요."

드디어 집 대문 앞까지 도착했다. 서정림 선생이 초인종을 누르자 바로 대문 안 마당에서 일하던 동생 정심이가 몹시 반가워하는 소리로 "언니야"라고 한다.

"응－언니야, 이명수 선생님 하고 같이 왔다."하고 대답하자 바로 문이 열리면서 정심이가 "어서 오세요, 잘 오셨어요."하고 반겼다. 그리고 앞마당을 거쳐 안방으로 들어갔다.

부엌에서 어머님께서 나오시며 "잘 다녀왔니"라고 하시자 이명수 선생이 "어머니, 저도 같이 왔습니다." 하고 인사를 드렸다. 어머님이 "이제 자기 집이나 다름없는데 같이 오는 건 당연하지 무슨 그런 말을 해요"라고 말씀하시자 "역시 우리 장모님이 최고이셔요." 하고 손을 잡아드리고 감사를 드렸다.

그리고는 바로 서정림 선생과 같이 장인방에 들려 장인어른께 인사를 올리고 안방으로 들어갔다. 저녁식사 후 이명수 선생과 서정림 선생은 새벽부터 서둘러 잠을 설친 관계로 피로가 쌓여 눈이 감기었다.

어머님께서 막내아들에게 이르기를 "정수는 오늘 이명수 선생님께서 편안하게 주무시도록 방을 내어드리고 안방에서 자도록 해라 알겠니"라고 하시자 "예 어머니, 그래서 제 방을 말끔하게 정리해 놨습니다." 대답했다.

"응 그래 잘했다."

그러자 이명수 선생은 "아닙니다. 어머니 저 정수하고 같이 자도 잠 잘 잡니다." 하면서 사양했다.

"물론 그러시지, 그런데 정수가 너무 어려워해서 불편해 여겨요. 안방에서 나하고 자면 돼요. 어이 건너가서 일찍 쉬시도록 해요."

"알겠습니다. 어머니 그렇게 하겠습니다."

서정림 선생이 잠자리 이부자리를 펼치고 있었다.

"무슨 말씀이 그리도 많습니까. 남의 집에 오셨어요? 우리 결혼하면 당분간 살 집이에요."

"그때는 그때고요 그러나 아직은 아니잖아요, 정수에게 미안해서 하는 말이에요."

"어차피 동생도 며칠 안으로 방을 다른 방으로 옮길 거예요. 형편 돌아가는 대로 살자고요 어서 주무세요."

"알겠어요. 서정림 선생님을 이 이명수가 올 적마다 귀찮게 해드려서요."

"저 귀찮을 것 하나도 없어요, 모든 사람들도 다 우리처럼 살아요. 어서 편안히 주무세요, 저도 내 방에 가서 잘 겁니다." 하고 자신의 침소로 건너갔다.

다음 날은 마음 놓고 쉬는 날이라 느긋한 마음으로 마냥 늦잠을 잤다. 이명수 선생이나 서정림 선생은 아침 9시가 되어서야 일어났다.

이명수 선생과 서정림 선생 그리고 동생 정심 양은 식사를 하고 나들이 준비에 바빴다. 이명수 선생은 집으로, 서정림 선생과 동생 정심 양은 양평읍에 볼일이 있어서 함께 집을 나가야 하기 때문이다. 준비가 끝나자 가족 세 사람은 부모님께 다녀오겠습니다, 하고 인사를 드리고 집을 나왔다. 정심은 미리 차표를 끊어놓고 버스정차장에 도착하자 버스표를 꺼내어 각자에게 한 장씩 나누어 드렸다. 이명수 선생은 버스표를 사려고 매표장으로 가려고 하다가 정심 양에게 잡혀 버스표를 받게 된 것이다.

"아니 언제 벌써 버스표를"라고 말하자 "어제 벌써 언니가 돈을 주어서 미리 끊어놓았습니다"라고 대답한다.

이명수 선생은 어이없다는 듯이 정심 양을 바라봤다.

"왜 그러세요. 이 선생님, 돈은 언니가 주었지만 사드리는 것은 저에요. 제가 사드리면 안 되나요. 그럴 때는 그저 모르겠다는 듯이 넘어가시는 거예요. 아시겠지요, 저기 버스가 오고 있어요. 타실 준비나 하세요." 하며 슬쩍 웃어넘긴다.

버스가 도착하자 승차 손님 뒤에 서서 버스를 탔다. 버스는 출발하여 양평을 향해 달려갔다. 양평에 도착하여 정류소에 잠깐 머물러 내리는 손님, 타는 손님을 바꾸었다.

서정림 선생과 정심 양도 이명수 선생님과 작별인사를 하고 내렸다. 버스는 다시 출발하여 서울로 향해 달려갔다. 서정림 선생과 정심은 양평에서 볼일을 보기 전에 목욕탕으로 갔다. 목욕을 마치고 나와 점심을 한 다음 시장을 보기로 한 것이다.

서울에 도착한 이명수 선생은 버스에서 내려 식당으로 먼저 갔다. 점심을 먹고 집에 가겠다는 생각이다. 점심을 다 든 다음 을지로3가에 있는 지방행 버스정류장에 도착했다. 부천행 버스승차권을 끊기 위해 신사복 상의 안주머니에서 지갑을 꺼내기 위해 손을 넣으니까 흰 봉투가 접힌 것이 손에 쥐어졌다. 지갑은 주머니 깊게 그대로 들어있었다. 그 접힌 흰 봉투를 개봉해 보니까 상당액의 현금이 들어있었다. 봉투 겉봉에는 '서정림'이라고 기재되어 있었고 현금을 싼 백지에는 서정림 선생의 간단한 편지가 써 있었다.

"이명수 선생님, 어제는 수고가 많으셨습니다. 얼마 되지는 않지만 저도 당연히 부담해야 할 책임이 있기 때문에 봉투를 마련한 것입니다. 늘 이명수 선생님의 신세만 지고 지낼 수는 없는 일입니다. 감사합니다. 그래야 저도 부처님의 도움을 받을 수 있지 않겠습니까!"

이명수 선생은 마음이 굉장히 불편했지만 서정림 선생님의 입장을 고려하여 받아들이기로 했다. 승차권을 끊어 부천행 버스를 탔다. 버스는 출발하여 서울 시가를 벗어나 부천을 향해 달려갔다. 드디어 소사에 도착했다. 3주만에 집에 왔는데 낯선 기분이 들었다. 버스는 손님을 내려주고 다시 부천을 향해 달려갔다. 이명수 선생은 달려가는 버스 뒷모습을 바라보며 집을 향한 도로를 부지런히 걸어갔다. 집에 도착하자 가족 모두가 이번에는 꽤 오랜만에 왔다면서 마치 친척집에 다니러 온 사람처럼 반겨주었다.

서정림 선생 자매는 목욕탕을 나와 점심을 끝내고 볼일을 보기 위해 양평 시가로 들어갔다. 먼저 결혼식을 앞두고 살림살이 세간을 알아보기 위해 가구점부터 들어갔다. 여러 모양의 옷장을 비롯하여 찬장, 식탁, 냉장고, 식기, 침구 등 살림살이에 필요한 모든 물건들의 가격 시세時勢를 알아보기 위해 전문점을 찾아 다니다 보니 시간이 꽤 오래 걸렸다. 마음에 드는 가구를 사려면 대충 예산이 얼마 정도가 될 것이라는 예상도 판단되었다. 시간이 오후 2시 10분이 넘었다. 여주행 버스가 도착할 시간이 가까웠다. 두 자매는 부지런히 버스주차장으로 왔다. 잠시 후 여주행 버스가 도착했다. 두 자매는 버스를 타고 집으로 돌아왔다.

12월 27일 월요일 이명수 선생은 정오에 서정림 선생댁을 방문했다. 서정림 선생은 놀라는 표정으로 말했다.

"어떻게 알고 오셨어요?"라고 하자 이명수 선생은 "그냥 연말이라 궁금해서 들렸어요. 어제 일요일 늦게 양평에 도착해서 여관에서 자고 학교에 들렀다가 살펴본 다음 다시 되돌아 곧장 다녀가려고 왔습니다. 그런데 뭘 알고 왔느냐고 묻는 거예요."

"그런 일이 있어요, 일단 방에 들어가서 얘기 하시자고요." 하고 안방으로 들어갔다.

"어머님께서 안보이시네요, 어디 가셨어요?"

"옆에 당숙님 댁에 잠깐 가셨어요, 앉으세요. 점심은 자셨어요?"

"아직 못 했어요."

"시장하시겠네요."

때마침 어머님과 같이 당숙님댁에 볼일이 있어 갔던 동생 정심이가 어머니를 모시고 돌아왔다. 이명수 선생이 자리에서 일어나 안방 문을 열고 대청마루로 나가 어머님께 인사를 올렸다.

"어디 다녀오세요, 어머니."

이명수 선생을 보시자 어머님께서는 "응–이 선생이 오셨구먼, 부모님께서 안녕하셔요?" 반색을 했다.

"예 어머니, 어머니, 이제 말씀 낮추실 때가 되셨잖아요."

"아니, 아직 한 20여 일 남지 않았나! 할 때 되면 어련히 할까봐 그렇게 보채는가…… 점심은?"

"아직 못했습니다"라고 하자 "아직까지 점심도 못했다니, 얼마나 시장하겠어, 에 정심아, 빨리 이 선생 점심부터 차리자." 하며 바로 부엌으로 나가셨다.

정심 양도 어머님 따라 바로 부엌으로 들어갔다. 잠시 후 정심 양이 푸짐한 점심상을 들여왔다.

점심상을 보고 이명수 선생은 "아니, 나 혼자 먹는 늦은 점심상에 웬 반찬이 이리도 많아요." 하고 놀란다.

뒤따라 들어오시는 어머님께서 "아니, 평소 우리집 가족 식찬으로 만들어 놓은 반찬을 놓았을 뿐이에요. 시장한데 어서 드시라구"라며 권했다.

"감사합니다. 어머니, 맛있게 먹겠습니다." 하며 여유로운 마음으로 음식을 들고있는 모습을 바라보시며 어머님은 이렇게 말씀하셨다.

"차분하게 음식을 맛있게 들고 있는 듬직한 수저에 마치 복을 담아 먹는 자세라며, 우리 딸이 신랑은 참 잘 골랐다."

이 말씀을 듣자 이명수 선생은 수저를 놓으며 "어머니! 마지막 수저를 다 든 후에 칭찬의 말씀을 주시니 너무도 감사하고 행복합니다. 어머니, 저는 세상에 태어나서 한평생 사는 기간에 가장 행복한 날이 언제냐고 묻는다면 '결혼하는 날'이라고 대답하겠습니다."

"그야 여자도 마찬가지가 아닐까!"

이때 서정림 선생은 이명수 선생에게 "우리 의논할 일이 있으니까 제 방으로 가시자고요." 한다.

그러자 이명수 선생도 "알겠습니다." 하고 일어나 두 사람은 서정림 선생 방으로 건너가 서로 마주보고 앉았다.

"지난 월요일, 이 선생님은 집으로 가시고 저와 제 동생은 점심을 든 후 양평 시가로 나가서 가구점에 들렀어요. 결혼식 날이 한 달도 남지 않았는데 살림살이 가구를 준비해야 할 것 아닙니까. 서로가 직장관계로 처가살이를 해야 하는 형편이라 오랫동안 사용할 완전한 가구를 구입하기도 그렇고 해서 의논드리려고 하는 것입니다. 어차피 앞으로 시댁 근처 학교로 전근을 해야 할 처지니까 잘 살아야 1~2년이겠지요."

그러자 이명수 선생은 "글쎄요, 내 생각은 그냥 중형정도의 옷장과 책상 정도만 놓고 살면 안 될까 하는 생각이에요. 어차피 2년 뒤에는 집도 사고, 가구장도 다 다시 바꿔야 해요."

"그렇다고 하더라도 처갓집 체면도 생각해야지 이웃 일가친척이나 동네 부모님 친구 되시는 어른들께서 와보시고 기대에 어긋나시는 생각을 하실 형편이 되어서는 안 되겠다는 생각이 들어요."

이 말에 이명수 선생은 "그렇네요, 서정림 선생님 입장에서는 충분히 그런 생각이 드시지요. 장인·장모님의 위치와 인품을 생각지 않을 수 없지요. 저도 서정림 선생님 생각과 같습니다. 저하고 같이 금명간 그 가구점에 같이 가시자구요. 앞으로의 생각은 그때 다시 생각하더라도 우리는 결혼 첫 살림살이입니다. 제대로 갖추자고요. 경비문제는 걱정하지 마세요. 제가 성장하면서 공부하고 직장 잡고 지금에 이르기까지 용돈을 절약해서 저축해 놓은 현금이 꽤 됩니다. 부모님께서 통장을 만들어 주시고 저축을 권장하셔서 쌓이고 부풀어 오르는 재미로 지금까지 모인 돈이 상당액입니다"라고 하자 서정림 선생은 갑자기 소리를 버럭 질렀다.

"이명수 선생님!……"

"아이고 깜짝이야, 웬 소리를 이렇게 크게 지르세요. 간 떨어지는 줄 알았어요."

"도대체 이명수 선생님은 지똑(지나치게 똑똑하다)이에요, 모똑(똑똑함이 모자르다)이에요."

"그게 무슨 말씀이에요."

"나는 지금까지 아니 앞으로도 이명수 선생님을 내가 가장 사랑하는 지똑 남편으로 섬길 것입니다. 그러나 나를 위한 사랑의 성심은 고맙지만 지금의 나를 위한 태도는 반갑지 않아요. 왜, 내일 네일을 구분하지 않아요. 결혼한 부부는 일심동체(一心同體 : 한마음. 한 몸)이지만 해야 할 일은 각자가 달라요. 지금의 이명수 선생님과 나는 아직은 결혼 전이라 부부가 아니에요. 그렇기 때문에 결혼 전에 신랑과 신부가 결혼 준비를 위한 모든 물건은 각자의 부담 책임으로 마련하는 것이 전통적 관습입니다."

"알겠어요, 서정림 선생님이 하시자는 대로 따를게요. 지난 번 용문사 갔을 때도 그렇게 하시지 않으셔도 될 일을 너무 과도하게 부담하셔서 나로서는 미안해서 드린 말이었어요."

"과도하지 않아요. 제가 다 계산해서 어느 정도 부담하셨다는 것을 알고 드린 거예요."

"알겠습니다. 어쨌든 이제 지난 일을 생각지 말고 내일이라도 가구점에 같이 가서서 결정하시자구요."

"그렇지 않아도 내일 일을 의논하려고 내방으로 모신 거예요." 아버님께서 우리 신혼 살림방을 도배塗褙해 주시기 위해 아버님 방을 우리에게 내어주시고, 아버님은 사랑방으로 나가신대요. 그래서 제가 저희가 사랑방을 쓰겠습니다, 라고 여쭈었더니 아버님께서는 사랑방은 길가 방이라 신혼부부가 살기에는 적당치 않다는 거예요. 그래서 한사코 거절하시고, 내일 아버님 방을 깔끔하게 정리하시고 사람을 사서 도배하시기로 결정하셨어요. 내일 이명수 선생님이 함께 보살펴주시며 작업을 해주시면 일이 손쉽게 진행이 되지 않을까 해서 의논드리는 거예요."

"그래요, 그러면 당연히 그렇게 해야지요, 어쩐지 오늘 학교를 두루 살펴본 다음 교장 선생님 댁에 들러 안부인사드리고 집으로 돌아가기 위해 양평읍까지 왔는데 갑자기 서정림 선생님이 보고 싶더라고요. 그래서 방향을 돌려 겸사겸사 해서 부모님도 뵙고 연말 문안인사도 올리고 가야 하겠다고 왔는데 오기를 잘했네요."

"그 말씀을 하시니까 저도 똑같은 생각을 했어요. 내일 일을 위해서라도 오늘 같은 날 이명수 선생님이 오시면 얼마나 좋을까 했는데, 오신 거예요 굉장히 마음이 좋더라고요. '이심전심以心傳心'이라는 말이 그냥 글로 나온 말이 아니라 사실 경험에서 나온 말이라는 것을 실감하게 되었어요."

"그러네요. 마음과 마음이 느낌으로 전달되는 경우가 있을 수 있는 일입니까! 하늘에 별을 따오고 싶다, 가능한 일인가요. 불가능하지요. 그만큼 어려운 일이 서로의 상상으로 연계된다는 것이 참으로 신기한 일이지요. 그런 의미에서 생각해 보면 우리의 인연도 보통의 인연은 아닌 것 같습니다. 우리 집은 윗조상 때부터 철저한 불교신자로 이어져 왔습니다. 어떻게 보면 부처님께서 저의 일생을 살펴주시는 것 같습니다. 전 임지 학교로 부임하게 된 것도 제가 원해서 온 것은 아니지만 발령을 받고 부임해 보니까 너무 좋았습니다. 지역의 산천도 아름답고 학교도 큰 학교는 아니지만 제가 사회 교직생활 첫출발에서 삶의 진실이 무엇이며, 국가에 기여하는 교육자로서의 임무와 역할, 책임이 성장하는 어린 학생들과의 공생지도共生指導 한계가 어느 수준까지 성숙되어야 교사로서의 책임을 완수하는 것인지는 답보答報할 시기가 이르다는 생각이 들었습니다. 그 시기는 아마도 학생들이 성인이 되어 국가 사회에 이바지하는 국민이 되었을 때가 답보가 아닌가 긴 안목으로 판단했습니다. 2년 뒤 지금의 학교로 전근 발령을 받고 부임해 와서 직원조회 때, 교장 선생님의 부임소개로 여러 선생님께 부임인사를 올릴 때 딱 한 분뿐인 여선생님이신 서정림 선생님 눈과 마주쳤을 때 너무 놀랐습니다. 저토록 맑고 순박하신 미인 선생님이 계실지는 상상도 못했거든요. 그 순간 제 마음에 전기가 짝 흐르는 거예요. 그런데 부임인사를 끝내고 좌석을 지정해 주시는데 공교롭게도 서정림 선생님이 앉아계신 옆자리로 배석하게 되어 너무도 기뻤습니다. 우리 집 아버님께서 저에게 이르시기를 '너는 사회생활에서 아내감을 고를 때는 반드시 얼굴이 맑고 순박한 여성을 선택하라 그래야 남편을 잘 섬기고 가정을 원만하게 이끌어가는 인물이라고 판단한다'고 말씀하시어 그런 여성을 살폈었거든요."

"이제 지난 일은 접으시고 제 얘기를 들으세요. 내일 아버님께서 숙소를 사랑방으로 옮기신답니다. 그리고 지금 계시던 방을 단장丹粧하시기 위해 도배 전문가 두 분을 모시고 와서 도배도 하고 깨끗하게 치장 일을 하기로 하신 것 같아요. 아버님께서 딸·사위 신혼 방을 꾸며주시기 위해서 애쓰시는데 정작 그 방에 들어갈 사위나 딸이 그냥 모른 채 방관만 한다는 것이 굉장히 부모님께 죄송스러운 마음이 드는 거예요. 저 혼자라도 아버님 하시는 일을 도와드려야 하는데 제 마음과 힘이 도울 능력이 부족한 거예요. 그래서 이럴 줄 미리 알았으면 이명수 선생님께 연락해서 오시도록 하여 아버님 일을 저 대신해서 살펴드리도록 했으면 좋았을 것을 이라고 생각했는데, 막상 이 선생님께 연락 편지를 드리려니까 또 한편 아니다 하는 생각이 떠오르는 거예요. 아직은 그런 부탁을 드리는 것이 예의가 아니다, 하고 접었더니 오늘 이명수 선생님이 오신 거예요. 너무 뜻밖에 일이라 이명수 선생님께 감사드리는 겁니다."

"감사는 무슨 감사예요. 사위도 이젠 자식이에요, 그리고 우리가 살 집이에요. 제 잘못이에요. 제가 먼저 상황을 판단하고 아버님의 걱정을 살펴드려야 하는데 죄송합니다. 어쨌든 그래도 때맞추어 제가 왔으니 천만다행입니다. 부처님의 가르치심입니다."

다음날 12월 28일 아침 일찍 도배하실 두 분 인부人夫께서 도배지와 사다리 등 필요한 기구를 준비하시고 오셨다. 이명수 선생이 일찍 일어나서 아버님 대신 대문도 열어주고 도배할 방을 안내하고 있었다. 아버님께서는 이명수 선생의 역할을 만류하셨으나 이명수 선생은 한사코 사랑방에 앉아계시도록 하고 아버님께서 작업순서를 일러주시는 대로 인부들의 작업을 도와 감독하는 역할만 하도록 일을 시작하였다. 가족들도 일찍들 일어나 뒷일을 도와드리는 본연의 일을 하기 시작하였다.

어머님께서는 이명수 선생이 일찍 일어나 아버님의 일을 대신해서 앞장서서 인부들과 어울리는 모습을 바라보면서 사윗감이 대견스럽고 믿음직스러운 역할에 너무도 감격해 옆에서 지켜보고 있는 큰딸 정림에게 이렇게 표현하였다.

"정림아! 참 우리 정림이 신랑 복은 잘 타고 났다. 세상에 저런 신랑감은 눈뜨고 고르고 다녀도 찾기 힘든 신랑감이다. 글쎄 후끝은 알 수는 없겠지만 이 선생의 심리나 처신이나 행동의 모든 면으로 보아서는 초지일관初志一貫 변함이 없을 사람이다. 잘 보필해 주어라. 오직 너 하나만을 위해서 최선을 다하는 믿음직스러운 남자다."

신방新房 작업은 이틀에 걸쳐 방바닥 장판까지 모두 끝냈다.

12월 29일 수요일은 이명수 선생을 비롯해서 서정림 선생과 동생 정심 양까지 세 사람 모두 양평읍을 가기위해 일찍 서둘렀다. 신방가구를 구입하고자 가구점을 방문하기 위해서다. 이명수 선생은 용무가 끝나는 뒤 바로 집을 떠난 지 3일 만에 돌아가야 했다. 당일로 근무지 학교에 다녀오겠다고 가족에게 얘기해놓고 사흘간이나 못 돌아갔으니 얼마나 걱정을 하시고 계실 것인가! 물론 근무지 학교에 갔으니까 무슨 사정이 있어서 못 오려니 하고 짐작은 하시겠지만 혹시나 해서 염려스러워하실 수 있기 때문이다.

그러나 이명수 선생은 원래 객지생활을 오래하면서 가끔 그런 경우가 있었기 때문에 크게 걱정은 하시지 않을 것으로 믿고 있었다.

세 사람은 부모님께 다녀오겠다는 인사를 드리고 집을 나섰다. 대로변에 나와 여주에서 오는 버스를 타고 양평에서 내려 바로 가구점을 향해 갔다. 가구점에 도착하자 지난 날에 선택해 놓았던 가구를 다시 한 번 살펴봤다. 이명수 선생이 겉모양을 보고 이곳저곳 장롱서랍을 열어서 세심하게 살펴봤다. 그 외 책꽂이, 책상을 비롯해서 필요한 도구를 선택하여 계약금을 지불하고 1955년 1월 8일 토요일 정오까지 집주소로 배달해 주기로 합의하고 잔금은 배달 전날까지 지불한다는 계약서를 작성했다. 이리하여 결혼식 전에 갖추어야 할 모든 준비는 다 끝냈다. 마음이 홀가분해졌다.

"자 이제 나가십시다. 이 선생님도 갈 길이 바쁘시니까 점심부터 드셔야지요, 아침도 시원찮게 드시고 시장하시겠어요."

세 사람은 가구점을 나와 식당으로 가서 창가에 자리잡고 앉았다.

"이 선생님 며칠동안 수고 많이 하셨어요. 이 선생님 댁에서 준비하셔야 할 일은 다 준비되셨겠지요."

"글쎄요, 어머님께서 다 아시고 준비하신다고 하시니까 저는 그냥 믿고 확인해 보지 못했어요. 오늘 집에 돌아가서 어머님께 여쭈어보아야겠어요. 남자는 여자와 달라서 뭐 그렇게 준비할게 있겠어요. 소요경비만 챙겨놓으면 되는 것 아닙니까!"

"어머님께서 빈틈이 없는 철저한 분으로 느껴졌어요. 다방에서 처음 뵙고 인사 올릴 때 조심해서 슬쩍 어머님의 용안(容顔 : 얼굴)을 뵈었는데 굉장히 깔끔하시고 빈틈이 없는 분처럼 느껴졌습니다. 앉아계신 자세도 반듯하시고 때때로 저를 바라보시는 자세도 정면이 아닌 측면으로 저 모르게 스쳐가듯 보시는데 상당한 교양을 갖추신 분이라고 존경이 갔습니다. 지금의 이 선생님이 어머님의 모습을 빼어 닮으신 것 같아요."

"저는 잘 모르겠는데 집안 친척들이 어머니 빼닮았다고들 하시더라고요."

"그런 어머님이시기 때문에 이 선생님이 걱정하시지 않도록 빈틈없이 벌써 다 준비해 놓으셨을 겁니다."

옆에 앉아있던 동생 정심이가 "언니! 이제 오늘 이 선생님과 헤어지면, 언니 결혼식 후에나 뵙게 되겠네."했다.

"글쎄, 그럴는지도 모르겠다."

"아니에요, 그 전에 상의할 일이 있어요. 아직 결혼식 마치고 신혼여행 갈 곳도 못 정했어요, 그리고 가구들이 오는 날도 누가 그 가구를 받아서 제자리에 갖다 놓습니까. 그렇다고 또 인부 두

사람을 하루 인건비를 주고 부를 수는 없지 않아요. 이렇게 하시
자고요, 내년 1월 7일 금요일 잔금 치르는 날 12시까지 서정림 선
생님과 양평다방에서 한 번 더 만나 가구점에 가서 잔금을 치릅시
다. 그런 다음 나도 서정림 선생님과 같이 집으로 가겠습니다. 하
룻밤을 자고 가구 들어오는 날 집에서 기다리다가 가구가 들어오
면 그 인부들에게 추가 수고비를 주고 제가 그 인부들과 함께 가
구를 신방 제자리에 앉혀놓도록 일을 매듭짓겠습니다."

"그렇게 해주시면 우리 아버님도, 저도 큰일을 덜어주시는 거
죠. 그런데 아직 결혼식 올린 남편도 아닌데 그렇게 힘든 일을 하
시도록 하는게 저는 죄송스러운 결례라고 생각되어 마음에 큰 부
담이 됩니다. 귀하신 우리 낭군郎君님도 되시기 전에……"

"무슨 말씀이에요, 내 일이에요. 내 물건이자 내가 사용해야 할
가구에요. 동시에 서정림 선생님의 물건이기도 하구요. 그런데
무슨 결례라고 하세요, 겸손도 경우가 있는 법이에요."

이때 정심 양이 이명수 선생님께 은근슬쩍 질문을 건넸다.

"이명수 선생님! 지금 이 자리에서 결혼식 전인데 형부라고 부
르면 안될까요?"

이명수 선생이 반가운 표정으로 기다렸다는 듯이 "안 되긴 누
가 안 된다고 해요, 지금 이 자리에는 언니와 나, 처제까지 세 사
람뿐이에요, 언니와 이미 약혼식을 끝내고 결혼식 2주 밖에 남지
않았어요. 법적으로도 아무 문제가 없습니다. 내가 먼저 처제라

고 불렀으니까 형부라고 불러봐요"라고 했다.

"알겠습니다. 형부라고 부르겠습니다. 형부! 부탁이 있습니다. 우리 언니, 평생 사랑하시고 행복하게 해주세요. 이 동생이 가장 사랑하고 존경하는 언니예요. 간절히 부탁드립니다."

정심은 자리에서 일어나 정중하게 90° 각으로 허리 굽혀 절을 했다. 깜짝 놀란 이명수 선생은 자신도 모르게 함께 일어나 정심 양을 제지했다.

"처제 왜 이래요, 그야 두말할 나위 없지요 평생 머릿속에 간직하고 기억하여 실행하겠습니다. 이 모든 행복은 오직 처제의 덕분입니다. 잊지 않겠습니다."

점심식사 준비가 완료되었다. 즐거운 마음으로 식사를 끝내고 양평 버스정류소로 왔다. 먼저 이명수 선생이 서울행 버스로 떠나가고, 서정림 선생과 정심 양 자매는 고깃간에 들러 쇠고기 두 근과 돼지고기 한 근을 사가지고 다시 버스정류소에 되돌아와 여주행 버스를 타고 개군에서 내려 집에 도착했다.

안방에 들어와 어머님께 계약한 신혼가구를 하나하나 보고를 드렸다.

"됐다. 이제 큰딸 결혼식만 치루면 부모의 임무는 끝나는 것이다. 다음은 둘째딸 시집보낼 준비를 해야 할 차례구나. 정심이도 이명수 선생 같은 좋은 신랑감을 만나야 하는데 그렇게 될지 모르겠다."

"어머니 너무 걱정하시지 마세요. 정심이는 어머니를 빼닮아 마음이 착하고 일도 잘하고 무엇이던 긍정적으로 올바르게 처리하는 성품이라 저보다도 훨씬 좋은 신랑감을 만날 거야! 이명수 선생이 정심이 신랑감은 자신보다도 몇 배나 더 믿음직하고 마음씨 곱고 상대여성을 사랑해 주는 남자를 고르겠다고 장담했어."

"그러니 이 선생이 고맙구나. 마음처럼만 된다면 얼마나 좋겠니. 그런데 인연이라는 게 그렇게 쉽게 와 닿는 것이 아니기 때문에 걱정이지……"

이때에 아버님께서도 궁금하셨던지 안방으로 들어오셨다.

"그래, 준비들은 잘되어 가니 애 많이 쓴다. 오늘 간 일은 다 마무리 되고."

"예 아버지, 걱정하시지 마세요. 어머니께서 이르시는 준비는 모두 마무리 되었습니다."

"당신도 큰딸 날 받아놓고 애쓰셨어요. 지금 두 딸과 같이 하나하나 점검해 보니까 거의 다 준비가 된 것 같습니다"라고 어머니께서 말씀드리자 아버지께서는 어머니에게 따뜻한 음성으로 말했다.

"어련하시겠어요. 당신이 챙기는 일인데, 나는 그저 당신이 필요한 경비만 챙겨주는 도움밖에 뭐 할수 있는 일이 없구려. 미안하오."

"미안하긴요. 딸 시집보내는 데는 아버지가 챙겨야 할 일이 별로 없어요. 결혼식 행사치르는 일순서 밖에는."

"알겠소, 이 선생은 잘 갔니?"라고 묻자 큰딸 정림은 "예 아버지, 오늘 일 완전히 끝내고 오후 버스로 바로 떠났습니다"라고 대답했다.

"알겠다. 이 선생이 마침 와주어서 일이 손쉽게 잘 끝내주었다."

드디어 다사다난한 갑오년(甲午年 : 1954)년이 흘러가고 1955(乙未年)을 맞이했다.

서정림 선생은 지난 갑오년이 영원히 잊을 수 없는 가장 뜻 깊은 보람의 해이자, 반면에 실망의 희비喜悲가 엇바뀐 불운의 해로 기억할 것이다.

그런데 그 순간 또 다른 생각이 떠올랐다. '희비'란 그 누구에게나 오고 가는 것, 그래서 젊음에는 오기와 패기를 준 것이다. 그런데 너는 그 젊은 '오·패기'를 언제 쓸 것이냐는 물음이었다. 내가 나에게 물었으니 답도 내가 해야 한다. 해가 을미년으로 바뀌었으니까 을미년에 쓰겠다고 자문자답自問自答했다. 그날이 바로 1955년 1월 16일(정축일)에 결혼식을 올리기로 결정된 날이다.

양평가구점에서 매입하기로 계약한 가구잔금을 치루는 날이 바로 1월 7일(금)인 오늘로 다가왔다. 서정림 선생과 정심 양은 서둘러 아침식사를 마치고 나들이 준비를 했다. 어머님께서 준비해 놓으셨던 가구대 잔금이 들어있는 봉투를 큰딸에게 내어주셨다. 그리고는 오늘 쓸 용돈은 따로 챙겨주셨다.

"어머니 용돈은 주시지 않아도 돼요, 저도 용돈은 충분히 있어요."

"무슨 소리 너도 월급 받아서 너 쓰기에도 모자라. 더구나 동생하고 같이 다니면서 두 사람 몫을 쓰잖아. 오늘은 이명수 선생도 온다면서 이제 엄마가 용돈을 주는 날도 며칠 남지 않았다."

"감사합니다. 어머니, 정심이하고 잘 다녀오겠습니다"라고 인사드린 다음 집을 나갔다.

큰길가로 나가 여주에서 서울로 향하는 버스를 타고 양평에서 내려 이명수 선생과 만나기로 약속한 양평다방으로 갔다. 아직 이명수 선생은 도착하지 않았다. 출입구 가까운 곳에 자리를 잡았다. 날씨가 추워 따끈한 커피를 주문했다.

"다른 날은 이명수 선생이 먼저 오셔서 기다리셨는데 오늘은 아직 오시지 않았네"라고 정심이가 말하자 언니는 "오늘은 우리가 다른 날보다 한 30분정도 빨리 왔기 때문이야"라고 했다.

두 자매는 따끈따끈한 커피를 마시면서 몸을 녹였다. 12시 20분경에 이명수 선생이 도착했다.

"오래 기다리셨어요? 첫차를 놓치고 두 번째 차를 탔더니 30분 정도가 늦은 것 같습니다. 커피 드셨어요? 드셨으면 나가시지요. 점심부터 드시고 다시 와서 드시지요"라고 하여 다방마담에게 양해를 구하고 밖으로 나와 식당으로 갔다.

"오늘 일정이 바쁘니까 빨리 해결할 수 있는 갈비탕으로 드시는 게 어떠실까요"라고 이명수 선생이 제의하자 서정림 선생이 "좋아요, 날씨도 추우니까 뜨거운 국물 있는 갈비탕이 좋겠네요."

"처제는요?"

"뭐 저까지 그렇게 챙기세요. 저는 항상 언니 의견에 따르니까 저 역시 갈비탕이지요."

"무슨 얘기예요, 우리 만남에 항상 힘든 역할을 감당하는 분이 정심 처제가 아닌가요. 그러니까 처제 의견이 우선이예요. 드시고 싶은 메뉴를 주문하세요."

"아닙니다. 이하 동문입니다"라고 답하여 웃음을 자아내기도 했다.

점심식사를 마치고 곧장 가구점으로 갔다. 다시 한 번 선정한 가구를 확인하고 잔금을 치루었다. 배달은 내일(1월 8일) 토요일 오전 11시까지 집으로 배달해 주기로 약속했다. 가구점을 나와 시장에 들려 필요한 것을 사고 또 다시 양평다방으로 와서 편안한 마음으로 커피를 마시며 잠시 쉬었다. 여주행 버스시간을 맞추기 위해 다방을 나왔다. 버스정류소에 도착하여 대기실에서 10분간 기다리니까 여주행 버스가 도착했다. 그 버스를 타고 개군에서 내려 집으로 돌아왔다.

다음날 1월 8일 정각 11시 직전, 이명수 선생과 서정림 선생, 동생 정심 양까지 대로변에 나와 가구를 싣고 오는 화물차를 기다렸다. 예상한대로 가구배달 화물트럭이 도착했다. 다행히도 골목길로 들어갈 수 있는 작은 트럭이었다. 이명수 선생이 손을 들어 위치를 알리고 골목길로 들어오도록 안내하여 대문 앞에 정차시켰다. 트럭에 따라온 두 인부가 이명수 선생을 비롯한 가족과 합세하여 가구를 들고 활짝 열린 대문 안으로 들어와서 깨끗하게 단장된 신혼 방에 들여다 놓고 방안구조 합당한 자리에 고정시켜 놓았다. 배달임무를 마치고 돌아가는 인부에게 이명수 선생이 수고비조로 감사하다는 표시의 약소한 성의를 전했으나 "안 주셔도 됩니다." 하고 사양했다. "안 받으시면 제 손이 부끄러워 거두어 드리기가 어렵습니다. 받으셔야 제 마음이 편합니다"라고 하니까 "그러시면 감사히 받겠습니다." 하고 두 인부는 받았다. 그런 다음 "안녕히 계십시오." 하고 되돌아갔다.

이명수 선생의 이 같은 처세를 바라보시던 서정림 선생의 부모님께서도 역시나 이명수 선생은 남자로서의 생각이 깊고 너그러우며 대인관계에서도 상대방의 의견을 배려하고 양보하는 미덕이 순화로운 친구라는 정평이 날만한 인물은 분명하구나 하는 인품을 확인하셨다.

소문에는 대인관계에서 불의를 보거나 자신의 욕심만 채우고 상대를 무시하거나 배려配慮함이 없는 상대에게는 가혹하다는 평판도 받고 있다. 그래서 직장에서는 항상 자신이 교직자라는 신분으로 조심스럽게 행동하며 실수가 없는 충실한 교사로서의 품격을 지키겠다는 의지가 매우 강하다는 정평이다. 반면에 이런 평판도 있다. 자신의 인기를 위해 주변의 동료나 상대에게는 굉장히 관용적이고 양보하고 베풀고 돕는 성품이라 실속이 없는 사람이라고 평가하는 동료나 친구도 있다.

그러나 실지로 가장 가깝다는 친구나 주변의 일부는 그렇지 않다고 말한다. 그토록 대인관계에서 봉사적이고 협동심이 강한 사람이지만 자신에 대한 삶의 의욕은 굉장히 강한 사람이라고 칭송한다. 봉급을 타면 일정액을 절약하여 저축하고, 용돈도 함부로 쓰는 일이 절대 없다. 꼭 필요한 부분에 돈을 쓰고, 어려운 친구들은 '돈은 가급적 안 쓰는 것이 버는 거라고 한다.' 그러면서도 친구나, 동료가 돈 떨어졌다고 하면 자신이 감추어 놓았던 지갑에서 꺼내어 대신 지불해준다. 그런저런 관계로 친구들 중에서는 가장 돈 많은 은행 저축인이라고 하면 이명수 선생을 지목한다. 이런 생활방식이 하루 이틀에 정착된 것이 아니다. 그런 면에서 친구나 동료들에게 신임을 받고 있다는 것이다.

서정림 선생도 이명수 선생의 생활모습과 인품에 감동되어 사모하게 되었을 것이라고 부모님은 믿고 계신다.

숨겨진 일설에 의하면 이명수 선생이 초임교사 발령을 받고 임지로 떠날 때 어머님께서 아들 이명수 명의로 된 은행통장에 저축금 만원(작금 화폐가치로 100만 원 정도? 저자의 추측, 불확실성 환산) 입금했다는 것이다. 첫 봉급을 받기 전까지는 객지에 나가서 하숙비를 비롯해서 활동비가 필요할 것으로 봐서 용돈을 입금한 것이다. 아껴서 쓰고 가급적 잔금을 남기는 습관을 계속 이어가도록 첫 봉급부터 가려쓰기를 엄마가 부탁한다. 한 달 두 달 통장에 잔금이 늘어나는 즐거움이 얼마나 기쁜지는 실지로 겪어 보지 못하면 그 진미를 느끼지 못한다, 라고 하시며 그 통장을 아들 상의上衣 주머니에 넣어 주셨다. 그러신 다음 부탁하시는 말씀이 "명수야 재차 당부한다. 이 통장은 끊임없이 이어지도록 하고 앞으로 언제가 되던 네가 결혼식을 마치고 신혼여행을 다녀온 후 부부가 첫 살림을 시작하는 날, 그 귀중한 통장을 아내에게 선물로 넘겨주어라. 이상이다. 길 늦는다. 어서 임지로 떠나라." 하시며 등을 미셨다.

혼례식 날의 축복

1955년 1월 16일 일요일 드디어 신랑 이명수 선생과 신부 서정림 선생의 결혼식 날이 밝았다. 어제까지만 해도 날씨가 추워 큰 걱정을 했는데, 밤새 날씨도 풀리고 구름도 한점 없는 싱싱한 푸른 하늘에 바람조차 잔잔하고 포근한 날씨였다. 들려오는 말로는 '추은 겨울에 결혼하는 두 신랑·신부가 마음씨 곱고 인정이 많아 어렵고 불쌍한 사람에게 온정을 베푸는 사람을 하느님도 인정하시어 그들 마음처럼 날씨도 따뜻하게 삼한사온三寒四溫 중 사온四溫을 선택해 주셨다는 미담'까지 번지었다.

신랑·신부 양가는 집근처 가까운 친척집에 부탁하여 하루저녁을 좀 보살펴주기로 했다. 가족은 결혼 전날 중·고등학교 학생들만 집에서 남아 집을 지키도록 단단히 이른 다음 모두 서울로 올라와서 예식장 측근에 여관을 정하고 숙박을 했다. 다음날 오전 11시에 예식장에 도착하여 축하객을 환영했다. 신랑·신부 축하객은 두루 양가부모님 친척·친지 분을 비롯하여 신랑·신부 동창생과 전 현직 교직 동료 선생님들로 붐비었다. 특히 눈에 띈 것은 서정림 선생의 전 임지 학교에 함께 근무했던 지경석 선생께서 그 먼 곳에서 서정림 선생과 이명수 선생 결혼식에 축하객으로 참가해 주었다는 것이 두 신랑·신부에게 유독 돋보였다.

결혼식을 마치고 두 신랑·신부는 양가 가족친지와 친구들과 기념사진을 찍었다. 그런 다음 축하객들의 축복을 받으며 하객 피로연 식당으로 가서 일일이 하객석을 찾아 감사의 인사를 올렸다.

마지막 가족석으로 와서 가족과 함께 점심식사를 했다. 신랑·신부의 합의에 의하여 신혼여행은 겨울철이라 계절적으로도 적당치 않고, 또한 새해 전 학기를 끝내고 새 학기를 맞는 중요한 시기라 직무상 적당치 않다는 판단을 하였다. 그리하여 직장 근무에 지장이 없는 시기를 선택하여 따뜻한 봄철 휴일을 이용하여 하기로 했다. 그 반면 결혼식을 끝내고 서울지역 일원의 명승고적을 찾아 관람이 가능한 곳은 관람을 하고, 관람이 불가한 곳은 위치만이라도 알아놓고 다음 기회에 관람하기로 하여 택시 드라이브를 하기로 했다.

이리하여 두 신랑·신부는 첫날밤은 장충동 남산 가까운 '타워호텔(지금의 반얀트리호텔)'을 계약해 놓고 그 호텔에 가서 편안히 쉬겠다는 것이다. 건전한 생각이라고 가족들은 환영했다.

사랑이 가기 전에

피로연을 끝내고 양가 가족들은 신랑·신부의 신혼 행을 떠나보냈다. 동시에 가족들도 상호 작별인사를 드리고 돌아갔다.

서정림 신부 가족은 사전에 예약해 놓은 중형버스가 예식장 도로측면에 대기하고 있었다. 가족은 이웃 같은 마을에서 신부의 결혼을 축하해주기 위하여 상경해주신 하객 분들을 안내하여 함께 버스에 승차했다. 버스는 예식장을 떠나 복잡한 시가를 벗어나서 경기도 양평을 향해 달려갔다. 피로에 지친 승차하객들이 잠시 눈을 감고 쉬는 동안 버스는 양평을 경과하여 자택을 향해 달리고 있었다. 승차하신 하객 분들도 모두 눈을 뜨고 내릴 준비를 하셨다. 드디어 개군 자택에 도착했다. 신부 가족 분들은 한 분 한 분 감사의 인사를 드리고 집으로 돌아갔다.

신랑 이명수 선생과 신부 서정림 선생은 부모님과 헤어져 대기시켜놓은 택시를 탔다. 우선 첫날 밤 숙소를 예약해 놓은 장충동 남산 가까운 '타워호텔'로 먼저 갔다. 이 시절만 하더라도 '타워호텔'은 서울 일원一圓에서 최상위층에 속하는 고급호텔이었다. 택시를 호텔 입구 넓은 주차장에 잠깐 대기시켜놓고 소지품을 들고 호텔 1층 방문객 접수안내소에서 지정된 5층 호실 열쇠를 받아 호실을 찾아갔다. 호실은 넓고 아늑하고 깨끗했다. 뿐만 아니라 손님에게 필요한 시설은 모두 갖추어져 있었다. 창문 밖의 야외전경은 너무도 아름다웠다.

서정림 선생은 창밖을 내다보면서 "와아ー 너무 좋다. 전후좌우 어느 한 곳 막힌 곳이 한 군데도 없네요"라고 한다.

"서정림 선생님, 우선 짐만 들여놓고 속히 나가야 돼요. 택시가 기다리고 있어요."

"알아요, 그런데 막상 호텔 호실로 들어오니까 나가고 싶지 않네요, 피로해서 쉬고 싶어요."

"안 돼요, 피로는 나도 마찬가지에요. 서울중심가 일원一圓을 드라이브 하기로 택시기사에게 계약금을 선불했어요, 이런 기회가 아니면 우리가 언제 서울 중앙지역의 시가를 관찰할 수 있겠어요. 어서 나갑시다." 하여 호실을 나와 1층 안내소로 내려왔다. 안내 접수실에 열쇠를 맡기고 나와 주차장에 대기하고 있는 택시에 탔다.

택시는 출발하여 남산 타워호텔을 나와 우회전하고 다시 장충체육관 쪽으로 내려가 유턴이 가능한 지역에서 유턴하여 재차 타워호텔 방향으로 달려갔다. 그리하여 '버티고개'를 넘어가는 초입대각선 꼭지 길로 연결되는 남산2터미널로 쏜살같이 달려 들어갔다. 터미널 마지막 출구로 빠져나온 택시는 한강변 북로로 향해 달려갔다.

달리던 중 마포 쪽으로 향하는 우측 길로 들어섰다. 여기서부터 택시기사는 속력을 낮추어 서서히 달리면서 뒷좌석에 승차한 손님에게 통과하는 지역명과 특별히 돋보이는 건물명, 공공기관이나 대기업건물 등등을 말로 지목하여 알려주는 역할도 운전을 하면서 능숙하게 하였다. 서울적십자병원 전면 세종로로 서행하여 광화문 4거리에 도착했다. 계속 직진하여 종로1가(입구) 좌측 「화신 백화점」 우측 「종각(보신각)」 위치도 바라보도록 알려주었다. 중앙대로로 계속 진행하여 종로2가 좌측 「파고다 공원」을 경유하여 동대문까지의 종로 일대로부터 을지로 일대, 퇴계로 일대, 신세계백화점, 서울특별시청 청사, 동아일보사, 중앙청, 효자동 경무대(현 청와대) 인근에서 유턴하여 세종문화회관, 광화문, 덕수궁, 남대문, 서울역을 통과하였다. 이어 용산구 대로를 주행하여 삼각지, 신용산전철역을 지나 한강로에서 유턴하였다. 그런 다음 다시 되돌아서 삼각지 4거리 쪽으로 상행하였다. 이곳에서 서울지방보훈청 건물이 있는 우측으로 회전하여 이태원동으로 향하였다. 이곳은 서울에서 가장 복잡한 거리로 알려진 곳이기 때문에 각별히 조심하여 서행하면서 관찰하였다. 역시 외국인들이 많이 살고 왕래하는 지역이라 한국인들과 어울리어 번화거리인 것만은 분명했다. 이태원동 거리를 지나 외국인아파트가 있는 서울 용산국제학교를 지나 '버티고개' 쌍갈진 길에 도착했다. 우측길을 가면 성동구 신당동 도로이고, 좌측대로로 가면 버티고개를 넘어 중구 장충동 쪽으로 향하는 길이다. 그리하여 좌회전하여 버티고개를 넘어 장충동 쪽으로 주행하였다. 그러자 바로 우측에 타워호텔이 나타났다. 호텔주차장에서 이명수 선생은 택시기사에게 시간당 요금을 지불하고 택시를 보냈다. 그런 다음 이명수 선생과 서정림 선생은 바로 1층 안내에서 호실 열쇠를 받아 가지고 호실로 들어갔다. 들어가는 즉시 이명수 선생은 상의(윗도리)를 벗어 옷장에 넣고 하의(아랫도리)는 입은 채 그대로 침대에 누웠다. 그런데 피곤해서 드라이브도 귀찮다고 하던 서정림 선생은 의자에 앉아 옷도 벗지 못하고 쉬고 있었다.

이를 바라보던 이명수 선생은 "서정림 선생님, 피곤하셔서 드라이브 하는 것도 귀찮다고 하시던 분이 의자에서 쉬는 겁니까? 어서 옷 벗고 침대에 누워서 주무세요"라고 한다.

그러자 서정림 선생은 "안 돼요, 이제 옷 벗고 침대에 누웠다 하면 완전히 잠들어버려요. 그러면 저녁도 건너뛰고 내일아침까지 잠에 도취되어 버릴 수도 있어요. 그리고 이명수 선생님! 상의는 벗고 하의를 벗지 않고 누워서 뭉그적거리시면 결혼식에 입은 새옷이 무엇이 되겠어요. 기왕이면 하의도 갈아 입으시는 게 좋겠어요"라고 하니까 이명수 선생도 "맞아요. 갈아 입어야 하겠네요." 하고 일어나서 준비해온 잠옷으로 갈아 입고 침대에 앉았다. 이어 서정림 선생은 이명수 선생에게 이렇게 당부했다.

"우리는 이제 호칭부터 바꿔야 합니다. 결혼식을 올렸으니까 우리는 법적으로 부부입니다. 선생님이라는 존칭은 학생을 가르치는 교직자의 직명호칭이기 때문에 장소불문하고 아무 때나 사용하는 호칭이 아니지 않습니까! 그러니까 우리도 지금 이 순간부터 경우에 따라 '여보 당신'으로 호칭합시다."

"당연하지요, 그럽시다. 여보, 이제야 나는 마음의 안정을 찾은 것 같습니다. 결혼식 올리기 이전까지는 단 한 번도 마음 편한 날이 없었습니다. 왠지 아세요! 당신 놓칠까 봐요. 사랑이 가기 전에 당신을 내것으로 잡아놓아야 하겠다는 일념—念 때문이었습니다."

"거짓말, 믿겨지지 않아요."

"믿겨지지 않다니요, 단 한순간도 당신 곁을 떠나본 적이 없어요. 쉬는 날도 늘 당신 뒤를 추적했어요."

"알아요, 내가 왜 몰랐겠어요! 내 거취가 동생에 의해 일일이 당신에게 전달된다는 사실도 알고 있었어요. 그러면서도 나는 동생을 책하지 않았어요. 왠지 아세요. 나 역시 당신을 사랑하고 있었기 때문에 묵인한 것입니다."

"여보, 당신도 피곤하시다면서 왜 의자에 앉아있어요. 침대에 오셔서 편안하게 누우세요."

"그래야하겠어요. 너무 피곤해서 나도 옷을 벗어서 구겨지지 않게 옷장 안에 걸어놓아야 하겠어요." 하고 겉옷을 벗어서 옷장 안에 걸어놓았다. 그리고 속옷차림으로 침대로 왔다.

그리고 남편에 부탁하기를 "여보, 부탁이 있어요. 우리 지금은 점잖게 누워서 잠자도록 합시다. 첫날밤은 유시(酉時 : 밤 7·8시)에 깨어나 식당에 가서 저녁을 든 다음 돌아와서 목욕을 하고 밤 술시(戌時 : 9·10시)에 방사(房事 : 남녀관계)를 치루면 굉장히 머리가 좋은 첫아기가 태어난대요, 우리 한번 해보자고요."

"누가 그래요. 점쟁이가 그래요? 그거다 괜한 소리에요 믿지마세요. 그리고 당신이나 나는 지금 한창 혈기가 왕성한 20대 젊음이 요동치는데 어떻게 참아요. 한 이불속에서." 하고 두 팔로 아내의 가슴을 꼭 감싸 안았다. 그리고 머리 목뒤를 양손으로 받치고 키스를 하기위해 아내 얼굴에 자신의 얼굴을 맞대어 눈을 바라보았다. 아내의 숨결이 높아지면서 얼굴에 홍분기가 솟아오르기 시작했다. 아내는 눈을 슬그머니 감았다. 남편의 홍분과 키스의 요구를 받아들이겠다는 승낙이다. 남편은 아내의 입술에 자신의 입을 맞추었다. 아내의 입술이 열리자 정열적인 사랑의 키스가 전개되었다. 안심하고 편안한 키스가 오랫동안 지속되었다. 아내의 양팔이 남편의 목을 휘어 감았다. 깊은 사랑의 열정은 멈출 줄을 모른다. 드디어 남편이 키스를 멈추고 제2차 행위를 시도하자 아내도 홍분이 최고조에 달하여 처음 요구는 간데없고 남편의 행동을 잠시 정지시킨 다음 먼저 일어나 속옷을 벗어놓고 이불 속으로 들어갔다. 남편 역시 속옷을 벗어 놓고 이불 속으로 들어가 아내의 몸과 일심동체가 되어 첫날 밤이 아니라 첫날 저녁을 치른 다음, 첫날 밤샘을 가장 행복하게 사랑을 주고받는 부부생활의 첫날을 맞이했다. 늦잠을 자고 일어나 아침겸 점심을 먹고 호실로 돌아와 경기도 부천군 소사에 사시는 시댁을 찾아뵙기 위하여 짐을 챙겼다.

"여보, 당신 아버지 어머님 찾아뵙기 위하여 준비해 놓은 짐은 어디 있어요."

"왜요, 우리 짐가방 맨 밑에 있을 거예요."

"응—그래서 안 뵈는구나. 그 짐을 찾아서 꺼내기 쉽게 맨 위에다 놓아야 할 것 같아서 찾은 거예요."

"그렇게 하세요. 나도 이제 화장 다했어요. 내가 할게요."

"아녀요, 걱정 말고 일 봐요, 내가 다 찾기 쉽게 순서대로 챙겨놓을게요."

떠날 준비가 다 되자 오후 2시 30분에 타워호텔을 나와 을지로 6가 지방 버스정류소로 왔다. 오후 3시에 출발하는 부천행 버스를 탔다. 오후 4시 20분에 소사에 도착했다. 이명수 선생과 서정림 선생은 소사에 내려 이명수 선생집인 시댁에 도착했다. 이명수 선생은 여행가방을 들고 시댁을 방문하는 아내를 대동하여 자신의 집으로 들어가서 부모님께 큰절을 올렸다.

"오냐, 잘 다녀왔니. 내일쯤 오겠지 하고 생각했는데 하루 앞당겼구나. 겨울철이라 날씨가 추워 다닐 곳도 마땅치 않으니 오히려 집에서 쉬는 것이 좋을 수도 있겠다. 편히 쉬도록 해." 하시며 부모님은 사랑방으로 가시고 새신랑·신부에게는 안방을 내어주셨다.

신부는 시댁 시부모님께 올리는 겨울내의와 고급 목도리를 선물로 드렸다. 시부모님과 시댁 가족들은 예쁘고 덕망 있는 신부를 맞이했다고 푸짐한 저녁 가족잔치를 베풀었다.

다음 날이 밝았다. 신랑·신부는 개학날이 임박하여 부득이 시댁에서 하루라도 더 묵을 여유가 없었다. 신혼부부의 직장도 양평지역이라 처가댁에서 신혼생활을 어느 기간까지 누려야 할 형편이라 할 수 없이 시부모님 곁을 떠나야 했다. 시부모님도 이같은 사정을 이미 아시고 계시기 때문에 오히려 먼저 서둘러 주셨다. 신혼부부는 짐을 챙겨 오전 9시에 부모님께 출발인사를 올리고 집을 떠났다. 11시 10분에 서울 동대문구 숭인동에 위치한 지방행 버스정류소에 도착했다. 경기도 양평 경유 여주행 출발 11시 30분 버스표를 끊어가지고 대기하고 있는 버스에 올라탔다.

11시 30분 정각에 버스가 출발하여 서울 시가를 벗어나 속도를 내어 달리기 시작했다. 드디어 양평읍을 경유하여 개군에 도착했다. 버스에서 내려 시간을 보니까 오후 2시 40분이었다. 집 앞 대문 초인종을 눌렀다. 서정림 선생 동생 정심이가 금세 뛰어나왔다. 대문을 열고 언니 형부를 보자.

"어머, 벌써 왔어요. 언니?" 하면서 형부인 이명수 선생을 보자 "왜 벌써 오셨어요, 언니 좀 더 행복하게 해주시고 며칠 있다 오시지." 했다.

"처제 고마워요, 수고 많으셨어요. 겨울방학 기간이 며칠 남지 않았어요. 개학준비도 해야 하고, 신혼생활 시작준비도 해야 하는 다급한 일을 목전에 두고 보니 언니나 나나 마음 안정이 안 되는 거예요. 그래서 언니가 차라리 일찍 집에 돌아가서 마음 편하게 쉬는 것이 더 좋겠다고 하여 일찍 돌아온 것입니다."

"이 다음 훗날에 후회하시지 않겠어요."

"후회는 무슨 후회."

"지금은 아직 거기까지를 생각지 못할 것입니다. 세월이 흐른 다음 이 처제 말이 생각나실 때가 올 것입니다. 어서 드세요." 하며 안방으로 안내했다.

장모님께서 나오셔서 "우리 사위 잘 다녀왔는가! 수고가 많았네." 하시며 다시 안방으로 들어가셔서 아랫목에 좌정하고 계신 장인 왼편에 반듯이 좌정하셨다.

신랑·신부(사위·딸)는 부모님 앞에 나란히 짝지어(아버지 앞에는 신랑, 어머니 앞에는 신부가) 서서 동시에 큰절을 올린 다음 무릎을 꿇고 앉았다. 그런 다음 부모님에게 신랑이 인사말을 드렸다.

"아버님, 어머님! 대단히 감사합니다. 신혼여행 잘 다녀왔습니다. 그동안 고생이 많으셨습니다. 부모님의 은덕 깊이 마음에 간직하고 효도하겠습니다."

"그래 고맙다. 아무쪼록 의좋게 아들 딸 잘 낳고 건강하게 잘 살아라."

인사를 마치고 신랑·신부는 자신들이 살 신혼 방으로 들어갔다. 깔끔하게 꾸며진 정돈된 신혼생활 방이었다.

뒤따라 어머님께서 들어오셔서 "이서방, 기분이 어떤가. 살만한가!" 하고 물었다.

"예 어머니, 너무 좋습니다. 감사합니다. 사랑합니다. 어머니!" 하고 장모님의 두 손을 꼭 잡아드렸다.

그런 다음 장모님에게 "어머님, 잠깐 앉아계셔요. 어머님 보시는 앞에서 제 아내가 된 딸에게 선물을 주려고 합니다"라고 하면서 아내에게 "여보, 당신도 어머님 앞에 잠깐 앉아요"라고 하여 아내도 앉았다.

남편 이명수는 상의 주머니에 은행통장을 꺼냈다. 그 통장에는 결혼 전 총각시절 교사 초임 발령을 받고 교직생활을 하면서 매달 받는 월급에서 수천 원씩 떼어 저축한 예금이 무려 1,300여 만 원이 넘게 들어있었다(당시 초임교사 월급이 20,000원도 안 되는 시절이라고 예상됨).

"이제 이 통장의 주인은 당신입니다. 당신이 맡아서 내일부터 우리 살림을 시작해야 하니까요. 열심히 잘 살아갑시다."

통장 저축금을 바라보신 장모님과 아내 서정림은 깜짝 놀랐다.

어머님은 "아니, 이서방 어느새 이렇게 큰돈 모았어. 우리 딸이 정말 남편 복은 잘 타고났다. 나는 이제 큰딸 걱정은 조금도 하지 않아도 되겠다." 하시며 눈물까지 흘리며 신혼 방을 나가셨다. 아내 서정림은 너무도 감격하여 자리에서 일어나 얼굴을 두 손으로 가리고 눈물을 펑펑 쏟아냈다. 이명수 남편은 벌떡 일어나 아내를 꼭 껴안으며 "여보 왜 그래요, 이것이 뭐 그렇게 대단한 일이라고 눈물까지 흘려요." 하고 감싸주었다.

아내는 남편이 닦아주는 손수건을 받아 자신의 눈물을 닦으며 이렇게 말했다.

"여보, 결혼 전에 당신의 마음을 헤아리지 못하고 괴롭힌 점 미안하게 생각해요. 나같이 철없는 여자가 무엇이 그렇게 대단하다고 쫓아다니셨어요."

"무슨 말씀이에요. 그렇게 하지 않았으면 어떻게 내가 감히 서정림 선생을 내 것으로 잡을 수 있었겠어요. 내가 고맙지요."

"내가 드릴 선물은 이것밖에 없네요." 하고 서정림은 바른손 집게손가락으로 입술 가운데를 짚었다.

그러자 이명수는 "그곳이면 남자가 최고 수준으로 기대하는 곳이 아닌가요!" 하며 자신의 입술을 서정림 아내에게 붙이며 키스를 시작했다. 서정림도 양팔로 이명수 남편의 허리를 휘어잡고 이명수 남편이 만족해하는 시간까지 선물을 제공했다.

이날 밤은 신랑 이명수 선생과 신부 서정림 선생의 신혼생활이 시작되는 가장 행복한 밤이자, 서정림 선생의 친정가정에 가장 기쁘고 즐거운 날로 기억될 것이다.

사랑이 가기 전에

그렇게 간곡히 충고 드렸건만

이명수 선생과 서정림 선생이 결혼한 후, 서정림 선생의 충고가 교직사회에 알려졌다.

겨울방학이 끝나고, 마지막 학기를 마치면 통상 2월 24·25일경, 3월 신학기가 시작되기 전에 교육공무원의 인사이동이 단행된다. 금년에도 예외 없이 2월 24일 인사이동 발령이 통고되었다. 이명수 선생은 결혼 후 신혼생활 주택에서 현재 근무하고 있는 학교가 너무 멀어서 교육 당국의 배려로 자택 인근인 개군면 부리초등학교로 전출 근무 명령을 받았다. 동시에 동료 선배 교사인 지경석 선생께서는 퇴임 발령이 통고된 것이다.

동료 선생들 깜짝 놀라지 않을 수 없었다. 단 교장 선생님께서는 별로 놀라시는 기색이 보이지 않으셨다. 이미 알고 있었다는 표정이었다. 당사자인 지경석 선생은 가정 사정에 의해서 사직원을 제출했다는 사연이었다. 그런데 그 후 풍문風聞에 의하면 전임지 학교에 근무할 때부터 지역 학부형들의 투서가 여러 건 있었고, 또한 동료 여선생과의 추행 관계가 문제 되어 현재 학교로 전출되었다는 것이다. 그 같은 행위는 교사로서의 직분을 망각한 방정方正치 못한 행위로 마땅히 지탄을 받아야 할 문제인 동시에 주변 동료 교사들의 품격과 명예를 훼손시키는 결과로까지 이어질 수가 있다는 것이다. 그런 경고를 받고도 또다시 이 학교에 와서 각성하지 못하고 면허 없이 무자격 돌팔이 의사 행위를 하여 여자 환자들의 고마운 마음을 이용하여 그 대가로 성접대 농락을 했다는 것이다. 이 사실이 연이어 밝혀짐으로써 양심상 더 이상 현직에 머무를 수 있는 명분이 없다는 판단을 하고 사표를 냈다는 것이다. 하지만 풍문은 그렇지가 않았다. 교육 당국의 권고에 의한 퇴임이라는 것이다.

이 같은 돌팔이 의사 행위에 대해 서정림 선생은 전임지 학교에 근무하면서 선배인 지경석 선생에게 상당히 우려를 표명하면서 하지 않기를 간곡히 권유했건만 결국 사건이 터지게 되었다는 것이다.